杭州西湖蘇堤（陳達鎮攝）

蘇堤六橋之一 —— 東埔橋（陳達鎮攝）

四川眉山三蘇祠（陳達鎮攝）

東坡赤壁（陳達鎮攝）

刊印古籍今注新譯叢書緣起

劉振強

人類歷史發展，每至偏執一端，往而不返的關頭，總有一股新興的反本運動繼起，要求回顧過往的源頭，從中汲取新生的創造力量。孔子所謂的述而不作，溫故知新，以及西方文藝復興所強調的再生精神，都體現了創造源頭這股日新不竭的力量。古典之所以重要，古籍之所以不可不讀，正在這層尋本與啟示的意義上。處於現代世界而倡言讀古書，並不是迷信傳統，更不是故步自封；而是當我們愈懂得聆聽來自根源的聲音，我們就愈懂得如何向歷史追問，也就愈能夠清醒正對當世的苦厄。要擴大心量，冥契古今心靈，會通宇宙精神，不能不由學會讀古書這一層根本的工夫做起。

基於這樣的想法，本局自草創以來，即懷著注譯傳統重要典籍的理想，由第一部的四書做起，希望藉由文字障礙的掃除，幫助有心的讀者，打開禁錮於古老話語中的豐沛寶藏。我們工作的原則是「兼取諸家，直注明解」。一方面熔鑄眾說，擇善而從；一方面也力求明白可喻，達到學術普及化的要求。叢書自陸續出刊以來，頗受各界的喜愛，使我們得到很大的鼓勵，也有信心繼續推廣這項工作。隨著海峽兩岸的交流，我們注譯的成員，也由臺灣各大學的教授，擴及大陸各有專長的學者。陣容的充實，使我們有更多的資源，整理更多樣化的古籍。兼採經、史、子、集四部的要典，重拾對通才器識的重視，將是我們進一步工作的目標。

古籍的注譯，固然是一件繁難的工作，但其實也只是整個工作的開端而已，最後的完成與意義的賦予，全賴讀者的閱讀與自得自證。我們期望這項工作能有助於為世界文化的未來匯流，注入一股源頭活水；也希望各界博雅君子不吝指正，讓我們的步伐能夠更堅穩地走下去。

新譯蘇軾詞選　目次

即召還，為兵部尚書，兼端明殿、翰林侍讀兩學士，擢禮部尚書。紹聖元年（一〇九四）新黨重新執政，蘇軾被貶至英州，改為惠州，再貶至儋州。徽宗即皇帝位，遇赦北還，致仕，居常州，不久病卒，享年六十六。高宗朝追諡曰文忠。著有《東坡集》、《奏議》、《內外制》、《和陶詩》、《東坡樂府》等。作為一代文豪，蘇軾各種文體都寫得非常有特色，不僅詩文成就卓著，在詞的創作方面，也是以推陳出新見長，影響所至，不僅僅是兩宋而已。

一

詞作為一種配合音樂歌唱的文體，在晚唐五代時期興盛起來，至兩宋蔚為大觀。詞最初的功能是娛賓佐歡，主要表現在聲色之樂方面，為歌舞宴聚所必需，格調不高，但實用性強。詞的這種功能，在進入北宋後依然未改變，晚唐五代詞的風格深入人心，但與此同時，宋人的獨創意識也在強化。蘇軾前的北宋詞壇，出現了一批作家，如晏殊、夏竦、宋祁、寇準、歐陽脩、范仲淹、柳永、王安石、張先等，他們的身分不同，作詞的多寡也懸殊，但他們能在晚唐五代詞風的基礎上，為詞的創作注入鮮活的氣息，一反花間詞派的濃膩豔麗。所謂「則有綺筵公子，繡幌佳人，遞葉葉之花箋，文抽麗錦；舉纖纖之玉指，拍按香檀。不無清絕之辭，用助嬌嬈之態」❶，詞體依存的這種氛圍在北宋仍然是如此，這是因為以言情為主的詞，反映了文人士大夫追求聲色享樂的需要。只是由於晚唐五代的作家處於季世，人生若夢、朝

❶ 見《花間集》歐陽炯敘。

不保夕之感強烈，醉生夢死、及時行樂的思想，在詞中直接地反映出來，而無所顧忌。北宋的建立，大一統局面的出現，文人士大夫享受生活的方式並無多大變化，不同的是在詞的表現手法上較晚唐五代詞人不那麼放肆，要收斂得多。憑藉其深厚的文化修養、優越的生活條件、閒適怡然的人生態度，故其詞多悠然自得之趣、風流蘊藉之態、從容不迫之思。即以晏殊為例，他強調氣象，反對寒乞相❷，已由專注於對女性的色相描寫，轉而對詞的雅韻的追求，反映出其審美觀因社會地位的改變、學識修養的提高而發生了轉變。儘管未脫兒女之情、春愁秋怨，但在品味上力圖洗去脂粉濃豔、猥俗輕薄，仍是有所不為的。其詞承繼傳統，以清新淡雅、圓潤自然取勝，體現了詞之品味的提升。

與晏殊等達官貴人不同，柳永是位不得志的文士。柳永，字耆卿，初名三變。他的創作活躍期主要是在仁宗朝。作為北宋前期的詞壇大家之一，他對兩宋詞的影響是不能低估的。他曾經寫了一首詞名〈鶴沖天〉（黃金榜上），滿是牢騷與不平，表達了他在仕途上的失意和痛苦，其中云：「青春都一餉，忍把浮名，換了淺斟低唱？」以致惹得仁宗皇帝的不滿，不過這反而成就了他在詞壇上的地位。陳師道《後山詩話》云：

柳三變遊東都南北二巷，作新樂府，骫骳從俗，天下詠之，遂傳禁中。仁宗頗好其詞，每對，必使侍從歌之再三。三變聞之，作宮詞號〈醉蓬萊〉，因內官達後宮，且求其助。仁宗聞而覺之，自是不復歌其詞矣。會改京官，乃以無行黜之，後改名永，仕至屯田員外郎。

❷ 見阮閱《詩話總龜・前集》卷十一引《青箱雜記》，有「晏元獻覽李慶〈富貴曲〉」云云。

這說明了柳氏因詞得名天下，也因詞失志的原因。仁宗皇帝欣賞他的詞作，究其原因，是因為柳詞表現了仁宗朝的太平氣象，其俗豔倒是其次。關於這一點，宋人多有記載❸。從中我們得知柳詞在內容上有它積極的一面，他的詞直接面對世俗生活，如對都市生活景象的描寫，使詞的視野由專注於描繪兒女風情、文人士大夫私人的情感世界為主，轉而觸及普通百姓的生活。柳永因進呈〈醉蓬萊〉（漸亭皐葉下）一曲而遭貶斥，表面原因是措詞的失當，實際上是他急功近利及其動機的不純❹。仁宗的表態和不滿，不僅是柳永仕途的終結，也導致了人們對其人品的非議，進而對其詞品的責難。皇帝已經發了話，臣子能不表態嗎？口誅筆伐，不一而足。張舜民的《畫漫錄》云：「柳三變既以調忤仁廟，吏部不放改官。三變不能堪，詣政府，晏公曰：『賢俊作曲子麼？』三變曰：『只如相公亦作曲子。』公曰：『殊雖作曲子，不曾道「綵線慵拈伴伊坐」。』柳遂退。」晏公就是晏殊，吏部不放改官，應該是奉仁宗皇帝的意旨而行事。作為宰相晏殊的回答是很曖昧的，並未有正面作答，寫作側豔之詞並不能成為不被提升的理由，這個道理，柳永應該是明白的。但隨後卻出現了對其詞作的否定，

❸ 如黃裳《演山集》卷三〈書樂章集後〉云：「予觀柳氏樂章，喜其能道熹（當為嘉）祐中太平氣象。」又謝維新《古今合璧事類備要・後集》卷四十二載：范鎮聞盛唱柳詞，嘆曰：「仁廟四十二年太平，吾身為史官二十年，不能贊述，而耆卿能盡形容之。」又如韓維，一方面責備晏幾道（晏殊之子）專力寫豔詞小曲是損德的行為（見邵伯溫《河南邵氏聞見錄》卷十九），但他每逢酒後，「好謳柳三變一曲」（見張耒《明道雜誌》）。

❹ 宋人記載此事的較多，如陳元靚《歲時廣記》卷十七引《古今詞話》、王闢之《澠水燕談錄》卷八、葉夢得《避暑錄話》卷下、祝穆等《古今事文類聚・續集》卷二十四等。

這是不爭的事實。

二

從現存的文獻來看，較早對柳永詞風表示明確否定的是蘇軾。柳詞是以其「羈旅窮愁之詞」、「閨門淫媟之語」而著稱❺，不僅在市民百姓中有市場，也為文人士大夫所激賞，儘管受正統文學觀的影響，這些文人士大夫口頭上不願承認，甚而至之貶損柳詞。蘇軾大量的創作詞是始於神宗熙寧年間，與此同時，他開始關注詞的傳統性問題。蘇軾否定柳詞的動機是什麼呢？是為了把詞這種文體激活。傳統詞的寫法在柳永手裡得到了淋漓盡致地發揮，仁宗皇帝的表態，使詞的發展走向處於一個非常尷尬的境地，就文人士大夫而言，如何引導詞之創作的走向就是一個問題。何況柳詞的影響並不是容易消除的，市井的不認同姑且不論，文人士大夫也未易擺脫其影響。蘇軾為了推尊詞體，消除傳統的詞體卑微的成見，把詞引向雅化之路。這樣，對柳詞的否定不可迴避。他在〈與鮮于子駿〉一文中說：

> 近作小詞，雖無柳七郎風味，亦自是一家。呵呵。數日前獵於郊外，所獲頗多。作得一闋，令東州壯士抵掌頓足而歌之，吹笛擊鼓以為節，頗壯觀也。寫呈取笑。

---

❺ 見胡仔《苕溪漁隱叢話・後集》卷三十九引《藝苑雌黃》。

柳永，行第七，以詞中「無柳七郎風味」而自得，意在有別於柳詞。這不僅僅是蘇軾本人的感覺問題，也是世俗的看法。俞文豹《吹劍續錄》云：「東坡在玉堂，有幕士善謳，因問：『我詞比柳詞何如？』對曰：『柳郎中詞，只好十七八女孩兒執紅牙拍板，唱「楊柳岸，曉風殘月」；學士詞，須關西大漢執鐵板，唱「大江東去」。』公為之絕倒。」與鮮于子駿的信是寫於神宗熙寧八年（一〇七五）蘇軾知密州時，所提到的作品是〈江城子〉（老夫聊發少年狂）。〈念奴嬌〉（大江東去）寫於神宗元豐五年（一〇八二）謫居黃州時，而《吹劍續錄》所載之事卻發生在哲宗元祐年間蘇軾返回京城，在翰林院供職時。兩件事相距至少有十年，說明柳詞的影響力還在，蘇軾對詞體革新的努力也沒有停止過。黃升《唐宋以來中絕妙詞選》卷二於蘇軾〈永遇樂〉（明月如霜）詞後附錄有一段文字，云：「秦少游自會稽入京見東坡，坡云：『久別，當作文甚勝，都下盛唱公「山抹微雲」之詞。』秦遜謝。坡遽云：『不意別後，公卻學柳七作詞。』秦答曰：『某雖無識，亦不至是，先生之言，無乃過乎？』坡云：『「銷魂，當此際」，非柳詞句法乎？』秦慚服，然已流傳，不復可改矣。」蘇軾說此話的語境無從考知，據《苕溪漁隱叢話．後集》卷三十三引《藝苑雌黃》云秦觀詞「極為東坡所稱道，取其首句，呼之為『山抹微雲君』。」也就是說蘇軾否定的不是秦詞，不僅如此，還極為賞識，其否定的是柳詞的行文筆法，以及由此形成的詞風。《新編古今事文類聚．續集》卷十「居處部」引《志林》云：「柳永詞云：『今宵酒醒何處？楊柳岸，曉風殘月。』或以為佳句，東坡笑曰：『此梢工登溷處耳。』」❻這種有意識地貶低柳詞，已經是曲解作

❻ 按今本《東坡志林》無此。

品了，儘管為諧趣之句，卻脫不了著意否定之嫌。據晁說之《晁氏客語》載：「純夫撰〈宣仁太后發引曲〉，命少游制其一，至史院，出示同官，文潛曰：『內翰所作，「烈文昊天有成命」之詩也，少游直似柳三變。』少游色變。純夫謂諸子曰：『文潛奉官長戲同列，不可以為法也。』」以至對柳永諱避如此。作為蘇門弟子，秦觀、黃庭堅早期的詞作走的是柳永的路子，也是以「閨門淫媟之語」著稱，這與蘇軾構建詞體的新理念是相左的。蘇軾巧妙地借助了仁宗對柳永及其詞作態度的轉變對文人士大夫的影響，製造聲勢，傳播自己的新理念，直接或間接地影響了其弟子們，也就促使了他們詞的風格、寫法、特性等的轉向。這在黃庭堅、晁補之等人的後期詞的創作中表現得很明顯。胡寅〈酒邊集序〉云：

> 唐人為之最工者，柳耆卿後出，掩眾制而盡其妙，好之者以謂不可復加。及眉山蘇氏，一洗綺羅香澤之態，擺脫綢繆宛轉之度，使人登高望遠，舉首高歌，而逸懷浩氣，超然乎塵垢之外。於是《花間》為皂隸，而柳氏為輿台矣。

從中足可以看得出，南宋初，柳詞的影響至少已是回落到了一個較低的水平。可知，蘇軾對詞體的創新是起到了作用，但這種作用在北宋還是有限的，蘇軾推尊詞體的思想在南宋才被人們重視，並形成聲勢的。

三

蘇軾詞引起時人爭議的核心問題就是非本色的問題，歸結起來有兩點，即不合樂律和詩化。合樂是詞的主要特點，作為一種流行性的歌曲，不能唱，就失去了其固有的特色。《玉匣記》云：「子瞻常自言平生有三不如人，謂著棋、吃酒、唱曲也。然三者亦何用如人？子瞻之詞雖工，而多不入腔，蓋以不能唱曲耳。」據現存的作品來看，今傳蘇詞所用的詞牌有八十餘個，已知為其所創只是極個別的，如〈占春芳〉（紅杏了）、〈皁羅特髻〉（采菱拾翠），當是應歌之作，前者為詠物詞，後者為言情詞，在蘇詞中不能算上乘之作。除此外，絕大多數是依照舊有的詞牌，其間不合樂律處不止一二，引起了當時人的非議，包括蘇門弟子們。

蘇軾詞非本色的另一主要特點就是詩化的問題，也就是對詩體的認同。在時人的觀念中，詩就是詩，詞就是詞。而後出現了變化，也就是詞體向詩體的靠攏，兩者之間的界線就出現了模糊，為了合理化這種現象，就得重新對詞體進行詮釋。蘇軾〈祭張子野文〉云詞「蓋詩之裔」，又在〈與蔡景繁〉一文中云：「頒示新詞，此古人長短句詩也。」亦即在對詞體的定位上，首先認定它是詩體的衍生，這就像是為自己找到了祖先，兒孫長相未必全同祖先，只要能看到祖先的影子，就可以認為是血脈相承。詞相對於詩來說，遺傳基因較其他文體來得更多些。北宋初期，文人士大夫從事詞的創作，並不在意於詞體的定位問題，語言上的雅化並未促使詞體平庸地位的改變。作家面臨的不是創作的問題，而是革新突破的問題。柳永在這方面的貢獻是遠遠高於其前及同時代其他作家的，其詞贏得了廣泛的歡迎，諧俗是其特色，格調卻不高，對此，文人士大夫多是嘖有煩言。對詩體的認同，有助於詞體的雅化。在思想內容方面，晚唐五代詞擺脫了詩體所附載的道德規範，成為專門記錄私人生活的載體，局限於對文人士大夫的本能及情感的宣洩，私人情感的隱祕性色彩濃於詩文。以《花間集》、《尊前集》為代表，俚詞豔曲中，掩飾著的是作家對聲色欲望的追慕，或是其沒落情懷的傾訴。北宋初期這種情況未能改變，只是較晚唐五代來說，詞句趨於雅化，掩飾得更加得體些。至柳永，則以真率之筆，表現得更加張揚，但未脫離詞為豔歌的主流軌道，並且在某些方面更助長了這種勢頭。蘇軾所做的就是在推尊詞體的同時，促使詞體趨於開放，這種開放，是內容的突破，主要是向詩體的開放，是對詩體的認同。政治的逼害，仕途的挫折，環境的惡劣，生活的艱苦，形之以詞，總之，蘇軾的後半生中，詞的創作已取代了詩，盡可能發揮著前一階段其詩曾具有的功能。

四

神宗熙寧年間，是蘇軾創作詞的第一個高峰時期，作品大概有百餘首，占今存詞的三分之一，贈別送往的作品比較多，題材仍然是以傳統為主。第二個高峰時期是被貶謫到黃州時，在這五年左右的時間內，他創作的詞就多達八十餘首❼，與前一時期詞的創作不同的是，這

❼ 以上統計參見鄒同慶、王宗堂《蘇軾詞編年校注》，北京中華書局二〇〇二年出版。

時期詞的創作更多的是一種無奈的選擇，是文字獄背景下的產物。

「烏臺詩案」是因蘇軾而引發的一次文字獄。神宗元豐二年（一〇七九）七、八月間，御史中丞李定、御史舒亶等舉蘇軾詩二十餘首，指摘其詩譏諷新法，肆意縱言，詆訕君父，傷教亂俗，其罪有四。當時蘇軾到達湖州太守任上才三個月，朝廷遣官至湖州，押送至京城，下御史臺，獄成，當徒二年，會赦，責受黃州團練副使。當時與蘇軾有文字來往的，多受到了牽連，其中有蘇轍、司馬光、黃庭堅等二十五人。御史臺又稱烏臺，這次事件，史稱「烏臺詩案」。這場文字獄的結果，就是使人們對詩文創作的態度更謹慎。蘇軾在〈答李端叔書〉一文中說：「得罪以來，深自閉塞。扁舟草履，放浪山水間，與樵漁雜處，往往為醉人所推罵，輒自喜，漸不為人識。平生親友無一字見及，有書與之亦不答，自幸庶幾免矣。」對蘇軾及其弟子而言，迴避寫作，特別是詩歌的創作，成為無奈的選擇。蘇軾在〈與程正輔〉中云：「前後惠詩皆未和，非敢懶也。蓋子由近有書，深戒作詩，其言切至，云當焚硯棄筆。不但作而不出也，不忍違其憂愛之意，故遂不作一字。」其得罪源於詩，給家人、給朋友帶來諸多不幸，這是一種壓力、一種歉疚，更是一種痛楚。在〈黃州上文潞公書〉中就云：「至宿州，御史符下，就家取文書。州郡望風，遣吏發卒，圍船搜取，長幼幾怖死。既去，婦女恚罵曰：『是好著書，書成何所得，而怖我如此！』悉取燒之。」可謂驚弓之鳥。其他人不及蘇軾這麼招人眼目，但也有同感，黃庭堅在〈與宋子茂書〉一文中云：「閑居亦絕不作文字，有樂府長短句數篇，後信寫寄，未緣會集，千萬勤官自壽。」所謂絕不作文字，主要是指詩，陳師道在與黃庭堅的書信中也談到了這個問題。

蘇軾等人迴避詩歌寫作的原因不止其一，但有一點是相同的，因政治迫害而導致的深文周納，是他們顧忌的主要因素。特別是在貶謫之地，時刻需要提防著所謂的出言不慎。蘇軾有書簡〈黃州與人〉中云：「但困躓之甚，出口落筆，為見憎者所箋注。兒子自京師歸，言之詳矣，意謂不如牢閉口，莫把筆，庶幾免矣。雖託云向前所作，好事者豈論前後？即異日稍出災厄，不甚為人所憎，當為公作耳。」又〈與上官彝〉云：「見教作詩，既才思拙陋，又多難畏人，不作一字者，已三年矣。所居臨大江，望武昌諸山如咫尺，時復葉舟縱遊其間。風雨雪月，陰晴早暮，態狀千萬，恨無一語略寫其彷彿耳。」「無一語略寫其彷彿」，即指詩文，想寫卻不敢寫，雖然是寫風月，出口就有可能惹禍，在蘇、黃兩人身上尤其突出，所謂樹大招風，謹小慎微，不得不如此。這種擔憂，時時縈繞心懷。即使處於貶謫之地，政敵們仍以為處罰太輕，必欲置之於死地而後快，其後詞人又被遠徙蠻荒之地，就足以說明所處環境的艱危。

迴避作詩，迴避不了情志的抒寫，迴避不了社交的需要，詞就成了替代品。蘇軾在黃州詞創作的數量之多就說明了這一點。在〈與陳朝請〉中云：「某自竄逐以來，不復作詩與文字。……示諭學琴，足以自娛，私亦欲爾，但老懶，不能復勞心耳。有廬山崔閑者，極能此，遠來見客，且留之，時令作一弄也。」既然有曲，就會有詞。其〈醉翁操〉就是遵崔閑之請而創作的，雖然不作詩，但小詞卻時常有，真情在，難以抑制，且較以往更用心於此。如其〈念奴嬌〉（大江東去）、〈卜算子〉（缺月掛疏桐）等傳誦千古的詞，就是在這個時期完成的。其間或見其雄心難抑，或吐其不平之意。以詩文鳴世，卻不能舞文弄墨，暢所欲言，只能以世人視作俗下的小詞寄託情志，這不能不說是一種悲哀。朱弁《風月堂詩話》卷上云：「晁無咎晚年因評小晏並黃魯直、秦少游詞曲，嘗曰：吾欲託興于此，時作一首以自遣。政使流行，亦復何害？譬如雞子中元無骨頭也。」也說明了詞相對於詩文而言，觸及時忌的可能性是很小的。以香草美人，寄寓情志，沒有比詞體更好的了。這對詩人們來說是不幸的，而對詞的創作來說卻是有幸的。

五

蘇軾的詞在內容方面更多地是向詩認同，援引本屬於詩歌範疇的題材進入到詞的寫作中，較前人多有開拓，諸如農村、悼亡、贈行、言志、談禪、詠物、詠史等方面，這是他在詞的內容題材方面的貢獻。其中描繪農村生活畫卷的，富有濃厚的生活情趣，如知徐州時寫的一組〈浣溪沙〉詞，錄三首如下：

照日深紅暖見魚，連村綠暗晚藏烏，黃童白叟聚睢盱。　麋鹿逢人雖未慣，猿猱聞鼓不須呼，歸來說與採桑姑。

麻葉層層檾葉光，誰家煮繭一村香？隔籬嬌語絡絲娘。　垂白杖藜擡醉眼，扶青搗麨軟饑腸，問言豆葉幾時黃？

簌簌衣巾落棗花，村南村北響繰車，牛衣古柳賣黃瓜。　酒困路長惟欲睡，日高人渴謾思茶，敲門試問野人家。

神宗元豐元年（一〇七八）春，徐州大旱，草木焦枯。作為父母官，蘇軾率民禱雨於城東的石潭，果然有靈驗，隨之大雨滂沱。雨後，蘇軾又到石潭去謝雨，道中作〈浣溪沙〉詞五首。「照日」一詞從水、陸、空三方面展示了久旱逢甘霖，萬物生機盎然的景象，人們與自然的和諧相處，反映了古拙質樸的民風民情，野味十足。「麻葉」一詞寫深入農戶的所見所聞，煮繭繅絲，滿村飄香，寫出了農事繁忙的景象。下片以一醉酒老翁搗麨充飢為題材，描繪了一幅肖像畫，刻畫出老翁閱歷的深厚。末句以向老翁詢問農作物生長的狀況作結，表達了對農事收成的關注。「簌簌」一詞勾勒了一幅農村風情的圖畫，棗花落、繅車響、賣黃瓜，普通中略有陌生之感，陌生中又分外覺得新奇，總寫走訪農村生活的觀感。作為一位關心民瘼的父母官，把百姓的事當成自己的事，與百姓同歡喜，共憂患，是這組詞所要表達出來的真誠的思想情感。詞中多用白描的手法，線條式的勾勒，取材新穎，筆調歡快，給人以田園牧歌式的感受，在其前的詞作家中，是見不到這樣的題材的。當然，這是蘇軾政績的寫照，處處顯現了其陶醉之狀、自豪之情。

烏臺詩案後，尤其是在後期的貶謫生涯中，寫作小詞，就成了蘇軾抒情言志的一種主要手段。抒發人生感慨，抒寫對仕途的倦怠、對退隱生活的嚮往，也就成了他詞作中的主流思想。不論是言情悼亡、羈旅贈別，還是詠物詠史、登山臨水，都會感受到蘇軾是在用詞寫其心志，這在他的長調慢詞中表現得更加突出，如〈滿庭芳〉（歸去來兮，清溪無底）云：

歸去來兮，清溪無底，上有千仞嵯峨。畫樓西畔，天遠夕陽多。老去君恩未報，空回首、彈鋏悲歌。船頭轉，長風萬里，歸馬駐平坡。　無何，何處有？銀潢盡處，天女停梭。問何事人間，久戲風波？顧謂同來稚子，應爛汝、腰下長柯。青衫破，羣仙笑我，千縷掛煙蓑。

詞寫於自黃州放歸之時。致君堯舜，是蘇軾的願望，烏臺詩案的發生，卻使這一理想成為了泡影。作為有「罪」之人，能苟全性命，已是莫大的榮幸。此時此刻，回歸故里，與親人團聚，成了最大的願望。「長風」二句，寫出了歸心似箭的心情，自由暢快，猶如逃出網羅的飛鳥。末五句，化實為虛，感嘆世事滄桑，變幻莫測，因而意欲遠離俗世，追慕高隱。雖然有些悲涼，但畢竟有了自由身。可是這種自由還是短暫的，隨後不久，蘇軾又奉命出仕。

對傳統題材的寫作，在蘇詞中仍然占有較大的比重。蘇門弟子陳師道就曾經說過蘇軾對男女風情不在行，因此不像其門人黃庭堅、秦觀以及陳師道本人那樣擅長豔情麗曲的寫作，就現存的蘇詞來說，這方面的詞的確少見，但還是有的，偶一為之，出語較為雅致，即使偶有一二句涉謔調笑，也不是太露骨的，如〈南鄉子〉（冰雪透香肌）一詞，豔而不淫，雅中有謔。蘇軾的言情詞主要有兩類：一是與友人的贈別之作，如與楊繪（字元素）、孫洙（字巨源）、陳襄（字述古）等，他們與蘇軾都曾共事過，蘇詞中記述與他們交往離合的也頗多，有的寫得非常傷情，如〈菩薩蠻・潤州和元素〉（玉笙不受朱脣暖）等，決不僅僅是出於應酬、虛情假意的。另一類是寫男女之情的，有的是屬於代言體，即應歌妓之請而寫的，應酬的成分多些，多有打趣調侃的味道。也有數首是為愛妾朝雲所作，寫得情真意切，如〈殢人嬌〉〈白髮蒼顏〉、〈祝英臺近〉〈挂輕帆〉、〈三部樂〉〈美人如月〉等，此舉一例：

> 白髮蒼顏，正是維摩境界。空方丈散花何礙？朱脣筯點，更髻鬟生彩。這些箇、千生萬生只在。好事心腸，著人情態。閒窗下斂雲凝黛。明朝端午，待學紉蘭為佩。尋一首好詩要書裙帶。（〈殢人嬌〉）

蘇軾有侍妾數人，紹聖年間，他貶至廣東惠州時，只有朝雲願意陪他遠行到蠻荒之地的兩廣，其餘則離散而去。朝雲是位聰慧的女孩子，蘇軾在詩文中多有讚譽之言，這首詞也不例外。朝雲是因病在惠州去逝的，卒年才三十四歲，時蘇軾已六十一了。這首詞主要是追述朝雲的事跡，表達了對她的懷思。在自己困頓衰朽之年，能得到朝雲這位紅顏知己的相伴，已深感滿足，尤其是在遭受打擊迫害、處境艱危的情況下，朝雲能矢志不渝，真是難能可貴。「千生萬生只在」，是說朝雲在自己的心裡永駐。容貌姣好高雅，有修養，有見識，端莊聰慧，善解人意，這就是蘇軾心目中永駐的朝雲的形象。詞寫得真切感人，讀之欲泣。又有悼亡詞〈江城子・乙卯正月二十日夜記夢〉（十年生死兩茫茫）云：

> 十年生死兩茫茫。不思量，自難忘。千里孤墳，無處話淒涼。縱使相逢應不識，塵滿面，鬢如霜。夜來幽夢忽還鄉。小軒窗，正梳妝。相顧無言，惟有淚千行。料得年年腸斷處，

明月夜，短松岡。

這是一首很有名的小詞，為蘇軾悼念前妻王弗的作品。上片寫日有所思，逝者雖然離去已有十年，但蘇軾懷思依然濃烈，說明愛得深。「塵滿面，鬢如霜」，言活在世上的我奔波於紅塵之中，往來於名利之場，如今是身心兩倦，已不是昔日的我了，就有難以相識的感嘆。下片寫夜有所夢，陰陽兩重天，欲相見等於痴人說夢。詞中擇取了特寫鏡頭，取王弗在窗前正在梳妝打扮的情景，有香豔之意，卻出之以平淡之語。久別重逢的驚異，悲喜交加的情態，寫得入木三分。此詞用語樸實無華，情感真摯酸楚，其之所以能打動讀者的魅力就在於此，洗盡鉛華，卻又極盡婉約纏綿之態。至於其他題材方面的詞作，如說明禪機妙理的，本詞選中均有論及，不再一一羅列了。

六

蘇軾以作詩的形式和方法填詞，擴大了詞體的表達功能，在內容和風格、表現手法等方面多有創新處。他的詞，不固守晚唐五代以來所形成的婉約綺麗的傳統詞風，就現存的三百餘首詞來說，既有婉約之作、豔麗之詞，又有清曠之曲、豪放之歌。風格多樣，不限於一種，而且婉約、清曠的作品所占的比重較大。其中最為後人爭議的，就是其詞作的豪放性的問題。一般以為豪放是指詞的風格而言，是與傳統的詞風——婉約相對的，主要指詞中所體現出來的氣勢恢宏、剛健雄壯的特色。若以這個標準衡量，蘇軾的豪放詞是不多的，如〈江城子〉（老夫聊發少年狂）、〈念奴嬌〉（大江東去）等寥寥數首而已，明朝有人就說蘇詞中可以稱得上豪放的就〈念奴嬌〉（大江東去）一首，話有些絕對，但不是沒有道理的。蘇軾在〈書吳道子畫後〉一文中說：「道子畫人物，如以燈取影，逆來順往，旁見側出，橫斜平直，各相乘除，得自然之數，不差毫末。出新意於法度之中，寄妙理於豪放之外。所謂遊刃餘地，運斤成風，蓋古今一人而已。」雖然是論畫，卻是蘇軾文藝觀的反映，這裡的豪放，是指不為傳統方法所局限的創作表現，是內容上的豐富多樣，構思上的自由馳騁，手法上的收放自如，風格上的灑脫不羈，如果在這個層面上理解「豪放」的含義，那麼蘇詞中的不少作品，都可以讓人體會到這種力度美。宋人曾慥〈東坡詞拾遺跋〉云：「江山秀麗之句，樽俎戲劇之詞，搜羅幾盡矣。傳之無窮，想像豪放風流之不可及也。」其間提到的豪放，就有這方面的意思。如其小令〈調笑令・效韋應物體〉（漁父）云：

漁父，漁父，江上微風細雨。青蓑黃箬裳衣，紅酒白魚暮歸。歸暮，歸暮，長笛一聲何處？

這首詞在意境上是取法唐張志和的〈漁父詞〉，今人或認為是蘇軾貶謫黃州時所作。詞中表達了慕隱思歸的情懷，「青蓑黃箬」、「紅酒白魚」，色彩斑斕，使得本來就以枯寂清淡為色調的漁父的生活畫面平添了些熱鬧，這就像蘇軾曾經譏諷黃庭堅寫的漁父詞〈浣溪沙〉以「玉肌花貌」比喻山光水色來描繪漁父的生活一樣，顯得有點不倫不類❽，這與詞人們那種不墨守成規、即興揮毫的創作思想有關。又如〈南歌子〉（師唱誰家曲）云：

師唱誰家曲？宗風嗣阿誰？借君拍板與門槌，我也逢場作戲莫相疑。　溪女方偷眼，山僧莫皺眉。卻愁彌勒下生遲，不見老婆三五少年時。

這首詞作於為杭州太守時，蘇軾遊西湖，前往淨慈寺拜見住持大通禪師，隨行帶了一位歌妓，大通見此，很是不高興。蘇軾就寫了這首詞，讓歌妓唱了起來，大通和尚為之破顏。古代官員們出遊，攜帶歌妓是常見的事情。蘇軾起初並未意識到這有什麼不妥的地方，誰知大通和尚是位品性高潔的人，不喜歡這樣的行為。蘇軾也是個聰明的人，趕緊寫了這首詞來化解，表明自己的心跡。大意是說從外表來看，我是不拘形跡，有失檢點，但實際上，我是行事有分寸的。再則對和尚您來說，四大皆空，歌女雖然瞟了您幾眼，於您何礙？不為心動就是了。何況人總是要變的，所謂「不見老婆三五少年時」，昔日行為放蕩的人，久歷世故後，未嘗不改邪歸正？放下屠刀，立地成佛的事時時都會發生。蘇軾以委婉的方式表達了自己的人生見解，很有禪機妙理。大通和尚自然明白自己於外物有區別之念，有喜怒之顏，本身就說明修養有欠缺。讀了這首詞，不也有「豪放風流」之感嗎？這種審美感受，不僅存在於他的詞作中，也存在於他的詩文書畫等的創作中，這也是個性張揚的表現。

蘇軾詞的反傳統性，除了人們熟知的以詩為詞外，又如以議論為詞，這在他的長調慢詞

---

❽ 參見吳曾《能改齋漫錄》卷十六等。

中也是多有表現。如〈滿庭芳〉（蝸角虛名）云：

> 蝸角虛名，蠅頭微利，算來著甚乾忙？事皆前定，誰弱又誰強？且趁閑身未老，須放我、些子疏狂。百年裡，渾教是醉，三萬六千場。　思量、能幾許？憂愁風雨，一半相妨。又何須抵死，說短論長？幸對清風皓月，苔茵展、雲幕高張。江南好，千鍾美酒，一曲〈滿庭芳〉。

詞作純以議論為主，上片表達了對功名利祿的鄙視，抒寫了時不我待、及時行樂的思想。下片是對充滿著爾虞我詐的仕途的反思，抒發了希望能遠離是非、放任自在的情懷。詞意以感悟為主，微含牢騷，稍覺頹廢。語淺意深，頗耐人尋味。又如〈沁園春・赴密州，早行，馬上寄子由〉（孤館燈青），也是以議論為主，抒寫了入世與出世的矛盾心理，其中有「不合時宜」的話，據載曾惹得神宗皇帝的不滿，以致後人謂此詞有乖義理，非蘇氏作品。以議論入詞，有助於增強詞氣的豪邁剛健之感，也是豪放詞風的一種表現。豪放是蘇詞風格中的一種體現，以後人對詞之「豪放」的一般性理解來看，蘇詞中涉及到的此類作品有限，雖然如此，卻開了南宋以辛棄疾為代表的豪放詞派，這是蘇軾在詞壇上的另一重要貢獻。宋人曾季貍在《艇齋詩話》中說：「東坡之文妙天下，然皆非本色，與其他文人之文、詩人之詩不同。文非歐、曾之文，詩非山谷之詩，四六非荊公之四六，然皆自極其妙。」也就是說蘇軾的各類文體不僅具有強烈的反傳統性，而且都能給人以耳目一新的感覺，其魅力就在於此。其詞的創作也是如此，屬於「非本色」的東西有不少，但他在詞壇上的人氣是旺盛的，從北宋到今天，依然是如此。

蘇軾的詞集，宋代有單刻本、全集本、叢書本，另外還有注本。至遲在清朝，宋刊本的詞集還存，如宋刻本《東坡樂府》二卷[9]，今則不見。今存有宋曾慥編的《東坡詞》二卷、《東坡詞拾遺》一卷，收在明吳訥輯的《百宋詞》中。又有宋傅幹《注坡詞》二卷。現存最早的版本是元仁宗延祐七年（一三二〇）括蒼葉曾南阜書堂校刻的《東坡樂府》二卷，葉氏〈東坡樂府敘〉云：「舊板湮沒已久，有家藏善本，再三校正一新，刻梓以求流布。」一九七九年上海古籍出版社出版了整理本《東坡樂府》，此本是以元刻本作底本，並用毛晉刻《宋名家詞》本、王鵬運刻《四印齋所刻詞》本、朱孝臧刻《彊村叢書》本校勘，標點整理出版。此次注譯，據整理本選一百九十五首，又據傅幹《注坡詞》（巴蜀書社出版）和《全宋詞》選為元刻本未載者〈醉翁操〉（琅然）等九首。其編排次第，則參照《詞律》、《欽定詞譜》等，依詞調字數的多寡，先小令，後長調。至於原底本個別字使用的異體字，酌情改作現在通用的字，不再出校記。

鄧子勉

二〇〇八年五月三日於南京

[9] 見季振宜《季滄葦藏書目》「延令宋版書目」和徐乾學《傳是樓宋元板書目》等。

陽關曲

答李公擇❶

濟南春好雪初晴，纔到龍山❷馬足輕❸。使君❹莫忘霅溪❺女，還作〈陽關〉腸斷❻聲。

【詞　牌】陽關曲

《詞律》卷一：〈小秦王〉，二十八字，又名〈陽關曲〉。

又於無名氏〈小秦王〉「柳條金嫩不勝鴉」末云：即七言絕句，平仄不拘。如東坡所作「暮雲收盡溢輕寒」一首，下二句失黏不論。

《詞譜》卷一：〈陽關曲〉，本名〈渭城曲〉。宋秦觀云：〈渭城曲〉絕句，近世又歌入〈小秦王〉，更名〈陽關曲〉。屬雙調，又屬大石調。唐《教坊記》有〈小秦王〉曲，即秦王小破陣樂也，屬坐部伎。

又於王維〈陽關曲〉末云：宋蘇軾詞三首，其第二句一首云「銀漢無聲轉玉盤」，一首云「纔到龍山馬足輕」，則此詞「客」字可平也。至第三句仄平仄仄仄平仄，蘇詞三首皆然，若平仄一誤，即非此調。按此亦七言絕句，唐人為送行之歌。三疊，其歌法也。蘇軾論三疊歌法云：舊傳〈陽關〉三疊，然今世歌者每句再疊而已。若通一首言之，又是四疊，皆非是。或每句三唱以應三疊之說，則叢然無復節奏。余在密州，文勛長官以事至密，自云得古本〈陽關〉，其聲宛轉悽斷，不類向之所聞，每句皆再唱，而第一句不疊，乃知古本三疊蓋如此。及在黃州，偶讀樂天〈對酒〉詩云：「相逢且莫推辭醉，聽唱〈陽關〉第四聲。」注云：「『第四聲『勸君更盡一杯酒』。」以此驗之，若一句再疊，則此句為第五聲，今為第四聲，則第一句不疊，審矣。查元《陽春白雪集》有大石調〈陽關三疊〉詞云：「渭城朝雨，一霎裛輕塵。更灑遍、客舍青青，弄柔凝，千縷柳色新。更灑遍、客舍青青，千縷柳色新。休煩惱，勸君更盡一杯酒，人生會少，自古富貴功名有定分。莫遣儀容瘦損。休煩惱，勸君更盡一杯酒，只恐怕西出陽關，舊遊如夢，眼前無故人。只恐怕西出陽關，眼前無故人。」與蘇論吻合，並附錄之。

《填詞名解》卷二：唐王維詩「西出陽關無故人」，寇準作離別詞云：「且莫辭沉醉，聽取〈陽關〉徹。」此調因名〈陽關引〉。（案：顧從敬《詩餘箋注》云：〈陽關引〉，近世又歌入〈小秦王〉，更名〈陽關曲〉，然此調渭城朝雨詩耳。若寇詞自是宋慢曲，不可唱入〈小秦王〉調也）

【注　釋】❶李公擇　名常，字公擇，南康建昌（今江西南城）人，時為齊州（今山東濟南）太守。❷龍山　宋置龍山鎮，在濟南東七十里。❸馬足輕　指騎馬遠行輕快。❹使君　漢以後對州郡長官的稱呼，此指李常。❺霅溪　水名，又稱霅川，在浙江吳興境內，又為吳興的別稱。（案：李常前此曾任湖州太守，後移知齊州。）❻腸斷　形容極其悲傷的樣子。

【語　譯】濟南的春天真美好，雪後初晴。騎馬輕快，到了龍山。使君不要忘了，霅溪的女孩至今還唱著〈陽關曲〉，哀惋悲傷。

【賞析】神宗熙寧九年（一〇七六）蘇軾得詔移知河中府，次年正月自密州任上出發，途經齊州，李常時為太守，留月餘始去，詞作於這一期間。詞中記錄了與李常等初春遠遊的一段事，時逢雪後初晴，春回大地，活力具現。一個「輕」字，既寫出了這次郊遊行程的輕鬆，又道出了遊者心情的輕快。後兩句以湖州百姓至今誦唱著懷思李常的歌曲，對李氏政績進行讚美。筆法突轉，出之以調諧的口吻，也表現了蘇軾行文多變、遊戲筆墨的風格。此詞從形式上看為七言絕句，宋胡仔在《苕溪漁隱叢話．後集》卷三十九中說：「唐初歌辭多是五言，或七言詩，初無長短句。自中葉以後至五代，漸變成長短句，及本朝，則盡為此體。今所存，止〈瑞鷓鴣〉、〈小秦王〉二闋是七言八句詩、並七言絕句詩而已。」〈小秦王〉指的就是〈陽關曲〉，可見其與詩的淵源。

陽關曲

中秋作，本名〈小秦王〉，入腔即〈陽關曲〉

暮雲收盡❶溢清寒，銀漢❷無聲轉玉盤❸。此生此夜不長好，明月明年何處看？

【注釋】❶暮雲收盡　謂天黑時雲已散去。❷銀漢　即銀河。天空中聯亙如帶的星群。❸玉盤　指圓月。

【語譯】傍晚的雲已散去，月光如水，充滿著寒意。圓月隨著銀河，無聲無息地轉動著。這一生如此美好的夜晚不會常有，明亮的圓月，明年在什麼地方才能看到呢？

【賞析】中秋是親人團聚的日子，蘇軾以中秋為題材而創作的詞有數首，其中不少是膾炙人口、流傳千古的佳作。哲宗紹聖元年（一〇九四），他在〈書彭城觀月詩〉一文中云：「余十八年前中秋夜，與子由觀月彭城，作此詩，以〈陽關〉歌之。」所謂此詩，即指此詞，蘇軾創作的〈陽關曲〉凡三首，又當作詩收入自己的詩集中。彭城，即今天江蘇的徐州。能與胞弟蘇轍（字子由）在一起，是蘇軾離鄉仕宦在外時常有的想法，他們兄弟間彼此情感特別深厚，只是各有職位，常常是聚少分多。「此生此夜不長好」二句，一方面能為兄弟二人此夜聚守在一起而感到高興，另一方面，也為這種見面的機會稀少而憂愁。畢竟來日天各一方，何時再見？誰也說不準。圓滿是短暫的，如同月亮一樣，虧缺還是占了絕大部分的時間，正是因為如此，人們更應珍惜。這首詞雖然短小，但語短情長，是其特色。

調笑令

效韋應物❶體

漁父，漁父，江上微風細雨。青蓑黃箬❷裳衣，紅酒❸白魚❹暮歸。

歸暮，歸暮，長笛一聲何處？

【詞牌】調笑令

《詞律》卷二：三十二字，又名〈宮中調笑〉、〈轉應曲〉、〈三臺令〉。

《填詞名解》卷一：商調曲。一名〈古調笑〉，一名〈轉應曲〉，《樂苑》云：戴人倫謂之〈轉應詞〉）一名〈三臺令〉。然與王建二十四字〈三臺令〉不同。〈調笑令〉亦有二體，稱古者三十二字，創自唐也。專名〈調笑令〉者，三十八字，宋人之作也。

【注釋】❶韋應物　唐代詩人，寫有〈調笑令〉「胡馬」、「河漢」等篇。❷青蓑黃篛　均指雨具。青色的蓑衣，黃色的篛笠。前者是用草編織成，披在身上用的。後者是用箬竹葉或篾編成的寬邊帽。❸紅酒　用紅麴釀成的米酒。紅麴為酒麴的一種，色紅，用米釀酒，酒呈紅色。❹白魚　或指白鰷，體小，呈條狀，側扁，白色，生活在淡水中。

【語譯】漁父，漁父，江面上吹著微風，飄著細雨。穿著青色的蓑衣，戴著黃色的篛笠，天黑了，拎著紅米酒白鰷魚返回。返回天已黑，返回天已黑，一聲長笛吹響，來自何方？

【賞析】吟詠漁父生活，是古代詩詞中常見的一種題材。其中的漁父形象，大多是賦予其隱逸超俗、全身遠害的思想理念，其由來已久，早在先秦時，《楚辭》中有〈漁父〉一文，描述了漁父在濁世時能避世隱身，怡然自得的情態；《莊子・漁父》也有類似的表述。而後世文人吟賞漁父的詩詞，所表達出來的思想意蘊不外乎此；至唐朝中期，張志和撰寫了〈漁父詞〉五首，抒寫隱逸之趣，其中第一首云：「西塞山前白鷺飛，桃花流水鱖魚肥。青箬笠，綠蓑衣，斜風細雨不須歸。」就意境而言，蘇軾的這首小詞取法於張氏之作。今人或認為本詞是貶謫黃州時所作，詞中表達了欲遠離官場的願望，是蘇軾看破紅塵、不問是非的心理的寫照。「青蓑黃篛」、「紅酒白魚」，色彩斑斕，描繪如畫，使得本來就以枯淡清寂為特色的漁父生活畫面增添了些熱鬧，這大概與蘇軾那種不墨守成規的藝術創作觀有關。「長笛一聲何處」一句既表達了對漁父往來於山水之間、嘯傲自在的情態的嚮往，也流露出身不由己、難以遂其退居歸隱之願的苦惱。

如夢令

為向東坡❶傳語，人在玉堂❷深處。別後有誰來？雪壓小橋無路❸。

歸去，歸去，江上一犁春雨❹。

【詞牌】如夢令

《詞律》卷二：三十三字，又名〈憶仙姿〉、〈宴桃源〉、〈比梅〉。

《詞譜》卷二：宋蘇軾詞注：此曲本唐莊宗製，名〈憶仙姿〉，嫌其名不雅，故改為〈如夢令〉，蓋因此詞中有「如夢，如夢」疊句也。周邦彥又因此詞首句，改名〈宴桃源〉。沈會宗詞有「不見，不見」疊句，名〈不見〉。張輯詞有「比著梅花誰瘦」句，名〈比梅〉。《梅苑》詞名〈古記〉，《鳴鶴餘音》詞名〈無夢令〉，魏泰雙調詞名〈如意令〉。

《填詞名解》卷一：一名〈比梅〉，一名〈宴桃源〉，一名〈憶仙姿〉。後唐莊宗自度曲，詞云：「曾宴桃源深洞，一曲舞鸞歌鳳。長記別伊時，和淚出門相送。如夢，如夢，殘月落花煙重。」樂府遂取「如夢」二字名曲。或云：莊宗修內苑，掘土，有繡花碧色中得斷碑，載此詞。此調復加一疊者，名〈如意令〉，蓋唐武氏有〈如意曲〉，詞名兩襲之。

【注釋】❶東坡　地名，在黃州（今湖北黃岡）東邊，神宗元豐年間，蘇軾被貶官為黃州團練副使，築室於此，名雪堂，又自號東坡居士。❷玉堂　唐宋時對翰林院的稱呼，時蘇軾為翰林院學士知制誥。❸雪壓小橋無路　謂雪堂久無人居住，加以連接往來通道的小橋上積雪很厚，無路通行。小橋，位於東坡雪堂正南。❹一犁春雨　指春雨的雨量相當於一犁入土的深度。

【語譯】請向居住在東坡的友人傳話，我如今身在翰林院任職。自我離開後，有誰來訪？厚厚的積雪壓在小橋上，無路可通行。歸去吧，歸去吧，回到東坡故居，泛舟江上，看漫天春雨。

【賞析】本詞於宋人傅幹《注坡詞》中題作「寄黃州楊使君二章」。楊使君名楊寀，字君素，時任黃州太守，蘇軾謫居黃州時，與他有交往。此詞作於哲宗元祐初，蘇軾時在京城任翰林院學士。哲宗登基時年尚少，元祐年間，由太皇太后高氏聽政，起用老臣司馬光等，欲盡廢王安石新法，蘇軾就是在這種背景下被召回京城的。因在廢除新法等問題上有不同看法，加以黨派紛爭，彼此間傾軋攻擊，蘇軾不安於在朝為官，因此多次上書，要求離開京城這個是非之地。詞中委婉地表達了這種想法，身雖處廟堂高處，心卻嚮往京城之外的自在生活。一個「深」字，說明入京城為官是身不由己的，多少有些無奈。而此時也正是蘇軾自貶謫之地黃州放還後不久，對自己苦心經營的東坡故居，儘管離開前曾託人照看，但仍是難以釋懷。想當年耕種東坡，安身聽命，與世無爭，泛舟赤壁，逍遙於紅塵之外。撫今追昔，能不令人心動嗎？一個「壓」字，掛念之情突現無遺，雪壓無路，則有荒廢之憂，故有歸去之思，這種迫切的心情，也正是厭倦官場的反映。

如夢令

手種堂前桃李，無限綠陰❶青子❷。簾外百舌兒❸，驚起五更❹春睡。居士❺，居士，莫忘小橋流水。

【注釋】❶綠陰　即綠蔭，指綠葉茂密。❷青子　指尚未熟透的果實。❸百舌兒　鳥名，即反舌，又稱鶷鶪。其鳴時反覆如百鳥之音，故名。❹五更　舊時把一夜分作甲、乙、丙、丁、戊五段，又稱五夜、五鼓等。❺居士　古代凡儒者、釋子、道家，均可稱居士。佛家謂居家修行者為居士。又指不求官位，退隱閒處的人。此處為蘇軾自謂，蘇軾自號東坡居士，參見〈如夢令〉「為向東坡傳話」注❷。

【語譯】親手種在雪堂前的桃樹李樹，如今應是綠葉成蔭，青嫩的果實滿枝。簾外百舌鳥的鳴啼，把我從春睡中驚醒。東坡居士，東坡居士，切莫忘了東坡的小橋流水。

【賞析】此詞與前一首作於同時，所表現出的主題思想是前後連貫的。詞中先是描述東坡雪堂故居環境的幽靜閒適，重在追憶，抹上了濃重的懷舊色彩。在東坡的日子，在東坡的生活，東坡的一山一水、一草一木，都是蘇軾第一次在仕途上身處低谷時，結下的不解之緣。在這塊彈丸之地，他明白了許多，也徹悟了許多，所謂百鍊鋼化為繞指柔，其間的苦衷，也不是局外人所能明白的。次則敘眼前之景，百舌兒啼鳴不已，驚醒春睡，覺睡不成則在其次，而急促的鳥鳴之聲，似在不停地說「居士，居士，莫忘了東坡的小橋流水」，三句形同吶喊，敲打在人的心靈上，那是發自心靈深處的召喚，也是厭倦京城生活、逃離官場是非的強烈反映。

如夢令

元豐七年十二月十八日，浴泗州❶雍熙塔❷下，戲作〈如夢令〉兩闋。此曲本唐莊宗❸製，名〈憶仙姿〉，嫌其名不雅，故改為〈如夢令〉。莊宗作此詞，卒章云：「如夢，如夢，和淚出門相送。」因取以為名云。

水垢❹何曾相受，細看兩俱無有。寄語揩背人，盡日勞君揮肘。輕手，輕手，居士本來無垢。

【注釋】❶泗州　治在今江蘇宿遷東南，轄境相當於今江蘇泗洪、盱眙和安徽天長、泗縣等地。❷雍熙塔　又稱泗州塔。在州城西，唐中宗景龍中建，宋太宗太平興國七年（九八二）重建，塔高十三級。❸唐莊宗　指五代後唐莊宗李存勗，在位四年，死於宮中伶官手中。❹垢　汙垢，又佛家謂妄惑垢心性為垢，意同煩惱。

【語譯】過水留下汙垢，怎麼會有這種事。仔細看來，兩者都沒有。請告訴擦背的人，整日裡有勞您揮舞著手肘。手用力輕些，手用力輕些，居士我本來就沒有汙垢。

【賞析】用詞來闡述佛理禪說，是這首詞的特色所在。蘇軾自黃州放還，途經泗州，浴於雍熙塔下，寫下了這首詞。其中語意雙關。表面上是說自己本來身上就不髒，擦背人大可不必用力過多，也不必傾倒更多的水來沖洗。實際上是表明對自己橫遭烏臺詩案、貶謫黃州這一事件前前後後的反思。遭此磨難，云沒有痛苦、內疚和煩惱等，這是不現實的，在有關的文章信函中蘇軾多次談到這方面的負面影響，畢竟這一突如其來的政治迫害給自己、家庭、友人帶來的種種不幸，是有目共睹的。只是東坡能較快地從這一事件中振作起來，沒有消沉，沒有悲觀，而是以超曠的情懷對待其後的人生。在他來看，本來這次橫禍就是人為的，就自己的行為來說，上不愧對君父，下不辱沒祖先，因此是說「無垢」的，也就無所謂煩惱，同時也表明了自己無須向敵對勢力屈服的態度，對於種種流言蜚語，也不必放在心上，只要能做到我心自淨，就不懼外來的垢染。

如夢令

自淨❶方能淨彼，我自汗流呀氣❷。寄語澡浴人，且共肉身❸遊戲❹。

但洗，但洗，俯為世間一切。

【注　釋】❶自淨　佛家云自調、自淨、自度「三自」之一，自淨即心無邪念，精神潔淨。❷汗流呀氣　謂汗流浹背、氣喘吁吁。❸肉身　佛家謂父母所生的身軀為肉身。❹遊戲　指遊戲三昧，謂摒除一切雜念，保持心神平靜。

【語　譯】自己潔淨，才能使別人潔淨。我自己卻是汗水流淌、氣喘吁吁。請轉告沐浴的人們，姑且隨著肉身一起自如地活動。儘管擦洗吧，儘管擦洗吧，屈從是為了人世間的一切。

【賞析】和前一首詞一樣，這首詞也是語意雙關。「自淨方能淨彼」二句是說自己潔淨，才能使他人向你看齊。言外之意是說我心無雜念，超越塵緣，不會被塵垢沾染，就可以達到身心兩清，這樣也可以感染別人。如同《論語》中孔子說：「其身正，不令而行；其不正，雖令不從。」即是說自己行事端正，別人就會以你為楷模，反之，則別人不信任你。基於此，蘇軾首先強調的是自我的完善，即使是「汗流呀氣」也在所不辭。「且共肉身遊戲」，意思是說每個人的身軀都是受之父母，因此要善待之，若有種種煩惱，不僅精神上得不到愉悅，身體也易於遭受疾病的侵襲，有負父母養育之恩。「但洗」二句，宋傅幹注引《本行經》云：「太子至泥連河側，思惟眾生一切根緣，六年後方可度之。乃求修苦行，亦以自試。後悟此非真修，乃受美食，洗浴於河也。」據此，蘇軾或有感於烏臺詩案，遭此不測，先前一向懷有的積極用世之心，崇高的理想，那種執著和辛苦，至此方悟出實在是幼稚可笑，想當初，若能屈從委曲，不必強命硬拼，或不至於此。當然這是牢騷語，不可信以為真。

訴衷情

小蓮❶初上琵琶絃，彈破碧雲天。分明繡閣幽恨，都向曲中傳。

膚瑩玉，鬢梳蟬❷，綺窗前。素娥❸今夜，故故❹隨人，似鬬嬋娟❺。

【詞　牌】訴衷情

《詞律》卷二：三十三字，又名〈一絲風〉。

《詞譜》卷二：唐教坊曲名，毛文錫詞有「桃花流水漾縱橫」句，又名〈桃花水〉。《花間集》此調有兩體，單調者或間入一仄韻，或間入兩仄韻。韋莊、顧敻、溫庭筠三詞略同。雙調者全押平韻，毛文錫、魏承班二詞略同。

《填詞名解》卷一：凡有六體，唐韋莊「碧沼紅芳」一曲，《詞譜》作單調，《詩餘圖譜》於「帶裊纖腰」句分段，作雙調。其四十四字體者，則又名〈訴衷情令〉，蓋林鍾商調曲也。或曰〈訴衷情〉，一名〈一絲風〉。

【注　釋】❶小蓮　北齊馮淑妃名小蓮，又名小憐，善琵琶，此指歌女。❷鬢梳蟬　古代的一種髮式，兩鬢梳理得薄如蟬翼。❸素娥　即嫦娥，此指月亮。❹故故　故意；偏偏。❺嬋娟　美好貌。

【語　譯】小蓮初學彈琵琶，曲聲激越，好像要衝破雲天。分明是繡房女子鬱結的怨恨，都通過樂曲傳達了出來。　肌膚瑩潔如玉，鬢髮梳理成蟬翼一般，在精美的紗窗前。今夜的月亮，偏偏要跟著人，好像與人比美。

【賞　析】詞中所寫是一位情竇初開的少女，她善彈琵琶，至於其身分，或為歌妓，或為侍婢。上片寫其情，「彈破碧雲天」句，以其曲聲激越，彈奏急促，有響遏行雲之狀，說明琵琶女雖是初學，但表演的技藝卻不凡，這是其一；另一方面，從其曲中流露出的情感來說，卻是有著鬱結久遠而深厚的怨恨，愛得深，恨得也深。對於侍婢、歌妓來說，真誠的愛情大多是可望而不可及的。下片寫其貌，如玉般潔白的肌膚，似蟬翼一般的鬢髮，寫出琵琶女的美豔。此時此刻卻在窗前，沉思不語，暗自傷情。「素娥今夜」三句，以月亮的圓滿皎潔，寫琵琶女的形單影隻。末二句不說人對圓月的留戀，偏說是圓月對人的挑逗，似乎要與人比美，表達了女子對自己如花似玉容貌的自信、自憐和自傷，風趣中略帶苦澀和酸辛，嗔怪中饒有情趣，味道十足。

天仙子

走馬探花❶花發未，人與化工❷俱不易。千回來繞百回看，蜂作婢，鶯為使，穀雨清明空屈指❸。

白髮盧郎❹情未已，一夜剪刀收玉蕊❺。尊前還對斷腸紅❻，人有淚，花無意，明日酒醒應滿地。

【詞牌】天仙子

《詞譜》卷二：唐教坊曲名。段安節《樂府雜錄》：〈天仙子〉本名〈萬斯年〉，李德裕進，屬龜茲部舞曲。因皇甫松詞有「懊惱天仙應有以」句，取以為名。此詞有單調、雙調兩體，單調始於唐人，或押五仄韻，或押四仄韻，或押兩仄韻、三平韻，或押五平韻。雙調始於宋人，兩段俱押五仄韻。

《填詞名解》卷一：唐韋莊詞「劉郎此日別天仙」云云，遂采以名。

【注　釋】❶探花　謂打探花兒是否已開放。❷化工　自然的創造力。❸穀雨清明空屈指　謂屈指計算，以為穀雨、清明時會見到花開，結果不是。穀雨、清明，分別為農曆二十四節氣中之一，前者在每年的四月十九日至二十一日之間，後者在四月四日至六日之間。❹白髮盧郎　有盧某，仕為校書郎，晚娶少妻崔氏，崔氏因其年老而心中微有不甘，作詩云：「不怨盧郎年紀大，不怨盧郎官職卑。自恨妾身生較晚，不見盧郎年少時。」事見宋人錢易《南部新書》。❺一夜剪刀收玉蕊　謂很快就娶到了佳人。玉蕊，花名，唐宋文人多吟詠之。此處比喻佳人。❻斷腸紅　指斷腸花，又名秋海棠。元伊世珍《嫏嬛記》卷中引《採蘭雜誌》云：「昔有婦人，思所歡不見，輒涕泣，恆灑淚於北牆之下。後灑處生草，其花甚媚，色如婦面，其葉正綠反紅，秋開，名曰斷腸花。」

【語　譯】騎著馬兒快速地去探看花兒是否已開放，人與自然造化付出的代價都不容易。千回百回環繞著尋找，蜂兒做婢女，鶯鳥為使者。屈指算來，原本以為穀雨、清明會開花，沒想到全都落空。

白髮盧郎情緣未斷，一夜間就娶得了美人。酒席間，面對著斷腸紅花，佳人流著眼淚，花兒卻無情意，明日酒醒時，落花應是滿地。

【賞　析】這是一首言情詞，就詞意來看，是描述一對老少配的婚姻。上片用喻體，是說男子早年有意成家，卻未能實現。其中「走馬探花」說明其尋找的辛苦，「人與化工俱不易」意思是說找到條件符合男方要求的女子實屬不易，一是存在著人為因素，二是要有自然緣分，兩者缺一都不可。所謂「千回來繞百回看」，說得好聽些是緣分未到，說得不好聽就如俗云挑來挑去挑花了眼。「蜂作婢」三句是寫媒人接二連三地前來，最終還是落空。下片則是敘寫男方年歲已高，終於尋到了佳人。「一夜剪刀收玉蕊」，是說結婚的決定做得非常快，和其早年挑三揀四，簡直不可同日而語。

只是此時男方已是鬢髮俱白，女子是青春佳麗，男方滿意了，女方可不滿意。「尊前還對斷腸紅」四句描述女子的傷感，嫁給一個老頭，可以說是出於萬般無奈，「斷腸」二字說明其傷心欲絕，對花落淚，自傷所遇非其所願，就如同所見盛開的花，豔麗時無人賞識，凋零時更無人憐惜。睹物思人，悲情欲絕。詞為調謔之作，或云被取笑的人是張先（字子野），蘇軾有詩〈張子野年八十五尚聞買妾述古令作詩〉云：「詩人老去鶯鶯在，公子歸來燕燕忙。」他為杭州通判時，張先居住在杭，年高八十餘，家猶畜聲妓，蘇氏贈詩以戲之，鶯鶯、燕燕均代指張先侍妾。

昭君怨

金山❶送柳子玉❷

誰作桓伊三弄❸，驚破綠窗❹幽夢❺。新月與愁煙，滿江天。

人

欲去還不去，明日落花飛絮❻。飛絮送行舟，水東流。

【詞牌】昭君怨

《詞律》卷三：四十字，又名〈一痕沙〉、〈宴西園〉。

《詞譜》卷三：朱敦儒詞詠洛妃，名〈洛妃怨〉。侯寘詞，名〈宴西園〉。

《填詞名解》卷一：漢王昭君作怨詩，入琴操。樂府吟嘆曲有〈王明君〉，蓋晉石崇擬其意作之，以教綠珠。陳、隋相沿有此曲，一名〈王昭君〉，一名〈明君詞〉，一名〈昭君嘆〉，填詞專名

〈昭君怨〉，又名〈一痕沙〉。

【注　釋】❶金山　在今江蘇鎮江西北，古有伏牛、浮玉等名，相傳唐時裴頭陀開山得金，因名金山。原本在長江水中，清末泥沙淤積，始與岸相連。❷柳子玉　名柳瑾，鎮江丹徒人，其子仲遠為蘇軾妹婿。❸桓伊三弄　劉義慶《世說新語・任誕》載：王徽之聞桓伊善吹笛，而不相識，一次遇桓伊於岸上，邀請為奏一曲，桓「踞胡牀，為作三調」。奏完即離去，主客不交一言。桓伊，晉人，字叔夏，小字野王，歷官淮南太守等。善音樂，為江左第一，藏有漢蔡邕柯亭笛，常吹之。弄，奏樂。又樂一曲為一弄。❹綠窗　綠色紗窗，指女子居住之室。❺幽夢　隱隱約約的夢境。❻飛絮　即柳絮。

【語　譯】誰吹起了笛曲，驚醒了綠紗窗屋裡佳人的幽夢。新生的月光，和煙氣一般的愁緒瀰漫江天。　人想歸去還不去，明日花兒凋落柳絮飄飛去。飛絮相伴遠行的船，隨著江水東流而去。

【賞　析】詞中敘寫送別姻親柳瑾，採用了推己及人的方式。上片是從柳瑾之妻的角度來寫對他的思念之情，以笛曲驚夢，寫出幽怨之深。三四句則借景寫情，皓月一次次的新生，一次次的圓滿，而團圓的希望卻一次次的破滅，江面水氣如煙，而思婦的愁緒如月光、似水氣瀰漫，逐漸濃深，景中寓情，情與景會。清陳世焜《雲韶集》卷二：「『新月』二語，意有六層，淒清絕世。」下片寫眼前送行之意，首二句承接上片末二句意，仍是借景寫情，多次云歸卻不見歸，這是思婦的埋怨。「明日落花飛絮」意味著美好時光的短暫，由惜春而傷時。落花飛絮追逐著行船流水，有雙重含義：一是寫柳瑾思親之情如東流之水一瀉千里，說明歸心似箭；另一層則寫詞人惜別之情，如江水無窮無盡，無始無終。從李煜「問君能有幾多愁，恰似一江春水向東流」化出。用語淡雅，而情意深厚。

生查子

送蘇伯固❶

三度別君來，此別真遲暮❷。白盡老髭鬚，明日淮南❸去。酒罷月隨人，淚溼花如霧❹。後月送君時，夢繞湖邊路❺。

【詞牌】生查子

《詞譜》卷三：唐教坊曲名，《尊前集》注：雙調。元高拭詞注：南呂宮。朱希真詞有「遙望楚雲深」句，名〈楚雲深〉。韓淲詞有「山意入春晴，都是梅和柳」句，名〈梅和柳〉，又有「晴色入青山」句，名〈晴色入青山〉。

《填詞名解》卷一：查，古「槎」字，通取海客事。

【注釋】❶蘇伯固　蘇堅，字伯固，泉州（今屬福建）人，居丹陽（今屬江蘇），曾為錢塘丞，與蘇軾唱和甚多。❷遲暮　謂年齡已老大。❸淮南　指江蘇揚州，宋時屬淮南路。❹花如霧　因淚眼模糊，故看花時好像霧中見物一般。❺後月送君時二句　謂蘇伯固不久將回吳中，作者夢魂會追隨而去。

【語譯】三次與您分別，這次分別真是年紀已老。鬍鬚全都變白，明天又要到淮南去。飲酒結束，月亮隨著人移動。淚眼溼潤，看花如在霧中。伴隨著月亮送您，在夢中湖邊環繞的路上。

【賞析】言別之作，是詞中的老生常談，古往今來，佳作層出不窮。這首即是其一，蘇軾與蘇堅交情很深，詞作中有不少首就是寫給他的。兩人之間有過多次的會聚與別離，如果說以前的分別還有再會的機會，這次分手後，再見面的機會就不知在何時何地了。「此別真遲暮」句說明歲月催人，畢竟彼此都是鬚鬢盡白，已到了生死不測的年紀，一「真」字、「盡」字，抒寫了對時光易逝、人生短促的無窮感慨，也表達了對友人的真誠。詞的下片，則專寫對友人的這種真誠：其一、「月隨人」，意思是說，我們雖然各在天一方，但圓月卻代表著與君團聚的心意，見到圓月，即見到我對君的思念。其二、「夢繞湖邊路」，是說分手後，會在夢中與君常相聚，就如同彼此曾經常常盪舟在湖水中，漫步在湖邊的小路上。詞中以實化虛，又以虛寫實，著墨不多，但情感真摯，意蘊深厚。清人陳廷焯評此詞云：「語淺情深，正不易及。」也就是說這首詞不是為情造文，而是情生文成，以自然天成為特色。

點絳脣

庚午重九

不用悲秋，今年身健還高宴。江村海甸❶，總作空花❷觀。尚

想橫汾，蘭菊紛相半❸。樓船遠，白雲飛亂，空有年年雁❹。

【詞　牌】點絳脣

《詞譜》卷四：元《太平樂府》注：仙呂宮。高拭詞注：黃鍾宮。《正音譜》注：仙呂調。宋

王禹偁詞名〈點櫻桃〉，王十朋詞名〈十八香〉，張輯詞有「邀月過南浦」句，名〈南浦月〉，又有「遙隔沙頭雨」句，名〈沙頭雨〉。韓淲詞有「更約尋瑤草」句，名〈尋瑤草〉。

《填詞名解》卷一：采江淹詩：「白雪凝瓊貌，明珠點絳脣。」

【注　釋】❶江村海甸　謂江邊的村落和海邊地區。甸，古代指郊外的地方。❷空花　虛幻之花，比喻妄念。❸尚想橫汾二句　漢武帝行幸河東，於汾河中宴群臣，帝覺甚樂，賦〈秋風辭〉，有「蘭有秀兮菊有芳，懷佳人兮不能忘。泛樓船兮濟汾河，橫中流兮揚素波」句。橫汾，橫渡汾河。❹樓船遠三句　唐李嶠有〈汾陰行〉詩，中述漢武渡汾水之事，末云：『昔時青樓對歌舞，今日黃埃聚荊棘。山川滿目淚沾衣，富貴榮華能幾時。不見只今汾水上，唯有年年秋雁飛。」詞意自此出。樓船，此指遊船。

【語　譯】不要因秋天而悲傷，今年身體強健，還可以登高宴聚。江邊的村落、海邊的地區，總是當作虛幻的鏡中花一樣看待。　還想起昔日漢武帝橫渡汾河，蘭花和菊花紛雜爭豔。乘船出遊的事已久遠，白雲亂飛，年年只見南去的群雁。

【賞　析】詞作於哲宗元祐五年（一〇九〇）九月九日，在杭州。重陽是古代的一個重要節日，這天，人們常常是三五成群，登高宴聚，賞菊花，飲酒作樂。除此外，登高懷遠，思念親友也是重陽詩文中常見的一種題材。又秋天萬物蕭條，景況淒冷，悲秋也成為古代詩詞中常見的母題，而重陽正值其時。也有唱反調者，如唐劉禹錫〈秋詞〉云：「自古逢秋悲寂寥，我言秋日勝春朝。橫空一鶴排雲上，便引詩情到碧霄。」又杜甫〈九日藍田崔氏莊〉云：「老去悲秋強自寬，興來今日盡君歡。」又云：「明年此會知誰健，醉把茱萸仔細看。」蘇軾詞的首二句就是化用杜詩之意而來的。「不用」二字，語氣堅定，或有感於古今詩人傷秋、悲秋的成分太多太濃而發。儘管仕途坎坷，但總的來說，他還是個樂天派。遭受的磨難多了，也就能把很多問題看透了，人生在世，所追求的不過是功名利祿、榮華富貴，得之則喜，失之則憂。對蘇軾而言，其間的酸甜苦辣，不是境中人，是很難體會到的。「總作空花觀」，這是透悟之言，猶如鏡中花、水中月，都是虛幻的，到頭來卻是空歡喜。詞的下片借昔日漢武帝遊汾河的事典，進一步說明這一觀點。作為帝王，漢武帝在汾水，宴群臣，賞花賦詩，是何等的歡鬧！武帝在位五十餘年，為前漢在政治經濟文化等方面的極盛時期，達到了輝煌的頂點，然而他迷信神仙，追求長生不老，最終和所有人一樣，還是逃避不了死亡的遊戲。「樓船遠」三句化用唐人詩意，是說如今的汾水依然在流著，漢武帝遊宴的盛事已是一去不復返，只有長空中亂飛的白雲，南去的秋雁，依然故我。一個「亂」字，點明今日汾水的荒涼冷落，說明人世的滄桑，物是人非、榮華富貴如過眼雲煙之感，尤其濃重。蘇軾用超逸之筆，抒寫弔古慨今之感，末句化實為虛，寄興深遙。

點絳脣 再和，送錢公永

莫唱〈陽關〉❶，風流公子方終宴。秦山禹甸❷，縹緲❸真奇觀。

北望平原，落日山銜半。孤帆遠，我歌君亂❹，一送西飛雁。

【注釋】❶陽關 指曲調〈陽關三疊〉，又名〈渭城曲〉，為送別之曲，參見〈陽關曲〉「濟南春好雪初晴」

詞牌。❷秦山禹甸　指會稽，今浙江紹興。秦山，會稽有秦望山和望秦山。禹甸，禹周行天下，曾登會稽山，朝見四方，商議治國之道。死後，葬會稽之山。甸，治理。❸縹緲　高遠隱約貌。❹亂　指樂曲的最後一章，可總括全篇的旨意。

【語　譯】不要歌唱〈陽關曲〉，風流公子才參加完宴會。秦望山，大禹治理的地方，群山高遠隱約，景觀真是奇特。　北望是平展的原野，落日半落在山頭。孤舟遠去，我唱歌，君唱和最後的一段，一同目送西飛的大雁。

【賞　析】這是和唱前一首詞的，同為知杭州時所作。錢公永事跡不詳，錢氏西去會稽，蘇軾為他餞行，寫下了這首詞。〈陽關曲〉是唐宋時期常見的送別曲，蘇軾有文詳細地說明了此曲的唱法，可見他相當熟知這支曲子的情調。「莫唱」說明〈陽關曲〉曲情過於悲哀，不宜演唱，因為人生聚合本來就屬於常見的事情，有別離，就有再會的時候，何況錢氏這次西去會稽，離杭州本不遠，相見的機會是非常多的，這是其一。其二，會稽自古以來就是名郡，細品詞意，錢氏此次西行，或是新到會稽任職。詞中用大禹在會稽朝見四方、商討治理天下大事的典事，意在勉勵錢氏到任後勤於公務。其三，會稽也是名勝之地，景觀奇特，如仙家之境，不遜於杭州，言外之意就是說會稽是值得一遊的地方。下片寫分手時的情景，已是夕陽西下，「孤帆遠」三句寫依依惜別，晉代嵇康有「手揮五絃，目送歸鴻」的詩句，詞的意境自此出。「我歌君亂」，即我唱君和，當然不是唱〈陽關曲〉，而是共勉之曲。目送西飛雁，則是希望以後常有書信往來，古代有大雁傳書之說，表達了真摯的友情。

點絳脣

醉漾輕舟，信流❶引到花深處。塵緣❷相誤，無計花間住。煙水茫茫，千里斜陽暮。山無數，亂紅如雨，不記來時路。

【注　釋】❶信流　任憑河水漂流。❷塵緣　佛家以為色、聲、香、味、觸、法為六塵，可汙染人心，為滋生私欲的根源。

【語　譯】醉中蕩漾著輕盈的小船，任憑河水漂流，引到開滿花的地方。塵世的緣分相耽誤，無計久留花間。

無邊無際的河面，水氣瀰漫，廣袤千里，夕陽斜落的黃昏。群山無數，散亂的桃花如下雨般飄落，不記得來時的路。

【賞　析】唐五代詞以婉約蘊藉為上，讀這首詞，就有同樣的感受。傳說東漢明帝時，有劉晨、阮肇入天台山採藥，望山頭有一桃樹，取桃食之。又見流水中有胡麻飯屑，二人以為此去人家不遠，便過一山，出了山口，見大溪流，其地有二位女子，容貌絕妙如仙，邀請劉、阮一同進家，屋內設施華美，又設胡麻飯、山羊脯、美酒等款待二人，歌唱作樂，劉、阮住了半年，求歸心切，仙女歌吹送還，劉、阮回到家中，已是七代子孫了。後人常用這一典故表達男女情愛的故事，這首詞當是點化這一故事而來，敘寫迷離的情戀之感。上片寫與女子的偶然相遇、相識和相戀，「塵緣相誤」二句，一方面說明女子美如天仙，超塵脫俗的氣質，另一方面表明兩人雖有情，但不能久處的苦衷。下片則是寫分手後的苦戀與相思，「煙水茫茫」二句寫迷離恍惚之情，「山無數」三句是寫紛亂複雜的思緒，為這次仙境般的豔遇所迷情，卻又不得不拋捨離去，吞吐中有著百般的無奈，十足的哀怨。詞意隱約，而詞句清秀。

浣溪沙

十二月二日雨後微雪，太守徐君猷❶攜酒見過，坐上作〈浣溪沙〉三首。明日酒醒，雪大作，又作二首。

覆塊青青麥未蘇❷，江南雲葉❸暗隨車，臨皋❹煙景世間無。雨腳❺半收簷斷線❻，雪林❼初下瓦跳珠，歸來冰顆亂黏鬚。

【詞牌】浣溪沙

《詞譜》卷四：唐教坊曲名。張泌詞有「露濃香泛小庭花」句，名〈小庭花〉。賀鑄名〈減字浣溪沙〉。韓淲詞有「芍藥酴醾滿院春」句，名〈滿院春〉；有「東風拂檻露猶寒」句，名〈東風寒〉；有「一曲西風醉木犀」句，名〈醉木犀〉；有「霜後黃花菊自開」句，名〈霜菊黃〉；有「廣寒曾折最高枝」句，名〈廣寒枝〉；有「春風初試薄羅衫」句，名〈試香羅〉；有「清和風裡綠陰初」句，名〈清和風〉；有「一番春事怨啼鵑」句，名〈怨啼鵑〉。

《填詞名解》卷一：黃鍾之曲也，一作〈浣沙溪〉，一名〈小庭花〉。金璐云：〈浣溪沙〉製自晚唐。

【注釋】❶徐君猷　名大受，東海（今江蘇連雲港）人。蘇軾謫居黃州，徐為太守，待之甚厚。❷覆塊青青麥未蘇　謂青青的麥苗遮蔽了田壟，地氣有待復蘇。塊，田地。❸雲葉　樹木名，類桑，葉微闊，開細青黃花，味苦，晒乾可作茶食用。❹臨皋　即臨皋亭，在黃州城南，蘇軾初謫黃州時，曾居住亭中。❺雨腳　又稱雨足，指落地時密集的雨點。❻斷線　喻雨水。雨將停而又斷斷續續滴落，故云。❼雪牀　或作「雪牀」，宋時京城稱霰為雪牀，即雪珠，為雨點下落時遇冷凝結而成的冰粒，俗稱米雪。

【語　譯】青青的麥苗遮蔽了田壟，地氣尚未復蘇，江南的雲葉暗自隨著車輪翻動，臨皋的風光，舉世無比。

　　雨點漸少，簷邊滴落如線的雨水時斷時續。雪霰剛落在瓦上，如珠丸彈跳。回到家裡，鬍鬚上已黏滿冰粒。

【賞　析】臨皋亭為蘇軾貶謫初至黃州時的庇身之所，他在〈書臨皋亭〉一文云：「東坡居士酒醉飯飽，倚於几上，白雲左繞，清江右洄，重門洞開，林巒坌入。當是時，若有思而無所思，以受萬物之備。」可知臨皋亭的確是賞景的佳處。上片從視覺角度來寫，總寫雪後之景，是與太守徐君猷宴聚時的所見。時在冬末，地氣仍未回暖，麥苗青青，生命的活力卻已昭示著春天即將來臨。下片是特寫鏡頭，寫回家路上及到家門口的所見，雨水、冰粒、雪花在瞬間的轉換和變化，極寫天寒地凍。雨水漸稀，冰粒驟落，敲擊彈跳，雪花飄飛，大自然的活力是如此盎然，最是招人眼目。尤其是末句，以冰粒黏滿鬍鬚作結，於紛亂中饒見情趣，愉悅之情溢於字裡行間。

浣溪沙

游蘄水❶清泉寺❷，寺臨蘭溪❸，溪水西流。

山下蘭芽短浸溪，松間沙路淨無泥，蕭蕭暮雨子規❹啼。

誰道人生無再少❺？門前流水尚能西，休將白髮唱黃雞❻。

【注釋】❶蘄水　地名，在今湖北浠水。❷清泉寺　在蘄水縣城門外二里處。❸蘭溪　水名，其側多生蘭草，故名。❹子規　即杜鵑鳥，傳說為古代蜀國帝王杜宇的化身。❺再少　再度年少。❻休將白髮唱黃雞　白髮驚心，黃雞催曉，比喻人生易老，時光易逝。此反用其意，謂不當嘆老嗟衰。黃雞，指報曉的公雞。

【語譯】山下初生的蘭草嫩芽短短的，浸在溪水裡。松林間的沙石路上，乾淨得沒有泥土。暮雨蕭蕭，杜鵑鳥在啼鳴。

誰說人生不會再度的年少？門前東向的水尚能西流，不要對著報曉的黃雞感嘆頭髮已白。

【賞析】關於這首詞的寫作背景，蘇軾自己有段記述：謫居黃州後，他在城東南三十里的沙湖，買了塊田地，在一次前往考察田地的路途中，染上了疾病，當地有位名叫龐安常的人，善醫而聾，蘇軾就請他治療，病癒後，就和龐氏一同遊清泉寺，寺裡有王羲之的洗筆泉，泉水極其甘甜，寺下臨蘭溪，溪水卻是西向流動，於是就寫了這首詞，並和龐氏大飲而歸。詞的上片寫景，重在寫清泉寺的清幽和靜謐：柔嫩的蘭草、清澈的溪水、潔淨的沙道、綿綿的細雨、脆亮的鳥鳴，彷彿令人置身於紅塵之外，醉醒其間，一切煩惱都會消逝。下片抒情，是說歲月催人，不須嘆老嗟衰，當樂觀向上，享受現世。蘇軾因「罪」謫居黃州，免於一死，本來情緒就不佳，又值大病一場，情緒低落，自不必說。大病初癒，恰逢如此脫塵超俗之地，心情自然是愉悅有加，因此興致盎然，豪情萬丈，相信時來運轉，好運會降臨到自己身上。

浣溪沙

西塞山❶邊白鷺飛，散花洲❷外片帆微，桃花流水❸鱖魚❹肥。

自庇❺一身青箬笠❻，相隨到處綠蓑衣，斜風細雨不須歸。

【注　釋】❶西塞山　所指不一，張志和〈漁父詞〉中西塞山是指今浙江武康慈湖鎮的道山磯。此詞中當指湖北武昌東的西塞山，臨長江。❷散花洲　又名散花灘，在武昌，與西塞山相對。❸桃花流水　指桃花汛，仲春時節，桃花盛開，雨水充沛。❹鱖魚　又名石桂魚，味道鮮美。❺庇　遮蓋；掩護。❻箬笠　用箬竹葉或篾編成的寬邊帽。

【語　譯】西塞山邊白鷺飛翔，散花洲外，帆船漸漸遠去。桃花盛開的季節，流水充沛，鱖魚肥美。

戴上青竹編成的帽子，遮護著自己。無論走到哪裡，都披著蓑衣。即使颳著風、下著雨，也不必返回。

【賞析】此詞傳幹《注坡詞》題云：「玄真子〈漁父詞〉極清麗，恨其曲度不傳，故加數語，令以〈浣溪沙〉歌之。」唐張志和，字子同，婺州金華人。因喪親而不復為官，隱於江湖，自稱煙波釣叟，著《玄真子》，並用以自號。曾作〈漁父詞〉五首，抒寫隱逸之趣，其中第一首云：「西塞山前白鷺飛，桃花流水鱖魚肥。青箬笠，綠蓑衣，斜風細雨不須歸。」描繪了隱者擺脫紅塵濁世的喧鬧，回歸自然，與天地精神獨往來的情趣，其志趣高遠，神情超逸，為歷來文人所激賞，唱和圖畫，代有其人。蘇軾極愛此詞，以其樂譜不存，不能歌唱，於是略加增損，以〈浣溪沙〉曲調歌之。詞當作於謫居黃州時，就內容上來看，蘇詞並沒什麼新的增加，就句子來說，增加了「散花洲外片帆微」一句，豐富了原詞的意象，然而其門人黃庭堅評云：「惜乎『散花』與『桃花』字重疊，又漁舟少有使帆者。」大概蘇軾首先想到的是如何湊足音節，能用〈浣溪沙〉曲調歌之就行了，無暇顧及意理是否通順。又「自庇一身青箬笠」二句是在張氏原詞句基礎上的細化，說得較張詞實在，但不及原句精煉蘊藉。金人王若虛譏之為畫蛇畫足，倒是有些道理。

浣溪沙

萬頃風濤不記蘇❶，雪晴江上麥千車，但令人飽我愁無。

翠袖倚風縈柳絮❷，絳脣得酒爛櫻珠，尊前呵手鑷霜鬚❸。

【注　釋】❶萬頃風濤不記蘇　謂徐君猷在蘇州所購的田產為大風驟雨所蕩盡。❷翠袖倚風縈柳絮　指侍女舞姿輕盈妙麗，如風回雪飄。翠袖，指徐君猷的侍妾。柳絮，喻飛雪。❸霜鬚　白鬍鬚。

【語　譯】狂風大作，波濤洶湧，不記得蘇州被蕩毀的萬頃田產。雪後天晴，江邊岸上的麥子會有上千車的收穫。只要百姓吃飽，我就不會憂愁。　侍女舞姿輕妙，如風回雪飄。飲酒後，紅脣鮮豔，如櫻桃寶珠。酒席前，呵氣暖手，用鑷子剔除白鬍鬚。

【賞　析】此詞是為黃州太守徐君猷所作。上片是對徐氏的歌頌，「但令人飽我愁無」，作為父母官，能把百姓的衣食溫飽放在心上，這是不多見的。在神宗朝，王安石實行變法，本意是強國富民，只是各級官僚在具體的操作中，多從一己私利出發，以致變法成了剝削百姓、擾民害民的工具。蘇軾因反對新法，而得罪了當權者，身陷囹圄，幾遭滅頂之災。蘇軾是位富有民本思想的人，對徐氏的這種行為是讚賞的。就徐氏而言，他在蘇州購置了大量的田產，不久前的狂風暴雨，摧毀了他的田地，顆粒無收，所謂「不記蘇」，就是指他沒有把這事放在心上。而日夜放在心上的，卻是黃州是否會出現這種災害？年成是否有豐收？百姓能否吃飽？如今黃州的年成好，大豐收，所以感到非常高興。下片寫的是慶豐收，盛筵上，太守讓侍女們歌舞助興佐歡。「尊前呵手鑷霜鬚」是說侍女們在為徐氏剔除白鬍鬚，回應前文「愁」字，曾經為年成是否好而愁白了鬍鬚，如今豐收了，精神放鬆，愁情全無，「呵手鑷霜鬚」雖則是帶有戲謔調笑的字眼，卻是充滿了善意。

浣溪沙

公守湖，辛未❶上元日，作會於伽藍❷中。時長老❸法惠在坐，人有獻剪綵❹花者，甚奇，謂有初春之興，作〈浣溪沙〉二首，因寄袁公濟❺。

雪頷霜髯❻不自驚，更將剪綵發春榮，羞顏未醉已先赬❼。　莫唱黃雞並白髮❽，且呼張丈喚殷兄❾，有人歸去欲卿卿❿。

【注　釋】❶辛未　哲宗元祐六年（一〇九一）。❷伽藍　指佛寺。❸長老　指年高德尊的僧人。❹剪綵　古代風俗，剪裁綵帛或綵紙成花卉、動物、人形等，貼於屏風，或作為頭飾，表示迎春之意。❺袁公濟　名轂，四明人，時為杭州通判。❻雪頷霜髯　指鬍鬚皆白。❼更將剪綵發春榮二句　謂人已老，亦頭戴剪綵，覺得面顏羞紅。赬，淺紅色。❽莫唱黃雞並白髮　參見〈浣溪沙〉「山下蘭芽短浸溪」注❻。❾且呼張丈喚殷兄　白居易詩〈歲日家宴戲示弟姪等兼呈張侍御二十八丈殷判官二十三兄〉云：「猶有誇張少年處，笑呼張丈喚殷兄。」此謂雖然已年老，但不自悲，與舊友仍是呼兄喚丈。❿卿卿　男女間暱稱，這裡指逃酒之人，要回去與妻子親熱。

【語　譯】鬍鬚雪白，自己並不覺得驚訝，又把剪綵戴在頭上，頓覺春光滿面。飲酒未醉，臉已羞得通紅。

　　不要對著報曉的黃雞感嘆頭髮已白，彼此仍然是稱兄道弟，有人逃席而去，想和妻子親熱。

【賞　析】詞作於知杭州時，題序當是後人所加。作此詞時，蘇軾已是五十六歲，未老先衰，與飽經憂患不無關聯。因此說鬍鬚雖然是雪白，自己並不覺得驚訝。而可驚奇的是頭戴剪綵所引起的變化。就容貌而言，雪白的鬍鬚，襯著花花綠綠的綵勝，純是老來俏，羞澀之感，可笑可嘆。就心態來說，覺得自己似乎又年輕了許多，「莫唱黃雞並白髮，且呼張丈喚殷兄」，謳歌生命，活力四射，愉悅鮮活，彷彿又是一次新生。末句「有人歸去欲卿卿」有逃酒的味道，是說自己，還是說他人，頗耐人思索，照前後詞意來說，似乎指蘇軾更恰當，因為他本來就不善飲酒。只是在寺廟，有僧人在座時說此話，可見他不拘形跡，狂放不羈之處。

浣溪沙

道字嬌訛語未成❶，未應春閣夢多情，朝來何事綠鬟傾❷？
綵索❸身輕長趁燕❹，紅窗睡重❺不聞鶯，困人天氣近清明。

【注釋】❶道字嬌訛語未成　謂人尚嬌小，說話咬字不準。道字，說話吐字。訛，錯誤，此指咬字不准。❷未應春閣夢多情二句　謂其年齡尚小，不應當懷春多情，但不知為何清晨就秀髮散亂。❸綵索　指鞦韆。❹長趁燕　謂盪鞦韆時輕盈飛舞如燕。❺睡重　指酣睡。

【語譯】年紀嬌小，咬字不清，說話不準。不應該是因為懷春，夢中多情，但朝晨為什麼會秀髮散亂？

盪著鞦韆，身輕如燕地飛來飛去。紅紗窗裡，正在酣睡，沒有聽到鶯鳥的啼聲。清明將到，天氣溼悶，令人困乏。

【賞　析】這是首寫得較為豔麗的小詞。一位少女，說她情竇初開，但年紀尚小，話還說不清，實在不像，然而清早就讓人看見秀髮散亂，無心梳理，若不是為情所苦，又怎麼會這樣？上片就在狐疑和猜測中打開了話題。蘇軾就好像一位旁觀者，很有打破砂鍋問到底的意思。「綵索身輕長趁燕」句，少女似乎已忘記了夢中的苦惱，貪玩的童心又得以歸位。「紅窗睡重不聞鶯」句是說少女一則玩累了，另則昨夜未睡好，因此又睡了，而且還睡得很沉，連脆亮的鶯啼聲也吵不醒。末句「困人天氣近清明」則給出了少女為什麼精神不振的原因，不是為情而苦，是因為清明前後雨水多，天氣溼悶，令人困乏。為了解開這一答案，蘇軾在下片採用逐句排疑法：其一，仍有興致玩鞦韆；其二，唐詩有「打起黃鶯兒，莫教枝上啼。啼時驚妾夢，不得到遼西」，而少女竟無動於衷，可知不是為情所苦。小詞寫得一波三折，婉曲含蓄，豔麗嫵媚。

浣溪沙

縹緲危樓紫翠❶間，良辰樂事古難全❷，感時懷舊獨淒然。

璧月瓊枝❸空夜夜，菊花人貌自年年❹，不知來歲與誰看。

【注　釋】❶紫翠　指青色的山峰。❷良辰樂事古難全　謂良辰、美景、賞心、樂事，四者難於同時出現和擁有。❸璧月瓊枝　指圓月，按傳說月宮有桂樹，瓊枝即指此。❹菊花人貌自年年　唐戎昱詩有「菊花一歲歲相似，人貌一年年不同」，詞意取此。

【語　譯】忽隱忽現的高樓處在青翠的山峰間，良辰、美景、賞心、樂事，自古就難於同時出現和擁有。感觸時世，懷念往事，獨自覺得淒涼。　如璧的圓月徒見夜夜高懸，菊花歲歲相似，人貌年年不同，不知來年和誰一起觀賞。

【賞　析】此詞《彊村叢書》本題作：「自杭移密守，席上別楊元素，時重陽前一日。」楊元素任杭州太守時，蘇軾為通判。隨後不久，蘇軾改知密州，楊氏召還京官，兩人曾同舟而行，至京口（今江蘇鎮江）分手。這首詞作於重陽節前一天，重陽有登高、賞菊花等風俗，「縹緲危樓紫翠間」句即指此事而言。登高臨遠，正逢良辰美景，本應是賞心樂事，然而蘇軾卻覺得「獨淒然」，其原因就在於思念親友。王維〈九月九日憶山東兄弟〉云：「獨在異鄉為異客，每逢佳節倍思親。」而蘇軾此時的心情也是如此，所思念的就是自己的胞弟蘇轍，這種心情在同時期的多首詩詞中也有表述。蘇軾知密州，也是希望與蘇轍任職的地方靠得更近些。圓月，是團圓的象徵，蘇軾懷念蘇轍的詞有云「但願人長久，千里共嬋娟」，表達了良好的祝願，在此，也含有這方面的意思。「菊花人貌自年年」句用唐人詩，說明歲月催老，物是人非，一種傷感侵襲而來。大概有感於別來送往，不論是親情，還是友情，聚少離多，由此而產生的惆悵，不是一時之間能釋懷的。

浣溪沙

桃李溪邊駐畫輪❶，鷓鴣❷聲裡倒清尊，夕陽雖好近黃昏❸。

香在衣裳粧在臂❹，水連芳草月連雲，幾時歸去不銷魂❺。

【注釋】❶畫輪　有彩繪的車子，指華貴的車子。❷鷓鴣　鳥名，俗云其聲似曰「行不得也哥哥」，古人常用以表示挽留或思親之意。❸夕陽雖好近黃昏　唐李商隱〈樂遊原〉詩：「夕陽無限好，只是近黃昏。」❹香在衣裳粧在臂　唐元稹《鶯鶯傳》敘崔鶯鶯初次與張生夜晚幽會，天明前即離去，張生自疑若夢中，及明：「睹粧在臂，香在衣，淚光熒熒然，猶瑩于茵席而已。」❺銷魂　指為情所迷，魂不守舍。

【語譯】坐著華麗的車子，來到桃樹、李樹夾岸的溪邊。聽著鷓鴣的叫聲，傾倒著清酒，夕陽雖然美好，可惜已接近黃昏。　衣裳還殘留有香氣，胭脂粉沾在臂膀上。碧水與芳草相連，明月在雲間出沒。不論何時歸去，都會叫人魂不守舍、傷心欲絕。

【賞析】世上最難捉摸的是男女之情，詞中所寫的是男女間非正常的愛情交往。上片寫二人的幽會，女子坐著華貴的車子而來，點明其身分不尋常。私下相會，盡情地傾述著彼此的思慕。溪水涓涓，桃李芬芳，其境幽，其景美，其情濃。然而美好的總是短暫的，就像夕陽美豔無比，稍縱即逝，帶給人們的卻是長夜漫漫，留給人們的是無限的傷感，一聲鷓鴣鳥的啼叫，又平添了許多惆悵和相思。下片寫女子離去後，男子為情所苦。「香在衣裳粧在臂」句寫幽會分手後，女子消逝時翩若驚鴻，而男子卻是恍惚如夢中，仍沉浸在其間的幸福感、愉悅感之中。「芳草」一詞，古人常用以表達思人的典故，「水連芳草」，意指相思之情隨流水而連綿不絕，同時也有託流水寄深情之意。蘇軾有「月明偏被雲妨」的句子，「月連雲」也有這個意思，美好的不能久長，就像明月常被雲遮蔽一般。俗云相愛的未必能結合在一起，真愛常常需要付出痛苦的代價，甚至是一輩子的，讀這首詞，可作如是觀。言情是詞的特長，尤其是小令，此詞含而不露，婉而不晦，頗有晚唐五代詞的風味。

浣溪沙

四面垂楊十頃荷，問云何處最花多？畫樓南畔夕陽過。　天氣乍涼人寂寞，光陰須得酒消磨❶，且來花裡聽笙歌❷。

【注　釋】❶光陰須得酒消磨　唐鄭谷〈梓潼歲暮〉詩有「酒美消磨日」之句，謂飲酒消磨時光。❷笙歌　合笙之歌，也指吹笙唱歌。又泛指奏樂唱歌。

【語　譯】四面楊柳低垂，十頃水面，滿是荷花。請問什麼地方花最多？雕飾精美的樓閣南邊，夕陽漸漸下沉。　天氣初涼，人覺得孤寂冷落。應該飲著酒，消磨時光。姑且來到花間，聽著笙曲和樂歌。

【賞　析】寫閒情逸致，是小詞中常見的題材。這首詞是寫閒愁，主人公在一座雕飾華美的樓上，俯看湖水，四面楊柳低垂，水面鋪滿了荷葉。「問云何處最花多」，言外之意是說，十頃荷花盛開時，其盛況是無可比擬的，可是眼前已是見不到這種情景了，此時此刻所見，應該是荷花已開過後的事。對美好易逝的傷感，由此而生；「畫樓南畔夕陽過」則是加一倍寫法，古人云「夕陽無限好，只是近黃昏」，表達了珍惜時光、留戀美好之情，這也就是詞的下片所要表達出的思想情感。時值夏秋之交，季節的轉換，往往易於引起人們情緒上的波動。「光陰須得酒消磨」二句抒寫了及時行樂的思想，似乎感覺到了主人公在消沉中的掙扎，想有所作為，但又不知做什麼是好，似乎有苦悶，卻又說不出，留給後人感受的，就是一個「煩」字。

浣溪沙

風壓輕雲貼水飛，乍晴池館燕爭泥，沈郎多病不勝衣❶。

沙上不聞鴻雁信❷，竹間時有鷓鴣啼❸，此情惟有落花知。

【注　釋】❶沈郎多病不勝衣　梁朝沈約，字休文。曾與友人的書信中自云病後體瘦：「百日數旬，革帶常應移孔；以手握臂，率計月小半分。以此推算，豈能支久？」不勝衣，謂體弱，好像連衣服都承受不了。❷鴻雁

信　相傳大雁可以傳遞書信，詳《漢書・蘇武傳》。❸鷓鴣啼　參見〈浣溪沙〉「桃李溪邊駐畫輪」注❷。

【語　譯】風兒壓著輕雲貼著水面飛，天氣初晴，池水邊、屋館中，燕兒爭銜著泥土。就像當年的沈約一樣，體虛多病，連衣服都承受不了似的。　沙漠中沒有聽說鴻雁捎來的書信，竹林間不時有鷓鴣的啼鳴聲，此時的心情只有落花才知道。

【賞　析】細品詞意，當為蘇軾仕宦在外，抒寫思親的情懷。「風壓輕雲貼水飛」句出語奇特，寫登高望遠之景，流雲貼水而飛動，寫出雲的輕盈和變幻莫測；「貼」字形象傳神，而「壓」字既是說明「貼」這一動態形成的原因，又把無形的風加以具象化。「乍晴池館燕爭泥」句說明了雨過初晴，泥土溼潤，因此燕兒爭相銜泥築巢，以燕兒爭相築巢的歡鬧，反襯自己病中的冷落和寂寞，也引發了濃濃的思鄉之情。「沙上不聞鴻雁信」句是說很久得不到親人的消息，「竹間時有鷓鴣啼」句則表達了歸隱的情懷。「此情惟有落花知」以寫景結，以落花自喻，道出了心情不振、情緒低落，厭倦宦海奔波的心情見於言外。此詞寫景狀物細巧工緻，抒情言志則委婉含蓄。

浣溪沙

芍藥櫻桃兩鬬新❶，名園高會送芳辰❷。洛陽初夏廣陵春❸。　紅玉半開菩薩面❹，丹砂濃點柳枝脣❺，尊前還有箇中人❻。

【注　釋】❶鬭新　爭新鬥豔。❷芳辰　美好的時辰。❸洛陽初夏廣陵春　謂兼有初夏洛陽牡丹和春天廣陵芍藥開放的盛況。廣陵，今江蘇揚州。❹紅玉半開菩薩面　形容芍藥半開時如美女的玉容。紅玉，比喻女子膚色如玉一般紅嫩。菩薩面，唐人詩有「芍藥花開菩薩面」之句。❺丹砂濃點柳枝脣　白居易詩：「櫻桃樊素口，楊柳小蠻腰。」此比喻櫻桃如同柳枝般苗條的少女的脣，紅豔得像用丹砂濃重地點染其上。❻箇中人　局中人，指參與賞花的歌女。

【語　譯】芍藥和櫻桃爭新鬥豔，在名園裡舉行盛宴，享受著美好的時光，就像是初夏洛陽的牡丹、春季廣陵的芍藥盛開時的情景。　芍藥半開，猶如菩薩似玉般紅嫩的面容；櫻桃紅豔，如同丹砂濃重地點染在腰似柳枝般苗條的少女的嘴脣，酒席間還有曼妙美麗的歌女們。

【賞　析】此詞毛晉刻本題作「揚州賞芍藥櫻桃」，當作於哲宗元祐七年（一〇九二）知揚州時。蘇軾於這年三月到揚州，七月就調回京城任職，在揚州的任職時間是非常短暫的。詞中記錄的是一段賞花歡聚的事，古人云良辰、美景、賞心、樂事，四者難得同時擁有，而在這首詞中似乎感受到了四者的共存。首先是季節，正逢春光明媚的時候，這是良辰；萬物復甦，生機盎然，芍藥和櫻桃爭新鬥奇，嬌豔欲滴，令人把玩憐愛，這是美景；品賞著花，欣賞著曼妙美麗的歌女們，可謂是賞心；高朋滿座，歡聲笑語，享受著良辰美景，這不是樂事，又是什麼呢？當然就蘇軾個人而言，仕途似乎處於通達的階段，前此自知杭州召還，雖然因故改知揚州，但半年不到就被召還京城，又在半年內先後任兵部尚書充南郊簿使、除兼侍讀、遷端明殿學士、翰林侍讀學士充禮部尚書等，這雖然是發生在此詞寫作以後的事，但好兆頭卻是事先應當能夠感受到的，至少說明目前朝廷中出現的人事變動，對他而言，是利大於弊的。這首詞表面雖是記事寫景，卻寫出了蘇軾心境明朗、歡快輕鬆的一面。

浣溪沙

遷客❷

一夢江湖費五年❶，歸來風物故依然，相逢一醉是前緣。

不應常毷氉❸，使君為出小嬋娟❹，翠鬟聊著小詩纏❺。

【注釋】❶五年　指元豐三年（一〇八〇）謫居黃州至元豐七年（一〇八四）離開這五年。❷遷客　貶謫在外的人。❸毷氉　煩悶的意思。❹嬋娟　指婢女。❺翠鬟聊著小詩纏　指贈詩予婢女，蓋以寫有詩的紗巾等盤束於頭髮上。翠鬟，對髮式的美稱。纏，盤繞。

【語譯】一夢醒來，嘯傲江湖已有五年。從貶謫之地放還，一路上風光依然如故。與君相逢，暢飲而醉，這是彼此間有緣分。　貶謫在外的人不應該常常眉頭不展，使君為了宴請我，喚出妙齡侍兒，題有詩的紗巾盤繞在亮麗的頭髮上。

【賞析】蘇軾在謫居黃州長達五年後，被放還，途經楚州，太守田待問（字仲宣）款待他，席上，蘇軾作了兩首詞，贈送給田氏侍兒，此是第二首。宋詞中，有不少是應歌之作，也就是在聚會宴席上，往往有侍女歌妓請客人們賦詩詞，以便演唱，以娛賓佐歡。也有是歌女們久慕才人文豪大名，偶然在宴席上得以遇見，請求贈寫詩詞者，蘇軾的作品屬於後者。上片抒寫放還返回的感受，

「歸來風物故依然」，物是人非之感油然而生，因為以前他到過楚州，如今事過境遷，烏臺詩案，戴罪黃州，雖然是大難不死，卻也曾經是心勞力瘁。「遷客不應常眊燥」以超曠的態度對待人生，淡薄功名利祿，放任曠達，追慕歸隱閒適的人生樂趣，這是蘇軾在黃州感悟出的道理。待在黃州的日子是其人生觀、世界觀的轉折點，自此後，出世的思想一直影響著其後半生。「翠鬟聊著小詩纏」一句，反映的是宋代宴會時文人的一種習性，即酒醉之餘，文人們往往應歌妓之請，在她們的項帕、或裙帶、或羅巾上揮毫潑墨，賦詩作詞，以見其風流不羈，蘇軾〈殢人嬌〉「白髮蒼顏」詞中就有「尋一首好詩要書裙帶」云云。其更有甚者，就直接題在歌女們的大腿等處，可見其狎邪放蕩的生活。

浣溪沙

端午

輕汗微微透碧紈，明朝端午浴芳蘭❶，流香漲膩滿晴川❷。

綵線輕纏紅玉臂❸，小符❹斜掛綠雲鬟，佳人相見一千年。

【注釋】❶浴芳蘭　古代風俗，五月五日蓄蘭草為沐浴。❷流香漲膩滿晴川　謂端午這天，因人們集蘭草泡水沐浴，所棄含有蘭香脂粉的水使川流變得上漲且油膩。❸綵線輕纏紅玉臂　古代風俗，端午節用綵線纏臂，可避病邪瘟疫。紅玉，喻女子膚色紅嫩如玉。❹小符　古代風俗，端午時佩帶符籙驅邪。

【語　譯】輕細的汗珠微微地溼透了羅衣，明日端午的早晨，收集蘭草泡水沐浴，晴日裡漂滿蘭香脂粉的水變得上漲又油膩。　五彩絲線纏繞在紅嫩似玉般的手臂，小巧的符籙斜掛在如雲般的髮髻，真是千年一遇的美女。

【賞　析】這是一首詠節序的小詞，端午節，唐宋時又稱浴蘭節。在這一天，人們用五彩紅線繫物，佩赤靈符，或掛心前，宋時也以釵符佩戴，詞中「小符斜掛綠雲鬟」講的就是這種風俗。屆時家家買來桃、柳、葵、榴、蒲葉等，以艾與百草縛成天師，懸於門額上，以為可避瘟疫等。同時也群聚歡鬧，以酬佳景，及時行樂，不論貧富，都是如此。其前，人們爭相買來蘭草泡水沐浴，以洗除身上的不淨和穢氣，「流香漲膩滿晴川」，寫人們傾倒的浴水以致河水暴漲，水面油脂飄香，可見人們對此日的看重。「綵線輕纏紅玉臂」三句寫女子們的精心裝扮，越發顯得嬌豔無比。或云此詞是蘇軾貶謫廣東惠州時為愛妾朝雲所作，所謂美人千年一見，讚賞朝雲打扮的得體和出眾，表達了真愛之情。蘇軾貶謫兩廣，朝雲千里相伴，最後病死在惠州。詞當作於朝雲卒前，或正處在病中，由纏紅線、掛小符，表達了驅除病邪的願望。其中的讚美，當然是寬慰鼓勵之言，如此，則其沉痛難言之隱又見於言外了。

浣溪沙

徐邈能中酒聖賢❶，劉伶席地幕青天❷，潘郎白璧為誰連❸？無可奈何新白髮，不如歸去舊青山，恨無人借買山錢❹。

【注　釋】❶徐邈能中酒聖賢　漢末曹操主政，禁酒甚嚴，時人諱言酒字，稱清酒為聖人，濁酒為賢人。徐邈私自飲酒，以至沉醉，對人自稱中聖人，參見《三國志・魏・徐邈傳》。後人遂謂喝醉酒的人為中聖人，或中聖。❷劉伶席地幕青天　晉劉伶，字伯倫，沛國人。嗜酒，著有〈酒德頌〉，云：「行無轍迹，居無室廬，幕天席地，縱意所如。」席地，以地為坐席。幕青天，以青天為帳幕。❸潘郎白璧為誰連　晉潘岳與夏侯湛俱美姿容，人稱「連璧」。這裡指與自己有共同志趣的人。❹恨無人借買山錢　謂欲歸隱而無人相助。買山，指歸隱。

【語　譯】徐邈喝醉了酒，自稱中聖人；劉伶喝醉了酒，以地為坐席，以青天為帳幕；像潘岳與夏侯湛那樣，誰又能與我成連璧呢？　無可奈何，新生出的白髮，不如回到昔日居住的青山。遺憾的是沒有人借錢給我，購買山居而歸隱。

【賞　析】讀這首詞，我們感受到的是牢騷和不滿，大概是蘇軾仕途不得意時所作。上片連用三個典故，以徐邈、劉伶醉酒後的狂妄情態，表示了自己放浪不羈的孤傲。蘇軾並不善飲酒，喝少許即醉。但如徐邈醉後自稱中聖人、劉伶醉後席地幕天，其間所體現出來的遺世高舉的精神境界，卻是詞人所傾慕的。「潘郎白璧為誰連」句則說明了與自己志趣相投的人，今世裡不知能有幾人？嘆知音難覓，孤懷難訴。下片則表達了強烈的退隱願望。以白髮在新生，說明時不我待；以故山在召喚，說明對官場的厭惡。據《世說新語》載，支遁（字道林）曾派遣人至竺道潛處，請買岇山以為幽棲之地；又載云郗超聞高尚隱退者，輒為辦百萬資，為買宅居。詞中用這些典故，說明自己真心地期望能遂所願，而無人資助，得以買山歸，又說明了欲隱不能的苦衷。詞著墨不多，用典不少，卻意思顯豁，無晦澀艱深之感。

浣溪沙

傾蓋相看勝白頭❶，故山空復夢松楸❷，此心安處是菟裘❸。賣劍買牛❹吾欲老，乞漿得酒❺更何求？願為同社宴清秋。

【注　釋】❶傾蓋相看勝白頭　《史記・魯仲連鄒陽列傳》載鄒陽獄中上書云：「諺曰：『有白頭如新，傾蓋如故。』何則？知與不知也。」傾蓋，謂相逢道中，停車交談，車蓋接近。後用以指初交相得，一見如故。勝白頭，謂初交時已是白髮。❷松楸　古代墓地常植松樹或楸樹，常代指墓地。此代指故鄉。❸菟裘　地名，在今山東泗水。《左傳》載云：「使營菟裘，吾將老焉。」後世常用指告老退隱之處。❹賣劍買牛　謂賣掉武器，改業農事，見《漢書・龔遂傳》。此指退隱躬耕。❺乞漿得酒　比喻所得超過所求。

【語　譯】相看道中，傾蓋交談，已是白髮，故鄉的山水只有在夢中才能多次見到。只要這顆心能安於所居，就如同回到養老的故園。

賣掉寶劍，買來耕牛，我想告老退隱耕種。能實現這一奢望，還會有什麼別的企求？希望我們一同結社，在清朗的秋日宴聚。

【賞　析】思戀故鄉，退隱故園，是蘇軾詞中常常流露出來的一種情感。在他的作品裡也經常會流露出心願難以實現的惆悵，或悲傷，或無奈。曾有詩〈次韻曹九章見贈〉云：「賣劍買牛真欲老，得錢沽酒更無疑。雞豚異日為同社，應有千篇唱和詩。」詩詞所作或在同一時間。曹九章為蘇轍婿，曾知光州（今河南潢川），途中相逢傾蓋者，當為此人。由詞中所述來看，這時曹氏尚未娶蘇轍女。蘇軾與他談得很投緣，有「白頭如新，傾蓋如故」之感，「乞漿得酒」意指得識交曹氏，出乎意料，已是心滿意足，可見蘇軾是賞識其人的品德和才華的。日後曹氏得以成為蘇轍之婿，或是蘇軾從中牽的線。「賣劍買牛」，這是仕途失意、倦於奔波的無奈之舉，告老還鄉，與親朋好友結社歡聚宴飲，吟詠嘯傲於山水之間，聊以卒歲。在這一點上，曹氏或與詞人有同感，所以有結社同遊之說。

浣溪沙

炙手無人傍屋頭❶，蕭蕭晚雨脫梧楸❷，誰憐季子敝貂裘❸？　顧
我已無當世望❹，似君須向古人求❺，歲寒松柏肯驚秋❻。

【注釋】❶炙手無人傍屋頭　白居易詩〈放言〉之四：「昨日屋頭堪炙手，今朝門外好張羅。」意指失勢落難後，無人來理會親近了，可見世態炎涼。炙手，熱得燙手。此同炙手可熱，比喻權勢和氣焰強盛。❷脫梧楸　指梧桐和楸樹的葉子脫落。❸誰憐季子敝貂裘　處於困厄中，有誰會同情你呢。季子，指戰國時的蘇秦，《戰國

策·秦策》載：蘇秦入秦，上秦王書，其說不行，「黑貂之裘敝，黃金百斤盡，資用乏絕，去秦而歸」。❹已無當世望　指為官通達已無指望。當世，出仕、為世所用。❺似君須向古人求　謂友人德才當今無人可比，只能從古人中求得。典詳《晉書·王衍傳》。❻歲寒松柏肯驚秋　謂友人品行堅貞如耐寒的松柏，怎能像梧楸驚秋而凋落。此句化用《論語》「歲寒，然後知松柏之後凋也」之意。肯，豈肯。

【語譯】曾經是炙手可熱，如今是門可羅雀。夜來風雨蕭蕭，梧桐和楸樹的葉子落了。有誰會同情處於困境中的蘇秦呢？　考慮到我本人已不指望仕途通達，似君這樣的品德和才能，只能在古人中求得。就像耐寒的松柏，它們不會因秋天的到來而凋零。

【賞析】此詞毛晉刻本題作「寓意，和前韻」，即與前一首詞作於同時，在思想意義上可與前一首詞互相參照補充。詞中直斥世態炎涼，當是有感而發。就詞意來看，當是為曹九章抱不平，「炙手無人傍屋頭」句是說曹氏曾經風光一時，曾幾何時，卻是門庭冷落，前後一熱一冷，寫盡世態人情。蕭蕭風雨中葉子凋落的梧桐和楸樹，似比喻那些意志軟弱的人。北宋中期以來，黨派之爭，彼起此伏，互相傾軋，不少人牽扯其中。蘇軾本人就是這種政治鬥爭漩渦中的重要一員，因此說他深知其間的甘苦。「誰憐季子敝貂裘」句表達了對曹氏不幸的同情，也曲折地表達了對世俗情薄的不滿，因為蘇軾本身就不斷地遭受著這方面的打擊，所以心灰意懶，不指望能成就一番什麼大事業了。「似君須向古人求」兩句則是論曹氏人品的高潔和堅貞，表達了讚賞和欽佩。

浣溪沙

送葉淳老❶

陽羨姑蘇❷已買田，相逢誰信是前緣，莫教便唱水如天❸。
我作洞霄❹君作守，白頭相對故依然，西湖知有幾同年❺？

【注釋】❶葉淳老　名溫叟，字淳老，時為兩浙路轉運副使，在杭州。❷陽羨姑蘇　陽羨，今江蘇宜興。姑蘇，今江蘇蘇州。❸莫教便唱水如天　唐代趙嘏有〈江樓感舊〉詩云：「獨上江樓思渺然，月光如水水如天。同來玩月人何在，風景依稀似去年。」抒寫了故人離別而不見的憂傷。❹洞霄　指洞霄宮提舉。杭州有洞霄宮，為道教名觀。宋代官員致仕，多是乞為宮觀使，為退閒之俸祿，有提舉、或主管某宮觀等。❺同年　同榜考取進士的人互稱同年。

【語譯】在陽羨、姑蘇已買好了田宅，與你相逢，確實是前世的緣分。不要再唱「月光如水水如天」的別離之歌。

我主管洞霄宮，您做太守，白頭到老，相聚依然，在杭州不知道還有幾位您我的同年？

【賞析】品詞意，當是知杭州時所作。時葉淳老為兩浙路轉運副使，蘇軾有詩〈與葉淳老侯敦夫張秉道同相視新河秉道有詩次韻二首〉，其二有「一菴閒臥洞霄宮」云云，清人查慎行云：「先生『一菴臥』云云，謂將乞宮觀而去也。」與詞意可參看。作為同年，在杭州能相遇，真是出乎意料。蘇軾是二十二歲考中進士的，與葉氏相見於杭州，已是三十多年後的事了，所謂「老同學」相見，不知有多少話可以聊。詞的開頭就表明自己的心跡，即從官場退隱閒居。蘇軾自貶謫之地黃州放還，就有在陽羨購置田地的打算，以便告老退居，有〈菩薩蠻〉「買田陽羨吾將老」一詞可參看。他在京為翰林學士等職時，累次上章請求外任。其主要原因在於與執政者意見不合，加以黨派爭鬥，疲於應付。而要求歸隱賦閒，又得不到批准。到地方任職，遠離京城這一政治鬥爭的漩渦，遠離是非之地，對他來說，也算是求其次了。就詞意來說，是希望能和「老同學」長久在一起，似乎倆人私交很好。而實際上，兩人的政見是相左的，蘇軾有〈論葉溫叟分擘度牒不公狀〉一文，作於知杭州任上，指責作為轉運使的葉溫叟出私意，任情非為，凌蔑肆行，引起吏民驚駭。在這一點上，至少說明了公私分明，若與詞意比照，似乎有些悖理，或為謔趣之言？而「白頭相對故依然」一句，其間大有可玩味的地方，意思是說彼此政見不同，爭是爭非，日後回首往事，才知是大可不必。萬事依然如故，變的只是你我，歲月催老，彼此都會是白髮故人，對此，不過是一笑而已。

浣溪沙

風捲珠簾自上鉤，蕭蕭❶亂葉報新秋，獨攜纖手❷上高樓。
缺月向人舒❸窈窕❹，三星❺當戶❻照綢繆❼，香生霧縠❽見纖柔❾。

【注　釋】❶蕭蕭　落葉聲。❷纖手　指女子細長柔美的手。❸舒　遲緩；舒徐。❹窈窕　美好的樣子，此處形容月亮。❺三星　即參宿，二十八宿之一，位於天之西方。❻當戶　對著門戶。❼綢繆　指情意纏綿。❽霧縠　比喻如霧一般的輕紗。縠，縐紗。❾纖柔　形容女子體態纖細輕柔。

【語　譯】風捲著珠簾掛上了鉤，蕭蕭落葉亂飛，昭示著秋天已到。獨自帶著美人，登上了高樓。彎彎的月亮向著人們逐漸地展現著它的美妙姿容，三星對著門戶，見證了戀人們纏綿的情意。美人體態輕盈，薄紗香透。

【賞　析】《詩經・唐風》中有〈綢繆〉一詩，是寫一對青年男女夜間幽會的情景，其中云：「綢繆束薪，三星在天。」意思是說男女婚嫁時，需要舉行儀式，才算正式完婚，就像柴薪有待人們捨細後才方便於使用一樣。三星在天，指可以嫁娶的時刻。詞中用比興手法，化用《詩經》典事，敘寫了一個愛情故事。男女攜手，登高臨遠，時令已是秋天，落葉漫天飛舞，雖然蕭條冷落，卻不能影響沉浸在幸福中的一對情侶，一個「新」字，反映了他們的美善心理，這是因為盼望已久的愛情終於有了結果，因此一切都顯得美好，「缺月」、「亂葉」本是令人不愉快的意象，此時不僅不令人反感，相反別有一番新奇的意味，愛情的力量、幸福的時刻，往往會使熱戀中的人把一切看得都是如此的美，即使是殘缺之美，其未來的走向不也昭示著完滿嗎？如同彎月會趨向於圓滿，落葉之後嫩芽將會萌生。

浣溪沙

其一

徐門石潭謝雨❶，道上作五首。潭在城東二十里，常與泗水❷增減，清濁相應❸。

照日深紅暖見魚，連村綠暗晚藏烏，黃童❹白叟❺聚睢盱❻。
麋鹿❼逢人雖❽未慣，猿猱❾聞鼓不須呼，歸來說與採桑姑❿。

【注　釋】❶謝雨　古代常因久旱而祈求老天降雨，若是果真降雨，則會祭神以謝。❷泗水　又名泗河，源出山東泗水東蒙山南麓，四源並發，故名。流經山東曲阜、濟寧等，至江蘇徐州、淮陰等入淮河。❸清濁相應　指雨季時泗河的濁水流入石潭，與石潭的清水分明可辨。❹黃童　孩童。因幼童髮黃，故名。❺白叟　白髮老翁。❻睢盱　喜悅的樣子。❼麋鹿　獸名，雄的有角，角像鹿，尾像驢，蹄像牛，頸像駱駝。俗名四不像。❽雖　僅。❾猿猱　泛指猿猴。猱，猴類。❿採桑姑　採摘桑葉的婦女。這裡指妻子。

【語　譯】紅日照射深水暖，有游魚出現。村村相連，黃昏時，烏鴉歸藏樹蔭中。老幼相聚，說笑喜鬧。

麋鹿遇到人，僅僅是不習慣；猿猱聽到擊鼓聲，不用招呼，就奔了過來。回到家裡，與妻子話說所見所聞。

【賞　析】以下一組詞作於徐州太守任上，時值久旱，作為父母官，蘇軾至石潭禱神求雨，果真是蒼天顯靈，遂人所願。事後就於道上作詞五首，每一首都可視作一幅民俗圖畫。蘇軾是位關心民瘼的讀書人，這組詞說明了百姓的歡樂就是他自己的放心。此詞展示了雨水降落後的「喜樂」景象：其一，溪水漲了，在充足的光線照射下，水溫也開始升高了，魚兒們在歡快地游著。其二，歸巢的群鴉，歡鬧的聒噪聲，在黃昏的夜空中更顯得嘹亮，俗云烏鴉叫有喜事（案：對於烏鴉鳴叫，是吉祥，還是不祥，古時兩種看法都有，只是不同的地方，不同的民族看法不一。這裡或取吉祥之意）；其三，遊玩的麋鹿，雖然遇到人有些不習慣，但還不至於遠遠的躲避，仍是悠閒地我行我素；至於猿猴，則不客氣了，每逢村裡的人們舉行祭祀活動，聽到鼓聲，牠們就會成群結隊地奔馳來，準備著搶奪供祭的食品。麋鹿的高雅，猿猴的頑劣，各俱天性。以上三點是從水、陸、空三方面展示久旱逢甘霖後，大自然中生物的喜悅行為。而動物的這種行為，和人的表現是同步合拍的，老人們的談古說今，兒童們的嬉鬧玩耍，展現了因久旱不雨而積聚於人們心頭上的陰霾，此時已一掃而空，大自然的萬事萬物與人們處於一種和諧融洽的氛圍中，是古樸質野的民風民情的體現，魅力無限。

其二

旋抹❶紅粧❷看使君，三三五五棘籬❸門，相排踏破蒨羅裙❹。

老幼扶攜❺收麥社❻，烏鳶❼翔舞賽神❽村，道逢醉叟臥黃昏。

【注　釋】❶旋抹　指塗抹脂粉很匆忙。旋，急迫的樣子。❷紅粧　婦女穿著的盛裝。❸棘籬　棘木圍成的籬笆。棘，即酸棗樹，為叢生的小棗樹。❹蒨羅裙　大紅色的女絲裙。蒨，通茜，草名，可作紅色染料，此借指紅色。羅，一種質地輕軟的織品。❺老幼扶攜　即扶老攜幼。❻收麥社　收麥季節舉行的祭祀活動。社，土地之神，也指祭祀社神的地方，如社廟等。❼烏鳶　烏鴉和老鷹。❽賽神　本指祭祀時陳列食品以酬神還願，後發展成為迎神賽會，聚飲作樂的大型群體活動。

【語　譯】匆匆忙忙穿好盛裝，爭相圍看使君的到來。三三五五聚集在籬笆門旁，前推後擁，踏破了大紅羅裙。　收麥時節臨近，扶老攜幼，趕到社廟祭神。烏鴉老鷹盤旋在舉行迎神賽會的村落上，黃昏時，遇見了醉酒老翁臥道旁。

【賞　析】蘇軾本來就是位很有才華的文人，也是位很得民心的父母官，在這首詞中，也可見一斑。上片寫百姓爭相圍觀的情景，作為地方的父母官，親自來主持祭神儀式，為百姓祈禱求雨，自然是件大事情，而詞中的特寫鏡頭卻是聚焦在一群青年女性身上。為看太守，她們著意梳妝打扮，若僅僅是看父母官，似乎不必如此，這是因為蘇軾不僅僅是個一般的地方父母官，而是名聞天下的文士，也是多少女子仰慕的對象。「旋抹」表現了急不可待的心情，「相排踏破蒨羅裙」一句卻是這一心態的進一步強化和渲染，頗同如今的追星族。至於蘇軾是否有這種意識，不得而知，至少詞句中給人的印象卻是如此。下片寫祭神的場景，祈求年成的豐收，這是百姓真誠的願望，也是他們質樸心理的反映。因此，作為地方父母官，虔誠地對待這件事，也可得到百姓的擁戴。烏鴉和老鷹的盤旋、聒噪，更加突出了賽神活動的歡鬧、氣氛的熱烈。全詞以喜樂統攝，純樸的民風彷彿撲面而來，有田園牧歌的情調。

其三

麻葉層層檾❶葉光，誰家煮繭一村香？隔籬嬌語絡絲娘❷。垂白❸杖藜❹擡醉眼，扶青搗麨❺軟❻饑腸，問言豆葉幾時黃？

【注　釋】❶檾　植物名，枲屬，俗稱青麻，高五六尺，葉似苧而薄，實大如麻子，可用來製布或繩索。❷絡絲娘　蟲名，又名莎雞、絡緯、蟋蟀。頭小羽大，有青、褐兩種，常於農曆六月振羽作聲，連夜不止，其聲如紡絲之聲，正值農家絡絲之時，故俗稱絡絲娘，或稱紡織娘。此指繅絲的女子。❸垂白　髮白下垂，形容年老，此指老者。❹藜　草名，俗稱紅心灰藋，莖老可作杖。❺扶青搗麨　謂捋下青嫩的麥子，炒熟後搗碾，製成食品。扶，一作捋。❻軟　當時浙人謂飲酒為軟飽，此取飽之意。

【語　譯】麻葉層層，檾葉閃閃發光；誰家煮繭繅絲，滿村飄香？隔著籬笆，傳來了繅絲女的嬌嗔話語。

白髮老人拄著藜杖，擡頭醉眼張望；捋下青嫩的麥子，炒熟碾碎，以飽腸肚；詢問道，「豆葉何時變黃？」

【賞　析】此詞寫深入農家的所見所聞，煮繭繅絲，滿村飄香。「一村香」，以小見大，寫出農事繁忙的景象，上片首句以視覺作鋪墊，滿眼桑麻，暗示年成不錯；次句以嗅覺入手，「一村香」，說明年成不會差；末句從聽覺介入，語帶雙關，一方面描寫絡絲娘（即蟋蟀）的鳴聲，另一方面是寫繅絲女笑語聲，似二，又似一，自然與人的和諧，融為一體，「嬌語」表現的是羞澀純樸的風情。如果說上片是從不同的知覺，總寫對農家生活的感覺，下片則是特寫，以一醉酒老翁搗麥充飢為題材，繪了一幅肖像畫，刻畫出了老翁閱歷的深厚，粗獷中含有溫情，無語中勝似千言萬語。末句以向老翁詢問農作物生長狀況作結，表達對農事收成的關注，也是蘇軾憂民之憂、樂民之樂思想的體現。

其四

簌簌❶衣巾落棗花，村南村北響繰車❷，牛衣❸古柳賣黃瓜。　酒困路長惟欲睡，日高人渴謾❹思茶，敲門試問野人❺家。

【注　釋】❶簌簌　象聲詞，此形容花落的聲音。❷繰車　繅絲用的工具，有輪旋轉以收絲，故名。繰，同「繅」。抽理蠶絲。❸牛衣　可禦寒遮雨，用麻或草編成，如蓑衣類。❹謾　通「漫」。隨意。❺野人　鄉野之人。此指農夫。

【語　譯】棗花簌簌地落在衣巾上，村南村北繅絲車在響，披著牛衣，在古老的柳樹下賣著黃瓜。酒困路長只想著要睡，太陽高照，口乾舌燥，敲著農戶的門，試問：「能否得杯茶？」

【賞　析】詞的上片勾勒了一幅農村風情圖畫，棗花落、繰車響、賣黃瓜，普通中略有陌生之感，陌生中又分外覺得新奇，總寫走訪農村生活的觀感。下片是寫自己因與民同樂，飲了不少酒。「路長」，呼應村南村北，說明走訪的農家多，作為父母官，並不是走馬觀花，或應付差事，或是來作秀、炫耀的；「酒困」，說明農戶們的盛情款待，欲罷不能。而烈日高照，酒渴思茶，妙在一個「試問」，說明身為父母官，雖是乾渴難耐，但不會因此擾民，而且是對村民以禮相待，以禮相求，這也從側面說明了蘇軾之所以得民心處。

其五

軟草平莎❶過雨新，輕沙走❷馬路無塵，何時收拾耦耕身❸？日暖桑麻光似潑❹，風來蒿艾❺氣如薰❻，使君❼元是此中人。

【注　釋】❶莎　即莎草，多年生草本植物，根塊成紡綞形，人稱香附子，可藥用。❷走　跑，此指使馬奔跑。❸收拾耦耕身　指歸田隱居。耦耕，兩人並耜而耕，泛指耕種。❹日暖桑麻光似潑　指雨後桑麻葉子在陽光照耀下閃閃發光，如被潑了水一般。❺蒿艾　野草，艾類，莖葉有香氣。❻薰　香草名，又稱蕙草。❼使君　此蘇軾自謂。

【語　譯】柔軟平展的莎草，雨過後更加鮮嫩。在輕細的沙路上騎馬奔馳，不見飛塵。什麼時候，才能夠歸田隱居啊？　溫暖的陽光，桑麻葉閃著光，像剛灑過水。風吹拂而來，蒿艾草的氣味飄來，香如薰草。使君我原本就屬於這裡的人。

【賞　析】蘇軾在〈題淵明詩〉二首一文中說陶淵明有詩云：『平疇返遠風，良苗亦懷新。』非古之耦耕植杖者不能道此語，非余之世農，亦不能識此語之妙也。」就是說作者對農村生活熟知的程度是很深的。迫於仕宦，到處奔波，而官場中的風風雨雨，似乎總是纏著他，大有身心疲憊之感。所以一見到鄉村那種田園風光，那種純樸質野的生活，以及村民的自然心態，都對他有著一種強烈的吸引力，以至於恨不得馬上脫掉官袍，操起農具，日出而作，日入而息，嘯詠歌吟，何其自在自得。「何時收拾耦耕身」，那是久被壓抑在內心深處的吶喊的自然噴發；「使君元是此中人」，則是對自己已走過的路——主要是仕宦經歷——的反省。一問一答，前呼後應。反躬自問，驀然醒悟，才明白自己並不是名利場中的人物，古今文人中多有這種感慨，而蘇軾來得更真誠，這在他的詩文中多有反映。此詞從思想內容上來看也是對這次走訪農村農事活動的一個總結，借謳歌農村生活的自然純美、和諧融洽，表達了回歸自然、遠離仕途的強烈願望。

浣溪沙

慚愧❶今年二麥❷豐❸，千歧細浪舞晴空❹，化工❺餘力染天紅❻。

歸去山公應倒載，闌街拍手笑兒童❼，甚時名作錦薰籠❽？

【注　釋】❶慚愧　難得；僥倖。❷二麥　指大麥和小麥。❸豐　茂盛；充實。❹千歧細浪舞晴空　形容晴日下麥苗隨風而舞動起伏的樣子。歧，原指岔道，此指麥苗分枝。千歧，極言麥苗分枝之多。細浪，比喻麥苗隨風起伏如波浪。❺化工　自然的創造力。❻夭紅　妍媚紅豔，指下文的瑞香花而言。❼歸去山公應倒載二句　李白〈襄陽歌〉：「襄陽小兒齊拍手，攔街爭唱〈白銅鞮〉。傍人借問笑何事，笑殺山公醉似泥。」詞句化用李白詩意，以山簡自喻，寫與民同樂貌。山公，指晉人山簡，劉義慶《世說新語・任誕》載：山簡鎮守襄陽，常遊高陽池，飲輒醉。倒載，謂醉後騎在馬上東倒西歪的樣子。闌，同「攔」。❽錦薰籠　即瑞香花，因其花似錦繡，氣如薰香，故名。

【語　譯】難得今年麥子大豐收，千萬枝麥穗如波浪起伏，在晴空下舞動。大自然創造了豐收景象之餘，又染紅了成片的瑞香花。　返回時應該像山公一樣，馬背上的我醉得東倒西歪，惹得兒童們攔街拍手指笑著，我問道：「什麼時候，瑞香花又名叫錦薰籠？」

【賞　析】此詞毛晉刻本題作「徐州藏春閣園中」。同前五首一樣，此詞也是寫農事的詞。神宗元豐元年（一〇七八）春，徐州乾旱，草木焦枯，作為父母官，蘇軾於城東的石潭祈雨，果然下起了大雨。雨後，又到石潭去謝雨，道中作〈浣溪沙〉詞五首。作為一位關心民瘼的父母官，把百姓的事當成自己的事，與百姓同歡喜，共憂患，是這組詞所表達出來的真誠的情感。這首詞在內容上有自己相對的獨立性，但在思想意義上卻與前一組詞有關聯。前五首多是對具體境象和景物的描繪，其間的人物都是以村民百姓作為聚焦點，自己只是個旁觀者，寫所見所感。而這首詞則將自己置身於焦點之中，前五首分別描述了村民之樂，此則專寫自己之樂，說明唯有百姓樂，父母官才能樂，「先天下之憂而憂，後天下之樂而樂」，這是知識分子立身仕宦的崇高原則。前五首以百姓之樂作鋪墊，是明寫，而作者的愉悅心情寄寓其中，不言而喻。此首則直接描繪自己之快樂，是醉心之樂，也是舒心之樂，是對自己政績的肯定，自豪之感便油然而生。

減字木蘭花

錢塘❶西湖，有詩僧清順❷。所居藏春塢❸，門前有二古松，各有凌霄花❹絡其上，順常晝臥其下。時余為郡，一日屏騎❺從過之，松風騷然❻，順指落花求韻，余為賦此。

雙龍❼對起，白甲蒼髯❽煙雨裡。疏影微香，下有幽人❾晝夢長。

湖風清軟，雙鵲飛來爭噪晚。翠颭紅輕❿，時上凌霄百尺英。

【詞　牌】減字木蘭花

《詞譜》卷五：《樂章集》注：仙呂調。《梅苑》李子正詞名〈減蘭〉；徐介軒詞名〈木蘭香〉。《高麗史‧樂志》名〈天下樂令〉。

【注　釋】❶錢塘　今浙江杭州。❷清順　字怡然，宋神宗熙寧時人，居杭州西湖，清苦自處，有詩名。❸塢　四面高中間低的谷地，也指四周如屏的花木深處。❹凌霄花　又名紫葳，依大樹蔓生，花黃赤，夏日盛開。❺屏騎　不騎馬。屏，排除。❻騷然　動亂不安的樣子。❼雙龍　謂二古松乾枝蜿蜒如兩條蒼龍。❽白甲蒼髯　謂松樹白花似龍鱗，松針如灰白的鬍鬚。❾幽人　隱居之士，指清順。❿翠颭紅輕　謂凌霄花的花葉在風中輕拂搖動。颭，風吹物動。

【語譯】雙松對峙，蜿蜒如龍，拔地而起。煙雨裡，松花白似龍鱗，松針蒼如龍鬚。疏枝影交錯，微香散發，有幽人白日睡夢正長。

湖面柔風清和，天色已晚，雙鵲飛來，聒噪不休。一陣風來，百尺高的淩霄紅花綠葉拂動搖曳。

【賞析】詞作於為杭州太守時。上片是寫近景，描繪了清順居住環境的狀貌，以二古松對峙，拔地而起，極言其歲月滄桑，正是經過多少年的風吹雨打，顯示出其蒼勁剛毅的一面，這也是詞中要突出強調的。「白甲蒼髯」的剛性、韌性，也正是主人形象的寫照。「疎影微香」，淡雅之味溢出，正是古代隱者生活狀貌的說明。末句白日夢正長，突出一「閒」字，是閒情雅志的進一步展示，也是超脫於紅塵外的姿態的顯現，蘇軾的欣羨之意不言而喻。下片是寫遠景，進一步渲染清順居住環境的清逸，以湖面風物狀其曠遠通達，以百尺凌霄花寫其逸情高懷。而「雙鵲歸來爭噪晚」，為這看似枯寂的生活平添了一些生趣，其中是否也寄寓了蘇軾本人「倦翼知還」的感受呢？

減字木蘭花

贈潤守許仲途❶，且以「鄭容落籍❷、高瑩從良」為句首

鄭莊好客❸，容我尊前先墮幘❹。落筆生風❺，籍籍❻聲名不負公。

高山白早❼，瑩骨冰膚❽那解老。從此南徐❾，良夜清風月滿湖。

【注釋】❶許仲途　許遵，字仲途，泗州人。歷官長興知縣、壽州知州、中散大夫等，時知潤州（今江蘇鎮

江）。❷落籍　指妓女從良。❸鄭莊好客　鄭當時，字莊，西漢人，以熱情好客著稱。此處借指許遵。❹墮幘　頭巾落下，形容醉後放浪不羈貌。此蘇軾自喻，典詳《晉書・庾峻傳》。❺落筆生風　形容思維敏捷，富有文采。❻籍籍　形容名聲卓著。❼高山白早　唐劉禹錫詩〈蘇州白舍人寄新詩有歎早白無兒之句因以贈之〉云：「雪裡高山頭白早，海中仙果子生遲。」比喻人生易老，如高山積雪一般白髮早生。❽瑩骨冰膚　比喻膚色之潔白美潤。❾南徐　潤州又稱南徐州。

【語　譯】君就像鄭莊一樣熱情好客，請容我在酒席間頭巾散落。君思維敏捷，揮毫潑墨，富有文采，沒有辜負您卓著的名聲。

我似高山積雪般早生白髮，膚色潔白美潤的妙齡女子哪裡懂得歲月催老。自此後的潤州城，夜色美好，清風吹拂，月光灑滿湖面。

【賞　析】傳說蘇軾途經潤州，得到太守許遵的款待。席間有官妓名叫鄭容、高瑩二人侍宴，蘇軾覺得很愉快，鄭、高二人就趁機乞求他，使她們能夠脫離官妓之籍，以便從良。蘇軾答應了，但當時並未說出來。等到要乘船離開潤州，臨別時，鄭、高二人再次懇請，於是蘇軾就寫了這首詞，交給二人，並說：「你們只需拿著這首詞給太守，太守就明白了。」原來詞中取每句的頭一字，得「鄭容落籍，高瑩從良」八字。此詞雖然為筆墨遊戲，其中也寄寓有感慨。或云此詞作於從黃州放還，途經潤州時。五年的貶謫生涯，短暫而痛苦，「容我樽前先墮幘」表現了他的狂放不羈的性格，雖然飽經磨難，執拗放浪的性格卻依然故我。蘇軾不善飲酒，飲少許即醉。如今已是白髮老人，以官妓之青春活力，反襯自己的憔悴倦怠，沉痛之意可見。「從此南徐」兩句意思是說鄭、高二人從良心切，這種行為有助於淨化潤州的社會風氣，言下之意是說許遵若能行此善事，再無女子賣笑，將使潤州成為風清月朗的潔淨之地。不過此為戲謔之言，不可當真。

減字木蘭花

送東武❶令趙昶❷失官歸海州

賢哉令尹，三仕已之無喜慍❸。我獨何人，猶把虛名玷搢紳❹。

不如歸去，二頃良田無覓處❺。歸去來兮❻，待有良田是幾時？

【注釋】❶東武　今山東諸城。❷趙昶　字晦之，蜀人，曾任楚州團練判官，為東武令，知高郵、藤州等。❸賢哉令尹二句　《論語・公冶長》云：「令尹子文三仕為令尹，無喜色；三已之，無慍色。」令尹，春秋時楚國的宰相叫令尹，這裡指趙昶。三，虛指，表示多次。已，止，指免職。慍，怨恨。❹搢紳　古時官員插笏於紳，因此稱士大夫為搢紳或縉紳。搢，插。紳，束腰的大帶。❺二頃良田無覓處　《史記・蘇秦列傳》載蘇秦嘆曰：「且使我有洛陽負郭田二頃，吾豈能佩六國相印乎？」此指去官歸田。❻歸去來兮　晉陶淵明〈歸去來辭〉云：「歸去來兮，田園將蕪胡不歸？」來，助詞，無義。

【語譯】賢明的縣令啊！多次任職，沒有喜色；多次被罷免，沒有怨恨。而我又是怎樣的一個人呢？仍然為了虛名奔波，有辱士大夫的品格。

不如退隱吧！無處尋找到二頃良田。回去吧！等到有了良田再退隱，又是什麼時候呢？

【賞析】自從走上了仕途，我們就感受到蘇軾在不停地唱著歸隱的歌。迫於生計，來往於東南西北，欲去而不可去，欲歸而不能歸。「我獨何人」二句，對他而言，覺得似有言不由衷之感，有愧於友人的高風亮節。但果真如此嗎？蘇軾曾說過：「吾無求於世矣，所須二頃田，以足饘粥耳。而所至訪問，終不可得，豈吾道方艱難，無適而可耶？抑人生自有定分，雖一飽，亦如功名富貴，不可輕得也。」（《東坡志林》）在其詩中，多處可以看到他為能求得二頃田歸隱而吟詠，其要求只不過是求得一家人的溫飽，自己有些酒飲，得以閒適自在。出仕，是為了口腹之役；退隱，衣食卻不能得到保障。進也不是，退也不是，出世與入世的矛盾心理著實叫人煩神。「歸去來兮」二句，等到有購置良田二頃的能力時，恐怕退隱的願望就會成為泡影。不管怎麼說，蘇軾還是朝著這個目標努力，最終，他在陽羨得以購置了田地，而正當他準備享受著告老歸隱的快樂時，卻又被命出仕，「吾道艱難」之嘆，令人為之扼腕。

減字木蘭花

二月十五夜，與趙德麟❶小酌聚星堂❷

春庭❸月午❹，搖蕩香醪光欲舞❺。步轉回廊，半落梅花婉娩❻香。

輕煙薄霧，總是少年行樂處。不似秋光，只與離人照斷腸❼。

【注釋】❶趙德麟　名令時，宋宗室。歷官簽書潁州節度判官公事、右朝請大夫、洪州觀察使等，入元祐黨籍。❷聚星堂　潁州府廳堂。❸春庭　春季的庭院。❹月午　月至午夜，即半夜。❺搖蕩香醪光欲舞　謂月光照射在杯中醇香的酒中，隨酒面而舞動，指開懷暢飲時的情景。醪，醇酒；濁酒。❻婉娩　原形容女子柔順，此形容梅花溫馨和暖的樣子。❼不似秋光二句　謂春天的月色不似秋日的月色那麼淒涼。

【語　譯】春天的庭院，夜半的月光，在盛滿醇香的酒杯中搖蕩舞動。漫步在迂迴的廊廡，半落的梅花散發著溫馨的香氣。　輕柔的煙氣，稀薄的雲霧，總是年輕人行樂的地方。不似秋天的月色，只照著傷離愁別的人。

【賞　析】詞作於知潁州時，時趙德麟簽書潁州節度判官公事，蘇軾愛其才，與之交遊甚密。詞中敘寫初春月夜下的一次小宴。上片是寫月夜賞梅的情景，點出喜悅歡愉，有三：一是春天的到來，意味著生命活力的再現，萬物得其時，而人們也暢其樂，這是良辰。二是月色美，正值十五夜，月亮又圓又亮，銀光普照，寓有團圓美滿之意，這是美景。三是漫步在迂迴曲折的廊廡上，觀賞著月夜下的梅花，猶如仙女；飲著美酒佳釀，與友人暢談吟詠，可謂是賞心樂事。四美並具，自古以為難得，蘇軾的歡悅之情溢於言外。下片則是抒寫感想，「輕煙薄霧」描繪的是春天月色下迷濛的夜景，這種情景，最為年少者所喜歡，也是蘇軾自己當年的感受。相比之下，如今已是五十七歲，飽經人生憂患，年少時那種追歡逐樂的興致不再，當然，他是多麼希望能回到過去的那種感受。悲秋，是古典詩文中的一個母題，這是因為秋天，萬物生命的活力在弱化。雖然春天的月夜不似秋天的月夜令人感到蕭瑟淒涼，但對著已經開始凋謝的梅花，仍然會使人感到生命活力的脆弱和短暫。美好的難以久長，這個道理人人都明白，由此而產生的傷感卻難以拂去、難以令人承受。趙德麟在《侯鯖錄》裡說：「元祐七年正月，東坡在汝陰，州堂前梅花大開，月色鮮霽。王夫人曰：『春月色勝如秋月色，秋月令人慘淒，春月令人和悅，何如召趙德麟輩來，飲此花下？』

先生大喜，曰：『吾不知子亦能詩耶？此真詩家語耳。』遂召，與二歐飲。」遂作此詞。王夫人為蘇軾繼室王弗，知所聚飲宴的也有三五人。詞是記錄一時的遊宴之事，是對春日美好時光的謳歌，表達了對人生的良好祝願，只是下片嘆老嗟衰，有時不我待的淡淡悲傷，拂之不去。

減字木蘭花

彭門❶留別

玉觴無味，中有佳人千點淚。學道❷忘憂，一念❸還成不自由。

如今未見，歸去東園花似霰。一語相開，匹似❹當初本不來。

【注釋】❶彭門 指今江蘇徐州。❷道 指技藝。❸一念 謂時間極其短促。❹匹似 如同。

【語譯】玉杯飲酒，沒有滋味，中有佳人千滴淚水。學得道藝，本意是消散憂愁。瞬間的決定，又造成了不自由。

如今沒有看到嗎？回到東園，花兒如雪珠一樣。一番話使我豁然開朗，就像當初本來就沒有來過。

【賞析】神宗熙寧、元豐年間，蘇軾知徐州，詞作於將要離開徐州時。這是首頗有禪味的小詞，細品詞意，似乎表達了對仕途得失的體悟。初到徐州，正值黃河水泛濫，水患危及徐州城的安全，蘇軾率領徐州百姓，治水有功，得到朝廷的獎諭，也得到了徐州百姓愛戴，應該說他在徐州的政績還是不錯的。在徐州任上做了二年不到的樣子，蘇軾改知湖州，到湖州任上才三月餘，烏臺詩案就發生了。「學道忘憂」二句，意思是說當初著意學習技藝，本來是為了消愁解悶，聊以自遣的。古云「學得文武藝，貨與帝王家」，最初自己肯定不是為了這一目的的。誰知命運偏偏捉弄人，一時的仕宦的決定，竟然是違背了初衷，以致鑄成大錯。所謂人在江湖，身不由己，再想從仕途上退回來，還真非易事。應該說，蘇軾對可能出現的來自政治上的打擊迫害或已有察覺，只是不能確認罷了。所以說「如今未見」，不如趁早歸隱而去，還可在故園中流連賞花，悠閒自得。「一語相開」，謂自己的憂慮，在他人的一番話開導下，一時想通了。「叵似當初本不來」一句大意是說自己大可不必放在心上，只當是從來就沒此事。實際上，他的感覺是敏感的，只是世事難料，何況人為刀俎，我為魚肉，也只有聽其自然，希望不會有什麼不愉快的事發生罷了。詞意寫得隱晦，索解不易，聊備一說。

減字木蘭花

以大琉璃杯勸王仲翁❶

海南奇寶❷，鑄出團團如栲栳❸。曾到崑崙❹，乞得山頭玉女盆❺。

絳州王老❻，百歲癡頑推不倒❼。海口如門❽，一派黃流已電奔❾。

【注釋】❶王仲翁　儋州有王肱，字公輔，俗稱王六公，居城東，享年一百零三歲，號百歲翁，與蘇軾友善，王仲翁當為此人。❷奇寶　指大琉璃杯。❸栲栳　用柳條或竹篾編成的器具，又稱笆斗，用以盛物。❹崑崙山名，神話傳說為西王母居住的地方。❺玉女盆　傳說有玉女居華山，祠有石臼，號玉女洗頭盆，蘇軾此處誤將華山作崑崙山。這裡用以比喻琉璃杯大如盆。玉女，神女；仙女。❻絳州王老　古代稱高壽者為絳縣老人，此指王仲翁。絳州，今山西新絳。❼百歲癡頑推不倒　謂王仲翁雖然年歲已高，而豪飲不會醉倒。癡頑，愚頑無知，此指年老而童心未泯。推不倒，兩層含義，一指琉璃杯形似不倒翁，為兒童戲具。二指王仲翁酒量大，豪飲而不醉倒。❽海口如門　比喻王仲翁嘴大而深。❾一派黃流已電奔　猶如黃河之水奔流入口中，形容王仲翁豪飲狀。黃流，酒名，因酒色如黃河之水而得名。電奔，形容速度快如雷電。

【語　譯】海南生產的奇特寶物，鑄造出來，圓圓的就像栲栳一樣。曾經到過崑崙山，乞得山上仙女洗頭的盆子而製成。　　王仲翁就像絳州的長壽老人，年歲過百，痴愚頑皮，豪飲不醉如不倒翁。嘴巴深廣如海口，酒如黃河之水，雷電般地奔流入口中。

【賞　析】詞作於蘇軾被流放海南島時。在儋州（今海南儋縣），蘇軾結識了王仲翁，詞中記述了王氏豪飲的情狀。上片寫酒杯的不尋常：一則言其質地的特殊，是用琉璃製作而成，為天然寶石；二則言其製作工藝的精巧，腹部圓圓的，煞是可愛；三則言其容量之大，似盆，一次可盛很多酒，實為罕見之物。意在強調不是海量的人，也不會拿它來勸客人。通過對酒杯質地形狀容量等不平凡的描摹，為後文描寫王氏的豪飲作了先聲奪人的渲染。下片敘寫王仲翁年已過百歲，而性格頑皮如兒童，「海口如門」二句，用比喻和誇飾的手法，形象而又生動地描寫了王氏飲酒時，豪放不羈的特性，突出了其酒量之大，飲酒之快，說明很少有人能望其項背的。王氏為儋州的長壽者，從詞意來看，蘇軾跟他的交情是較好的。詞雖然是寫日常的交往，表達的情感卻相當樸素真誠。

減字木蘭花

曉來風細❶，不會❷鵲聲來報喜❸。卻羨寒梅，先覺春風一夜來。

香箋一紙，寫盡回文機❹上意。欲卷重開，讀徧千回與萬回。

【注釋】❶風細　輕柔的風。❷不會　沒有料想到。❸鵲聲來報喜　舊說聞鵲聲，就有喜事。❹回文機　晉朝竇滔妻名蘇蕙，字若蘭，善屬文。竇滔被流放，蘇氏思之，於機上織錦為回文璇璣圖詩以贈，凡八百四十字，詞甚悽惋。回文，指詩詞中字句回旋往返，倒讀順讀，意思均通，是一種遊戲性詩體。

【語譯】曉來輕風吹拂，沒有料到鵲鳥唧唧喳喳，前來報喜。真羨慕寒天裡的梅花，先感覺到了春來的氣息，一夜間就開放了。　一紙香箋上，字字寫盡相思意。欲捲又展開，讀了千遍和萬回。

【賞析】這是首寫戀情的小詞，主人公是位深情的少女。上片以曲筆寫少女的喜悅心情，一夜醒來，和風撩人，此吉兆一；鵲鳥喳喳，歡鬧不已，此吉兆二；寒梅含苞欲放，春天已是來臨，此吉兆三。這種種美好的預兆，又與夜來的美夢合拍，怎能不令人興奮？筆調輕靈歡快，字字洋溢著少女的甜蜜感，表現了對未來幸福的憧憬。下片緊緊抓住少女寫信、讀信的反覆性動作展開，極力說明其相思之深，「寫盡回文機上意」，千言萬語，又如何說得完？此其一；「欲卷重開」，千回萬回地讀，以為想說的都說完，又總是覺得言未盡意，或詞不達意，此其二。凡此都說明了少女的矜持而不輕浮，真誠而可愛。詞筆直白，卻不乏蘊藉。

減字木蘭花

己卯❶儋耳❷春詞

春牛春杖❸，無限春風來海上❹。便丐❺春工❻，染得桃花似肉紅。

春幡❼春勝❽，一陣春風吹酒醒。不似天涯，捲起楊花❾似雪花。

【注釋】❶己卯　宋哲宗元符二年（一〇九九）。❷儋耳　又稱儋州，今海南儋縣。❸春牛春杖　指農曆立春前五日，州縣造土牛、耕夫、犁具於城門之東，立春日，舉行迎春祭祀，官吏執縷杖環擊土牛三下，以示勸耕。春牛，即土牛。春杖，即縷杖，繫有彩絲的木杖。❹海上　指南海。❺丐　祈求。❻春工　以春擬人，萬物得春滋潤而發育生長。❼春幡　迎春的旗子，舊日風俗，立春日掛春幡，象徵著春天的到來。❽春勝　立春時婦女頭上所戴的綵勝。勝，像綵結一類的首飾。❾楊花　指柳絮。

【語譯】準備好了土牛和縷杖，無限春風自南海吹來。就祈求春神，染得桃花似肉色一般紅潤。

掛好春幡，戴著春勝，一陣春風吹醒了醉意。不似在天涯，風捲起楊花，就似片片的雪花。

【賞析】每到春天來臨的時候，州縣事先造好土牛、耕夫、犁具等，立春的那一天，舉行迎春祭祀的活動。屆時，當地的長官手執縷杖，環繞土牛，敲擊三下，以向百姓昭示，春耕季節已到，大家當努力農事。甚至有地方官深入到農戶，鼓動勉勵，這也是地方父母官的職責。詞的開篇就是描寫了這一風俗，意在說明春耕的重要性，也是蘇軾民本思想的反映。當然其用意不僅僅是局限於此，更多的是對美好春天的歌頌。桃花爛熳，朵朵簇簇，猶如孩童紅潤的臉頰，那麼招人眼目，這是春神著意的雕飾，又似春神美好的化身，因為春給大自然、給人們帶來了勃勃的生機和活力。與上片重在撫今不同，下片頭兩句是追昔之筆。往年在故鄉，或在京城內外仕官期間，立春時，家家春幡飄動，戶戶春意盎然。遊人紛紛外出，踏青尋勝，頭戴綵勝的女子三五一群，嘻嘻歡鬧，漾溢著青春的活力，也是那麼招人眼目。而如今，身處天涯，迎春的繁鬧景象卻無處尋覓。只有海風吹來，捲起柳絮，像雪花般漫天飛舞，凌亂單調，平添了一些傷感。因此說這是首傷春之詞，為美好不能永駐而嘆息。

減字木蘭花

玉房❶金蕊，宜在玉人❷纖手❸裡。淡月朦朧，更有微微弄❹袖風。

溫香熟美❺，醉慢雲鬟❻垂兩耳。多謝春工，不是花紅是玉紅❼。

【注釋】❶玉房　花房的美稱，如玉般精美。花房，即花冠，花瓣的總稱。❷玉人　比喻貌美如玉，此指美麗的女子。❸纖手　指女子細長柔美的手。❹弄　戲弄；挑逗。❺熟美　酣睡香甜的樣子。❻雲鬟　形容女子頭髮如雲般輕膩柔美。❼玉紅　比喻女子容貌美豔如玉。

【語　譯】花瓣似玉精製，花蕊如金雕成，理應拈在美人纖纖細手裡。淡淡的月色朦朧，微風吹來，拂弄她那衣袖。　溫柔香軟又甜美，醉態中任雲鬟披散垂掛在兩耳旁。多謝春神鬼斧神工，這不是花色紅潤，分明是美人嬌紅的容顏。

【賞　析】此詞或題作「花」，是一首詠物詞。歐陽脩《洛陽牡丹記．花品序》裡曾說過，洛陽人「曰某花某花，至牡丹則不名，直曰花，其意謂天下真花獨牡丹，其名之著，不假曰牡丹而可知也。」意思是說洛陽人很喜歡牡丹，認為天地間配稱作花的只有牡丹而已，因此直接用「花」來稱呼。當然此中所詠是否就是牡丹，還不能確定，但所描寫的是花，這是無疑的。把花比作美人，這是司空見慣的手法，但在蘇軾的詞作中又是比較特別一點。也就是這首詞寫得很香豔，眾所周知，香豔是唐五代花間詞的主要特色，並被認為是婉約詞的本色性之一。而蘇軾是不大寫這類作品的，儘管他的詞作中有不少是屬於婉約性的作品，但仍是以清秀見長。而這首詞名為詠花，卻又是寫美人，以美人的嬌柔軟媚，喻花之多姿多態。以花之甜美溫馨，狀美人之風情神韻。其間點綴著「金」、「玉」、「香」、「紅」等富有感官刺激的詞語，尤其顯得風流嫵媚。

減字木蘭花

琴

神閒意定❶，萬籟❷收聲天地靜。玉指❸冰絃❹，未動宮商❺意已傳。
悲風流水❻，寫出寥寥❼千古意。歸去無眠，一夜餘音在耳邊❽。

【注　釋】❶神閒意定　描寫彈琴者準備演奏時的神情狀態，輕閒而自信。❷萬籟　指自然界中的所有聲音。❸玉指　指美人的手指，也用來比喻手指的潔白纖秀。❹冰絃　比喻琴絃清亮如冰。❺宮商　唐人徐堅《初學記》卷十六〈樂部・琴〉引《三禮圖》云：「琴第一絃為宮，次絃為商，次為角，次為羽，次為徵，次為少宮，次為少商。」中國古代音樂稱宮、商、角、徵、羽為五音，相當於現代樂譜中的do、re、mi、sol、la。❻悲風流水　比喻聽琴曲的效果，或如淒緊悲涼的寒風，或如連綿不斷的流水。❼寥寥　空闊；邈遠。❽餘音在耳邊　形容音樂聲美妙，令人難忘。《列子・湯問》載：有善歌者名韓娥，東至齊，缺糧，於是賣唱謀生，離去後，所唱歌的餘音遶城門梁柱，三日不絕。

【語　譯】神情閒雅，意志堅定，萬籟無聲天地靜謐。玉指撥弄著清亮的琴絃，未成曲調，心意已流露。　或如悲涼的寒風，或似連綿的流水，曲意高遠，可接千古。歸來無睡意，琴曲的餘音整夜繚繞在耳邊，久久地難以散去。

【賞　析】描寫聽音樂過程的感受，這在唐宋人詩作中是常見的，而將這類題材引入到用詞來表達，在蘇軾之前是不多見的。這首詞寫聽人彈琴，清人王文誥認為作於黃州，時聽崔閑彈琴。上片重在描述演奏前彈者的神情舉止，以渲染烘托為主。「神閒意定」，說明彈者的涵養極其深厚，以萬籟俱靜作鋪墊，為下文運筆造勢。「玉指冰絃」二句，說明彈者技藝的高超，很有「此時無聲勝有聲」的感覺。下片描寫聽的過程及聽後的感受。分別用了兩個典故：一則說明音樂的主旨之所在，曲意高遠，思接千古，嘆知音何處，惆悵之情溢於言表；一則說明所彈奏的樂曲不僅美妙，而且打動人心，聽者與之產生了共鳴。上下片分工明確，但又前呼後應，意脈不斷。大概受到篇幅的局限，儘管不及唐宋人於詩中對聽音樂的過程描寫得那麼細緻入微，但作者所要表述的思想意圖卻是明確的，聽曲者應取其意而忘其琴，莊子所謂得意忘言，得魚忘筌，可以說明這一點。

採桑子

潤州甘露寺多景樓❶，天下之殊景也。甲寅仲冬，余同孫巨源❷、王正仲❸參會於此。有胡琴者，姿色尤好。三公皆一時英秀，景之秀，妓之妙，真為希遇。飲闌❹，巨源請於余曰：「殘霞晚照，非奇才不盡。」余作此詞。

多情多感仍多病，多景樓中。尊酒相逢，樂事回頭一笑空。停杯且聽琵琶語，細撚輕攏❺。醉臉春融❻，斜照江天一抹紅。

【詞牌】採桑子

《詞律》卷四：〈醜奴兒〉，四十四字，又名〈羅敷媚〉、〈羅敷豔歌〉、〈採桑子〉。

《詞譜》卷五：唐教坊曲，有楊下採桑，調名本此。《尊前集》注：羽調。《樂府雅詞》注：中呂宮。南唐李煜詞名〈醜奴兒令〉，馮延巳詞名〈羅敷媚歌〉，賀鑄詞名〈醜奴兒〉，陳師道詞名〈羅敷媚〉。

《填詞名解》卷一：〈醜奴兒令〉，一名〈採桑子〉，一名〈羅敷令〉，一名〈羅敷媚〉。

【注　釋】❶多景樓　在今江蘇鎮江北固山甘露寺內。❷孫巨源　名洙，字巨源，廣陵（今江蘇揚州）人。進士，官至翰林學士。❸王正仲　名存，字正仲，江蘇丹陽人。進士，歷官至吏部尚書。❹飲闌　飲宴即將結束。❺細撚輕攏　彈奏琵琶的指法。❻醉臉春融　形容酒後面容如春天般溫潤和暖。

【語　譯】情懷多，感慨多，還有疾病多，在多景樓中。相逢一杯酒，歡樂的事，轉眼一笑間已是空無。　放下酒杯，姑且聽聽琵琶曲，細細地撚、輕輕地攏。醉意醺醺的面容，如春天般溫潤和暖。夕陽在江水天邊塗抹了一道紅彩。

【賞　析】甲寅為神宗熙寧七年（一〇七四），這年，蘇軾由通判杭州轉任密州，此詞即作於赴密州途經鎮江時。多景樓為鎮江名勝，蘇軾詩文中多有提及。登上多景樓，理應是品賞景致，指點煙霞。此詞之作，並未在「多景」二字上作文章，亦即其重心不是描摹景物，而是以抒寫情懷為主。開篇，即以多景樓之「多」字引發，「多情多感仍多病，多景樓中」，看似遊戲之筆，卻是刻意為之，是全詞的總領之句，一氣呵成，十一字中一連用了四個「多」字，就好像有一種負重感，壓得人透不過氣來。所謂情懷多、感慨多、疾病多，在多景樓中，這種感受來得尤其熾烈，這都是一「多」字挑逗起來的。這種情懷，這種感慨，卻都與多病有關。大凡人一有病，精神就會不振，就會多傷感，對什麼事情都少有興致，因此面對多景樓的美景，竟然有些冷漠。「樂事回頭一笑空」，就是這種心態下悲觀情懷的反映。上片筆調有些鬱悶低沉，下片則有所緩和，或許是聽了歌妓彈的琵琶曲，自己的心態趨於平和。輕攏細撚，形容彈者動作優雅，美感十足。末兩句，客人們醉後紅潤的臉龐，和夕陽下江天一體的紅色彩霞相映襯，以寫景結句，回應多景樓之「景」字，有點題之效，其鬱悶情感也因此得以沖淡。

卜算子

黃州定惠院❶寓居作

缺月掛疏桐，漏斷❷人初靜。誰見幽人❸獨往來，縹緲❹孤鴻影。

驚起卻回頭，有恨無人省❺。揀盡寒枝不肯棲，寂寞沙洲冷❻。

【詞牌】卜算子

《詞律》卷三：四十四字，又名〈百尺樓〉。

《詞譜》卷五：元高拭詞注：仙呂調。蘇軾詞有「缺月掛疏桐」句，名〈缺月掛疏桐〉。秦湛詞有「極目煙中百尺樓」句，名〈百尺樓〉。僧皎詞有「目斷楚天遙」句，名〈楚天遙〉。無名氏詞有「蹙破眉峰碧」句，名〈眉峰碧〉。

《填詞名解》卷一：唐駱賓王詩好用數名人，稱為卜算子，詞取以名。一曰人稱駱為「算博士」。

【注　釋】❶定惠院　位於黃州府治東南。❷漏斷　指夜深。漏，又稱漏壺，古代計時器，以滴水方式進行。❸幽人　有三義，本指囚禁之人，後引申指隱居之士，或含冤之人。蘇軾貶謫黃州，如同被囚禁，此處用本義。❹縹緲　隱約不清的樣子。❺省　察看；明瞭。❻揀盡寒枝不肯棲二句　鴻雁只在田野葦叢間棲宿，故云。此謂幽人如孤鴻不肯棲息於高寒之枝，而甘心居守於低下冷落的沙洲，以示品味高潔。寂寞沙洲冷，整理本《東坡樂府》原作「楓落吳江冷」，此據宋傅幹《注坡詞》改。

【語　譯】彎月掛在稀疏的梧桐枝梢上，漏壺滴水已盡，夜已深，人已靜。誰又會注意到，此時只有幽人獨自往來，隱約的身影，似孤寂的鴻雁。　突然被驚動，卻也回頭顧盼，可惜無人明瞭他的幽恨。挑揀寒枝無數，不肯棲宿，沙洲冷寂，卻是甘心居守。

【賞　析】這首詞可以說是蘇軾詞作中詞旨最富有爭議的一首，或云愛情之作，或云刺時之作。愛情之說又有兩種，一云為黃州王氏女作，一云為惠州溫都監女作。今人一般認為此詞作於謫居黃州時，有感於身世遭際而寫了此詞。蘇軾是神宗元豐三年（一〇八〇）二月到達黃州的，初寓定惠院，五月遷居臨皋亭。詞中圍繞著幽人這一形象作文章，而又以孤鴻作比擬，反映了封建文人士大夫孤高自許的情態，獨往來，卻又是在夜深人靜時，一個思索者的形象突現在讀者眼前。烏臺詩案的發生，劫後餘生之感，促使其用世觀的改變。如果說上片描繪了苦思冥索的迷濛狀態，那麼下片就是對所思索問題的回答。「有恨無人省」，大有舉世皆濁，唯我獨醒的味道。「揀盡寒枝不肯棲」二句，表明心跡，說明在經歷了幾乎致命的打擊後，先前所持有的信念依然是如此堅定，這是獻身於「道」的有識之士的精神支柱，是物質的享受無法取代的。蘇門弟子黃庭堅評此詞云

「不食煙火人語」，從另一個方面說明理想主義者的執著，也是完美主義思想的體現，這是其人生觀展現，向世人昭示著寧折勿屈的決然信念。

菩薩蠻

買田陽羨❶吾將老，從來不為溪山❷好。來往一虛舟❸，聊從造物❹遊。

有書仍懶著，且漫❺歌歸去。筋力不辭詩，要須風雨時❻。

【詞牌】 菩薩蠻

《詞律》卷四：四十四字，又名〈子夜歌〉、〈巫山一片雲〉、〈重疊金〉。

《詞譜》卷五：唐教坊曲名。《宋史・樂志》：女弟子舞隊名。《尊前集》注：中呂宮。《宋史・樂志》亦中呂宮。《正音譜》注：正宮。唐蘇鶚《杜陽雜編》云：大中初，女蠻國入貢，危髻金冠，纓絡被體，號菩薩蠻隊。當時倡優遂製〈菩薩蠻〉曲，文士亦往往聲其詞。孫光憲《北夢瑣言》云：唐宣宗愛唱〈菩薩蠻〉詞，令狐綯命溫庭筠新撰進之。《碧雞漫志》云：今《花間集》溫詞十四首是也。溫詞有「小山重疊金明滅」句，名〈重疊金〉。南唐李煜詞名〈子夜歌〉，一名〈菩薩鬘〉。韓淲詞有「新聲休寫花間意」句，名〈花間意〉；又有「風前覓得梅花」句，名〈梅花句〉；有「山城望斷花溪碧」句，名〈花溪碧〉；有「晚雲烘日南枝北」句，名〈晚雲烘日〉。

《填詞名解》卷一：〈菩薩鬘〉一名〈子夜歌〉，（又填詞別有〈子夜歌〉）一名〈重疊金〉，西域婦人首裝也，出《釋典》，詞名取此，後作「蠻」（朱彧《可談》載：廣中呼蕃婦為菩薩蠻）。《南部新書》云：大中初，女蠻國入貢，危髻金冠，纓絡被體，號菩薩蠻隊。（案：宋隊舞亦有此名，舞者衣緋生色，窄砌衣，卷雲冠。陳暘《樂書》：緋生色作絳繒）遂製此曲。大中，宣宗紀號也。《北夢瑣言》云：宣宗愛唱〈菩薩蠻〉詞，一名〈巫山一片雲〉。

【注釋】❶買田陽羨　指歸隱田園。陽羨，今江蘇宜興。❷溪山　宋人傅幹《注坡詞》云：「公愛其有荊溪西山之樂，而將老於是。」則溪山指宜興的荊溪和西山。❸虛舟　空船，此指輕便的小木船。又古人常用虛舟比喻胸懷坦蕩，心無機詐。蘇軾詞有雙重含義。❹造物　創造萬物者，指大自然。❺漫　隨意；情不自禁。❻筋力不辭詩二句　化用唐白居易「夜雨對床」詩意，即風雨之夜，兩人對床共語，形容兄弟或朋友相聚，傾心交談的快樂情景。筋力，猶言體力。

【語譯】在陽羨購置田地，我打算終老於此，從來不是因為這裡的山水美妙。乘坐一小船，往來水雲間，姑且與大自然相伴遨遊。　有書仍然是懶得去寫，姑且隨心所欲，歌詠歸隱的樂趣。體力許可還作詩，但須是風雨助興時。

【賞析】神宗元豐八年（一〇八五）正月，蘇軾從貶謫之地黃州放歸，乞求退居常州宜興，得到了許可。自二十五歲走上仕途，到這時年已五十，在官場上的時間不算短，但厭棄仕宦的想法在他的詩文中每每有所表露，尤其是烏臺詩案發生後，對官場險惡的體悟更加深刻，所以歸隱養老，是他今後餘生的基本要求。而就這小小的心願，也竟然惹得一些人說三道四的，詞中所云「從來不為溪山好」是否有所指呢？蘇軾在〈揚州上呂相書〉一文中就說，自己「已買田陽羨，歸計已成。紛紛多言，深可憫笑」。或者云他乞歸是為了貪圖安逸？或是云他對時政不滿，以不出仕表現自己的不合作態度？當然，對這些用心叵測的言論，他是不會放在心上的。在基本的生活條件得到保障的情況下，回歸自然，擺脫功名利祿的煩擾，超然曠放，這是此時他的人生價值的取向。有書懶寫，不是懶寫，實際上是不想寫。前此的文字獄給自己、給家人、給朋友帶來的創傷尚未抹平，痛苦記憶猶新，創傷有待癒合。經歷了烏臺詩案，家人勸他戒詩，蘇軾也盡可能的迴避寫詩。何況仍有政敵在等待著尋找機會，以便深文周納。迴避寫詩，不等於說永遠不寫詩，有一點是肯定的，即使寫，也僅僅是只說風月，只談山水，這是一種無奈的選擇，但至少歸隱的願望是實現了。只是遺憾得很，五個月後，即被召出仕，賦閒終老的夢又破滅了。

菩薩蠻

西湖送述古❶

秋風湖上蕭蕭雨，使君欲去還留住。今日謾❷留君，明朝愁殺人。

佳人千點淚，灑向長河水。不用斂雙蛾❸，路人啼更多。

【注　釋】❶述古　陳襄，字述古，侯官人，宋仁宗慶曆二年（一〇四二）進士，時任杭州太守。❷謾　通「漫」。空；徒然。❸雙蛾　比喻女子的眉毛細長如蛾。此處借指美人。

【語　譯】秋風吹拂，湖面上下起了蕭蕭細雨，使君即將離去，卻又停留了下來。今日留住了您，這是徒勞的；明天離去，還是叫人憂傷。　美人千滴的淚珠，灑向了長河水流中。美人們不要皺起眉頭，路旁有更多的人在哭泣。

【賞析】蘇軾為杭州通判時，陳襄為太守，兩人的關係非常好，蘇軾詩文中多有酬唱寄贈之作。陳氏由杭州轉知南都，蘇氏也寫了不少詩詞餞別，這首詞就是其中之一。俗云：「下雨天，留客天，天留我不留。」詞的首二句就有這個意思，當然這裡的「我」是指陳氏本人。「還留住」，欲去不去，說明陳氏對杭州是有著深厚的情感，「今日謾留君，明朝愁殺人」，君命難違，不得不走，別離之情，難以排遣，表達了依依惜別之情。下片以送別時歌妓們的泣別，說明陳氏得民心，而「路人啼更多」則以杭州城百姓們依依泣別，更進一層地說明陳氏遺惠於民，深得百姓的愛戴。詞中寫陳氏得民心，是由三方面逐層點染的，即蘇軾、歌妓、百姓，由個別到群體，這樣，陳氏在杭州的政績，不必一一羅列，讀者就略知一二了，老百姓的口碑，就是父母官政績好壞的說明，就這一點來說，詞之用筆全是旁敲側擊法。

菩薩蠻　席上和陳令舉❶

天憐豪俊腰金❷晚，故教月向松江❸滿。清景為淹留❹，從君都占秋❺。

身閑惟有酒，試問邀遊首❻。帝夢❼已遙思，悤悤❽歸去時。

【注　釋】❶陳令舉　名舜俞，字令舉，烏程（今浙江湖州），宋仁宗慶曆六年（一〇四六）進士，曾為山陰令。❷腰金　金飾的腰帶，古代據官職品位的差異，其腰帶分別飾以金、玉、銀、銅等。此指做官。❸松江　即吳淞江，為太湖的支流。❹淹留　停留。❺從君都占秋　謂在座的人都因您得以賞見這迷人的秋夜月景。占，占有；擁有。❻遨遊首　此指杭州太守楊繪。楊繪即楊元素，四川綿竹人，蘇軾通判杭州時，楊氏曾為杭州太守。❼帝夢　傳說殷高宗夢見傳說，畫像以求，得之於野，用為輔佐，以賢相稱。這裡指神宗皇帝召用楊繪。❽悤悤　即匆匆。

【語　譯】老天憐憫英雄豪傑仕途通達晚，因此讓月光灑滿松江。清麗的景致，為此停留，隨您而來的人都見賞了美好的秋光。　處身閒逸，只有酒相伴，請問：可否邀請您這父母官？遠在都城的君王在夢中思念您，此時匆匆上路，返回京城去。

【賞　析】據《東坡志林》卷一〈記遊松江〉云：「吾昔自杭移高密，與楊元素同舟，而陳令舉、張子野皆從余過李公擇於湖，遂與劉孝叔俱至松江，夜半月出，置酒垂虹亭上。」楊元素名繪，蘇軾任杭州通判時，楊氏曾一度為杭州太守，但任職時間很短，不久，即被召還京城，而蘇軾同時也改知密州（今山東諸城），因此兩人得以同路而行。其間，他們和陳令舉、張子野先至湖州（今屬浙江），造訪李公擇，李時為湖州太守，隨後眾人又一同結伴到松江遊玩，這首詞就寫登垂虹亭賞月夜之景。松江為太湖支流，北宋時建有利往橋，東西千餘尺，用木萬計，雕欄精致。橋中建有垂虹亭，是觀賞松江風景的最佳景點。前臨具區（即今江蘇太湖），橫絕松陵，湖光海氣，蕩漾一色，為三吳之絕景，尤其是秋天月夜時。是北宋文人常來遊賞的地方，見於詩詞吟詠，比比皆是。上片即是詠松江夜景之美，登垂虹亭，但見月滿、景清，足以令人心胸澄澈，塵俗之念蕩然無存。但詞中的重點並不在於寫景抒情，而是很有為楊繪抱不平的意味，「憐」、「滿」、「淹留」、「占」諸字詞，說明此時此景，似乎特為吾輩所設置，仕途上的失意，在大自然美景這邊卻意外地得到了補償，老天爺不失公正，所有這些，都似在寬慰楊氏，這在下片表現得很明顯。或楊氏對自己出知杭州不久就召回京城，有些不大樂意，或對回到京城的前途無把握，得到詔令後，有些鬱悶，蘇軾一路上陪他到湖州、松江、鎮江等，有散心的意思。「帝夢已遙思」，是說君王會重用您的，當然也是出於勸解的目的。

菩薩蠻　靈璧❶寄彭門❷故人

娟娟❸缺月西南落，相思撥斷琵琶索❹。枕淚夢魂中，覺來眉暈❺重。

華堂堆燭淚，長笛吹〈新水〉❻。醉客各西東，應思陳孟公❼。

【注釋】❶靈璧　縣名，在今安徽省。❷彭門　指今江蘇徐州。❸娟娟　美好明媚的樣子。❹索　指絃。❺眉暈　即檀暈妝，眉彎處呈檀赭色。❻新水　樂府曲調，即〈新水曲〉。❼陳孟公　漢朝陳遵，字孟公，杜陵人。嗜酒，每大飲，賓客滿堂，輒關門，取客人車轄投井中，雖有急事，不得去。詳《漢書・游俠傳》。

【語　譯】明媚的彎月在西南角落下，彈撥琵琶，訴說著相思。夢中相會，淚水弄溼了枕頭，醒來眉妝被浸潤，有了重影。

華麗的屋子，燃燒的蠟燭流淌如淚堆積，長笛吹著〈新水曲〉。來客醉後，東倒西歪，就讓人想起了陳孟公。

【賞析】此詞為寄贈故人之作，其名不詳。毛晉刻本題作「代妓送陳述古」。陳襄，字述古，為杭州太守時，蘇軾為通判。就詞意而言，「代妓」之說似乎更合理些。上片敘寫女子的懷思，對著一彎明月，彈撥著琵琶，訴說別離後的相思之苦。日有所思，夜有所夢，以致淚水浸溼了枕頭，弄亂了眉飾，說明傷情之深。下片則寫女子的怨情，用杜牧〈贈別〉詩意，其云：「多情卻似總無情，唯覺樽前笑不成。蠟燭有心還惜別，替人垂淚到天明。」富麗堂皇的屋子，飲酒縱樂的人們，沒人會在意女子的情感。她只有把自己的怨情，寄託於笛曲中。以眾人的愉悅和盡情，反襯女子的孤寂和冷落，倍覺哀怨。

菩薩蠻

潤州和元素❶

玉笙不受朱脣暖，離聲淒咽胸填滿。遺恨幾千秋，心留人不留。

他年京國酒❷，墮淚攀枯柳❸。莫唱短因緣❹，長安遠似天。

【注釋】❶元素　即楊繪，參見〈菩薩蠻〉「天憐豪俊腰金晚」注❻。❷京國酒　指古代京口產的名酒。京國，三國時吳國的國都。❸墮淚攀枯柳　晉桓溫北伐，經金城，見少時所種的柳樹有十圍之粗，感慨地說：「木猶如此，人何以堪？」攀枝執條，潸然淚下。後世也用以感嘆時光流逝之快。❹因緣　機會。

【語　譯】玉製的笙管，不會因美人朱脣的吹弄而變暖。離別的歌聲，胸中滿是淒涼悲傷。遺恨千秋萬載，心想留住，而身卻不能留住。　來年再飲京口的酒，手撫弄著枯萎的柳枝，淚不停地流。不要吟唱彼此相聚的緣分短暫，京城至密州，就像離天那樣遙遠。

【賞　析】詞作於熙寧七年（一〇七四）秋，時蘇軾奉命知密州。楊元素才任杭州太守不久，又奉詔回京，他和蘇軾同舟而行，至潤州（今江蘇鎮江）作別，彼此有和唱詞，楊氏詞今不存，蘇詞為和唱之作。首二句以「不暖」和「淒咽」寫離別時的悲傷情態，為後文定了基調。而「填滿」、「遺恨幾千秋」措詞又是如此沉重，說明兩人的情感不同一般。「心留」是指彼此間難捨難分，「人不留」則是指君命難違，人在仕途，身不由己，厭倦仕宦之意油然而生。下片繼續抒寫傷情，「枯」、「短」、「遠」，詞的色彩冷寂，令人感到希望的渺茫，甚至是絕望。如此寫友人間的別離意緒，這在蘇軾類似的作品中少見，他寫的別離詞是不少的，一般都表現得曠達疏放，不似此詞寫得如此陰鬱沉悶。

謁金門

秋池閣，風傍曉庭簾幕。霜葉未衰吹未落，半驚鴉喜鵲。　自笑浮名情薄，似與世人疏略❶。一片懶心❷雙懶腳❸，好教閒處著。

【詞　牌】謁金門

《詞律》卷四：四十五字，又名〈花自落〉。《詞譜》卷五：唐教坊曲名。元高拭詞注：商調。宋楊湜《古今詞話》因韋莊詞起句，名〈空相憶〉。張輯詞有「無風花自落」句，名〈花自落〉；又有「樓外垂楊如此碧」句，名〈垂楊碧〉。李清臣詞有「楊花落」句，名〈楊花落〉。李石名〈出塞〉。韓淲詞有「東風吹酒面」句，名〈東風吹酒面〉；又有「不怕醉、記取吟邊滋味」句，名〈不怕醉〉；又有「人已醉、溪北溪南春意，擊鼓吹簫花落未」句，名〈醉花春〉；又有「春尚早、春入湖山漸好」句，名〈春早湖山〉。《填詞名解》卷一：唐樂名，有儒士〈謁金門〉詞沿其名。一名〈出塞〉，一名〈花自落〉，一名〈垂楊碧〉。

【注　釋】❶疏略　本指簡略，不精細，此指不通人情世故，含有清高傲慢的意思。❷懶心　指不願思慮，不想計較。❸懶腳　指不願奔波。

【語　譯】秋日清晨，池邊的閣樓，風兒拂動著簾幕。經霜的葉子沒有衰敗，風兒吹不落，驚動了烏鴉和喜鵲。　自笑名利虛浮，薄情寡義，好像是和世俗人情疏遠。一片懶心，不願計較；一雙懶腳，不想奔波，好教清閒處呆著。

【賞　析】詞或題作「秋興」。古人逢秋，常常會有悲秋之吟，而這首詞卻讓你感受不到。上片寫登高臨遠之所見，筆鋒所指，卻是風，即圍繞著「風」作文章。風來了，拂動了簾幕，橫掃了打了霜的葉子，驚擾了休眠的烏鴉和喜鵲，彷彿一切平靜都被打破了。五代詞人馮延巳有「風乍起、吹皺一池春水」，南唐李中主有「干卿何事」之問，殊不知人常常是要將自己的思想加載於自然景物上，賦予自然景物以情感的因素，驅使其與自己互動，釋放出自己的思想和情感，獲得心理的放鬆，尤其是處於孤寂境況中。下片便是對這種思想和情感釋放的說明。功名富貴，猶如一陣風，有時攪得人心煩意亂，若不能遂其所願，就會導致心理失衡，性情迷失。蘇軾是位善悟者，「不識廬山真面目，只緣身在此山中」。所謂心懶，是為忘懷一切功利俗念的糾纏；所謂腳懶，是為了擺脫紅塵仕宦的羈絆。既然自己不善於鑽營，不會奉承迎合，不懂得奔走權勢之門，那麼也就不必去苦思冥想官運亨通。「一片懶心」、「一雙懶腳」，是蘇軾的自畫像，說明自己不是做官的料。只願自在自得，求得心境的平和；無憂無慮，不管人間是與非。

謁金門

今夜雨，斷送❶一年殘暑。坐聽潮聲來別浦❷，月明何處去？

辜負金尊綠醑❸，來歲今宵圓否？酒醒夢回愁幾許，夜闌還獨語。

【注釋】❶斷送　葬送。❷別浦　指銀河。其為牛郎、織女二星隔絕之地，故名。❸綠醑　綠色美酒。

【語譯】今夜一場雨，送走了一年中殘餘的暑熱。坐望銀河，好像傳來了潮水的湧動聲。明月會到什麼地方去？　辜負了金杯裡的綠色美酒，來年的今夜還圓滿否？酒醒了，夢醒了，憂愁有多少？夜已深，還在獨自言語。

【賞析】由於遊學、遊宦等，人們常常要遠離故土，奔波在異地他鄉，與親人團聚的機會並不多，蘇軾就是如此。月夜閒坐，望著星空，彷彿聽到自銀河傳來的潮水聲，由銀河聯想到牛郎、織女的故事，就引起了對親人的懷思之情。據詞意，當指對妻子的思念。圓圓的月亮，寄託著團圓的夢想，「月明何處去」意思是希望月亮能時時把自己的思戀心意傳達給對方，這在其詞中多有類似的表達。「來歲今宵圓否」就是表達了對別後不久團聚的嚮往。「酒醒夢回愁幾許」二句進一步敘寫自己的思戀之情，夢中的促膝交談，夢醒的夜闌獨語，一喜悅，一冷淡，虛實相襯，耐人尋味。

好事近

西湖夜歸

湖上雨晴時，秋水半篙初沒。朱檻俯窺寒鑑❶，照衰顏華髮。醉中吹墮白綸巾❷，溪風漾流月❸。獨棹❹小舟歸去，任煙波搖兀❺。

【詞牌】好事近

《詞律》卷四：四十五字，又名〈釣船笛〉。

《詞譜》卷五：張輯詞有「誰謂百年心事，恰釣船橫笛」句，名〈釣船笛〉。韓淲詞有「吟到翠圓枝上」句，名〈翠圓枝〉。

【注　釋】❶朱檻俯窺寒鑑　謂在船上倚著朱紅的欄杆俯視西湖，水面平展如鏡。鑑，鏡子。比喻湖面明亮如鏡。❷白綸巾　有青、白二色花紋的絲製頭巾。❸流月　指月光隨溪水而流動。❹棹　槳。又指划船。❺搖兀　搖動的樣子。

【語　譯】西湖上雨過天晴時，竹篙的一半沒入了秋天的湖水中。倚著紅色的欄杆，俯視寒冷的水面，照見了衰老的容顏、花白的頭髮。　醉中吹落了白綸巾，風兒吹拂，溪水蕩漾，月光隨著溪水流動。獨自划著小船歸去，任憑船兒在煙波中搖動。

【賞　析】遊賞西湖，是蘇軾在杭州為官時常有的事。由「衰顏華髮」知，詞當作於第二次到杭州做太守時。雨過天晴，空氣清新，秋水連天。太守遊西湖，群僚畢從，遊船在湖水中蕩漾，人們宴飲歌舞，應該是暢快無比的。「朱檻俯窺寒鑑」二句，筆調由熱轉冷，以不經意的水面映照，猛然發現自己的衰老，可見忙於公事，操勞過度，此時才意識到歲月催老。也因此激起了及時行樂的想法，「醉中吹墮白綸巾」就說明了這一點，又何況波光流金，風光旖旎，西湖的美景是陰晴晝夜各具特色的，為之傾倒，為之酣醉。「獨棹小舟歸去」二句表明想擺脫俗務的奔勞，回歸到自然中，過自由自在的生活。其中的「歸去」就是指從仕宦中退隱之事，「任煙波搖兀」則指退隱後嘯傲山水之事，這也是厭倦仕途的夙願的反映。

好事近

煙外倚危樓❶，初見遠燈明滅❷。卻跨玉虹❸歸去，看洞天❹星月。

當時張范風流❺在，況一尊浮雪❻。莫問世間何事，與劍頭微吷❼。

【注　釋】❶危樓　高樓。❷明滅　忽明忽暗，時隱時現。❸玉虹　彩虹，或喻指橋。❹洞天　道家稱神仙居住的地方，有所謂十大洞天、三十六洞天的稱呼。❺張范風流　指漢代的張良、春秋時越國的范蠡，兩人均以善謀著稱，且能功成勇退。❻浮雪　即浮白，滿飲之意。這裡指開懷暢飲。❼劍頭微吷　典出《莊子・則陽》，或作劍頭一吷。指從劍頭小孔吹過的風聲。比喻言語無足輕重。劍頭，劍環頭小孔。吷，小聲。

【語　譯】斜倚在高聳的樓閣上，才看見了遠處的燈忽明忽暗。想到要跨著彩虹返回，遊歷神仙洞府，看星星明月。

追想當年，張良、范蠡能功成身退，這種處世的風格應該常在。何況如今似在仙境，開懷暢飲。不要過問人間世事，人微言輕，猶如劍頭一吷。

【賞　析】這首詞的寫作背景不詳，但有一點是明確的，即厭棄世事，表達了出世的思想。入世與出世的矛盾，在古代文人士大夫處理仕宦與否的關係中，是常見的兩難選擇。上片寫登高臨遠，所見之景有仙境迷幻般的誘惑，以致激起脫離俗世、期以汗漫之遊的遐想。這種念頭的產生，往往是因為現實的挫折感，理想的破滅，從而對人世間失望，是逃避現實的心理反映。下片就是對所以會產生這種心理的進一步說明。本著用世的積極態度，建功立業，封妻蔭子，光宗耀祖，是封建士大夫文人入世的基本的人生態度。蘇軾也不例外，他們之所以羨慕張良、范蠡，就在於張、范二人能於功成名就的情況下保全自己。但自己也能如此嗎？畢竟曾有過這方面的不幸遭際。「莫問世間何事」二句，是理解詞的主題思想的關鍵，冷漠現實，是由於壯志難酬，有牢騷，卻也無可奈何。

畫堂春

寄子由

柳花飛處麥搖波。晚湖淨，鑑❶新磨。小舟飛棹❷去如梭，齊唱採菱歌。

平野水雲溶漾❸，小樓風日晴和。濟南何在暮雲多，歸去奈愁何。

【詞牌】畫堂春

《詞譜》卷六：調見《淮海集》，即詠畫堂春色，取以為名。

【注釋】❶鑑　比喻月光下水面明淨如鏡。❷飛棹　飛快的划槳。比喻舟行快速。❸溶漾　波光浮動貌。

【語譯】柳花飄飛時，麥子如波浪般搖動。夜晚的湖面潔淨，就如新磨製的鏡子。小船兒如梭子一樣快速掠過，人們齊聲唱著採菱曲。

野地平展，湖水和雲相連，波光浮動，晴日裡小樓和風吹拂。濟南在什麼地方，夜晚雲遮蔽得太多，回去吧！愁思滿懷，無可奈何。

【賞析】神宗熙寧九年（一〇七六）九月蘇轍為齊州（今山東濟南）掌書記，時蘇軾知山東密州。起初蘇軾由通判杭州改官，得以到山東任職，主要是想和胞弟靠得近些。兄弟二人自故鄉來到中原，除扶送父親靈柩回故鄉外，主要的時間還是奔波在仕途上，兄弟各一方，能團聚的日子並不多。蘇軾的〈水調歌頭〉「明月幾時有」就作於這一年中秋，表達了對胞弟的懷思和美好的祝願。這首詞也是如此，上片描寫湖面之景，看著在湖水上來去如梭的採菱船，聽著採菱者的歡歌笑語，情不自禁地想起了自己的胞弟。何況月亮圓滿明澈，與親人團圓的想法難以抑制。如果說上片是寫熱景，下片則是寫冷景，想法是想法，雖然相隔不遠，但還是有人在千里之遙之感，「濟南何在暮雲多」句與其詞中所說「月明偏被雲妨」的意思相同。本以為兩人仕宦的地點相距越來越近，相見的機會應該是越來越多，可事實上不然。就如圓月是美好的，但總是短暫的，與其說這是種殘缺的美，毋寧說就是不完美。蘇軾在作品中反覆強調這個意思，可知其愁情之深、思親之切。

阮郎歸

綠槐高柳咽新蟬，薰風❶初入絃。碧紗窗下水沉❷煙，棋聲驚晝眠。

微雨過，小荷翻，榴花開欲燃。玉盆纖手弄清泉，瓊珠碎卻圓。

【詞牌】阮郎歸

《詞律》卷四：四十七字，又名〈醉桃源〉、〈碧桃春〉。

《詞譜》卷六：宋丁持正詞有「碧桃春晝長」句，名〈碧桃春〉。李祁詞名〈醉桃源〉，曹冠詞名〈宴桃源〉，韓淲詞有「濯纓一曲可流行」句，名〈濯纓曲〉。

《填詞名解》卷一：用《續齊諧記》阮肇事，一名〈醉桃源〉，一名〈碧桃春〉。（案：劉、阮事又見《幽明錄》。）

【注釋】❶薰風　和暖的風，指初夏時的東南風。❷水沉　即沉水香，一種香木，木材與樹脂可作香料用。

【語譯】綠葉的槐樹，高高的柳枝，初生的蟬兒在鳴叫。撫弄著琴絃，和暖的風吹來。碧綠的紗窗，水沉香煙裊裊。棋子的落聲，驚醒了白日裡的睡夢。　微雨過後，小小的荷葉被打翻，榴花盛開，似燃燒的火焰。玉盆中纖纖細手在戲弄著清水，如玉珠般的水泡破碎了又變圓。

【賞析】據宋人記載，蘇軾自黃州放還，值友人楊元素知興國（今湖北陽新縣），楊氏邀請他至興國，時胞弟蘇轍知筠州（今屬江西），楊氏又送他同行至高安（為筠州治所在），醉別時，賦此詞。詞中描寫初夏的景致，聲音和形態兼備，逼真如繪。綠葉濃蔭的槐樹，高高的細柳，初生的蟬兒在鳴叫，一「咽」字寫出了新生蟬兒鳴叫聲細微而柔弱的特點。寫景是為了寫人，詞中的人不止一個，有撫琴的，有下棋的，香煙瀰漫，脂粉氣濃厚。蘇軾與楊元素等飲宴的地方或是在青樓中，詞中的焦點卻是落在一位女性身上。「晝眠」狀其慵懶，初夏和暖的風，使人們在白天常有倦怠之意。一「驚」字道出了女子心情的苦悶，一般來說是為情所苦，夢中見到了自己的心上人，這是何等的愜意。以眾人的歡鬧反襯其失戀的鬱悶，故其眼中所見的初夏的景致是不同的，上片開頭所寫之景為眾人的感受，有和諧愉悅之感。此女子眼中所見則不同，一「翻」字，寫出了遭雨侵襲後的荷葉凌亂不堪的樣子，盛開的石榴花似火燃燒，這一敗一榮之景致，是女子情感跌宕起伏的反映，寫出了女子複雜變幻的心理。「瓊珠碎卻圓」，更進一步說明了這一點，以女子專注於水珠的破碎和圓滿，如此往復，寫出其正飽受著失望和希望互相交織的痛楚和折磨，看似尋常清閒之筆，卻有千斤的力量，沉重而欲哭。

阮郎歸

一年三過蘇❶，最後赴密州時，有問這回來不來？其色淒然。太守王規甫❷嘉之，今作此詞。一本名〈醉桃源〉。

一年三度過蘇臺❸，清尊長是開。佳人相問苦相猜，這回來不來？

情未盡，老先催，人生真可咍❹。它年桃李阿誰栽？劉郎雙鬢衰❺。

【注釋】❶蘇　指江蘇蘇州。❷王規甫　名誨，字規甫，神宗熙寧六年以朝散大夫尚書司勳郎中知蘇州。❸蘇臺　蘇州有姑蘇臺，為春秋時吳王夫差所築。此處借指蘇州。❹咍　嗤笑。❺它年桃李阿誰栽二句　唐劉禹錫〈元和十一年自朗州召至京戲贈看花諸君子〉詩云：「紫陌紅塵拂面來，無人不道看花回。玄都觀裡桃千樹，儘是劉郎去後栽。」借以譏諷朝廷新貴得勢，此借喻王安石等新黨人物。它年，指將來，也指昔日。此指後者。

【語譯】一年三次經過蘇州，總有清澈的酒飲。佳人爭相問，苦苦猜測，這次來不來？　情緣沒有了斷，歲月總是催人老，人生真是可笑。昔日的桃李樹是誰栽培？有似劉郎的我雙鬢已衰白。

【賞 析】詞中敘寫了蘇軾在蘇州的一段情緣感受。蘇軾通判杭州時，曾於熙寧六年（一〇七三）十一月，以轉運司檄，前往江浙一帶的常州、潤州、蘇州和秀州賑濟饑民，十二月到達蘇州；次年五月末又至，同年十月移知密州，途經蘇州，已是第三次。詞中提及的佳人，當是蘇州府的官妓。蘇軾作為一位聞名天下的文士，成為佳人美女傾慕的對象，這是很自然的事。何況他又是位富有民本思想的地方官吏，深受百姓的擁戴。前兩次因公務去蘇州，蘇州府的官妓們得以結識這位才子，「佳人相問苦相猜」二句是指傳聞他要北上，至於是否再一次經過蘇州，心裡就沒有底了。前兩次至而又離去，畢竟蘇州距杭州是不遠的，再見的機會還是有的。而這次是遠離江浙，何時再相逢，那就難說了。「佳人相問苦相猜」表達了佳人對其行蹤的關切，對於佳人的這種情感，蘇軾最初可能是不知道的，只是在第三次到達蘇州時，宴席言笑之間，太守王規甫或其他人挑明，才恍然大悟。「情未盡」三句說明了蘇軾並不否認彼此的這種情感，只是當初蘇軾至多可能有些感覺，但離開蘇州後也就未當回事，蘇軾的弟子們就曾說過詞人疏於男女之情。而佳人的苦戀，可能是沒有結果的。就蘇軾的態度而論，是以為彼此年紀懸殊，當初就根本沒有往這方面深思，只是這次在事情被挑明後，才覺得事情不似那麼簡單。以年老為辭，這只是個藉口，因為此時他的年紀還未到四十。「它年桃李阿誰栽」二句中桃李是比喻佳人，句意是說因我而產生的一段情緣，自己起初不知，知道後卻又不能享受，反用劉禹錫詠桃詩意，寫有情無緣，反倒產生了一種莫名其狀的惆悵，難以抹去。

更漏子

送孫巨源❶

水涵空❷，山照市❸，西漢二疏❹鄉里。新白髮，舊黃金，故人恩義深❺。

海東❻頭，山盡處，自古客槎❼來去。槎有信，赴秋期，使君行不歸？

【詞牌】更漏子

《詞譜》卷六：此調有兩體：四十六字者，始於溫庭筠，唐宋詞最多。《尊前集》注：大石調，又屬商調。一百四字者，止杜安世詞，無別首可錄。

《填詞名解》卷一：唐溫庭筠作〈秋思詞〉，中詠更漏，後以名調。

【注釋】❶孫巨源　參見〈採桑子〉「多情多感仍多病」注❷。❷水涵空　雲天沉浸於水中。❸山照市　城市面對著青山。❹西漢二疏　指西漢的疏廣、疏受父子，海州（今屬江蘇東海）人。二人均為帝王師，有賢名。❺新白髮三句　《漢書．疏廣傳》言二疏乞老歸鄉，宣帝及太子賜黃金，日與故舊賓客相與飲樂。此指和巨源在潤州相會聚飲。❻海東　又稱東海，指海州，有景疏樓在州治東北，為後人慕二疏之賢而建。❼客槎　晉張華《博物志》卷十載：傳說天河與海相通，有人住海邊，每年八月，常見海上有木筏來。一次，此人登上木筏，至天河，見有牛郎織女。還至蜀，訪嚴君平，君平告以某年月日有客星犯牽牛宿，正此人至天河時。後人詩文中常用這個典故指登天意。槎，木筏。

【語　譯】水包融著藍天，山面對著城市，這裡是西漢疏廣、疏受父子的故里。新長出來的白髮，昔日存留下來的黃金，老朋友的情義深厚。　位於東海邊，山脈的盡頭，自古以來就傳說有人乘著木筏來往於天地間。木筏來往是有消息的，秋天赴任，您去了還會不會返回？

【賞　析】蘇軾有〈永遇樂〉「長憶別時」，據其序知，熙寧七年（一〇七四）八月十五日，孫巨源離海州，相別於景疏樓上。不久二人又相會於潤州，至楚州分手。十一月十五日，蘇軾又至海州，與太守會於景疏樓上，作〈永遇樂〉寄巨源。這首〈更漏子〉當作於在楚州與孫氏分別時，時孫氏赴海州任太守。景仰先賢，激勵後人，是昔人常見的一種表述方式。詞中所寫，即是此意。海州為西漢的疏廣、疏受父子的故里，二人均曾為帝王師，但不貪念富貴榮華，乞歸故里後，日與故舊歡飲，知足常樂，這是為後人所仰慕的。詞中上片既是用以激勵孫氏，也是自勉之意。「新白髮」三句，指出二人情深意厚，志趣理應相同。下片是說再會有期，海州在海邊，所謂在「海東頭，山盡處」，詞中用客槎之典，相信兩人再會的機會是有的。此詞雖是送別之詞，卻不見傷感，而是以祝願共勉為旨。

占春芳

紅杏了，夭桃盡❶，獨自占春芳。不比人間蘭麝❷，自然透骨❸生香。
對酒莫相忘，似佳人、兼合明光❹。只憂長笛吹花落❺，除是寧王❻。

【詞　牌】占春芳

《詞律》卷四於蘇軾詞末云：此體，他無作者，想因第三句為題名。

《詞譜》卷六：蘇軾詠梨花製此調，取詞中第三句為名。

《填詞名解》卷一：蘇軾詠梨花創此調，云：「紅杏了，夭桃盡，獨自占春芳。」

【注　釋】❶紅杏了二句　指杏花、桃花都謝了。了、盡均指了結、結束。❷蘭麝　蘭與麝香，均為香料。❸透骨　指花樹的香氣透過莖幹散出。❹明光　宮殿名，漢武帝時建，後人也用來泛指宮殿。❺花落　笛曲有〈落梅花〉。❻寧王　李憲，唐睿宗長子，封寧王，善吹橫笛，喜言音樂。

【語　譯】紅杏花凋謝，夭桃花開盡，獨自占有春光。不同世間的蘭香和麝香，香氣由莖幹自然散發出。

對著你，飲著酒，不相忘，就像是住在宮殿裡的佳人。只擔心悠長悲傷的笛曲吹起，能使花憔悴凋落，除非是寧王。

【賞　析】據宋人何薳《春渚紀聞》卷六載：詞作於任杭州通判時，所詠或為酴醾，又名木香。蘇軾有詩句云：「酴醾不爭春，寂寞開最晚。」與此詞意有吻合處。全詞以酴醾的獨特性作文章：其一，花開晚，在眾芳凋謝後，時間上的獨特處。其二，香透骨，不像蘭花，僅僅是香在花朵上；也不似麝香，只聚集在一處；而是莖幹花葉，處處生香。其三，身分高，生長環境的富麗堂皇，以宮殿佳人自許。其四，知音難，只有寧王吹的〈落梅花〉，為他憔悴。作為詠物詞，此詞在蘇詞中不算上乘之作，因是蘇軾自己創製的詞調，聊備一格。

清平樂

清淮❶濁汴❷，更在江西岸。紅旆❸到時黃葉亂，霜入梁王故苑❹。

秋原何處攜壺？停驂❺訪古踟躕❻。雙廟❼遺風尚在，漆園傲吏❽應無。

【詞牌】清平樂

《詞律》卷四：四十六字，又名〈憶蘿月〉。

《詞譜》卷五：《宋史・樂志》：屬大石調。《樂章集》注：越調。《碧雞漫志》云：歐陽炯稱李白有應制〈清平樂〉四首，此其一也，在越調。又有黃鍾宮、黃鍾商兩音。《花庵詞選》名〈清平樂令〉。張輯詞有「憶著故山蘿月」句，名〈憶蘿月〉。張翥詞有「明朝來醉東風」句，名〈醉東風〉。

《填詞名解》卷四：唐教坊曲。王灼云：此曲在越調。今世又有黃鍾宮、黃鍾商兩音。毛先舒案：李白有〈清平調〉詞三章，今《填詞》又載〈清平樂〉四闋，見《遏雲集》。歐陽炯亦稱白有應製〈清平樂〉四首，皆非也。蓋古樂有三調：曰清調、平調、側調。（側調，《通志‧樂略》作瑟調，云：三調者，乃周房中樂之遺聲）明皇但令白就上兩調中傳聲製詞，故名〈清平調〉，詞今傳「雲想衣裳」三絕是也，本與〈清平樂〉無與，《碧雞漫志》辨之甚悉。後人緣「清平」字，誤謂白製即〈清平樂〉，或又偽擬四首，皆謬妄也。今詞集有入白詩者，稱〈清平調引〉。今詞一作〈清平樂令〉，一名〈憶蘿月〉，亦取白「綠蘿秋夜月，相憶在鳴琴」之句。

【注釋】❶淮　即淮河，流經河南、安徽、江蘇三省入海。❷汴　即汴河，流經河南鄭州、開封及江蘇徐州等入淮河。❸紅旆　指太守出行，隨行的儀仗所用的旗子。❹梁王故苑　即梁苑、梁園，漢代梁孝王劉武所建，為遊賞之地，在今河南開封（或云商丘）東南。❺停驂　停車。驂，指拉車兩邊的馬。❻踟躕　徘徊。❼雙廟　唐代張巡、許遠在安史之亂中，死守睢陽，城破殉國，後人立廟合祀，稱雙廟。睢陽即商丘。❽漆園傲吏　指莊子，名周，蒙人。周時嘗為蒙漆園吏，相傳楚威王派使者以厚禮請他為相，辭之不就。

【語譯】清亮的淮水，渾濁的汴水，更在江水的西岸。太守及其隨從到達時，黃葉亂飛，寒霜降落在梁王故苑。　秋天的原野，帶著酒壺到什麼地方呢？停下馬車，尋訪古蹟，徘徊留連。張巡、許遠遺留的高尚節操還存有，似莊周那樣有傲骨的官吏應該沒有。

【賞析】此詞傅幹《注坡詞》題作「送述古赴南都」，作於神宗熙寧七年（一〇七四）。陳襄，字述古，時任杭州太守。商丘，宋時為南京應天府、睢陽郡，南都即指商丘。這是為陳氏送別時所作的一首小詞，而詞中是以南都古蹟作為立意的主旨，涉及到兩處：其一是梁王故苑，這是南都有名的遊賞勝地，為人們出遊時必去之地。後人常用以說明富貴榮華如過眼雲煙，當及時行樂。其二是雙廟，唐代張巡、許遠死守睢陽，以孤弱之力，阻擋百萬強大的叛軍，城破殉國，其高尚的節操，至今仍激勵著人們。「訪古踟躕」，為詞眼之所在，文人士大夫於政事之暇，探訪古蹟，既體現了風流儒雅、嘯詠登臨的生活情趣，又可令人慨慕古人於無窮百世而下，撫今追昔，思慕前賢。蘇軾的重心似乎並不在這一點，是落在末句「漆園傲吏應無」上，或有感於吏風不正而論？人生於世，不能有傲氣，但不能不有傲骨，借此勸諷陳氏，當肅清吏治，以正直務實來激揚士心。這也是自己心跡的表白。

雙荷葉

湖州❶賈耘老❷小妓名雙荷葉❸

雙溪❹月，清光偏照雙荷葉。雙荷葉，紅心未偶❺，綠衣偷結❻。

背風迎雨流珠滑，輕舟短棹先秋折。先秋折，煙鬟未上❼，玉杯微缺❽。

【詞牌】 雙荷葉

《詞律》卷四：〈憶秦娥〉，四十六字，又名〈秦樓月〉、〈碧雲深〉、〈雙荷葉〉。

《詞譜》卷五：〈憶秦娥〉，元高拭詞注：商調。此詞仿自李白，自唐迄元，體各不一，要其源，皆從李詞出也，因詞有「秦娥夢斷秦樓月」句，故名〈憶秦娥〉，更名〈秦樓月〉。蘇軾詞有「清光偏照雙荷葉」句，名〈雙荷葉〉。無名氏詞有「水天搖蕩蓬萊閣」句，名〈蓬萊閣〉。至賀鑄，始易仄韻為平韻。張輯詞有「碧雲暮合」句，名〈碧雲深〉。宋媛孫道絢詞有「花深深」句，名〈花深深〉。

《填詞名解》卷一：唐李白作，取詞中「秦娥夢斷秦樓月」語，故名。一名〈秦樓月〉，一名〈雙荷葉〉，一名〈碧雲深〉，蓋商調曲，《嘯餘譜》云：亦可用平韻。

【注　釋】❶湖州　今浙江湖州。❷賈耘老　賈收，字耘老，浙江烏程（今湖州人）。家貧，有詩名，蘇軾在湖州時，唱酬極多。有詩集名《懷蘇集》。❸雙荷葉　賈收有小妓，因其兩髻並前如雙荷葉，蘇軾為她取名雙荷葉，後賈氏娶為小妾。❹雙溪　指湖州的兩條溪流，即苕溪和霅溪。❺紅心未偶　喻雙荷葉尚未嫁人。紅心，指荷花之蕊。未偶，指並頭蓮，或稱並蒂蓮，一蒂兩心的荷花，常用來象徵男女好合。❻綠衣偷結　指賈收收雙荷葉為妾。綠衣，典出《詩經・邶風・綠衣》，或以為是詠妾上僭夫人之位之詩，以致尊卑失次。結，締聯；結合。❼煙鬟未上　謂雙荷葉尚未到嫁人的年紀。煙鬟，指成年婦女的鬟髮樣式。❽玉杯微缺　喻雙荷葉已破身。玉杯，喻女子之身。

【語　譯】雙溪的月亮，清光偏偏照著雙荷葉。雙荷葉，紅心花蕊，未成並頭蓮，如衣綠葉，暗自聯結。　背對著風，迎著雨，落水如珠潤滑。輕盈的船，短小的棹，秋天未到荷花已被折取。未到秋天已被折，鬟髮未盤起，玉杯已略有殘缺。

【賞　析】熙寧五年（一〇七二）作於湖州。據宋人筆記等載述，賈收有小妓，名雙荷葉，年紀尚小，賈氏已是目昏齒搖，卻欲娶她為妾。老夫娶少妾，當時人多笑之，東坡寫此詞，也是滿紙調侃戲謔，並以雙荷葉作為這首詞曲的名字。詞是圍繞著「雙荷葉」作文章，上片以清冷的月光偏偏照在雙荷葉上，喻指賈收對小妓雙荷葉情有獨鍾，而「紅心未偶，綠衣偷結」，則指二人之間已經有了故事。蓋賈氏原配尚在，一「偷」字道出了其間的玄機。《詩經・邶風》中有〈綠衣〉一詩，或以為是諷妾上僭夫人之位，以致尊卑失次。詞中用這個典故，意在諷諭賈氏，至於會不會招致又一「河東獅吼」，則不得而知。下片則是承接上片末兩句之意，進一步地闡發，首句寫和風麗雨中，荷花的嫵媚，以喻雙荷葉的嬌嫩。以蕩舟荷蓮間，未到秋天荷花先被折，喻指雙荷葉年紀雖稚嫩，已被賈氏強行收用。以「煙鬟未上，玉杯微缺」點明雙荷葉已被破身，微寓遺憾。全詞行文輕快清雋，語語雙關，滿紙諧趣。好色而不淫，委婉而多諷，不失風情萬種。

桃源憶故人

華胥夢❶斷人何處？聽得鶯啼紅樹。幾點薔薇❷香雨，寂寞閑庭戶。

暖風不解留花住，片片著人無數❸。樓上望春歸去，芳草❹迷歸路。

【詞牌】桃源憶故人

《詞律》卷五：四十八字，又名〈虞美人影〉。

《詞譜》卷七：一名〈虞美人影〉，張先詞。或名〈胡搗練〉。陸游詞名〈桃源憶故人〉，趙鼎詞名〈醉桃源〉。韓淲詞有「杏花風裡東風峭」句，名〈杏花風〉。《填詞名解》卷一：一名〈虞美人〉。

【注 釋】❶華胥夢 泛指入夢。華胥，古代寓言中的理想國，典出《列子‧黃帝》。❷薔薇 花木名，花色品種多，春夏時盛開，氣味芳香。❸暖風不解留花住二句 謂暖風不懂得把花留住，反而卻把花吹落在人身上。❹芳草 《楚辭‧招隱士》有「王孫遊兮不歸，春草生兮萋萋」句，後人本此，以芳草作懷人思親之典。

【語 譯】夢中醒來，人在何處？聽見紅花樹上的鶯在啼鳴。幾點細雨，薔薇花氣味芳香，寂靜清閒的庭院。 暖風不懂得留住薔薇花，吹散了的花瓣，片片落在了人身上。在樓上遠望，發現春天已經離去。芳草萋萋，歸路迷離。

【賞 析】此詞毛晉刻本題作「暮春」。這是一首寫閨中女子因春去而感傷的小詞。唐人金昌緒有〈春怨〉詩云：「打起黃鶯兒，莫教枝上啼。啼時驚妾夢，不得到遼西。」詞的頭兩句就是點化詩意而成。在夢中，得以和心愛的人相依偎，這是多麼幸福的時刻！然而一切畢竟是虛幻的，醒來的失落和惆悵，只會增加更多的傷感。鶯啼的歡鬧，反而襯出庭院更加的寂靜，思婦的「怨」情也就呼之欲出。下片就是這種「怨」情的傾訴，但筆致卻是委曲，不說人惜花，卻怪風不留住花。不說人戀花，卻嗔怪落花著人身上而不去，以落花撩人反見人之多情。歐陽脩詞有「淚眼問花花不語，亂紅飛過鞦韆去」，蘇詞或受此影響而反用其意，更覺得深婉厚重。末二句倚樓遠望，嘆春意已去，重筆塗抹，哀怨泣如訴。「迷」字，實是有雙重意義，一則怨所思之人迷戀他鄉花草，全然不思回返；一則寫女主人公「我」明知苦苦思戀是沒有結果的，卻仍執迷不悟。回應前文「人在何處」，以見吞吐回還，情意綿綿。

西江月

坐客見和，復次韻❶

小院朱欄幾曲，重城❷畫鼓三通❸。更看微月❹轉光風❺，歸去香雲入夢❻。

翠袖❼爭浮大白❽，皁羅半插斜紅❾。燈花零落酒花❿穠，妙語一時飛動。

【詞　牌】西江月

《詞律》卷六：五十字，又名〈步虛詞〉。

《詞譜》卷八：唐教坊曲名。《樂章集》注：中呂宮。歐陽炯詞有「兩岸蘋香暗起」句，名〈白蘋香〉。程珌詞名〈步虛詞〉，王行詞名〈江月令〉。

《填詞名解》卷一：衛萬詩：「只今唯有西江月，曾照吳王宮裡人。」詞取以名，其調中呂宮也。一名〈步虛詞〉。吳任臣云：〈步虛詞〉，乃道家法曲，如佛家梵唄之屬。且庾子山諸君所作，與〈西江月〉全不類，恐是昔人之誤。予謂此是詞家假古題以名其調，取新耳目，非是誤也。

【注　釋】❶復次韻　指次韻同調「寶雲真覺院賞瑞香」一詞。次韻，指唱和自己或他人的詩詞，並依照原作所用韻字的次第。❷重城　古代城市在外城中又建內城，故云，泛指城市。也指城牆。❸畫鼓三通　擊鼓聲響起了三遍。古時城中常用鼓聲告示時辰。畫鼓，有彩繪的鼓。❹微月　新月；農曆月初時的月亮。❺光風　雨止日出，風和日麗的景象。此指清朗的月夜。❻歸去香雲入夢　在瑞香花的香氣繚繞中入夢。❼翠袖　指歌妓。❽浮大白　或稱浮白，又叫浮一大白，指罰飲一滿杯的酒。❾皁羅半插斜紅　指歌妓們的頭飾裝扮。皁羅，黑色質薄的絲織品，古人有皁羅特髻，即用皁羅製成的髻，供女性頭飾之用，類似今天的假髮。斜紅，頭上插戴的紅花。❿酒花　浮在酒面上的泡沫。

【語　譯】小小庭院，紅色的欄杆彎彎曲曲，城上傳來三遍擊鼓聲。又看見新月初生，光景清麗。歸去時，在花香氣的繚繞中入夢。　歌妓們爭相勸酒，罰飲一滿杯，她們的皁羅髮髻上斜插著紅色的瑞香花。燭花零落，酒花濃厚，眉飛色舞，妙語時時傳出。

【賞　析】詞作於哲宗元祐中知杭州時，有同調詠杭州寶雲真覺院瑞香一詞，此為次韻之作。瑞香，草本植物，春季開花，有紅紫色，有白色，香味濃厚。據說瑞香最初產於江西廬山，有一僧人晝寢於石上，夢中聞有花香酷烈而不知其名，既醒，依香氣尋找，得見此花，因名叫睡香。或云此花乃花中之瑞，才改名瑞香。上片「歸去香雲入夢」句即是點睡香之意。月色清朗，瑞香花香氣濃烈四溢，擁香而眠，想起來該是多麼令人愜意的事。下片重在敘寫暢飲時的歡悅心情，而賞花之意卻時時見於筆端。歌妓們髮髻上斜插著的一朵，伴隨著歌舞而欹側搖曳，更是招惹人們的眼光。周邦彥詠薔薇花詞有「終不似、一朵釵頭顫裊，向人欹側」，描述的就是這種情形，只是較蘇詞更為細膩。美女與香花，往往為人們提供了說不完的話題，其間眉飛色舞，妙語層出不窮，興致可謂不淺。

西江月

姑熟❶再見勝之❷，次前韻

別夢已隨流水，淚巾猶裛❸香泉❹。相如依舊是臞仙❺，人在瑤臺閬苑❻。

花霧縈風縹緲❼，歌珠滴水清圓❽。蛾眉新作❾十分妍，走馬❿歸來便面⓫。

【注釋】❶姑熟　今安徽當塗。❷勝之　曾為徐君猷的寵婢。❸裛　沾溼。❹香泉　比喻美女的眼淚。❺相如依舊是臞仙　《漢書．司馬相如傳》云：「相如以為列仙之儒，居山澤間，形容甚臞。」臞，形容人清瘦。這裡蘇軾以司馬相如自喻，謂自己依然是一介寒儒。❻人在瑤臺閬苑　謂徐君猷已仙逝。瑤臺閬苑，古人指仙人居住的地方。❼花霧縈風縹緲　形容勝之舞姿嫵媚。❽歌珠滴水清圓　形容勝之歌聲圓潤如水珠。❾新作　指新畫妝。❿走馬　快速；匆忙。比喻時間很短。⓫便面　用來遮面用的扇狀物，後泛指扇子。

【語譯】別離後的相思夢已經隨著流水而消逝，印有淚痕的手巾依然被芬芳的淚水沾溼。我似司馬相如依舊是一介寒儒，徐君猷卻已仙逝在瑤臺閬苑。　舞姿如花似霧又似風，輕盈縹緲，歌聲清亮圓潤如水珠。新描畫的蛾眉十分妍麗，短時間內歸來，用扇子遮蔽，不想相認。

【賞析】蘇軾貶謫黃州時，徐君猷為太守。徐氏對這位所謂的「囚犯」特別友好。徐氏侍妾很多，其中最寵愛的是名叫勝之的女子。蘇軾自黃州放還北歸，經過姑蘇，故人張樂全之子張恕設宴款待，出侍妾勸酒，其中見有勝之，而此時距徐氏去世不久，因作此詞。上片首兩句是說徐君猷才去世不久，勝之就改適他人，可見情感的淡薄。「淚巾猶裛香泉」一句耐人琢磨，這淚巾並不是新的，而是徐君猷在世時送的，昔日的淚痕依稀可見，如今勝之還在使用著，所謂新啼痕壓舊啼痕，但這新啼痕並不是因為懷念徐氏而落的，這在後文中有說明。「相如依舊是臞仙」兩句表達了對好友的懷思，有睹「物」思人的意味。下片前三句寫勝之改適他人後，依然是因美豔而得寵，舞姿依然是如此輕盈，歌聲依然是如此清亮，面容依然是如此姣好，面對蘇軾——她的舊主人的朋友，根本就沒有絲毫的愧疚，何況是在徐氏屍骨未寒之時，這對蘇軾來說應是不小的觸動。據宋人記載，蘇軾見到勝之後，因思念徐氏，不禁失聲慟哭，勝之見此，卻與其他侍妾大笑不已，全不在意。故有以扇子相遮，不欲相認的想法，心寒以至於如此。

西江月

世事一場大夢❶，人生幾度新涼❷？夜來風葉已鳴廊，看取眉頭鬢上❸。

酒賤常愁客少，月明多被雲妨。中秋誰與共孤光，把盞淒然北望。

【注釋】❶世事一場大夢　謂人生虛幻無常。❷人生幾度新涼　謂人生短促。❸看取眉頭鬢上　指衰容已見。

取，助詞，相當於「著」。

【語　譯】世間的經歷像是一場大夢，人生能有幾次涼爽的秋天？夜晚廊廡傳來了風吹樹葉的聲音，看看自己，眉髮已白。　酒價低賤，常常是為客人少而發愁。月光明亮，多半時間卻被雲層遮蔽。中秋時節，誰和我一同欣賞孤寂的月亮，舉起酒杯，悲涼地向著北方遠望。

【賞　析】關於這首詞寫作的時間、地點等，自宋以來說法不一，或者說是謫居黃州時思君之作，或者說是懷念自己的胞弟蘇轍而作，一般多認為是後者。這首詞是以闡發哲理見長，世事如夢，人生苦短，這種思想在蘇軾的作品中常常會流露出來，尤其是在政治上遭受了打擊後，更多的是反躬自省，由早年的積極進取、關注民生，轉而更多地是思考人生的意義。「酒賤常愁客少，月明多被雲妨」，前句是說無力購得好酒待客，因此來訪的客人漸少，言外之意，是指遭到貶謫後，故交舊友日見疏遠。世態炎涼，人情冷暖，於此可以細細品味；後句是說皎潔明亮的圓月固然美好，但常常是被雲遮掩，總是留給人以遺憾，以此說明人生不得意事十之八九。追求完美盡善是每個人都會有的想法，而要能達到這一點，也許可以說永遠都是個夢。人們的理想常常是與缺憾相伴，默默地祝願，或有助於化解這種缺憾帶來的不快。「中秋誰與共孤光」二句是說彼此心心相照，互相祝福，很有「但願人長久，千里共嬋娟」的意思，只是「淒然」二字，抹上了較濃的感傷色彩，不似〈水調歌頭〉「明月幾時有」一詞基調那樣曠達。

西江月

三過平山堂❶下，半生彈指❷聲中。十年不見老仙翁❸，壁上龍蛇飛動❹。

欲弔文章太守，仍歌楊柳春風❺。休言萬事轉頭空，未轉頭時皆夢❻。

【注釋】❶平山堂　在今江蘇揚州西北瘦西湖北蜀崗上，宋仁宗慶曆八年（一〇四八）歐陽脩為揚州太守時所建。登此堂可望見江南諸山拱列其前，故名平山。❷彈指　形容時間極其短暫。❸老仙翁　指歐陽脩。❹龍蛇飛動　指歐陽脩題於壁上的墨跡，云其筆勢騰挪如龍蛇舞動。❺欲弔文章太守二句　歐陽脩詞〈朝中措〉云：「平山闌檻倚晴空，山色有無中。手種堂前垂柳，別來幾度春風。文章太守，揮毫萬字，一飲千鍾。行樂直須年少，尊前看取衰翁。」兩句從此出。歐陽脩在堂前種有柳樹一株，人稱歐公柳。文章，文辭，也指獨立成篇的文字，這裡作動詞用，指寫文章。❻休言萬事轉頭空二句　白居易〈自詠〉詩云：「百年隨手過，萬事轉頭空。」此本白氏詩意，更進一層，謂人生短促，事事若夢。

【語譯】三次經過平山堂下，剎那間已過了大半輩子。老仙翁辭世有十年了，題在壁上的墨跡猶如龍蛇舞動。

希望追懷擅長寫文章的太守，仍然歌唱著他寫的楊柳春風小詞。不要說世間萬事轉眼間變成空無，其實在未轉眼時，就已經就都變成了夢幻。

【賞析】這是蘇軾懷念他的老師歐陽脩的作品，他能拔萃出眾，最初得力於歐陽脩，這是人所共知的。對恩師的懷思，見詠於詩文中不少，此詞是其一。詞作於歐氏逝世十餘年後，在揚州平山堂，平山堂為歐氏生前所建，因此登此堂，其感受是不同於一般人的。詞中主要是就歐氏的文學成就處著筆的，「壁上龍蛇飛動」以歐氏題壁墨跡，十年之後依然鮮活，強調歐氏文學藝術的魅力是長青的，不愧為北宋一代文宗。「仍歌楊柳春風」是說不僅自己思念恩師，揚州的百姓也沒有忘記這位文才風流的父母官，所謂「文章太守，揮毫萬字，一飲千鍾」，不也是蘇軾本人所仰慕、所追求的目標嗎？就歐氏小詞而言，其中更多的是表達了及時行樂的思想，相反，蘇軾的作品則有些消沉。「休言萬事轉頭空」二句正是認為世事如雲煙、人生如夢幻的世界觀和人生觀的反覆吟唱，感慨深邃，與「半生彈指聲中」前後相應照，老大無成的悲哀，催人欲泣。因為自己在政治上遭遇到的挫折和迫害，比起恩師來說，要嚴重得多。歐氏不僅是一代文宗，也是一代名臣，在政治上雖有挫折，但畢竟曾一度身居要位，有所建樹，在這一點上，蘇軾是遠遠不及的，因此詞的基調是低沉傷感的。

西江月

重九❶

點點樓頭細雨，重重江外平湖❷。當年戲馬會東徐❸，今日淒涼南浦❹。

莫恨黃花❺未吐，且教紅粉❻相扶。酒闌❼不必看茱萸❽，俯仰人間今古❾。

【注釋】❶重九　農曆九月九日，古人以九為陽數，故又稱重陽。❷重重江外平湖　形容湖泊多。❸當年戲馬會東徐　追憶任徐州太守時，重陽節曾與徐君猷等會聚戲馬臺。徐君猷，時為黃州太守，參見〈浣溪沙〉「覆塊青青麥未蘇」注❶。戲馬臺，在今江蘇徐州，為項羽所建，曾馳馬取樂於此。東徐，今江蘇徐州邳縣。❹南浦　泛指面南的水邊，古人多用來指送別之地。❺黃花　指菊花。❻紅粉　代指歌妓侍女。❼酒闌　行酒即將結束時。❽茱萸　植物名，生於山谷，味香烈。古代風俗稱重陽節佩戴茱萸，以祛邪避災。❾俯仰人間今古　謂世事變化極其快速。俯仰，低頭與抬頭，比喻時間短暫。

【語譯】點點細雨，自樓頂的屋簷滴落，江外重重的湖泊平闊。當年在徐州戲馬臺歡會，今天於水邊淒涼相送。　不要埋怨菊花未開，姑且使歌女扶持。行酒即將結束，不必在意是否佩戴了茱萸。須知世事多變幻，人生太短促。

【賞析】此詞傅幹《注坡詞》題作「重陽棲霞樓作」，棲霞樓為黃州登覽勝處。古代風俗，重陽節相約登高聚會，佩戴茱萸，飲菊花酒，據說可以祛邪避災，令人長壽。唐人王維〈九月九日憶山東兄弟〉有「遙知兄弟登高處，遍插茱萸少一人」，後人又用以表達思親。蘇軾這首詞為送別詞，據「當年戲馬會東徐」兩句知是與徐君猷於黃州相別時所作，徐氏為太守時，蘇軾謫居黃州，徐氏待之甚厚，常常一起遊賞會聚，因此感情非同一般，這首詞表達了依依惜別的情懷和勸勉。首兩句以寫景入手，點明送別之地，登樓遠眺，煙雨迷濛，重重疊疊的湖泊平展廣闊。想當年，自己為徐州太守，而如今卻為階下囚，人人避之惟恐不及，而太守徐君猷卻厚待之，其真誠由此可見。「酒闌不必看茱萸」二句，意在說明俯仰千古，世事變幻莫測，如今又何必計較是否佩戴了茱萸，即又何必在意祛邪避災。換言之，想當年重陽佳節，歡聚在徐州戲馬臺，不也是佩戴茱萸，以期祛邪避災。但曾幾何時，自己卻遭災，幾乎釀成殺身之禍，幸虧「皇恩浩蕩」，得免於一死，未嘗不有再生之感。因此到黃州後，蘇軾的世界觀、人生觀發生了重大變化，曠達超脫之情尤其突出，「莫恨」、「不必」都表達了不計較得失的超脫感，人生短促，當及時行樂，委運聽命，儘管消極，但不失為一種生存的方式。

西江月

玉骨❶那愁瘴霧❷，冰姿❸自有仙風。海仙時遣探芳叢，倒掛綠毛么鳳❹。

素面常嫌粉涴❺，洗粧不褪脣紅❻。高情❼已逐曉雲空，不與梨花同夢❽。

【注　釋】❶玉骨　以玉為骨，謂清爽高潔。❷瘴霧　指南方因溼熱而蒸發的可致病的霧氣。❸冰姿　比喻梅花品性高潔脫俗。❹么鳳　鳥名，產於古代中國的南方，綠羽紅嘴，其大如雀，狀類鸚鵡，休息時皆倒懸於枝上，當地人稱為「倒掛子」。❺素面常嫌粉涴　指天生麗質，無須塗脂抹粉。素面，面容未經化妝。涴，汙染；弄髒。❻洗粧不褪脣紅　謂梅花經雨而不褪色。❼高情　超逸的情致。❽不與梨花同夢　謂不會和梨花同時開謝。

【語譯】就像梅花一樣俊爽高潔，不怕瘴氣的侵襲。姿態冰清脫俗，生來便有仙家風致。海上仙人時常派遣使者前來探訪芳叢，那就是倒掛樹枝上的綠毛么鳳。天生麗質，常常嫌被脂粉醜化。經過雨水沖洗，顏色依然紅潤。超塵脫俗的情志已追逐破曉的雲彩而去，不會和梨花同時開謝。

【賞析】此詞傅幹《注坡詞》題作「古梅」。據宋人記載，此為悼念其妾朝雲所作，「曉雲空」是指朝雲已去逝。這是一首詠物詞，寫於貶謫至廣東惠州時。梅花是在初春盛開，較其他花開得要早些。這一點，已經顯示出其孤傲的特性。「玉骨」、「冰姿」是寫梅花氣度的不凡，乃仙家移植到凡間，不是眾花所可比擬的。如果說上片主要是就梅花的出身來歷著筆，那麼下片則重在描繪梅花的容貌和品性。天生麗質，毋需其他點綴和美化，雖然經歷風雨，而本色依然，既是讚美它的容貌，又是對它的品性的肯定。而這種品性，又決定了它的立身原則——超塵脫俗，不同流合汙，孤潔自賞。這首詞應該是有寄託的，是蘇軾追慕高尚的、理想的人性品格的寫照。以婉約含蓄的筆調，表明自己崇高的人格理念，以及執著、堅定的信仰，即使遭受打擊，也要保持操守。

西江月

公自序云：頃在黃州，春夜行蘄水❶中，過酒家，飲酒醉，乘月至一溪橋上，解鞍，曲肱❷醉臥少休。及覺已曉，亂山攢擁❸，流水鏘然，疑非塵世也，書此語橋柱上。

照野瀰瀰❹淺浪，橫空隱隱❺層霄。障泥❻未解玉驄❼驕，我欲醉眠芳草。

可惜一溪風月，莫教踏碎瓊瑤❽。解鞍欹枕❾綠楊橋❿，杜宇⓫一聲春曉。

【注　釋】❶蘄水　今湖北浠水。❷曲肱　將手臂彎曲以便頭枕之而睡。❸攢擁　聚集擁抱的樣子。❹瀰瀰　水深滿的樣子。❺隱隱　若有若無的樣子。❻障泥　垂於馬腹兩側，用來遮擋泥土的東西。❼玉驄　毛色青白相間的馬。後多指駿馬。❽瓊瑤　美玉，此指倒映於水中的月亮。❾欹枕　側臥。❿綠楊橋　橋名，在蘄水縣東三里。⓫杜宇　即子規鳥。參見〈浣溪沙〉「山下蘭芽短浸溪」注❹。

【語　譯】月光照在原野上，溪水瀰滿，微波湧起。長空廣闊，夜色迷濛。玉驄馬倔強，障泥都不讓解開。我醉意濃厚，想就地躺在芳香的草地上酣睡。　溪上的月色風光真令人喜愛，不許踐踏過去，這樣會毀壞水中如玉璧一般的明月。就在綠楊橋邊解下馬鞍，枕著手臂便睡。杜宇一聲，醒來已是春日的清晨。

【賞析】神宗元豐五年(一〇八二)作於黃州。大自然的美,往往會令人陶醉,從而有與自然融為一體的感受。詞中所描繪的,便是這種心境的反映。乘月來到一溪邊,已是夜晚,皎潔的月光普照原野,原野顯得更加空闊廣袤,一「橫」字,表明蘇軾有橫空出世的想法,心胸也因此得以開放,豪情油然而生。本想為玉驄馬解下障泥,叫馬也好好地臥地休息,可偏偏解不開,可見醉得不淺,手已不聽使喚,卻怪罪馬不配合,認為是馬「驕」,亦即倔強,是嗔怪之意的表露,很是風趣。儘管醉意很濃,但意識卻是清醒的,「可惜一溪風」二句說明了這一點,人世間美好的東西,常常是遭到人為的破壞,甚至是毀滅,不論是有心,還是無意。在此萬籟俱靜的時候,如玉璧般的明月,潺潺的溪流,軟軟厚實的芳草,遼闊的原野,無一不激起對生命的熱愛,一切私心雜念,一切非分之想,在此都得以淨化,得以超脫。曲肱而臥,遊心於夢境中,應該說是一件很暢快愜意的事。蘇軾貶謫黃州後,力求超脫紅塵,逃避現世,擺脫人世間的煩擾,是他常流露的一種思想情緒。儘管多出之以曠達的形式,依然難掩對人生命運難以把握的苦悶和傷感。

西江月

昨夜扁舟京口❶,今朝馬首長安❷。舊官何物對新官❸,只有湖山公案❹。

此景百年幾變,箇中❺下語❻千難。使君才氣卷波瀾❼,與把新詩判斷❽。

【注　釋】❶扁舟京口　謂船途經京口時，與林子中相會。林子中，名希，字子中，福建福州人。以天章閣待制知杭州。扁舟，小船。京口，今江蘇鎮江。❷馬首長安　馬頭指向長安，指作者奉詔回京城。長安，借指宋朝都城汴京（今河南開封）。❸舊官何物對新官　謂前任將離去，把什麼東西留給新任作紀念呢。舊官，蘇軾自謂。新官，指林子中。❹只有湖山公案　謂只好把自己在杭州任期的詩文留給林子中評判。湖山，杭州西湖及周圍諸山。公案，原指公府衙門的文牘，禪家常用此語，指規範的、或典型的機緣語句等，此指詩文作品。❺箇中　此中。❻下語　禪家用語，指師家下教訓學人之語，或呈露自己的見解於公案本則下之言語。❼使君才氣卷波瀾　指林子中才華橫溢。❽與把新詩判斷　謂憑藉林子中的才氣，當有吟詠鑑賞杭州湖山美景的新詩。判斷，評判賞析。

【語　譯】昨晚在京口的船上相遇，今天奉命回到京城。作為前任太守的我，該拿什麼禮物送給新上任的太守呢？只有在任時寫的一些詩文。　這裡的景觀百年幾多變幻，其中用語描繪千般難。您的才氣如江水捲起的波瀾，會有新詩把湖山的美景賞析評判。

【賞　析】此詞毛晉刻本題作「蘇州交代林子中席上作」，交代，前後相接替，此指移交。哲宗元祐六年（一〇九一）二月，蘇軾被召為翰林承旨，林希自潤州移知杭州，詞當作於三月間。蘇軾曾兩度仕宦至杭州，一是神宗熙寧年間任杭州通判，一是為杭州太守時。其間寫了大量的詩詞文章，或歌詠杭州名勝，或描摹西湖山水，遊賞杭州的風土人情，嘯傲西湖的山川煙霞。當然也有反映政績、關心民瘼、寄慨國事的。作為即將離任的太守，面對新上任的父母官，當然有託付。

「此景百年幾變」二句，看似專談山川風月，實際上是就整個歷史而言，百年變幻，人事滄桑，物是人非，一言難盡。其間甘苦，不是親身體驗，是道不出其間的苦辣酸甜的。我的感受，我的希望，我的詩文詞中多有寓寄，一切有待於君的評判。

少年遊

潤州❶作，代人寄遠❷

去年相送，餘杭門❸外，飛雪似楊花。今年春盡，楊花似雪，猶不見還家。

對酒捲簾邀明月❹，風露透窗紗。恰似姮娥憐雙燕，分明照、畫梁斜❺。

【詞牌】少年遊

《詞譜》卷八：調見《珠玉集》，因詞有「長似少年時」句，取以為名。《樂章集》注：林鍾商調。韓淲詞有「明窗玉蠟梅枝好」句，更名〈玉蠟梅枝〉。薩都刺詞名〈小闌干〉。此調最為參差，今分七體，其源俱出於晏詞。或添一字，攤破前後段起句，作四字兩句者；或減一字，攤破前後段第三四句，作七字一句者；或於前後段第二句添一字者，或於兩結句添字減字者，悉為類列，以便按譜查填。

《填詞名解》卷一：凡六體，其五十二字，則大石調也。（案：大石之「石」字《唐志》俱作

「食」）

【注釋】❶潤州　今江蘇鎮江。❷寄遠　指遠方居家的妻子。❸餘杭門　為宋時杭州城北門之一。餘杭，今浙江杭州。❹對酒捲簾邀明月　唐詩人李白〈月下獨酌〉云：「舉杯邀明月，對影成三人。」詞意從此中變化而來。❺恰似姮娥憐雙燕二句　以畫梁雙棲之燕反襯嫦娥之獨處，比喻妻子孤寂思親的境況。畫梁，雕飾花紋的屋梁。

【語譯】去年相送別，在餘杭門外，雪花紛飛似柳絮。今年春天已過去，柳絮飄散如雪花，仍然不見返家。　對著酒席，捲起簾子，邀請明月同飲，風露滲透了窗紗。正如月光斜照在畫梁上，連嫦娥也羨慕雙棲的燕子。

【賞析】此詞作於神宗熙寧六年（一〇七三），蘇軾時為杭州通判，奉命離開杭州，去潤州等地賑濟饑民，到次年春季已過，尚未完成任務。詞雖然是代人之作，何嘗不是寄託了自己的思親之情？上片採用對比的手法，抒寫了人生無常的感喟。首三句寫與妻子分手時的情景，漫天雪花如柳絮，彷彿表明飄泊不定的行跡，也暗示著歸程的難定。後三句與前三句對比，時令季節已不同：柳絮飄揚如雪花，與前雪花飄飛似柳絮對應，看似相同，實在是大相逕庭，表達了強烈的思親之意。下片同上片一樣，採用分筆而寫，前二句寫自己，後兩句寫妻子，突出心心相印。見月思親，則有團聚意，捲上珠簾，邀明月共飲，表達了「千里共嬋娟」的美好祝福。一個「捲」字，將迫切的心情寫了出來。後二句則用推己及人的筆法，寫此時此刻，妻子也是對月難眠，以雙棲的燕子反襯自己的孤獨。這樣兩顆孤獨的心，以明月作線，雖有千里之遙，仍是牽連在一起。小詞筆法多變，蘊藉婉約。

南歌子

杭州端午

山與歌眉斂，波同醉眼流❶。遊人都上十三樓❷，不羨竹西❸歌吹古揚州。
菰黍❹連昌歜❺，瓊彝倒玉舟❻。誰家水調唱歌頭❼，聲繞碧山飛去晚雲留❽。

【詞牌】南歌子

《詞律》卷一：「歌」又作「柯」。

《詞譜》卷一：唐教坊曲名。此詞有單調、雙調。單調者，始自溫庭筠詞，因詞有「恨春宵」句，名〈春宵曲〉。張泌詞本此添字，因詞有「高卷水晶簾額」句，名〈水晶簾〉。又有「驚破碧窗殘夢」句，名〈碧窗夢〉。鄭子聃有「我愛沂陽好」詞十首，更名〈十愛詞〉。雙調者有平韻、仄韻兩體。平韻者始自毛熙震詞，周邦彥、楊无咎、僧揮五十四字體，無名氏詞五十三字體，俱本此添字。仄韻者始自《樂府雅詞》，惟石孝友詞最為諧婉。周邦彥詞名〈南柯子〉，程垓詞名〈望秦川〉，田不伐詞有「簾風不動蝶交飛」句，名〈風蝶令〉。

《填詞名解》卷一：〈怨王孫〉，命事同〈憶王孫〉，一名〈南歌子〉，一名〈望秦川〉，一名

〈風蝶令〉。

又卷一：〈南柯子〉，隋、唐以來曲名多稱子，題采淳于棼事，一名〈南歌子〉。張衡〈南都賦〉「坐南歌兮起鄭舞」，此調凡有五體。又唐劉采春有〈南歌子〉詞「簳蠟為紅燭」云云，《雲溪友議》作裴諴詞）乃五言絕句，與《填詞》正異。

【注　釋】❶山與歌眉斂二句　喻杭州湖光山色如歌女黛眉斂翠，秋波流盼。❷十三樓　在杭州西湖邊。據說蘇軾為杭州太守時，常遊此地，並於此處理公事。❸竹西　地名，在揚州，為著名的遊覽地，有竹西亭。❹菰黍　以菰葉裹黍米作成的粽子。❺昌歜　或作昌蒲，即菖蒲，此指以菖蒲葉浸製的酒，俗以五月端午飲，傳說可以避瘟氣。❻瓊彝倒玉舟　指玉製的酒器。彝，盛酒之具。玉舟，形似船的酒杯，又名玉船。❼水調唱歌頭　即唱〈水調歌頭〉。❽聲繞碧山飛去晚雲留　《列子・湯問》載：秦青悲歌，聲振林木，響遏浮雲。後人常用作比喻歌曲美妙嘹亮。

【語　譯】山峰如歌女黛眉斂翠，湖水似歌女秋波流盼。遊人都喜歡登上十三樓，不再羨慕在揚州的竹西歌舞吹奏。　　菰葉粽子連同菖蒲酒，瓊玉製的酒器，船形似的玉杯，傾倒翻飛。誰家在唱〈水調歌頭〉，歌聲纏繞著碧山，飛上晚空，浮雲也為之停留。

【賞　析】傅幹《注坡詞》題作「錢塘端午」，作於哲宗元祐五年（一〇九〇）。農曆五月初五為端午節，又叫重午，為中國民間的傳統節日。此詞寫出了端午節這天，杭州西湖的歡鬧景象。「山與歌眉斂」二句描繪杭州山水景致之佳，以美人作喻，寫群峰的秀麗，湖水的嫵媚，一「斂」，一「流」，繪景傳神，將山水寫活了，為下文作鋪墊。正是因為這邊風景獨好，才有「不羨竹西歌吹古揚州」的說法，竹西亭是揚州著名的遊覽地，唐人詩中多有吟詠。西湖山水，更是杭州的美景的集中體現，人們於登高臨遠之際，常常是心曠神怡。杭州風俗，自五月初一至端午日，家家買桃、柳、蒲葉以及茭、粽、水果、茶酒等，當門供養，以期禳除災疫，消去蟲毒，詞之下片寫的就是這種風俗，人們吃著菰葉包好的粽子，暢飲著菖蒲酒，留連光景，歡飲唱樂，一派其樂融融的景象，尤其是「聲繞碧山飛去晚雲留」，很有歌舞喧天，人聲鼎沸的感受。蘇軾作為其中的一員，作為父母官，與民同樂，陶醉其中，自不待言。全詞處處以「歡鬧」二字著意，輕快飄逸，自然灑脫。

南歌子

古岸開青葑❶，新渠走碧流。會看光滿萬家樓，記取他年扶病入西州❷。

佳節❸連梅雨❹，餘生❺寄葉舟❻。只將菱角與雞頭❼，更有月明千頃一時留。

【注釋】❶葑　即菰根，此指菰草，叢生於河澤邊。❷記取他年扶病入西州　東晉的謝安卒前，曾抱病還都，經過西州城門。（案：蘇軾自黃州放還後，即乞求退居常州，得到許可。然不久被召出仕，並回到京城。在京城供職五年，因與當政者政見不合，又請外任，遂知杭州。此用謝安事與此有關。）西州城，故址在今江蘇南京朝天宮西。❸佳節　指端午。❹梅雨　江南梅子黃熟時，陰雨連綿，故名。❺餘生　泛指暮年、老年。❻葉舟　一葉扁舟，指小船。❼雞頭　又稱芡，和菱角一樣，均為水生草本植物，可食用。

【語　譯】古老岸，疏通了青青的葑草，新建成的溝渠，碧綠的水正急速地流著。千家萬戶又可以飽覽湖光山色。記得當年，我回京城供職，就像謝安一樣，是抱病奉召，未能如願歸隱。　端午佳節連著梅雨時節，晚年就想寄居在一只小船上。只食取湖上的菱角與雞頭，還有明月下千頃的湖光山水，一時相伴。

【賞　析】開葑築堤，引水入西湖，是蘇軾在杭州完成的一項重要的政績。西湖為杭州的名勝，然而長久失於疏浚，以致葑草叢生，不僅侵占了河道，造成了壅堵，而且還不斷地向湖內延伸。蘇軾曾云，神宗熙寧中他出任杭州通判時，湖面十分之二三已為葑草遮蔽。十六七年後，當他為杭州太守時，湖面已有一半為葑草遮蔽，河道壅塞，廢棄不治，以致水涸草生，逐漸變成葑田，杭州百姓深為其所苦。到任後，於元祐五年（一〇九〇）四、五月間先後上奏〈杭州乞度牒開西湖狀〉、〈申三省起請開湖六條狀〉等，深言其害，申明開浚葑田、疏通西湖的重要性和必要性。其後，率領杭城百姓，取葑田積湖中，南北徑三十里，築成長堤，以便行人往來，這就是眾所周知的蘇堤。又當地人春天種菱時，都是芟除雜叢，不遺寸草。於是又將葑田變成菱蕩，招募百姓種菱其中，這樣葑草不生，百姓還可以獲取充飢之食，兩全之美，何樂而不為？詞中描述的，就是在開葑築堤工程完成之後。「古岸開青葑」二句是寫新堤築成，清水得以注入湖中，西湖秀美的風光得以重現，不僅西湖山水因此生色，而且杭州城也由此增輝。千家萬戶，又可登樓欣賞無限美好的湖光山色。蘇軾兩次在杭州做官，前後共計六七年，遊賞西湖，這是常有的事。其間他寫了不少美文佳篇。西湖的美景留給他的印象是深刻的，感受也是獨特的。此時此刻，能日日乘著小船，蕩漾於湖光山水間，有菱角與雞頭可食，有千頃湖光山水相伴，出塵脫俗之想，閒適怡然之態，終老其間，除此之外，別無所求。「記取他年扶病入西州」句以東晉謝安欲退隱山林而不得，表達了自己的同感，流露出多少遺憾。

南歌子

送行甫赴餘姚❶

日出西山雨，無晴又有晴❷。亂山深處過清明，不見綵繩花板❸細腰輕。

盡日行桑野，無人與目成❹。且將新句❺琢瓊英❻，我是世間閑客此閑行❼。

【注　釋】❶送行甫赴餘姚　後人以為此詞題與同調「山雨瀟瀟過」詞題互誤。詞題當為「湖州作」。行甫，姓劉名撝，字行甫，長興（今屬浙江）人，在餘姚任職，蘇軾有送行詩。餘姚，今屬浙江省。❷日出西山雨二句　唐劉禹錫〈竹枝詞〉云：「東邊日出西邊雨，道是無晴還有晴。」詞句從此出。❸綵繩花板　指鞦韆。❹目成　〈九歌・少司命〉云：「滿堂兮美人，忽獨與余兮目成。」指鍾情的男女以目傳情。❺新句　新想出來的句子，指詩詞等。❻瓊英　似玉的美石。此處用以比喻花。❼我是世間閑客此閑行　唐杜牧詩〈八月十二日得替後移居霅溪館因題長句四韻〉云：「景物登臨閑始見，願為閑客此閑行。」閑客，清閑之人。

【語　譯】太陽出來了，西山卻下著雨，不是晴天，卻又有晴日。在深山裡度過了清明，也看不到美人在繫著彩色繩索的花板上盪鞦韆。　整日裡行走在種滿桑樹的野外，沒有看到美麗多情的女子。姑且琢磨著詠花的新詩句，我是世間清閒的人，在此信步閒行。

【賞析】清明節是唐宋時期的一個重要的日子，在隨後的三天裡，人們紛紛出城，到郊區野外掃墓踏青。女孩子及笄（即十五歲，表示成年了），多在這天把頭髮梳理為成人的髮型，並且精心地打扮。除了掃墓外，後世已逐漸演變成為踏青遊賞了。人們聚集在一起，四野如集市，或在芳叢佳木之下，或在園囿之間，羅列杯盤，歡飲酬對。都市來的歌兒舞女也是遍滿園亭，各攜食物，花枝招展，招人眼目。與此同時，清明也成了青年男女相識相悅的一個好日子。詞中所寫的，就與此有關。只是蘇軾此時遠離城市，在鄉間深處，因此感受尤其強烈。細品此詞，其落筆處卻在兒女之情上。「無晴又有晴」化用唐人詩句「道是無晴還有晴」，「晴」字雙關，即「情」的意思。清明時節，美女如雲，有各種娛戲，盪鞦韆便是其間一道亮麗的風景線，「不見綵繩花板細腰輕」、「無人與目成」，兩個否定，極寫此時此刻的孤寂和冷落，沒有情感上的交流，沒有心理上的愉悅快感，這和以往的所見所感，形成了巨大的反差。其〈蝶戀花〉詞云：「牆裡秋千牆外道，牆外行人，牆裡佳人笑。笑漸不聞聲漸悄，多情卻被無情惱。」再讀此詞，知其為性情中人。一個熱情敏感的詩人，往往會易於引起情感上的幻想，又何況此時處於孤獨無聊狀態中的詩人呢？「盡日行桑野」是在踏青尋芳，而竟然一個美人都沒遇到，那怕能有那秋波的一轉，也會讓客居在深山僻壤的人愁情寬釋不少，只是不見美麗多情的女子。無奈，只得將這分情感寄託於對美麗的山花的吟詠中，為其美而不遇而傷情。「我是世間閑客」，牢騷中見惆悵，或是有感而發。

南歌子

帶酒衝山雨❶，和衣❷睡晚晴。不知鐘鼓報天明，夢裡栩然蝴蝶一身輕❸。

老去才都盡，歸來計未成。求田問舍笑豪英❹，自愛湖邊沙路免泥行。

【注　釋】❶衝山雨　冒著山雨。❷和衣　不脫外衣而睡覺。❸夢裡栩然蝴蝶一身輕　《莊子·齊物論》云：「昔者莊周夢為蝴蝶，栩栩然蝴蝶也。自喻適志歟？不知周也。俄而覺，則蘧蘧然周也。不知周之夢為蝴蝶歟？蝴蝶之夢為周歟？周與蝴蝶則必有分矣，此之謂物化。」原指物我同化，後世多用來表示人生虛幻無常。栩然，即栩栩然，形容歡樂暢快的樣子。❹求田問舍笑豪英　《三國志·陳登傳》載：許汜自云見陳登，陳不禮遇，久不與語，自上大床臥，使許臥下床。劉備對許云：當國家危難之際，君只知求田問舍，圖一己之利，若是我，欲臥百尺樓上，而使君臥地下。此以許汜自喻，謂自己已無功名之心，不在意別人恥笑胸無大志。

【語　譯】帶著酒意，冒著山中的雨，傍晚時天放了晴，衣未脫就睡了。不知道鐘鼓聲響，報知天已亮。夢見自己變成了一隻栩栩如生的蝴蝶，輕巧自由。　人已老，才華都用盡，歸隱的計畫未能實現。尋求田地，詢問有無房舍，就讓英雄豪傑們去恥笑吧！自己喜歡湖邊的沙路，免得在泥中行走。

【賞析】長達五年的黃州生活，蘇軾等於是放逐賦閒，內心的苦悶，熱忱的消退，虛無思想日漸濃厚，在這首詞中得到了說明。他在〈定風波〉「莫聽穿林打葉聲」小序云：「三月七日，沙湖道中遇雨，雨具先去，同行皆狼狽，余獨不覺。已而遂晴，故作此。」其思想意境，與此詞有相同之處，不過〈定風波〉一詞就顯得曠達得多，不似此詞有些低沉。「帶酒衝山雨」二句，表達了隨緣任運的思想。「不知鐘鼓報天明」二句以莊子夢中化為蝴蝶自喻，說明了在現實生活中精神上的壓力過大，作為有「罪」之人，劫後餘生、世態炎涼，這是銘心刻骨的。現實中的壓力帶來的負重感，在夢中得以釋放，也僅僅是一種暫時的精神解脫。倦於仕途，而「歸來計未成」，即回歸故里，隱居自娛的心願難以實現。權宜之計，就是隨遇而安。蘇軾謫居黃州時，曾在城東南三十里的沙湖買了塊田地。「求田問舍笑豪英」二句說的就是此事，作為曾經有過「致君堯舜」遠大抱負的人，如今竟然淪落成為只知謀想安逸，這種反差，在自己來看，也是不可思議的。因此說末二句雖是放逸之言，但難掩其中的辛酸和蒼涼。

南歌子

紫陌尋春去，紅塵拂面來。無人不道看花回❶，惟見石榴新蕊一枝開。

冰簟❷堆雲髻，金尊灩❸玉醅❹。綠陰青子莫相催❺，留取紅巾❻

千點照池臺。

【注釋】❶紫陌尋春去三句　用劉禹錫〈元和十一年自朗州召至京戲贈看花諸君子〉詩句意，參見〈阮郎歸〉「一年三度過蘇臺」注❺。紫陌，京城郊外的道路。紅塵，飛揚的塵土，指繁華熱鬧的地方。❷冰簟　涼席。❸灩　水波流動貌。❹玉醅　美酒。❺綠陰青子莫相催　唐杜牧頗縱聲色，在湖州見一女子，年尚小，語其母以十年為期，不來而後可嫁。過了十四年，為湖州刺史，訪尋，則嫁人已三年，並生有二子。杜牧因贈詩，其中云：「狂風落盡深紅色，綠葉成陰子滿枝。」又參見〈如夢令〉「手種堂前桃李」注❶和❷。❻紅巾　指石榴花，參見〈賀新郎〉「乳燕飛華屋」注❼。

【語譯】在京城郊外的路上，去尋找春意，飛揚的塵土落在臉上。沒有人不說是看花回來，只見石榴一枝吐蕊開放。　涼席上秀髮堆積如雲，金杯裡流動著美酒。綠葉青果不要急於生成，還是讓千片如巾的紅色花瓣照映在池水邊亭臺旁。

【賞析】傳說蘇軾有妾名朝雲、榴花二人，詞中多有為朝雲而作者。此詞或云為其妾榴花所作，或云為友人侍妾所作。他有〈賀新郎〉「乳燕飛華屋」，詠榴花，傳說也是為侍妾之作（參見其詞賞析）。寫法略有相同之處，與〈賀新郎〉重在寫幽怨之情不同，此詞卻是寫其孤潔。上片化用唐人劉禹錫的詩意，京城郊外，人來人往，尋春看花，只是眾人賞觀的花，並不是詞人所鍾情的。「惟見石榴新蕊一枝開」，才是詞人情有獨鍾的，石榴花高潔，一枝獨秀，而且是新蕊初吐，不似其他簇簇盛開，易於招惹眾人的眼光。以眾芳的熱鬧媚俗，反襯石榴的清高清冷，是孤高自賞的審美情趣的體現。下片以美人喻花，寫花又似寫人，「綠陰青子莫相催」二句，希望榴花能青春永駐，表達了良好的祝願。詞意吞吐回環，憐愛美好之心溢於言外。

南歌子

寸恨誰云短，綿綿豈易裁❶？半年眉綠❷未曾開，明月好風閑處是人猜。

春雨消殘凍，溫風❸到冷灰❹。尊前舞雪為誰回？留取曲終一拍待君來。

【注　釋】❶寸恨誰云短二句　唐韓愈〈感春〉詩云「寸恨至短誰能裁」，意思是說恨的產生是在剎那間，但留下的痛苦卻是長期的，令人難以忘懷。❷眉綠　意同綠蛾，指女子的眉毛化妝後呈墨綠色。❸溫風　暖風。❹冷灰　指燭芯燃燒後成灰，這裡比喻心意已冷。

【語　譯】瞬間產生的恨誰說短，遺留下來的痛苦綿遠久長，豈能輕易地忘懷？半年中美人的眉頭不曾展開，明媚的月，和煦的風，清閒之時，叫人費盡心思地猜想。　似春雨趕走了殘存的寒意，和暖的風吹進了冰冷如死灰一般的心。酒席前舞姿如雪花飄飛，為誰回旋？樂曲將要結束時，留有一拍，等待君來。

【賞　析】這是首言情詞。男女之間的戀情是人世間最美好、也是最普通的一種情感，同時也是最易惹人心煩的一種情感。酒席歌舞之地，抒寫兒女之情，釋放這方面的情感，是小詞的主要特色。

俗云尺有所短，寸有所長，詞一開頭就以此作喻，說明了只要惹了相思，即使是瞬間產生的行為，而遺留給人的相思之恨，可能是終身的。詞中所述，就是女主人公在這方面的情感經歷。「半年眉緣未曾開」二句，敘寫了女主人公為情所苦。以往在月色明媚、和風吹拂的清暇之時，是最令人愉悅的時候，也是女主人公最富有美好幻想的時期，而如今卻是眉頭不展，心如枯井死水。「半年」的痛苦，和「瞬間」產生的戀情相比，其付出的代價是沉重的，而且這種代價還將延續下去。這次宴席上，或是女主人公聽說苦戀的人也可能來，因此有「春雨消殘凍，溫風到冷灰」之感，女主人公希望自己輕妙的舞姿能夠引起對方的注意，「留取曲終一拍待君來」，樂舞往往在要結束時達到最佳，女主人公希望把這最佳獻給他，所謂女為悅己者容。「待君來」三字似乎使人聽到了女主人公發自內心深處的呼喚、吶喊，是那樣的迫切，充滿了希望，又似乎覺得是一種絕望。苦戀的人到底來不來？細品詞意，似乎沒有到場。

南歌子

日薄❶花房❷綻，風和麥浪❸輕。夜來微雨洗郊坰❹，正是一年春好近清明❺。

已改煎茶火❻，猶調入粥餳❼。使君❽高會❾有餘清❿，此樂無聲無味最難名⓫。

【注釋】❶日薄　傍晚。❷花房　參見〈減字木蘭花〉「玉房金蕊」注❶。❸麥浪　比喻麥苗隨風起伏如波浪。❹坰　郊野。❺清明　農曆二十四節氣之一，舊稱三月節，在陽曆四月五日或六日。❻已改煎茶火　古時鑽木取火，四季不同而改用不同的木材，故名。❼粥餳　或作餳粥，謂加飴糖之類的食物於粥中。舊俗，清明前一日為寒食，自此後三日不生火燒飯，有調製麥飴等為粥以食。餳，糖類食物。❽使君　指當時的黃州太守徐君猷。❾高會　盛大的宴會。❿餘清　指清亮的樂音。⓫此樂無聲無味最難名　謂時至清明寒食，雖是宴會，面對著清亮的樂歌，面對著羅列的酒食，卻有無聲無味之感，其中情趣，難以名狀。

【語譯】傍晚花朵綻放，麥苗隨和風起伏如波浪。夜來微雨將郊野清洗了乾淨，正是一年春天中清明臨近的好時節。　已經改換了煎茶燒火用的木材，依然調製著寒食日吃的甜粥。使君舉行盛會，清亮的樂聲餘音裊裊，這時的音樂無聲無味，其中的情趣難以名狀。

【賞析】或云詞作於元豐五年（一〇八二），在黃州，這時的太守為徐君猷。清明這天，人們紛紛出城踏青掃墓，四郊原野如市。人們各自攜帶著炊餅稠餳、麥糕乳酪、名花異果等，往往於芳草之處，或園囿之間，羅列杯盤，互相勸酬。歌舞妓女，也是遍滿園亭。直至夜幕降臨，人們才返回城中。詞中描述了北宋時期的這種風俗，詞的上片主要寫清明前的時令情況，道出了出遊時時令之美，群花綻放，和風煦煦，夜來的一場微雨，將原野清洗，更有錦上添花之感。下片則重在寫清明寒食的習俗，時令節氣已變，從百姓的日常生活中即可感覺到。父母官舉行盛大的宴會，作者也在被邀之列，聽著清亮的樂歌，覺有「無聲無味」之感，極言音樂之美妙。

南歌子　八月十八日觀潮❶

海上乘槎❷侶，仙人萼綠華❸。飛昇❹元不用丹砂❺，住在潮頭來處渺天涯❻。

雷輥❼夫差國❽，雲翻海若❾家。坐中安得弄琴牙❿，寫取餘聲歸向〈水仙〉誇⓫。

【注釋】❶八月十八日觀潮　指杭州錢塘江潮，每年農曆八月十八日潮水最為壯觀。❷乘槎　參見〈更漏子〉「水涵空」注❼。❸萼綠華　傳說中仙女的名字。❹飛昇　謂脫離凡骨，羽化成仙。❺丹砂　即朱砂，古人常用以煉丹，據說服之可長壽成仙。❻住在潮頭來處渺天涯　傳說海上有蓬萊、瀛洲等五山，為仙人所住，五山之根無固定，常隨波浪上下往還。❼雷輥　指潮聲如雷滾動。輥，車輪滾動。❽夫差國　指杭州。夫差，為春秋時吳國國君，浙江太湖以東地區曾為吳國所有。❾海若　傳說中海神的名字。❿弄琴牙　指俞伯牙，春秋時人，傳說精於琴藝，有〈水仙操〉一曲傳世。弄，演奏。⓫寫取餘聲歸向水仙誇　謂聞江潮而作詩詞，可與〈水仙操〉媲美。

【語譯】海上乘船弄潮的伴侶，就像是仙人萼綠華。隨著波浪飛騰，猶如仙人飛行，原本卻不曾服食過丹砂；穩立在潮頭，好似來自遙遠的天涯。　潮水如車輪滾動，聲震杭州城；似烏雲怒起，掀翻了海若家。座中如何能得到似琴曲家俞伯牙，對此潮聲，譜寫成曲，與〈水仙操〉媲美。

【賞析】每年農曆八月十八日，是錢塘江潮水最為壯觀的時候，每到這時，一些水性好的人，就會乘著小船，手持小紅旗，戲於潮頭浪尖上，如同現在的衝浪運動，這在宋代的民俗著作，如《夢梁錄》等中都有記載。詞中所寫，就是反映了這種民間風俗。詞作於哲宗元祐五年（一〇九〇）八月知杭州時。上片是特寫，極力描摹弄潮兒自由自在的戲水功夫，嫻熟的技巧，穩健的操作，都在一個「住」字上體現了出來。隨波浪而出沒，無所畏懼；輕靈的身影，倏忽而來，飄然而去，雖神仙莫比。如果說上片重在寫視覺的感受，那麼下片就是重在從聽覺方面來落筆的。首兩句寫潮聲所引發的地動山搖的氣勢，令人因之而振奮，有迴腸盪氣的感受，又從側面對弄潮兒戲潮的大無畏氣概給予重彩渲染襯托。這是一首強者的歌，勇者的歌，也激起了蘇軾豪邁不羈的雄心，從而為之放聲，為之長吟。

南歌子

苒苒❶中秋過，蕭蕭❷兩鬢華。寓身此世一塵沙❸，笑看潮來潮去了生涯。
方士❹三山❺路，漁人一葉家❻。早知身世兩聱牙❼，好伴騎鯨公子賦雄誇❽。

【注釋】❶苒苒　同「冉冉」。漸漸。❷蕭蕭　白髮稀疏的樣子。❸寓身此世一塵沙　謂人在世間就如塵沙一樣渺小。❹方士　指古代求仙、煉丹以求長生不老的人。❺三山　傳說中的蓬萊、方丈、瀛洲三座神仙山。❻一葉家　以一葉扁舟為家。❼聱牙　不合；抵觸。❽好伴騎鯨公子賦雄誇　謂伴隨李白一起仙隱，舞文弄墨。騎鯨，騎鯨背以遊於海上，比喻仙人，或豪客，李白自稱「海上騎鯨客」，也指隱遁。賦，李白有〈大鵬賦〉。

【語　譯】中秋漸漸地過去了，頭髮稀疏，兩鬢已經斑白。寄身於這個世界，就像一粒塵沙。笑看潮水滾滾而來又退去，如此度過一生。

嚮往方士們談論到的成仙之路，羨慕漁父駕著一葉小船，自由地出沒風浪裡。早知自己的命運和仕途的追求兩相抵觸，應該伴隨著騎鯨公子李太白遨遊海上，爭寫〈大鵬賦〉。

【賞　析】或題「再用前韻」，即為和唱前詞之作，寫於杭州。與前詞重在描述錢塘觀潮的風俗不同，此詞重在抒寫自己的情懷。歲月催人，兩鬢霜白，「笑看」二字，包含多少感慨。一個人就像海水中的一粒沙石，隨著潮起潮落而流動，這裡的潮起潮落是比喻仕途中變幻莫測的政治鬥爭、人事糾葛以及職位的升降等。自身的渺小，仕途的艱辛，歲月的流逝，實現遠大抱負的理想已成泡影。「笑看潮來潮去」，就是冷眼旁觀政局的風雲變幻，表現出淡於功名的心態。塵世的失意，往往會寄託於塵世之外的世界，在古代的中國，道家所創造的仙家世界最是為文人們熱中追慕的。而出沒於海上，在潮水漲落中自由往來的一葉扁舟，漁夫們這種風裡來、浪裡去，與世無爭的超脫情態，也是令文人們欣羨不已的。「早知身世兩聱牙」兩句，道出了對仕宦前途的失望，表達了欲超然物外，擺落塵俗種種煩惱的迫切心情。

南歌子

師唱誰家曲？宗風嗣阿誰❶？借君拍板❷與門槌❸，我也逢場作戲❹莫相疑。溪女❺方偷眼❻，山僧❼莫皺眉。卻愁彌勒下生❽遲，不見老婆三五少年時❾。

【注　釋】❶師唱誰家曲二句　為禪宗常用語，猶言宣傳哪派學說，出自何門。師，對修行傳道者的稱呼。唱，宣說佛法，引導學人。誰家曲，比喻門派學說。宗風，指禪宗各派的宗旨、風格、特色。嗣，承繼。阿誰，猶言何人。❷拍板　樂器名，以堅木數片，用繩串聯，可以擊節。❸門槌　用於敲擊，意同拍板。❹逢場作戲　本指江湖藝人隨所止處擇空場當眾演奏，禪宗語多用以比喻悟道在心，不拘時地。後世又常用以指隨事應景，偶一為之。❺溪女　此指歌妓。❻偷眼　偷看。❼山僧　即僧人。❽彌勒下生　佛經有《彌勒下生經》，言彌勒自兜率天下生閻浮成佛事。彌勒，佛名，姓彌勒，名慈氏，字阿逸多。下生，謂由天界降生至人世間。❾三五少年時　指美妙年少時。三五，十五歲。

【語　譯】大師宣揚的是哪家學說？宗風傳承的是哪一派？借用您的拍板和門槌，我也是逢場作戲，請不要猜疑。　歌女才偷看您一眼，大師請不要皺眉頭。我卻愁大師您如彌勒降臨人世太晚，沒看到老婆婆當年也是妙齡少女。

【賞析】此詞調下原有題：「〈冷齋夜話〉：東坡鎮錢塘，無日不在西湖。嘗攜妓謁大通禪師，大通慍於色，東坡作長短句，令妓歌之。」此非題序，為後人增注。據此，詞作於蘇軾任杭州太守時，一次遊玩後，便去拜見淨慈寺住持和尚大通禪師，隨行帶了一位歌妓。大通和尚品性高潔，凡有事，必先齋沐，否則不登堂。但蘇軾竟然攜帶歌妓而來，很不高興。蘇軾就寫了這首詞，讓歌妓唱了起來，大通和尚為之破顏解笑。古代太守出遊賞玩，常有攜帶官妓助興的，蘇軾也不例外，由宋人的記載來看，官員們攜帶歌妓到寺院也不是稀罕的事情。蘇軾帶歌妓拜見大通和尚，起初並未意識到有什麼不妥的地方，誰知大通和尚不喜歡這樣的行為，蘇軾也是個聰明人，趕緊寫了這支曲子，進行化解。一句「逢場作戲」，表明了自己的心跡，也就是說從外表來看，我是不拘形骸，有失檢點，但實際上來說，我是行事有分寸，決非胡來之人，猶如對大師您來說，四大皆空，歌女雖然瞟了幾眼，於您何礙？不為心動，處之泰然。何況人總是要變的，所謂「不見老婆三五少年時」，昔日行為放蕩的人，久歷世故後，未嘗不改邪歸正？放下屠刀，立地成佛的事時時都會發生。佛包容一切，慈悲為懷。蘇軾以委婉的方式表達了自己的人生見解，很有禪機妙理。大通和尚自然明瞭，自己於外物有區別之念，有喜怒之顏，本身就說明修養有欠缺，恁是絕色佳人，視若空無，就不會被外物塵染。

南歌子

別潤守許仲途❶

欲執河梁手❷，還升月旦堂❸。酒闌❹人散月侵廊，北客明朝歸去雁南翔。

窈窕高明玉，風流鄭季莊❺。一時分散水雲鄉❻，惟有落花芳草斷人腸❼。

【注　釋】❶許仲途　參見〈減字木蘭花〉「鄭莊好客」注❶。❷欲執河梁手　舊題漢李陵〈與蘇武〉詩有「攜手上河梁，遊子暮何之」句。河梁，橋梁，後世用以代指送別之地。❸還升月旦堂　謂與許仲途等一起評賞人物，議論古今。月旦，古人稱評賞人物為「月旦評」，或省作月旦。典出《後漢書‧許劭傳》。❹酒闌　行酒將結束時。❺窈窕高明玉二句　據宋人傅幹《注坡詞》注知指當時名妓高瑩、鄭容二人。窈窕，妖冶美好貌。高明玉，喻指高瑩。高明，謂有見識。鄭季莊，指鄭容。❻水雲鄉　水雲瀰漫的地方，此指江南水鄉澤國之地。❼斷人腸　形容極度的思念和悲傷。

【語　譯】臨別時不忍放手，還想與您高談闊論，說古談今。酒盡人散，月光已照在屋廊，我明天就要離開，似南飛的大雁。　高瑩窈窕聰慧，明潔如玉；鄭容風流多態。此時在水鄉澤國分別，只是對著落花芳草，叫人多麼悲傷。

【賞　析】這首詞上下片各寫一事。上片寫與許遵分別時依依不捨的情景，蘇軾自杭州被召進京，途經鎮江，許氏熱情地款待，兩人促膝而坐，暢談古今。下片是戲謔許氏的詞語。高瑩、鄭容都是官妓，許氏宴請東坡時，高、鄭二人在旁侍候，一個聰慧，善解人意，一個風流多態，很得蘇軾歡心。高、鄭二人就趁機求東坡在許太守面前求情，解除二人官妓的身分，好讓她們從良。蘇軾應允了下來，並寫了〈減字木蘭花〉「鄭莊好客」一詞，叫二人拿去給太守就行了。〈減字木蘭花〉是首字謎詞，取每句的開頭一字，成「鄭容落籍，高瑩從良」兩句，由這首〈南歌子〉詞知，許遵最後答應了此事。所以蘇軾在詞中打趣許氏，意思是說你寵愛的兩個聰明風流的歌妓就要離你而去，睹物思人，日後你會因此而悲傷的。言下之意，我這裡先賠個不是，請多多包涵。因此說這首詞上下片都是就「別情」作文章，而針對的主體卻有不同，可見蘇軾用筆善變處。

南歌子

笑怕薔薇罥❶，行憂寶瑟僵❷。美人依約在西廂❸，只恐暗中迷路認餘香。

午夜風翻幔❹，三更❺月到牀。簟紋❻如水玉肌❼涼，何物與儂歸去有殘粧❽。

【注釋】❶笑怕薔薇罥　寫欲赴密約，又恐被樹枝扯絆而事發時提心弔膽的樣子。用隋煬帝宮女為薔薇罥結事，典出唐顏師古《隋遺錄》卷下。罥，扯掛；纏繞。❷行憂寶瑟僵　寫夜赴幽會而擔心被絆倒時緊張慌亂的心理。用莽何羅「行觸寶瑟僵」事，典出《漢書．金日磾傳》。寶瑟，瑟的美稱。僵，僵立不動，形容因驚慌而不知如何是好的樣子。❸西廂　西側廂房。❹幔　帳幕。❺三更　一夜分五更，一更相當於現在的兩個小時。半夜子時為三更，即晚間二十三點至次日一點。❻簟紋　竹席之紋。簟，竹席。❼玉肌　比喻女子肌膚潤澤瑩潔如玉。❽殘粧　意同「餘香」。

【語　譯】笑怕被薔薇枝扯掛，行走又擔心碰倒東西。美人好像就在西側的廂房，只恐暗中迷路，就嗅著美人經過後散發的餘香摸索。　午夜的風掀翻了帳幕，三更時月光照到了床上。竹席光潔似水，美人肌膚潤澤，瑩潔如玉。美人離去，留給我的只有餘香。

【賞　析】詞中寫了一對戀人私下約會的情景，情態逼真，猶如一幕短片，傳神逗人。上片寫男子赴會，應是到女孩子家，既興奮，又小心，生怕行為不慎，被別人發覺。何況對約會的地點並不是很熟悉，「怕」、「憂」、「恐」三字，對男子患得患失的心理刻畫得入木三分。「只恐暗中迷路認餘香」最是傳神，一方面急著趕路，怕誤了時間。另一方面卻對環境有些陌生，又快不起來，真是急人。「認餘香」處，足見男孩子精明機智。下片重在寫二人歡會的情態，「何物與儂歸去有殘粧」句寫女子離去，而男孩仍意猶未盡，人不在，而香味撲鼻似夢裡。這句與上片末句前後照應，都是在女子身體之「餘香」二字上作文章，使得全詞活靈活現。描寫男女私會的佳作，生動活潑，此詞當屬其一。後來王實甫的《西廂記》中，描寫張生赴約，以及與崔鶯鶯的第一次幽歡，其情景及張生的感受，與此別無二致，可參看。

南歌子

雲鬢裁新綠❶，霞衣曳曉紅❷。待歌凝立翠筵❸中，一朵彩雲何事下巫峰❹。

趁拍❺鸞飛鏡❻，回身燕漾空❼。莫翻紅袖過簾櫳，怕被楊花勾引嫁東風❽。

【注釋】❶新綠　古代形容女子頭髮烏黑濃密，常稱作綠雲、綠鬢等。新綠指剛梳洗過的頭髮。❷曉紅　指朝霞。❸翠筵　豪華盛大的筵席。❹一朵彩雲何事下巫峰　謂如巫山神女降臨，美豔無比。典出宋玉〈高唐賦〉。巫峰，指巫山，在四川巫山，即巫峽，有十二峰，下有神女廟。❺趁拍　配合著樂曲的節拍。❻鸞飛鏡　形容舞姿之美如對鏡飛舞的鸞鳥，詳見南朝宋范泰〈鸞鳥詩序〉。鸞，傳說為鳳凰一類的神鳥。❼回身燕漾空　形容回旋翻動如空中之燕舞。漾，水搖動的樣子。❽莫翻紅袖過簾櫳二句　言舞姿輕盈飄逸如楊花，恐怕會被東風吹拂而離去。簾櫳，又作簾籠，指窗簾和窗牖。也泛指門窗的簾子。楊花，即柳絮。

【語譯】新梳理的鬢髮墨綠如雲，披曳著的紗衣紅似朝霞。在盛宴中，等待著歌唱，佇立凝視，就像一朵彩雲，不知為何飄下了巫峰。

和著節拍，像對著鏡子飛舞的鸞鳥，又似在空中回旋翻動的燕子。旋舞的紅袖不要隨著掀起的簾子飛離而去，恐怕會像楊花一樣經不起誘惑被東風吹拂而去。

【賞析】詞中描寫了一名舞女的形象。上片是寫靜態中的舞女，著重寫其妝扮、服飾和神情，如同一幅人物肖像，墨綠的頭髮，紅色的紗衣，顏色對比，反差強烈。「凝立」寫出了舞女神情的莊重，不似輕浮者可及，強調其內在修養的厚重。「一朵彩雲」寫舞女身披紅羅紗衣，體態輕盈，有飄飄欲舉的感覺，明人沈際飛《草堂詩餘．別集》云：「未舞而舞之神已全。」即有先聲奪人的氣勢，為下片描寫其舞姿作了鋪墊。下片是寫動態中的舞女，重在描寫其舞姿的飄逸高妙，如飛舞的鸞鳥，似回旋的燕子，「莫翻紅袖過簾櫳」二句極力摹寫其舞姿的輕靈飄逸，既是回應上片「一朵彩雲」，又寫出了其舞技的高超和嫻熟，沈際飛評云：「所謂急令人捉之，不爾便飛去。」（同前）於調諧的口吻中表達了對舞女姿態技藝的賞識，詞筆活潑靈動，使人讀後有親臨其境之感。

望江南

超然臺❶作

春未老，風細柳斜斜。試上超然臺上看，半壕❷春水一城花，煙雨暗千家。

寒食❸後，酒醒卻咨嗟❹。休對故人思故國❺，且將新火❻試新茶，詩酒趁年華。

【詞牌】望江南

《詞律》卷一〈憶江南〉：又名〈夢江南〉、〈謝秋娘〉、〈夢江口〉、〈望江南〉、〈望江梅〉、〈春去也〉。

《詞譜》卷一〈憶江南〉：宋王灼《碧雞漫志》：此曲自唐至今，皆南呂宮，字字皆同，止是今曲兩段，蓋近世曲子無單遍者。唐段安節《樂府雜錄》：此詞乃李德裕為謝秋娘作，故名〈謝秋娘〉，因白居易詞更今名，又名〈江南好〉。又因劉禹錫詞有「春去也，多謝洛城人」句，名〈春去也〉。溫庭筠詞有「梳洗罷，獨倚望江樓」句，名〈望江南〉。皇甫松詞有「閒夢江南梅熟日」句，名〈夢江南〉，又名〈夢江口〉。李煜詞名〈望江梅〉，此皆唐詞單調。至宋詞始為雙調，王安中詞有「安陽好，曲水似山陰」句，名〈安陽好〉。張滋詞有「飛夢去，閒到玉京遊」句，名〈夢仙遊〉。蔡真人詞有「鏗鐵板，閒引步虛聲」句，名〈步虛聲〉。宋自遜詞名〈壺山好〉，丘長春詞名〈望蓬萊〉。《太平樂府》名〈歸塞北〉，注：大石調。

《填詞名解》卷一：雙調曲，始名〈謝秋娘〉，蓋李太尉為亡妓謝秋娘（《敘小志》作謝秋姬）撰（《樂府雜錄》、《西溪叢語》皆云云，《墅談》云：非也）。後改今名，亦名〈夢江南〉（今《教坊記》載〈望江南〉、〈夢江南〉分作二曲）。亦名〈歸塞北〉。白樂天作單調者，名〈憶江南〉，又名〈江南好〉，又名〈夢江口〉。宋王灼云：此曲自唐至今，皆南宮（《墅談》云：今入大石調）。字句亦同，但今曲兩段，蓋近世曲無單遍者耳（案：隋煬帝湖上八闋已是雙調，而紹興中韓夫人詞乃單遍，灼語未必然也）。沈際飛云：又名〈望江梅〉，又名〈夢遊仙〉。毛先舒案：古樂府有〈江南弄〉，中分龍笛、採蓮、趙瑟、秦箏等曲，梁武帝、簡文帝、陳後主、沈約、吳均諸人咸有其作。《樂錄》云：〈江南弄〉三洲和云：「陽春路，娉婷出綺羅。」正與填詞起句同法，然則〈望江南〉詞蓋昉於此。（案：諸小說稱李太尉不知其名，《情史》以為李靖。後考《雜錄》云：珠崖李太尉鎮浙日，為亡妓謝秋娘撰，則知是德裕，非靖也。蓋德裕凡三鎮浙西，會昌四年，以宰相兼守太尉，後貶崖州司戶，達珠崖而卒。故有珠崖李太尉之稱，與景武公了無相涉。臆二李俱封衛國公，必他稗官紀此事，有稱李衛公者，《情史》據之，遂橫以秋娘屬靖，恐地下有知，不免文饒目瞋，紅拂心妒耳）

【注　釋】❶超然臺　原名北臺，在密州（今山東諸城）北城上，蘇軾為太守時，因舊臺而建，蘇轍名之曰超然。蘇軾有〈超然臺記〉。超然，高超脫俗的樣子。❷壕　城壕，即護城河。❸寒食　節令名，參見〈南歌子〉「日薄花房綻」注❼。❹咨嗟　感嘆；嘆息。❺故國　故鄉。❻新火　謂寒食禁火三日後重新舉火，又稱改火。

【語　譯】春意盎然，微風吹得柳條斜飄。請登上超然臺看一看，護城河春波蕩漾，城中處處花開，千家萬戶籠罩在細雨濛濛中。　寒食節過後，酒醉初醒，感慨萬分。不要對著老朋友思戀故鄉，只管生起火來，試著品嘗新茶。趁著美好的春光，讓我們飲酒賦詩。

【賞　析】蘇軾是由杭州轉任密州太守的。到了密州後，有感於當地民風純樸，作為父母官，不擾民，老百姓得以安居樂業，自己感到心情愉快，面容日見豐潤，白髮似乎也減少了，遂有終老之志。於是整治園圃，清潔庭宇。伐叢雜之木，補荒蕪之地。在園圃的北角有塊地，是依城牆而形成的一個高臺，臺上夏涼冬暖，只是多年無人治理。於是蘇軾整治一新，以便能閒暇時登覽，盡情肆志，小詞寫的就是登上超然臺的所見所感。寒食剛過，攜客登上超然臺，燒火煮茶，品上一杯新茶，頓覺暖意滿身，因數日寒食而變得沉悶冷落的心境就此豁然開朗起來，頓覺精神為之振奮。大抵人的心情一好，看到什麼都覺得舒服，作者此時的心情便是如此。春意依舊是那麼的濃厚，春風還是那麼的和煦。品茶飲酒，與客人話家常，不免又惹起鄉思，才好起來的心情又要被攪亂。「休對故人思故國」句是反語，只是出之以曠達罷了，而「詩酒趁年華」則表達了及時行樂的思想，其曠放的性格在小詞中得以充分展現。

望江南

春已老，春服❶幾時成？曲水❷浪低蕉葉❸穩，舞雩風軟紵羅輕，酣詠樂昇平❹。　微雨過，何處不催耕❺？百舌❻無言桃李盡，柘林深處鵓鴣❼鳴，春色屬蕪菁❽。

【注釋】❶春服　春裝，參見注❹。❷曲水　古代風俗，農曆三月上旬巳日，人們於河曲水濱宴樂，以袚除不祥，稱曲水。❸蕉葉　酒杯名，因形似蕉葉，故稱。❹舞雩風軟紵羅輕二句　《論語．先進篇》云暮春時，「春服既成，冠者五六人，童子六七人，浴乎沂，風乎舞雩，詠而歸。」典出此。舞雩，古代設壇祭天求雨，命女巫為舞，名舞雩。雩，求雨時的祭禮。風軟，謂春風柔和。紵羅，此指春服。紵，苧麻織成的布。羅，質地輕薄的絲織品。酣詠，盡情地歌唱。❺催耕　指春天一到，地方里長等催促農夫從事春耕。❻百舌　鳥名，以其鳴聲反覆如百鳥之音，故名。又稱反舌。❼鵓鴣　鳥名，羽毛黑褐色，天要下雨或剛晴時，常於樹上咕咕叫。❽蕪菁　又名蔓菁，俗稱大頭菜，根塊肉質，可食用。

【語　譯】春天就要過去，春裝何時製成？蕉葉杯在有微波的河水曲流上穩當地漂著，暖風吹，紵羅衣輕便柔軟，太平盛世，人們酣歌樂舞。　微雨才過，各地的里長催促著農夫們從事春耕。百舌鳥不鳴，桃李花落盡，柘樹林深處鵓鴣鳴。只有蕪菁菜，有著春天的生機。

【賞　析】這首詞與前一首詞所作同時，一為寒食，一為上巳，兩者時間大體相當。但起句微見差異，時間不同，感覺和想法也不同了。上巳日在過去是一個重要的日子，這天，不分男女老幼，人們紛紛來到山邊河岸，遊戲歡鬧，上片描寫的就是這種風情。首二句帶有嗔怪之意，點明了急於出玩的迫切心情。後兩句則以老百姓的歡暢，寫作為父母官的我的感受。同樣，作為父母官，與民同樂之餘，他還有責任不能忘記，就是「催耕」，勸農民抓緊時間春耕，不得誤了農時。「百舌無言桃李盡」是說春天是短暫的，進一步說明「催耕」的緊迫性。這首詞與前首詞一樣，都是以白描手法見長，描寫世俗民風，自然清新。

鷓鴣天

林斷山明竹隱牆，亂蟬衰草小池塘。翻空白鳥時時見，照水紅蕖❶細細❷香。

村舍外，古城旁，杖藜❸徐步轉斜陽❹。殷勤❺昨夜三更❻雨，又得浮生❼一日涼。

【詞　牌】鷓鴣天

《詞律》卷八：五十五字，又名〈思佳客〉。《詞譜》卷十一：《樂章集》注：正平調。《太和正音譜》注：大石調。蔣氏《九宮譜目》入仙呂引子。趙令時詞名〈思越人〉，李元膺詞名〈思佳客〉。賀鑄詞有「翦刻朝霞釘露盤」句，名〈翦朝霞〉。韓淲詞有「只唱驪歌一疊休」句，名〈驪歌一疊〉。盧祖皋詞有「人醉梅花臥未醒」句，名〈醉梅花〉。

【注　釋】❶蕖　芙蕖，荷花的別名。❷細細　輕微。❸藜　參見〈浣溪沙〉「麻葉層層檾葉光」注❹。❹轉斜陽　謂夕陽隨行路轉換而變動。❺殷勤　猶言多謝。❻三更　參見〈南歌子〉「笑怕薔薇罥」注❺。❼浮生　指人生，古人以為人生在世，虛浮無定，故云。

【語　譯】成排的樹林，其間沒有長樹的地方，可以清楚地看見山峰，竹林中可隱隱約約看到牆。小池塘邊，草已枯黃，蟬兒鳴聲雜亂。時常可以看見白鳥翻飛，荷花映水，散發出微香。　在村舍外，古城旁，拄著拐杖，徐徐步行，夕陽漸漸地西下。多謝昨晚三更的一場雨，浮生中又得享受了一日清涼。

【賞　析】理解這首詞，須從下片入手，詞中用的是倒敘手法。夏日，氣溫高，入眠不易，而午夜的一場雨，驅散了暑氣，才得以安穩地睡上一覺。次日，天氣涼爽，就興致勃勃地去散步。詞中除最後兩句外，其餘就是寫一天戶外活動的觀感。景致隨著蘇軾的行程而轉換，青山翠竹，白鳥紅花，惹人眼目；還有此起彼伏，吟唱不休的蟬鳴，寫得有聲有色，色彩斑斕。仰看是自由飛行的鳥，俯視是浮滿碎葉的池塘。由村舍到古城，說明行走的空間廣闊；由清晨到落日，說明時間久長。最後由「一日」點明，以抒情收束全詞。而「殷勤昨夜三更雨」一句為過渡句，將前面的描摹風景和末句的抒情連結一起，暢遊後的愉悅感呼之欲出。或說此詞寫於貶謫到黃州後的第四個年頭，這時蘇軾已穩定了下來，心境也泰然多了。細細品味，自有一種回歸自然，超脫放曠的情緒洋溢其中。

鷓鴣天

陳公密❶出侍兒素姐，歌〈紫玉簫〉❷曲，勸老人酒，老人飲盡，為賦此詞。

笑撚紅梅嚲❸翠翹❹，揚州十里最妖嬈❺。夜來綺席❻親曾見，撮❼得精神滴滴嬌。嬌後眼，舞時腰，劉郎幾度欲魂銷❽。明朝酒醒知何處？腸斷雲間〈紫玉簫〉❾。

【注釋】❶陳公密　名縝，時任曲江（今屬廣東韶關）令。（案：曲江屬韶州，為州治所在之地。）❷紫玉簫　唐宋樂曲名。❸嚲　下垂的樣子。❹翠翹　女性頭飾，似翠鳥尾部的長羽毛，故稱。❺揚州十里最妖嬈　唐杜牧詩〈贈別〉二首之一云：「春風十里揚州路，捲上珠簾總不如。」後人常用十里揚州指青樓歌妓。妖嬈，嬌豔嫵媚。❻綺席　華美的席子。❼撮　集聚；聚合。❽劉郎幾度欲魂銷　唐孟棨《本事詩．情感》載：司空李紳宴請劉禹錫，命妙妓歌以勸酒，劉賦詩云：「鬖鬌梳頭宮樣粧，春風一曲杜韋娘。司空見慣渾閑事，斷盡江南刺史腸。」李因以妓贈之。魂銷，即銷魂，魂漸離散，形容極度歡樂。❾腸斷雲間紫玉簫　形容歌聲唱得非常動聽感人。腸斷，極為悲傷的樣子。雲間，即響遏浮雲意，形容歌聲美妙嘹亮。

【語　譯】笑撚紅梅，翠翹斜掛，猶如昔日十里揚州路上最嬌豔的歌妓。昨夜在宴席間親自看見，神態最是嬌滴滴的。　嬌媚時的眼波，起舞時的腰肢，惹得我幾度歡樂魂欲銷。明朝酒醒，人去何處？〈紫玉簫〉歌聲一直會縈繞，難以忘懷。

【賞　析】哲宗元符三年（一一〇〇）二月徽宗皇帝登基，同年四月生皇子。這時蘇軾貶謫在海南島儋耳，以恩赦還，安置永州（今湖南）。蘇軾六月渡海，十一月抵韶州（今廣東韶關）。曲江令陳縝設宴款待，酒席上，出侍女素娟勸酒歌舞，佐歡助興，蘇軾寫了這首詞。詞中極盡描摹之力，寫出了素娟色藝超凡，令人為之傾倒，為之心迷。以「妖嬈」、「滴滴嬌」突出素娟的嬌媚惹人處，以「魂銷」、「腸斷」寫心理感受，反襯出素娟的色藝的確非同一般。我們知道，蘇軾是個非常風趣的人，往往會以遊戲調侃的筆墨營造出一種誇飾的感覺。蘇軾久在貶謫之地，這次北還，年已六十五，體衰多病，能生還中原，覺得實屬萬幸，因此心情是歡快的。如今遇見素娟這樣嬌美的女子，不禁為其色藝俱佳所著迷，也因此精神振奮，「劉郎幾度欲魂銷」句表達了希望陳縝能割愛，可使垂暮之年的自己，活得更開心些。當然，這是玩笑之言，未必當真。

鵲橋仙

七夕送陳令舉❶

緱山仙子❷，高情❸雲渺，不學癡牛騃女❹。鳳簫❺聲斷月明中，舉手謝❻時人欲去。

客槎曾犯，銀河波浪❼，尚帶天風海雨。相逢一醉是前緣，風雨散、飄然何處？

【詞牌】鵲橋仙

《詞律》卷八：五十六字，有前後首、次句俱叶者，或加令字。

《詞譜》卷十二：此調有兩體：五十六字者始自歐陽脩，因詞中有「鵲迎橋路接天津」句，取為調名。周邦彥詞名〈鵲橋仙令〉，《梅苑》詞名〈憶人人〉。韓淲詞取秦觀詞句，名「金風玉露相逢曲」。張輯詞有「天風吹送廣寒秋」句，名〈廣寒秋〉。元高拭詞注：仙呂調。八十八字者始自柳永，《樂章集》注云：歇指調。

《填詞名解》卷一：取填河事，蓋見於〈鴻烈解〉云。

【注釋】❶陳令舉　參見〈菩薩蠻〉「天憐豪俊腰金晚」注❶。❷緱山仙子　用王子喬事，漢劉向《列仙傳》卷上載：王子喬，名晉，周靈王太子，好吹笙。道人浮丘公接以上嵩山，得道成仙，曾於緱氏山巔舉手謝時人而去。緱，即緱氏，地名，在今河南偃師。❸高情　超逸脫俗的情致。❹癡牛騃女　天真無知的少男少女，此指牛郎織女。騃，痴呆。❺鳳簫　即排簫。❻謝　告辭；告別。❼客槎曾犯二句　參見〈更漏子〉「水涵空」注❼。

【語　譯】緱山仙人王子喬，超塵脫俗，飛升廣渺的雲間，不學痴情的牛郎織女。月夜中，聽不到鳳簫吹奏的樂曲，舉手和當時的人們告別而去。　有客乘著木筏，冒犯了牛郎織女，銀河的波浪，還夾帶著天風海雨。一醉相逢，是前世就有的緣分；忽地分別，如風吹雨散，你我又奔向何處？

【賞　析】七夕，本來是世間兒女表達相親相愛，誓言永不分離的美好夜晚。蘇軾與友人相別，恰巧是七夕之夜，於是借題發揮，表達了真情永駐的希望。上片是說人生聚散本是常見之事，但也是最容易招惹生離死別的感受。人們應像仙人王子喬那樣，超脫世俗的男女恩愛之情，不必因此擾亂了心境。下片是作進一步的補充說明，以銀河波浪夾帶著天風海雨，暗喻世事難料，宦海多風波。今日與君相逢，這是緣分；明日各奔東西，這是命運。不如開懷暢飲，以盡一日之歡。雖作曠達語，實際上表達了傷離別恨的深情。

鵲橋仙

七夕和蘇堅❶

乘槎歸去❷，成都何在？萬里江濤漢漾❸。與君各賦一篇詩，留織女鴛鴦機❹上。還將舊曲，重賡❺新韻，須信吾儕❻天放❼。人生何處不兒嬉，看乞巧、朱樓綵舫❽。

【注釋】❶蘇堅　參見〈生查子〉「三度別君來」注❶。❷乘槎歸去　參見〈更漏子〉「水涵空」注❼。❸江濤漢漾　指長江、漢水波濤蕩漾。漢水，又名漢江，為長江最大的支流。❹鴛鴦機　或稱鴛機，一種繡具。❺賡　即賡和，唱和之意。賡韻，即和韻。❻吾儕　猶言我輩。❼天放　謂天性放任不拘。❽看乞巧朱樓綵舫　舊俗七夕時取五綵結為小樓、小舫等以乞巧。

【語譯】乘船歸去，成都在何處？長江、漢水萬里，波濤激盪。與君各賦一首詩，把它織在布帛上。

還是拿舊歌曲，來重新唱和。應該相信我們這些人，生性放任曠達。人生萬事，如同兒戲，博得一笑罷了，請看那些以綵線編織成紅色的樓舫而乞巧的男女。

【賞析】這首詞與前一首題材是類似的，前首是送別，這首是唱和，作於哲宗元祐五年（一〇九〇）知杭州時。蘇軾這次出知杭州前，在京為翰林學士，因政敵的攻擊，只好請求外任，至此已是一年了。在蘇軾的詩文中，常常會流露出厭倦仕途、思歸故鄉的情緒，這首詞也是如此。同樣是借七夕的典故，與前首重在抒情不一樣，此詞重在說理。首句即點明想回歸故鄉的情思，「萬里江濤漢漾」句又似乎讓他覺得回歸的路是那麼遙遠，可謂雲山重重，長河漫漫，實在是可望不可即的事。只得靠吟詩作詞，寄託自己的心意。下片又作曠達語，意思是說像我們這樣天生放任不羈的人，何處不可寄此一身？又何必如世間的痴情男女乞求長久地廝守，那不過是一種夢幻，一種遊戲。

虞美人

有美堂❶贈述古❷

湖山信❸是東南美，一望彌❹千里。使君能得幾回來？便使尊前醉倒更徘徊。

沙河塘❺裡燈初上，〈水調〉❻誰家唱？夜闌風靜欲歸時，惟有一江明月碧琉璃❼。

【詞牌】虞美人

《詞譜》卷十二：唐教坊曲名。《碧雞漫志》云：〈虞美人〉舊曲三：其一屬中呂調，其一屬中呂宮，近世又轉入黃鍾宮。元高拭詞注：南呂調。《樂府雅詞》名〈虞美人令〉。周紫芝詞有「只恐怕寒難近玉壺冰」句，名〈玉壺冰〉。張炎詞賦柳兒，因名〈憶柳曲〉。王行詞取李煜「恰似一江春水向東流」句，名〈一江春水〉。

《填詞名解》卷一：項羽有美人名虞，被漢圍飲帳中，歌曰：「虞兮虞兮奈若何？」虞亦答歌，詞名取此。《益州草木記》云：雅州名山縣出虞美人草，唱〈虞美人〉曲，應拍而舞。吳任臣曰：〈虞美人〉，吳聲也。昔桑景舒作〈虞美人〉曲，而虞美人草舞。後鼓吳音，虞美人草亦舞。

【注釋】❶有美堂　在杭州吳山，登臨其上，杭州山水之美，城市之繁華，人物之風情，一覽無遺。❷述古參見〈菩薩蠻〉「秋風湖上蕭蕭雨」注❶。❸信　的確。❹彌　遍及；滿。❺沙河塘　在錢塘縣，唐咸通初開建，以疏決沖擊至城裡的潮水。❻水調　樂曲名，傳為隋煬帝幸江都時所製。❼琉璃　青綠色的寶石。此喻水面平靜光潔的樣子。

【語　譯】東南部的湖山的確很美，一望綿延千里。使君您能回來幾次？滿飲醉倒，去意徘徊。沙河塘裡剛點起燈，誰家在唱〈水調〉歌？夜深風靜，欲返歸時，只有月光下的一江碧水，平靜光潔如琉璃。

【賞　析】詞為神宗熙寧七年（一〇七四）七月作於杭州。蘇軾時任杭州通判，陳襄為太守，詞寫於陳氏即將離任時。上片借杭州湖山之美，令人留連忘返，表達對陳氏的惜別之情。「更徘徊」三字，進一步說明了西湖山水的醉人處，難以割捨。上片是虛寫，總寫餞別時的情境；下片則是具體地描繪餞別時的所見所感，以靜謐的畫面反襯出上片的歡鬧場面，一曲〈水調〉歌聲，突出了夜深人靜的氛圍。就像初別時，人們往往是思緒紛雜，情感亢奮，經過一段時間後，漸漸地歸於平靜。詞的表現手法就是先揚後抑，動靜相襯。後來蘇軾再次要求任職杭州，可知他對杭城山水之傾心。

虞美人

波聲拍枕長淮❶曉，隙月❷窺人小。無情汴水❸自東流，只載一船離恨向西州❹。竹溪花浦曾同醉❺，酒味多於淚。誰教風鑑❻在塵埃，醞造一場煩惱送人來。

【注　釋】❶長淮　即淮河，參見〈清平樂〉「清淮濁汴」注❶。❷隙月　雲縫中不時顯現出的月亮。❸汴水　參見〈清平樂〉「清淮濁汴」注❷。❹西州　故址在今江蘇南京朝天宮西，舊時屬古揚州區域。❺竹溪花浦曾同醉　唐詩人李白曾與孔巢父等五人居徂來山，日日飲酒沉醉，號「竹溪六逸」。❻風鑑　高見；卓識。

【語　譯】淮河波浪的拍打聲，趕走了睡意，天色破曉；在雲縫中移動的月亮，窺視著人，顯得多麼小。汴水無情地向東流去，只載著一船離別的怨恨駛向西州。

溪邊竹林，水旁花叢，曾經同醉，聚飲多於別離。是誰使高識多才的人淪落在塵埃，醞造了一場苦惱，叫人心煩。

【賞　析】詞是寫相會而又分別的情感，宋人有的說詞作於揚州，與別者是蘇門弟子秦觀，細品詞意，似並非如此。上片寫由京城出發，乘船由汴水入淮河，再抵揚州，屬於追敘筆法。由「無情汴水」帶走了載滿離恨的船，可知在離開京城時曾有一段離別的故事發生，末兩句化用李煜同調詞句「問君能有幾多愁，恰似一江春水向東流」，但較李煜詞句來得深厚悲涼些。下片則由追敘變成追憶，回憶與友人相聚的日子。溪邊竹林，水旁花叢，是曾經遊賞的地方。「酒味多於淚」是說分別時少，而歡聚暢飲的日子多，那時尚未體會別離滋味是如此愁苦。只是友人才智高明，而懷才不遇，倒叫人為之抱屈，為之煩惱。全詞主要是寫情意，於吞吐回復中，最見纏綿深摯。

虞美人

持杯遙勸天邊月，願月圓無缺。持杯復更勸花枝，且願花枝長在莫離披❶。持杯月下花前醉，休問榮枯事❷。此歡能有幾人知？對酒逢花不飲待何時？

【注　釋】❶離披　零落散亂的樣子。❷榮枯事　雙關語，既指花木的盛衰，也比喻仕途上的窮通。

【語　譯】舉著酒杯，勸說著遙遠的天邊的月亮，希望月亮圓滿不虧缺。舉著酒杯，又勸說著花枝，只希望花兒長久留在枝上不零落。　舉著酒杯，在月下花前醉飲，不要過問花開和花落。這種歡樂能有幾人理解？對著酒席，逢著花開，不暢飲，又等到什麼時候呢？

【賞　析】抒寫淑世情懷，是這首詞所要表達的思想內容。「願月圓無缺」、「且願花枝長在」，即世人常說的祝願花好月圓的意思，大概是有感於現實生活中完美的太少了，追求完美的意願表現得就更加濃烈，味道也更足。蘇軾在〈水調歌頭〉中吟唱著「人有悲歡離合，月有陰晴圓缺，此事古難全」，而在此詞中卻又說「願月圓無缺」，前者是理性的思維，後者為感性的表述，是完美主義思想的抒發。詞的上片是感性的抒寫，下片為理性的回歸。欲花常好、月常圓，這不啻痴人說夢，因此在花盛開、月圓滿時，珍惜美好時光就顯得更有必要了。與其奢望著完美的永恆，不如及時行樂，這是詞中所要強調的一點。「休問榮枯事」，人人能明白，但不是人人能做到的。表達了對追求「完美」的否定，也是對熱中於功名利祿者的棒喝，感慨遂深厚。小詞以說理見長，語淡味濃。

木蘭花令

梧桐葉上三更雨，驚破夢魂無覓處。夜涼枕簟已知秋，更聽寒蛩❶促機杼❷。

夢中歷歷❸來時路，猶在江亭醉歌舞。樽前必❹有問君人，為道別來心與緒。

【詞　牌】木蘭花令

《詞律》卷七於葉夢得〈木蘭花〉「花殘卻似春留戀」末注云：唐詞〈木蘭花〉如前所列四體是矣，其七字八句者名〈玉樓春〉，至宋則皆用七言，而或名之曰〈玉樓春〉，或名之曰〈木蘭花〉，又或加「令」字，兩體遂合為一，想必有所據，故今不立〈玉樓春〉之名，而載註前三體之後，蓋恐另收〈玉樓春〉則如此。

《詞譜》卷五於歐陽脩〈減字木蘭花〉「歌檀斂袂」末注云：〈木蘭花令〉始於韋莊，係五十五字，全用仄韻者。《花間集》魏承班有五十四字詞一體，毛熙震有五十三字詞一體，亦用仄韻，皆非減字也。

又卷八於〈偷聲木蘭花〉云：此調亦本於〈木蘭花令〉，前後段第三句減去三字，另偷平聲，故云偷聲。若〈減字木蘭花〉前後起句四字，則又從此調減去三字耳。

《填詞名解》卷四〈玉樓春〉：林鍾商也，一名〈木蘭花令〉，一名〈惜春容〉。唐顧夐詞云「月照玉樓春漏促」，緣是得名。（《都玄敬詩話》云：取白居易詩「玉樓宴罷醉和春」，非也）沈際飛云：以〈木蘭花〉歌之，即入大石調。

【注　釋】❶寒蛩　即蟋蟀，因其鳴聲如急促的織機聲，又名促織。❷機杼　織布機。❸歷歷　分明可數。❹必如果；假使。

【語　譯】三更時，雨滴打在梧桐葉上；從睡夢中驚醒，悵然若失，夢境難再尋覓。夜晚的枕席，涼氣侵人，才發覺已是深秋，又聽見蟋蟀鳴叫，急促如織機聲。　夢中來時路上的情景歷歷在目，仍然是在江邊亭子裡，聽歌樂舞，飲酒至醉。席間若有人問到我，就請告訴他分別後我的心情和思緒。

【賞　析】此詞傅幹《注坡詞》題作「宿造口聞夜雨寄子由、才叔」。造口，在今江西萬安西南，又名皂口鎮。子由為詞人的胞弟蘇轍（西元一〇三九～一一一二年），字子由，自號潁濱遺老。與蘇軾同年登進士科，官拜尚書右丞、進門下侍郎等。才叔為張庭堅，字才叔，廣安軍人，哲宗元祐間進士，入元祐黨籍。哲宗紹聖元年（一〇九四），蘇軾被貶謫至惠州（今廣東惠陽）安置，詞當作於途經造口時。晚唐溫庭筠有小詞〈更漏子〉云：「梧桐樹，三更雨，不道離情正苦。一葉葉，一聲聲，空階滴到明。」蘇軾這首詞的意境就是由此引發擴充的。作為一個所謂的有「罪」之人，現實的美好願望只能在夢境裡實現。可是夜半的雨聲，將好夢打斷，那種悵然若失、六神無主的情態，於「夢魂無覓處」中得以充分地表現出來。好夢難再尋，覺也睡不成，以「寒蛩促機杼」作結，更見煩躁不安。下片首二句是對夢境的追述，當時兄弟朋友宴聚歡樂的情景依然清晰，而今孤寂一身，悲傷難抑。以夢中之喜反襯醒後的傷情，人生若夢，無可奈何的味道尤其濃厚。末二句於消沉中微露自振，也是詞人曠達情懷的反映。

木蘭花令

霜餘已失長淮❶闊，空聽潺潺❷清潁❸咽。佳人猶唱醉翁詞，四十三年❹如電抹❺。

草頭秋露流珠滑，三五❻盈盈❼還二八❽。與予同是識翁人，唯有西湖波底月。

【注釋】❶長淮　即淮河，見〈清平樂〉「清淮濁汴」注❶。❷潺潺　形容流水聲。❸清潁　即潁水，源出河南登封西南，入淮河。❹四十三年　蘇軾於哲宗元祐六年（一〇九一）知潁州，距歐陽脩為知州時正好四十三年。❺電抹　比喻歲月如閃電般一抹即消逝。❻三五　農曆每月十五日。❼盈盈　形容月圓美好的樣子。❽二

八　農曆每月十六日。

【語　譯】霜寒之餘，淮河已失去了往日的寬闊，只聽見潁水潺潺地嗚咽聲。佳人仍然唱著醉翁寫的小詞，至今四十三年了，歲月如閃電般轉瞬即消逝。　秋天草上的露珠圓滑流動，十五、十六的圓月更是嬌美。和我同樣是了解醉翁的人，只有西湖水波中的月亮。

【賞　析】此詞毛晉刻本題作「次歐公西湖韻」，歐公即歐陽脩，字永叔，號醉翁、六一居士，江西廬陵人，曾於宋仁宗皇祐元年（一〇四九）知潁州（今安徽阜陽）。潁州西二里有湖，也叫西湖，長十里，寬二里，為遊覽勝地。歐陽脩有〈玉樓春〉「西湖南北煙波闊」一詞，〈玉樓春〉又名〈木蘭花令〉，蘇詞就是次韻這首詞的。蘇軾是歐陽脩的門生，兩人先後都到潁州任太守，其間相隔四十三年。潁州西湖是有名的遊覽勝地，歐陽脩在任內寫了不少吟誦西湖美景的詞。蘇軾遊西湖時，聽到有人還在唱著歐陽脩的詞，感慨萬千，於是就唱和了這首詞。上片首二句，以寫景切入，長淮水落，潁水嗚咽，淒清中抹上濃重的情意。物是人非，最是傷情處。人們喜歡聽歐詞，歌女們也唱得動情，只是又有誰能體會到歐陽脩當時創作此詞時的心境呢？歐詞前部分是描繪西湖的良辰美景，人情的歡洽愉悅，末二句云：「明朝車馬各東西，惆悵畫橋風與月。」表達了人生無常、美好易逝的憂傷。歐陽脩因支持范仲淹的新政，遭受排擠，才出知滁州，後又轉知潁州的；蘇軾前因新舊黨派之爭，求出知杭州，元祐六年（一〇九一）初被召進京，到了京城不到半年，即又改派出知潁州，政治上受到排擠和打擊，因此與歐陽脩有同感，心情鬱悶，由此可知，所以在這方面，兩人是同病相憐的，「與予同是識翁人，唯有西湖波底月」，講的就是這一點。全詞既無藻飾，又少典事，純以自然之筆，抒寫師生間真誠的情誼，表達了對恩師的懷思。

瑞鷓鴣

碧山❶影裡小紅旗❷，儂是江南踏浪兒❸。拍手欲嘲山簡醉❹，齊聲爭唱〈浪婆❺詞〉。

西興渡❻口帆初落，漁浦❼山頭日未欹❽。儂欲送潮歌底❾曲？尊前還唱使君❿詩。

【詞牌】瑞鷓鴣

《詞譜》卷十二：《宋史・樂志》：中呂調。元高拭詞注：仙呂調。《苕溪詞話》云：唐初歌詞多五言詩，或七言詩，今存者止〈瑞鷓鴣〉七言八句詩，猶依字易歌也。案：〈瑞鷓鴣〉原本七言律詩，因唐人歌之，遂成詞調。馮延巳詞名〈舞春風〉，陳彭年詞名〈桃花落〉，尤袤詞名〈鷓鴣詞〉，元丘長春詞名〈拾菜娘〉，《樂府紀聞》名〈天下樂〉。《梁溪漫錄》：詞有「行聽新聲太平樂」句，名〈太平樂〉；有「猶傳五拍到人間」句，名〈五拍〉。此皆七言八句也。至柳永有添字體，自注：般涉調。有慢詞體，自注：南呂宮。皆與七言八句者不同。

《填詞名解》卷一：一名〈鷓鴣詞〉，其第一體又名〈舞春風〉。（惟此體聲調穩順，變體則異矣）蓋唐人七言律叶之聲歌也。特起句第二字須作平聲，不得如詩可平可仄。〈小秦王〉亦是七言絕句，然可隨意平仄，與唐人作詩無異。〈鷓鴣天〉則〈瑞鷓鴣〉之變體也，〈憶王孫〉、〈浣溪沙〉則〈小秦王〉之變體也。《苕溪漁隱》云：〈瑞鷓鴣〉依字可歌，若〈小秦王〉必雜以虛字，乃可歌。

【注　釋】❶碧山　比喻潮頭波浪如山。❷小紅旗　謂弄潮兒手持紅旗戲嬉於波浪間。❸踏浪兒　即弄潮兒。❹拍手欲嘲山簡醉　參見〈浣溪沙〉「慚愧今年二麥豐」注❽。❺浪婆　波浪之神。〈浪婆詞〉即迎送波浪之神的歌曲。❻西興渡　地名，在今浙江蕭山西。❼漁浦　地名，在今浙江蕭山西。❽欹　傾斜。❾底　猶言什麼。❿使君　指陳襄，時任杭州太守。

【語　譯】小紅旗出沒在如山峰的碧浪裡，我們是江南的弄潮兒。拍手笑父母官爛醉如泥，齊聲爭唱著〈浪婆詞〉。　西興渡口，船帆剛收落；漁浦山頭，太陽還未西斜。我們就要送潮神回去，歌唱什麼作送神曲？酒席前還是唱起了太守的詩。

【賞　析】詞是寫觀杭州錢塘江潮，可與前面的〈南歌子〉「海上乘槎侶」互相參看，一個是作於為杭州太守時，一個是作於為杭州通判時，地點相同，而身分卻有差異，筆墨側重也就不同。〈南歌子〉重在通過對弄潮兒的描繪，突出展現其嫻熟的戲水技巧，和出神入化的功夫。這首詞不是寫個體，而是寫群體，通過對一群弄潮兒的表演，突出了「歡鬧」的景象，這在上片得到充分的反映。當然，從這首詞的描述來看，我們還可以了解一些觀潮的風俗，如到潮水高潮這一天，人們傾城而出，車馬紛紛，作為父母官，也要出席。屆時要舉行一定的儀式，潮來時，弄潮兒要唱〈浪婆詞〉，也就是迎神曲，也由此知潮神為女性。我們知道，潮水在某種程度上會對岸上民眾的生活產生破壞，如造成人民的傷亡、房舍的倒塌、農田的毀壞等。舉行儀式，其最初的意思在於祈求潮神保祐，不要危害百姓民生。有迎神曲，還有送神曲，就詞中所寫，迎神曲民間久已有之，而無送神曲，所以有太守當場揮毫賦詩以充當之事。從形式上看，這支曲子上下片都是四句齊言，形同七言律詩，是詩歌向長短句詞轉化的過渡形態的反映，也就是用詞樂來演唱詩體。

南鄉子

晚景落瓊杯❶，照眼雲山翠作堆❷。認得岷峨❸春雪浪，初來，萬頃蒲萄漲淥醅❹。

春雨暗陽臺，亂灑歌樓溼粉腮❺。一陣東風來捲地，吹迴，落照江天一半開❻。

【詞牌】南鄉子

《詞譜》卷一：唐教坊曲名，此詞有單調、雙調。單調者始自歐陽炯詞，馮延巳、李珣俱本此添字。雙調者始自馮延巳詞。《太和正音譜》注：越調。歐陽脩本此減字，王之道、黃機、趙長卿，俱本此添字也。

《填詞名解》卷一：明卓人月云：前後段起句或有四字者，名〈減字南鄉子〉。

【注釋】❶瓊杯　玉製的酒杯。❷照眼雲山翠作堆　謂雲朵堆積變幻猶如青翠的山峰。❸岷峨　山名，為岷山的支脈，在四川松潘北，又稱峨嵋山。（案：岷山為長江、黃河的分水嶺。）❹萬頃蒲萄漲淥醅　比喻江水翻滾，如新釀製的葡萄美酒。蒲萄，即葡萄，用以製酒。淥，清澈。醅，未過濾的酒。❺春雨暗陽臺二句　謂暮雨飄灑，山巒淋漓，猶如澆溼了的美人傅有香粉的面容。陽臺，山名，在四川巫山北，高百丈。歌樓，原指酒樓，此指歌女賣藝之處。❻落照江天一半開　謂夕陽的餘暉把一半江水染紅。白居易〈暮江吟〉詩：「一道殘陽鋪水中，半江瑟瑟半江紅。」描繪的就是這種景象，可參讀。落照，即夕陽。一半開，謂江水的半邊映著夕陽的餘暉而明亮，另半邊則陰暗。

【語　譯】晚景落在酒杯裡，處處雲朵堆積猶如座座青山。還認得，那是岷峨山上的雪融化而成。萬頃江水初來時，猶如新釀製的葡萄酒，墨綠色的波浪滾滾。　春雨濛濛，陽臺山隱約可見，雨絲飄灑，澆溼了樓中歌妓的粉面嬌容。一陣春風捲地來，吹走了雲霧，夕陽照亮了江面的半邊天。

【賞　析】此詞傅幹《注坡詞》題作「黃州臨皋亭作」，作於貶謫黃州時。蘇軾《東坡志林》卷四〈臨皋閒題〉云：「臨皋亭下八十數步便是大江，其半是峨眉雪水。」大江，就是長江。詞以寫景為主，重筆濃抹，玉杯、青山、黑雲、淥水、雪花、粉腮、晚霞，色彩對比度強烈，猶如一幅水墨畫，潑墨塗抹，一氣貫注，頃刻而成，將大自然瞬間的變幻記錄了下來，具有很強的藝術效果。當然也應看到，詞中雖然以寫景為主，卻是寓情其間，即是對故鄉的思戀之情，「認得」二字就說明了這一點。蘇軾家在峨嵋，他在詩文中，提到長江之水，常常會與峨嵋雪水相聯繫，流露出一種親切感，以見遊子眷戀的情懷，無時不有，何況此時遭際不測，戴罪他鄉呢？

南鄉子

和楊元素❶，時移守密州

東武❷望餘杭❸，雲海天涯兩渺茫。何日功成名遂了，還鄉，醉笑陪公三萬場❹。

不用訴離觴，痛飲從來別有腸。今夜送歸燈火冷，河塘，墮淚羊公卻姓楊❺。

【注　釋】❶楊元素　參見〈菩薩蠻〉「天憐豪俊腰金晚」注❻。❷東武　即密州，今山東諸城。❸餘杭　今杭州。❹三萬場　謂人生百年有三萬六千日，一日一醉，得三萬六千場。❺墮淚羊公卻姓楊　晉人羊祜有政聲，卒後，襄陽百姓於其平生遊憩之所峴山建碑立廟，歲時享祭，望其碑者莫不流涕，杜預因名為墮淚碑。這裡讚美楊元素得民心。

【語　譯】從東武望餘杭，兩地相隔就像是在雲海天涯，遙遠渺茫。什麼時候能功成名就，返回故鄉，飲酒談笑，陪您醉酒三萬場。

不需要訴說離別之苦，痛快地飲酒，自古以來分離就別有一番滋味。在河塘，今晚送別歸去，燈火已熄。昔日有為羊祜的墮淚碑，如今卻改為姓楊氏。

【賞　析】這首詞是蘇軾離開杭州，移知山東密州時所作，時為神宗熙寧七年（一〇七四）九月。

楊元素是蘇軾的同鄉，曾知杭州，蘇軾時為通判，兩人交往密切，蘇軾寫了不少與楊氏有關的詞作。此詞表現了與友人依依難捨的心情，「東武望餘杭」二句以杭州和密州相距遙遠，說明日後相見不易，而下次相會，只有指望以後功成名就，榮歸故里了。「還鄉，醉笑陪公三萬場」，以日日相伴醉飲，彌補久別的遺憾。如果說上片用直筆表明彼此的眷戀之情，下片則用側筆進一步強化這種情感。「不用訴離觴」二句，以自古分別，就有另一番滋味，說明大可不必因分別而過於傷情，人世間沒有不散的筵席，故作曠達語。「今夜送歸燈火冷，河塘」，全詞以抒情為主，至此則敘事，交代餞別的地點和持續的時間，以見友情之深厚。「墮淚羊公卻姓楊」，以羊祜有政聲，得民心之典，祝願楊元素為民請命，也能有德於民，這句也是回應「功成名遂」，既是對友人的祝福，也是對自己的勉勵。

南鄉子

和楊元素❶

涼簟❷碧紗廚❸，一枕清風晝睡餘。睡聽晚衙❹無箇事，徐徐，讀盡牀頭幾卷書。

搔首賦歸歟❺，自覺功名懶更疏❻。若問使君才與氣，何如？占得人間一味❼愚。

【注　釋】❶楊元素　參見〈菩薩蠻〉「天憐豪俊腰金晚」注❻。❷簟　竹席。❸碧紗廚　以竹、木作架，頂部及四周蒙罩綠紗，用以避蚊蠅，類似於今天的蚊帳。❹晚衙　古時官署治事，一日兩次坐衙，有朝衙、晚衙之分。❺歸歟　指辭官歸去。❻懶更疏　即疏懶，懶散而不耐拘束。❼一味　一向；總是。

【語　譯】清涼的竹席，碧綠的紗帳，清風吹拂，白天睡覺初醒。睡夢中聽到說晚上衙門沒有事，悠閒自在，讀完了床頭的幾卷書。　抓頭沉思，吟起了歸隱的詩句，自認為懶散疏放，不在意功名。如有人問起太守的才能和氣度是怎麼樣的呢？總是占有人世間的愚昧。

【賞　析】詞作於神宗元豐元年（一〇七八）知徐州時，詞中談為官的心得。因夜晚有公事，以至於白天休息。「晝睡」，因夏日容易疲倦，有二種情況，一是白天公務繁忙，因勞累而小憩；一是沒有公事，天氣熱睡不好，至此補睡。上片極力說明的就是希望能從繁雜的公事中解脫出來，贏得一分閒心，得到一分自在，是蘇軾常流露出來的厭倦官場的心情寫照。「清風」、「徐徐」說明了對閒適自在生活的嚮往。下片則明白無誤地表白了自己的想法，就是歸隱，這是因為只要在仕途中，就不可能有自由，而嚮往自由、擺脫仕宦羈絆的念頭卻時時出現，「何時收拾耦耕身」（〈浣溪沙〉），是一種呼喊，「自覺功名懶更疏」，自己不合時宜，不適應官場，這不是意氣之言，是多年來在官場摸爬滾打的心得，所謂「占得人間一味愚」，就說明了這個問題，一「愚」字，道出了其自知自明之處。早年，自視頗高，他人也以才華橫溢稱許，建功立業，是奮鬥的目標，曾幾何時，才知官場並非想像的那樣。這裡的「愚」，是指在權術上的「愚笨」，施展權術，並非人人都擅長，至少蘇軾認為自己不適應官場，雖然不斷地努力，追求完美，卻常常事與願違，為人不易，為官更不易。又孔子說：「寧武子，邦有道則知，邦無道則愚。其知可及也，其愚不可及也。」不知其所稱的「愚」是否也是智者的「愚」？

南鄉子

雙荔枝

天與化工❶知，賜得衣裳總是緋❷。每向華堂深處❸見，憐伊，兩箇心腸一片兒❹。

自小便相隨，綺席歌筵不暫離。苦恨人人分拆破❺，東西，怎得成雙似舊時？

【注釋】❶化工　自然的創造力。❷緋　紅色，指荔枝顏色。❸華堂深處　指皇家和貴族之家。❹兩箇心腸一片兒　指雙荔枝並蒂結果。❺拆破　食用時將雙荔枝分開。

【語譯】老天賦予自然造化之功，給荔枝穿上的總是緋紅色的衣裳。常在華麗高貴的大院中見到，它們真是可愛，兩個心腸，卻結為一體。　自幼就相隨在一起，華美的筵席上不會有短暫的分離。苦恨人人分開拆破，一東一西，怎樣才能像舊時那樣成雙對？

【賞析】這是首詠物詞，也是一首比喻體的詞。雙荔枝，就是並頭荔枝。上片敘寫荔枝的可愛，其可愛處，就在於它們是並蒂而生。並蒂而生，總會給人以美好的遐想，不管是什麼東西，如並蒂蓮花等，天作之合，如同人世間相親相愛的一對戀人。「兩個心腸一片兒」，是說雖然各成一體，但心投意合。下片就並蒂荔枝被人強行分食，表達了幽怨之情，如同棒打鴛鴦散一樣，造成了幾多的愛情悲劇。詞的諷諭性是不言而喻的，委婉蘊藉，詞語淺短，而意味深長。

南鄉子

宿州❶上元

千騎試春遊，小雨如酥落便收。能使江東歸老❷客，遲留，白酒無聲滑瀉油。

飛火亂星毬❸，淺黛橫波翠欲流❹。不似白雲鄉外冷，溫柔❺，此去淮南❻第一州。

【注　釋】❶宿州　今安徽宿縣。❷歸老　辭官養老。❸飛火亂星毬　謂元宵夜燈籠轉動如火毬。飛火、星毬均指花燈，因人們舞動，遂有飄飛之感。❹淺黛橫波翠欲流　指觀賞遊玩的女子顧盼時，美目光彩奪人。❺不似白雲鄉外冷二句　伶玄《趙飛燕外傳》云：「是夜進合德，帝大悅，以輔屬體，無所不靡，謂為溫柔鄉。語嫕曰：『吾老是鄉矣，不能效武皇帝求白雲鄉也。』」合德為趙飛燕的妹妹。白雲鄉，指仙境。溫柔，指溫柔鄉，比喻美色迷人之境。❻淮南　泛指淮河以南的地區，屬於現江蘇和安徽兩省淮河以南、長江以北的區域內。

【語　譯】太守探春出遊，很多人騎馬相隨。小雨酥軟，落地便被吸收，能使江東辭官養老的客人逗留於此，開懷暢飲，白酒就像急速流動的油，無聲無息地滑了進去。　燈籠舞動，就像星火一樣紛雜。美女顧盼，眼波流光溢彩。不似仙境外清冷，她們是那麼的溫柔，這裡是到淮南的第一個州。

【賞析】詞作於神宗元豐八年（一〇八五），在宿州。上元即正月十五日，詞中所述，乃記隨宿州太守春遊之事。一「試」字，說明春天初到，寒意未能盡去，但人們盼春、迎春的迫切心情已是溢於言表，何況正值元宵佳節，即使是下雨天，也阻擋不了人們出遊的興致，細雨如酥，更增添了無窮的魅力。蘇軾是作為客人，應邀參加了這次聚會，所謂「江東歸老客」就是指他自己，此時正由貶謫地黃州放還，上書乞求居住陽羨（今江蘇宜興），等待批覆，逗留在宿州。上片寫白天遊宴的情況。細潤的小雨，昭示著隨著初春而來的生機即將出現；甜滑的白酒，生活使人感覺到是如此的溫馨和美。這是詞人被放歸後的愉悅心境的反映。下片是寫夜晚賞燈的情景。人們舞動著燈籠，遠看就像是紛雜的星火，遊人如織，美女顧盼，光彩照人，寫出了歡鬧的場面。這種歡鬧的氣氛，深深感染了蘇軾，畢竟宿州被稱作淮南的第一州，其富麗繁華，在元宵佳節中得以充分地展現了出來，這也與蘇軾此時此刻放鬆而輕快的心境相吻合。全詞的字裡行間都在環繞著一個「樂」字，節日的歡樂，盛宴的歡暢，遊人的歡鬧，表達了自己獲得新生後的歡心，以致戴罪於黃州時常有的遠離俗世、追慕仙境的念頭至此也被冷落，「不似白雲鄉外冷」就說明了對現實人生的熱愛。

南鄉子

梅花詞和楊元素❶

寒雀滿疏籬，爭抱寒柯❷看玉蕤❸。忽見客來花下坐，驚飛，踏散芳英落酒卮❹。痛飲又能詩，坐客無氈醉不知❺。花謝酒闌❻春到也，離離❼，一點微酸❽已著枝。

【注釋】❶楊元素　見〈菩薩蠻〉「天憐豪俊腰金晚」注❻。❷柯　草木的枝莖。❸玉蕤　比喻花精美如玉。❹卮　酒器。❺坐客無氈醉不知　謂雖然身居官位，而貧寒清儉，處之泰然，不以為憂。無氈，指在官清廉貧儉，詳見《晉書‧吳隱之傳》等。不知，不在意。❻酒闌　行酒將結束時。❼離離　繁茂濃密的樣子。❽微酸　指梅子，梅花的果實味酸。

【語　譯】寒冷的天，麻雀聚滿稀疏的籬笆，在枝上爭鬧著，品賞精美如玉的花。忽然見有人來花下坐，驚得一齊飛走，踏散的花瓣落進了酒杯。

痛快暢飲，又能賦詩，座下雖無毛氈，來客醉酒，卻不在意。梅花謝了，酒已飲盡，春天來到；枝葉茂盛，一點點的梅子已生滿枝頭，似乎已能品嘗到它們的酸味。

【賞　析】這是唱和楊元素的詠梅詞。詞中以梅花為經，以聚客暢飲品花為緯，經緯交橫，抒寫迎春的心情。冬末春初，寒氣依然，而群雀的歡鬧聲，爭看梅花的舉動，昭示著春天萬物復蘇的景象。詞中通過「滿」、「爭抱」、「看」、「驚飛」、「踏散」等一系列麻雀的動作，描繪了一幅生機盎然的梅雀報春圖，也表達了自己的愉悅感，和對生命活力的謳歌。詞通過與友人歡聚暢飲於梅花樹下，將上下片連繫在一起，以梅花謝、梅子青作結點題，大自然生生不息的面貌令人振作。「春到也」是對春天的呼喚，擲地有聲，表達了對生命的熾愛之情。

南鄉子

席上勸李公擇❶酒

不到謝公臺❷，明月清風好在❸哉？舊日髯孫❹何處去？重來，短李❺風流更上才。
秋色漸摧頹❻，滿院黃英❼映酒杯。看取桃花春二月，爭開，盡是劉郎去後栽❽。

【注釋】❶李公擇　參見〈陽關曲〉「濟南春好雪初晴」注❶。❷謝公臺　宋人傳幹注云臺在維揚，即今江蘇揚州。謝公，疑指晉朝人謝安。❸好在　問候語，猶言好嗎。❹髯孫　三國時的孫權有紫髯，故云。此指孫覺，神宗熙寧四年（一〇七一）知湖州，兩年後李公擇接任。❺短李　唐代詩人李紳短小精悍，人稱短李。此指李公擇。❻摧頹　衰敗；衰老。❼黃英　指菊花。❽看取桃花春二月三句　參見〈阮郎歸〉「一年三度過蘇臺」注❺。

【語譯】沒有到過謝公臺，明月清風還好嗎？昔日髯孫去了什麼地方？短李重來，風流更富有才華。

秋天的景物漸漸衰敗，滿院的黃菊映在酒杯裡。請看，二月桃花爭相開放，都是我們離去後新栽種的。

【賞析】李常是黃庭堅的母舅，孫覺是黃庭堅的丈人，黃庭堅是蘇軾的弟子。李、孫與蘇軾的關係很好，在當時新舊黨派中，他們都屬於舊黨，也就是說屬於司馬光一派的，是與王安石為代表的新黨相對立的。在政治上，舊黨成員對王安石的變法持反對的態度，因此，王安石執政期間，舊黨人員紛紛遭到排擠，大多離開了京城，到外地做官，此詞就是在這種背景下寫成的，時為神宗熙寧七年（一〇七四），李常為湖州太守，蘇軾由杭州通判改知密州，途經湖州，拜見李常，席上賦此詞。李常是繼孫覺之後知湖州的，兩人是親家，又曾共事於京城，詞中提到孫覺，表達了對他的懷思之情。詞的重心部分在下片，首二句交代時令，以秋菊傲霜不敗，暗喻李、孫二人的品性；後兩句則是為舊黨鳴屈，借典故對新黨得勢表示了譏諷和不滿。

南鄉子

重九，涵輝樓❶呈徐君猷❷

霜降水痕收❸，淺碧鱗鱗❹露遠洲。酒力漸消風力軟，颼颼❺，破帽多情卻戀頭❻。

佳節若為酬❼？但把清尊斷送❽秋。萬事到頭都是夢，休休，明日黃花蝶也愁❾。

【注釋】❶涵輝樓　在黃州，為登覽勝處，又名棲霞樓。❷徐君猷　參見〈浣溪沙〉「覆塊青青麥未蘇」注❶。❸水痕收　謂水位下降。❹鱗鱗　閃閃發光的樣子。❺颼颼　形容風聲。❻破帽多情卻戀頭　《晉書・孟嘉傳》載：九月九日，桓溫宴客龍山，孟嘉在其中，有風至，吹落其帽，孟嘉未覺，人作文嘲之，即答之，文甚美，四坐嘆賞。後人於重陽節，多用此典故。杜甫〈九日藍田崔氏莊〉詩有「羞將短髮還吹帽，笑倩旁人為正冠。」蘇軾詞反用其意。❼若為酬　如何應酬。❽斷送　消磨；打發。❾明日黃花蝶也愁　謂明日菊花衰落，蝴蝶因此也知愁。

【語　譯】天寒霜降，水位回落；淺水碧波鱗鱗，遠處的洲島露出了水面。酒勁漸漸地消失，風的力量在減弱，颼颼吹著，破舊的帽子多情地附在頭上吹不掉。　遇此佳節，怎樣應酬？只是飲酒消遣這清朗的秋光。萬事最終都是夢幻，就此罷休，明日菊花衰落，蝴蝶也因此發愁。

【賞　析】詞作於元豐年間貶謫黃州時。蘇軾〈與王定國書〉云：「重九日，登棲霞樓，望君淒然。歌〈千秋歲〉，滿座識與不識，皆懷君，遂作一詞云（略），其卒章則徐州逍遙堂中與君和詩也。」王定國，即王鞏，因蘇軾一案受牽連而遭貶官。這首詞兼懷王氏，又有〈九日次韻王鞏〉詩云：「相逢不用忙歸去，明日黃花蝶也愁。」都表達了應及時行樂、享受現世的思想。這首詞的突出特點，就是在用典方面，反其意而用之，上下片的末句都是如此。「破帽多情卻戀頭」，風雖然變弱，但吹落帽子也是常見的事，更何況是一頂破舊的帽子。從這句話中，我們還能得到一種暗示，就是蘇軾對情感的看重，有較濃的戀舊心理。他是因罪而被流放到黃州的，烏臺詩案後，受牽連的人不少，因此人們（甚至包括親戚朋友）都避之猶恐不遠，儘管太守徐君猷對他不錯，但傷感不時還會流露出來，對人生，對事業等的看法已不似先前那麼熱烈，消極的成分比較多。唐代詩人鄭谷〈十日菊〉詩云：「節去蜂愁蝶不知，曉庭還繞折殘枝。」蘇軾又反用其意，以菊花衰落、蝴蝶見此也會愁，進一步闡述了人生若夢、富貴榮華如過眼雲煙的理念。正是如此措筆，使得常用的典故變得奇警翻新，有化腐朽為神奇之妙。也使得詞的風格看似曠放豁然，實是沉鬱悲涼。

南鄉子

送述古❶

回首亂山橫，不見居人❷祇見城。誰似臨平山❸上塔，亭亭❹，迎客西來送客行。

歸路晚風清，一枕初寒夢不成。今夜殘燈斜照處，熒熒❺，秋雨晴❻時淚不晴。

【注釋】❶述古　參見〈菩薩蠻〉「秋風湖上蕭蕭雨」注❶。❷居人　謂陳述古，因將離去，故云不見。❸臨平山　山名，在杭州。❹亭亭　高聳的樣子。❺熒熒　微光閃爍，形容淚光。❻晴　指雨雪停止。

【語譯】回頭看，亂山縱橫，不會再見到曾居住在這的您，只會看見這座城市。誰會像臨平山上的塔，高聳在上，迎接西來的客，又送客離去。

歸去的路上天色已晚，清風吹拂，天氣初寒，難以入眠夢不成。今夜對著殘燈斜照，淚光閃爍，秋雨停止時，淚水還在不停地流。

【賞析】這是杭州太守陳襄移守南都，在杭州臨平山下為其送行時所作。上片用比興手法，表達了對陳襄的懷思。蘇軾出語，總是能夠感受到其思維的獨異處，「不見居人祇見城」，看似尋常意，卻委婉深厚。曾經居住的人是太守，是全城人的父母官，也是這座城市的一家之主，如今主人行將離去，城市就有失落之感，用曲筆寄託自己的依戀之情。後三句借擬人手法，以臨平山上的塔迎來送往，已是司空見慣，沒有依戀，沒有傷情，來反襯自己的多情。下片筆鋒一轉，又回到了對彼此間真誠友情的抒寫。前句寫夜晚天寒，陳襄於舟中因思別而難眠。「夢不成」，是指好夢難成，意思是說此後我們無法一起共事了，相聚的機會只能託付給夢。「今夜殘燈斜照處」三句是說明今夜回家，應是輾轉難眠，守著殘燭，思君不已。熒熒，是寫燭光，也是寫淚光，古人本來就有以燭融化時的蠟淚比喻眼淚，用以比擬思念之深切。東坡此詞雖是送友人之詞，卻寫得很像男女間的別怨離恨，極盡纏綿柔婉。

南鄉子

冰雪透香肌，姑射仙人不似伊❶。濯錦江❷頭新樣錦，非宜，故著尋常淡薄衣❸。暖日下重幃，春睡香凝索❹起遲。曼倩風流緣底事？當時，愛被西真喚作兒❺。

【注釋】❶冰雪透香肌二句　《莊子・逍遙遊》云：「藐姑射之山，有神人居焉，肌膚若冰雪，綽約若處子。」此言女子肌膚香美，冰清玉潔，連姑射山上的仙人也不能比。❷濯錦江　即岷江，過成都為錦江。❸淡薄衣　調衣著淡雅樸素。❹索　須；應。❺曼倩風流緣底事三句　《漢武故事》載：西王母見漢武帝於承華殿，東方朔窺視，王母笑指方朔云：「仙桃三熟，此兒已三偷之矣。」曼倩，東方朔的字，漢武帝弄臣，善調諧俳辭，後世方士附會為神仙。底，什麼。西真，即西王母，傳說的神仙，後世多以之為美貌的女神。

【語　譯】肌膚如冰雪，散出香氣，就連姑射山上的仙人也不能媲美。濯錦江頭新式樣的絲錦，並不適合，因此只穿著平常淡雅樸素的衣服。　　溫暖的陽光照進層層的幃帳，春睡正酣，香氣凝聚，理應起來遲緩。曼倩風流是為了什麼事？只因喜歡被西王母喚作兒。

【賞　析】這是一首豔情詞。在當時，就有人說蘇軾不擅長寫豔情詞，因為寫這類詞，最易流於庸俗猥褻。事實上，蘇軾還是有幾首這類的作品，一是所作不多，二是出語總的來說較為雅致，即使偶有一二句，也是涉謔調笑，不是太露骨著色。上片以姑射山上的仙人自愧弗如，突出女子膚色之美，冰清玉潔，香氣宜人。既然是天生麗質，就不需要什麼刻意打扮，濃妝重彩，反傷自然清新，「故著尋常淡薄衣」，說明女子自信心強，心態好，有脫俗的審美觀。下片寫春睡，在這一點上，他人往往會筆染色相。而東坡此處，除展示女子的嬌慵之態外，並未就此著力描摹渲染。最後以西王母嗔喚東方朔為兒作喻，寫女子的媚態是可愛，而不是做作。清人李調元《雨村詞話》卷一評此詞說：「間作媚詞，卻洗盡鉛華，非少游女孃語所及，如（略），『喚作兒』三字出之先生筆，卻如此大雅。」少游，指秦觀，是東坡的弟子，以寫豔情小詞著稱於時。蘇軾此詞，豔而不淫，雅中有謔，所謂止於所當止，行於所當行，免於俗濫輕浮之譏。

南鄉子

集句❶

何處倚闌干❷杜牧，絃管高樓月正圓❸杜牧。蝴蝶夢中家萬里❹崔塗，
依然，老去愁來強自寬❺杜甫。明鏡借紅顏❻李商隱，須著人間比夢間❼
韓愈。蠟燭半籠金翡翠❽李商隱，更闌❾，繡被焚香獨自眠❿許渾。

【注釋】❶集句　集前人或時人成句而為詩或詞，稱作集句詩或集句詞。❷何處倚闌干　見杜牧詩〈初春有感寄歙州邢員外〉。❸絃管高樓月正圓　見杜牧詩〈懷鍾陵舊遊〉四首之一。❹蝴蝶夢中家萬里　見崔塗詩〈春夕〉。蝴蝶夢，《莊子・齊物論》載莊子夢為蝴蝶一事，後人因稱夢為蝴蝶夢，參見〈南歌子〉「帶酒衝山雨」注❸。❺老去愁來強自寬　見杜甫詩〈九日藍田崔氏莊〉。強，勉力；強迫。❻明鏡借紅顏　見李商隱詩〈戲贈張書記〉。❼須著人間比夢間　見韓愈詩〈遣興〉。須著，必須。❽蠟燭半籠金翡翠　見李商隱詩〈無題〉「來是空言去絕蹤」。籠，籠罩。翡翠，鳥名，雄為翡，雌為翠。❾更闌　更深夜盡。❿繡被焚香獨自眠　見李商隱詩〈碧城〉三首其二，非許渾詩。

【語譯】倚著欄干，人在何處？高樓傳來了音樂聲，月亮正圓。夢中回到了萬里之外的家，醒來依然如故，老來愁悶，強迫自己想開些。　明鏡照見了紅顏，必定是把現實當成了夢境。燭光一半籠罩在繪有金翡翠的屏風上，更深夜盡，展開繡花被，燒起香爐，獨自入眠。

【賞析】集句是一種文字遊戲，常見於詩中，一般是集他人詩句組成一首詩，也有從經史等書中摘出現成的語句成詩的，又有用這種方法合成小詞的，蘇軾這首便是如此，當然，所集詩句的格律，必須符合詞的格律和用韻的要求。蘇詞中集句詞今存數首，這裡錄一首，聊備一格。原詞每句未標明詩句的作者，此據傅幹《注坡詞》補。此詞是寫豔情的，據詞意，似與歌妓有關。上片敘說自己飄泊在外，流落風塵，如今青春不再，由此更加思念遠在萬里的故鄉，家中的親人，尤其是在月亮圓滿的時候。但回鄉談何容易，只好自我寬慰，想開些，不必傷了自己。「明鏡借紅顏」，一「借」字，令人思索，因為做了一個美夢，夢中的自己，正當妙齡年華，與心上的人歡愛，醒後臉上覺得還火辣辣的，趕忙照鏡子，本是色衰的臉，紅潤潤的，恰似當年。所謂「借」字，說明了原本不是這樣的，只是暫時的。燭光照射在屏風上，只見成雙成對的翡翠金光閃閃，招人眼熱。久無睡意，直待更深夜盡，才獨自擁被而眠。以翡翠成對，寫自己孤寂，悲情愁緒又湧上心頭，要驅散，以求寬慰，但也不是容易的事。

翻香令

金爐猶暖麝煤❶殘，惜香更把寶釵翻。重聞處，餘薰在，這一番、氣味勝從前。

背人偷蓋小蓬山❷，更將沉水❸暗同然❹。且圖得，氤氳❺久，為情深、嫌怕斷頭煙❻。

【詞牌】翻香令

《詞譜》卷十二：此調始自蘇軾，取詞中第二句「惜香愛把寶釵翻」句為名。

《填詞名解》卷一：蘇軾燒香詞云：「金爐猶暖麝煤殘，惜香更把寶釵翻。」因名。

【注釋】❶麝煤　指散發有麝香氣味的燃料。❷小蓬山　指香爐形狀似蓬萊山。❸沉水　沉香的別名，一種香木，入水能沉，故名，木材與樹脂可作香料用。❹然　同燃。❺氤氳　煙氣瀰漫的樣子。❻斷頭煙　當時俗語，比喻情意中斷，或分離。

【語譯】金製的香爐還溫暖，麝煤已燒殘。喜歡這香味，又翻找寶釵盒。重聞時，麝煤餘香還在，這一次，氣味比從前更濃。　背著人偷偷地把似小蓬山的香爐蓋上，又將沉水香暗中放入，和麝煤一起燃燒。只希望，香煙久久的繚繞，為了情深，怕麝煤燒完香氣斷。

【賞析】此詞調下原有注：「此詞蘇次言傳於伯固家，云老人自製腔名。」非題序，附此。伯固，名蘇堅，參見〈生查子〉「三度別君來」注❶。這是首挺有風趣的小詞，曲調是蘇軾自己創造的。詞中圍繞著「香」字作文章，表現了女子的情真可愛處。上片是說香爐中的香料已經快要燒完，因為喜歡麝煤的香味，於是就把寶釵盒拿來翻找，還好，有一點，但已是不多，不過放入香爐後，香味又濃了許多。如果僅僅是寫這些，實在是沒有什麼新奇處。看了下片，方知這齣戲妙處還在後面。「背人偷蓋」，點明屋內決非女子一人，「為情深」，更說明這是寫一對戀人的小詞。再回頭讀上片，才明白「惜香」是有所指的，因為所戀的男子喜歡這種香味，不巧的是這種帶有麝香的燃料行將燒完，香煙漸漸的沒了。於是女子裝做在寶釵盒中翻找寶釵類的東西，實際上是尋找麝香，找是找到了一點，又擔心香味不濃，偷偷地加了些沉香進去，果真是香氣濃於從前。首提女孩子心有多高興，為了心上人，只要對方滿意，就是自己最大的快樂和幸福。「且圖得」三句，是女子心跡的寫真，也是對她「偷蓋」行為的解說。小詞通過對女子心理活動及其行為的描述，表現了她為了呵護自己的那一分真愛，所表現出的機敏和聰慧。

醉落魄

蘇州閶門❶留別

蒼顏❷華髮，故山歸計何時決？舊交新貴❸音書絕，惟有佳人，猶作殷勤別。

離亭❹欲去歌聲咽，瀟瀟❺細雨涼吹頰。淚珠不用羅巾裛❻，彈在羅衫，圖❼得見時說。

【詞　牌】醉落魄

《詞律》卷八於〈一斛珠〉云：五十七字，又名〈醉落魄〉。又於李煜〈一斛珠〉「曉粧初過」末注云：〈醉落魄〉「魄」字音託。

《詞譜》卷十二於〈一斛珠〉云：《宋史・樂志》名〈一斛夜明珠〉，屬中呂調。《尊前集》

注：商調。金詞注：仙呂調。蔣氏《九宮譜目》入仙呂引子。晏幾道詞名〈醉落魄〉，張先詞名〈怨春風〉，黃庭堅詞名〈醉落拓〉。

《填詞名解》卷一於〈一斛珠〉云：唐玄宗在花萼樓，會彝使至，命封珍珠一斛密賜江妃。妃不受，賦詩云：「柳葉雙眉久不描，殘妝和淚汙紅綃。長門盡日無梳洗，何必珍珠慰寂寥。」付使者曰：「為我進御。」上覽詩不樂，令樂府以新聲度之，號〈一斛珠〉。曲名始此也。又名〈醉落魄〉（案：魄，音托）。

【注　釋】❶閶門　蘇州城西門，取法天門之有閶闔，故名。❷蒼顏　容顏蒼老。❸舊交新貴　謂曾有交情的新任高官者。❹離亭　指路邊驛亭，供往來行者食宿，因地處僻遠，故云。❺瀟瀟　形容風雨聲。❻裛　沾溼。❼圖　欲；求。

【語　譯】容顏蒼老，鬢髮花白，退隱歸鄉的打算什麼時候確定？曾有交情的如今是新任的高官，沒有了書信往來。只有佳人，仍然是殷勤來送別。　離亭餞別，就要離去，歌聲嗚咽悲傷；瀟瀟細雨，滴在臉上，頓生涼意。淚珠滴落，不用羅巾擦，就讓它彈落在衣服上；希望日後相見，對著沾有淚痕的衣服，傾訴相思。

【賞　析】這首詞寫於晚年，細品詞意，當是元祐黨禁後所作。蘇軾一生在仕途上，少有得志時。為口腹生計，奔波於南北四方，加上政治上的打擊，歸隱退居的想法時時都有，然而身不由己，欲罷不能，最是傷感。「舊交新貴音書絕」三句，以昔日交情頗厚的友人如今得志，音信斷絕，說明了人情冷暖，世態炎涼，這是最傷情的。又以佳人殷勤來送別，足見真情之所在，聊以自慰。

下片寫景抒情，寫與佳人難捨難分的情景。蓋女子最富有體貼心，善解人意，尤其是男人失意、鬱悶寡歡時，若得一紅粉知己，就會有甘與其共度劫餘之生的想法。明人沈際飛等《草堂詩餘・別集》卷二評此詞云：「止有佳人惜別可悲，既有佳人惜別可慰，墨香猶噴。」才子佳人，自古至今，惺惺相惜，東坡於此時此刻，也難免如此。「淚珠不用羅巾裛」三句似寫佳人，又似為自己寫心，於執著處見真心真意。

醉落魄

離京口❶作

輕雲微月，二更❷酒醒船初發。孤城回望蒼煙合，記得歌時，不記歸時節。

巾偏扇墜藤床❸滑，覺來幽夢無人說。此生飄蕩何時歇？家在西南，長作東南別❹。

【注　釋】❶京口　今江蘇鎮江。❷二更　相當於夜晚的九點至十一點。參見〈南歌子〉「笑怕薔薇罥」注❺。❸藤床　用藤條編織的床。❹家在西南二句　蘇軾家在西蜀，而遊宦多在江南，故云。

【語　譯】輕薄的雲彩，微明的月亮，二更酒醒，船才出發。回頭遠望，孤城已被蒼煙籠罩；只記得別離唱歌時，不記得歸時的季節。　頭上巾帽偏斜，扇子墜落，藤床光滑，醒來夢中的事，沒法向人訴說。此生飄蕩，什麼時候才能歇息？家在西南，卻總是在東南相別。

【賞析】古人為求仕，或求學，往往長年累月飄泊在外，家人不知道遊子的消息，遊子也很少會知道家裡的變故。因此，易於引發對親人和故鄉的懷思，在文學作品中這類題材特多。這首詞也是如此，只是蘇軾因公務在外，有奔波之勞，與家人團聚的日子少，就有了懷思之情。二更出發，說明事情的緊迫，連睡個安穩的覺都不可能。回想與親人離別時的情景，更覺孤寂難眠。只好在幽夢中寄託自己與親人相聚的歡樂，可是醒來，又化為烏有，更增添了一分煩惱。那麼，之所以會這樣的原因是什麼呢？末三句就是答案，為口腹之役。蘇軾不是一個熱中功名的人，他在詩文常常表達了返回故鄉、賦閒歸隱的想法，可是直到去逝，他的願望也沒能實現。因此，在他的詩詞文中，往往會把自己在外安居的地方權作故鄉來看待，尤其是在黨禁後。只要能和親人在一起，就是他最大的願望了。現實的情況是，他的這點心願在貶謫中也不斷地變成了泡影。至於榮歸故里，已是夢中的事了。「家在西南，長作東南別」，以最樸實的語言，表達了最深厚的情感，有怨，有恨，更有一種苦澀的味道。

臨江仙

龍丘子❶自洛之蜀，載二侍女，戎裝駿馬，至溪山佳處，輒留數日，見者以為異人。其後十年，築室黃岡❷之北，號曰靜安居士，作此詞贈之。

細馬❸遠馱雙侍女，青巾玉帶紅靴。溪山好處便為家，誰知巴峽❹路，卻見洛城花❺。

面旋落英飛玉蕊❻，人間春日初斜。十年不見紫雲車❼，龍丘❽新洞府❾，鉛鼎養丹砂❿。

【詞牌】臨江仙

《詞譜》卷十：唐教坊曲名。《花庵詞選》云：唐詞多緣題所賦，〈臨江仙〉之言水仙，亦其一也。宋柳永詞注：仙呂調。元高拭詞注：南呂調。李煜詞名〈謝新恩〉。賀鑄詞有「人歸落鴈後」句，名〈鴈後歸〉。韓淲詞有「羅帳畫屏新夢悄」句，名〈畫屏春〉。李清照詞有「庭院深深深幾許」句，名〈庭院深深〉。《樂章集》又有七十四字一體，九十三字一體，汲古閣本俱刻〈臨江仙〉。今據《花草粹編》校定，一作〈臨江仙引〉，一作〈臨江仙慢〉，故不類列。〈臨江仙〉調起於唐時，惟以前後段起句結句辨體，其前後兩起句七字、兩結句七字者，以和凝詞為主，無別家可校。其前後兩起句七字、兩結句四字、五字者，以張泌詞為主，而以牛希濟詞之起句用韻。李煜詞之前後換韻，顧夐詞之結句添字類列。其前後兩起句俱六字，兩結俱五字兩句者，以徐昌圖詞為主，而以向子諲詞之第四句減字類列。其前後兩起句俱七字，兩結俱五字兩句者，以賀鑄詞為主，而以晏幾道詞之第二句添字。馮延巳詞之前後換韻、後段第四句減字，王觀詞之後段第四句減字類列。蓋《詞譜》專主辨體，原以創始之詞。正體者列前，減字、添字者列後，茲從體製編次，稍詮世代，故不能仍挨字數多寡也，他調準此。

《填詞名解》卷一：第二體，凡三十八字，又名〈庭院深深〉（案：歐陽脩〈蝶戀花〉春曉詞云：「庭院深深深幾許？」李易安深愛其語，因作「庭院深深」數闋，其聲即舊〈臨江仙〉也）。

【注　釋】❶龍丘子　陳慥，字季常，居黃州岐亭，自稱龍丘先生，又號方山子，蘇軾撰有〈方山子傳〉。❷黃岡　地名，今屬湖北，宋時為黃州府治所在。❸細馬　小馬，或指良馬。❹巴峽　泛指四川。❺洛城花　北宋時洛陽牡丹為天下第一，故稱洛陽花，或洛城花。❻面旋落英飛玉蕊　形容舞姿美妙，如飛花旋落。面旋，盤旋舞動貌。落英，落花。玉蕊，花名，此指花瓣。❼紫雲車　傳說為神仙所乘之車，此指載侍女的小車。❽龍丘　地名，在黃岡縣北。❾洞府　謂神仙居住的地方。❿鉛鼎養丹砂　道家以鉛粉和丹砂入煉丹爐煉丹，服食以求長生。鉛鼎，即丹鼎，道士煉丹的爐具。丹砂，硃砂，為煉丹的原料。

【語　譯】小馬馱著兩位侍女遠行，戴著青色的頭巾，紮著玉帶，穿著紅色的靴子。到了溪山景美的地方就安居下來，誰能料到，在巴峽的路上，竟然見到了洛陽的牡丹花。　盤旋起舞，如落花漫天飄飛，人間春天的太陽初斜。十年沒有見過華美的紫雲車，龍丘新建的安居洞，鉛鼎裡煉養著丹砂。

【賞　析】蘇軾與陳慥交情頗厚，詩文中常常提及。神宗元豐三年（一〇八〇）正月，蘇軾謫居黃州，途經黃州岐亭，陳慥來迎，相邀至其家，為留五日別去，臨行，贈此詞。詞中是就陳慥的生活巨變落筆，展開描述的。陳氏家住河南洛陽，富有田地，園宅壯麗，少年即以豪俠著稱，後折節讀書，想在仕途上有所作為，然而不得其志，晚年隱居黃州龍丘山，庵居蔬食，與世不相聞，自號龍丘先生，又號方山子。詞的開篇，出筆描寫不凡，「細馬遠馱雙侍女，青巾玉帶紅靴」，意指陳慥不管走到哪裡，都會有一雙妙齡侍女相伴，「青」、「玉」、「紅」等耀眼的色彩，說明了侍女的青春活力，而騎細馬，說明她們的年紀不大。陳氏有妻柳氏，兇悍善妒，所謂「河東獅吼」，指的就是此人。因此說陳慥常是帶著侍女遠遊在外，見有山水愜意處，就安居下來，與此不無關聯。

上片敘說奔赴黃州途中遇見陳氏，有些意外，又見隨行的兩個妙麗的侍兒，更覺有些突然，這種不尋常的變故，在下片得到了進一步的說明。開頭兩句，寫侍女不僅貌美，而且舞藝也高超，富有朝氣，承上啟下。末兩句寫陳氏學道家養生之術，日夜與煉丹爐相伴。這樣，我們又會從中得到暗示，就是陳慥常常帶著妙齡的少女，很可能是道家所謂的房中術採陰以助力所必需，不僅僅是一種簡單的男女性愛關係，這由末句「鉛鼎養丹砂」可推知一二。至於暮年陳氏又飽修禪佛之學，遣走侍女，自甘枯寂，則是後話。

臨江仙

送李公恕❶

自古相從休務❷日，何妨低唱微吟。天垂雲重作春陰，坐中人半醉，簾外雪將深。

聞道分司狂御史，紫雲無路追尋❸。淒風寒雨更駸駸❹，問囚長損氣❺，見鶴忽驚心❻。

【注釋】❶李公恕　名不詳，南康（今屬江西）人。曾任京東轉運判官，又在四明作佐貳之職。（案：宋王之道有唱和蘇軾此詞之作，今存，題作「追和東坡送李公恕入浙」，或指其至四明任佐貳之事。）❷休務　停止辦理公務，指休息。❸聞道分司狂御史二句　唐孟棨《本事詩》載：杜牧為御史，分司洛陽。時司徒李愿閒居洛陽，聲妓豪華，無人可比。一次，大開宴席，延請朝臣名流，杜牧請與會。李出絕色女婢百餘人侑客，其中有名紫雲者，名聲尤著。杜牧屬意於紫雲，酣飲之餘，請李以紫雲見惠，人皆笑之，杜狂飲朗吟，旁若無人。此以李公恕比李愿，以杜牧自喻，遺憾的是沒有紫雲。分司御史，唐代建都長安，以洛陽為東都，分設在東都的中央官員稱分司，御史臺侍御史六人，其中一人分司東都臺，稱分司御史。❹駸駸　本指馬疾行貌，此指時光疾速。❺問囚長損氣　謂審問囚犯時常覺得理屈氣短，心存愧疚。❻見鶴忽驚心　傳說漢人丁令威學道成仙，後化成鶴歸來。此借指欲遠離俗世，高蹈退隱。

【語　譯】自古以來休假的日子裡相聚在一起，輕聲細語地歌唱吟詠，又有什麼妨礙？天空濃雲垂布，春日陰沉沉的。坐中的人半數已醉，屋外的積雪漸漸地變得深厚。　聽說有似分司東都的狂放御史杜牧，美女紫雲卻無處尋找。淒涼的風，寒冷的雨，時光疾速地流逝。審問囚犯時常覺得理屈氣短，看見鶴，忽然起了警覺的心。

【賞　析】對仕宦的倦怠之情，常常會在蘇軾的詞作中流露出來，但都不及這首詞富有正義之感。詞是送李公恕赴浙江任職的。送行時，正值公休日，外面是濃雲密布，大雪紛飛，因此，同僚們聚集在一起，淺斟低唱，一方面可暖身子，另一方面，可以放鬆自己。蘇軾此時當在杭州供職，在外為官，就會時時面對著所謂的子民百姓，與案件打交道，其間冤情恨意著實不少，「問囚長損氣」道出了官吏們為非作歹、魚肉百姓的事實。而他是位富有民本思想的人，遇到這種情況，除了同情，又能為百姓們做些什麼有益的事呢？不是他不想做，不是他不能做，而是做不到，有來自各方面的阻力，因此覺得沮喪。至於在京城為官，尤其是清閒的職位，就不會遇到這種尷尬。詞中又以杜牧分司東都，醉尋美人，曲折地表達了自己渴望擺脫這種窘困的局面，同時也說明了自己本來就是個豪放不羈的人，在地方為官，胡作非為，欺壓百姓，不是自己的本事。然而自古官民是對立的，作威作福，是理所當然，能做清官好官，不是不可做，但能做到，實屬不易，成功者又有幾人？其下策，就是不做官。「見鶴忽驚心」就表達了這種警覺，也就是辭官歸隱，不問是非。果真這樣，對他來說這是種悲哀，卻又是一種萬幸。

臨江仙

夜到揚州，席上作

尊酒何人懷李白？草堂遙指江東❶。珠簾十里捲香風❷。花開花謝，離恨幾千重。

輕舸❸渡江連夜到，一時驚笑衰容。語音猶自帶吳儂❹。夜闌對酒，依舊夢魂中❺。

【注釋】❶尊酒何人懷李白二句　杜甫〈春日憶李白〉詩云：「何時一樽酒，重與細論文。」草堂，指四川成都的杜甫草堂。此以杜甫自喻。江東，長江下游一帶。李白自翰林賜歸，遂放浪江東。此指在江東的友人，或云是指揚州太守王存。❷珠簾十里捲香風　參見〈鷓鴣天〉「笑撚紅梅嚲翠翹」注❺。❸輕舸　輕便的小船。❹吳儂　吳音，吳地方言。❺夜闌對酒二句　杜甫〈羌村〉三首其一云：「夜闌更秉燭，相對如夢寐。」詞句從此化出，後人常以表示久別重逢，夜不能寐，促膝深談，追憶往事，如夢中。

【語譯】飲著酒，有誰在懷念李白？是居住在草堂的杜甫，追思遠在江東的老友。十里揚州路上，珠簾捲起，香風飄散。花開花謝，離別的恨有幾千重。

乘坐輕便的小船渡江，連夜趕到。容

顏衰老，一時驚異，隨之而大笑。還帶著吳地的方言語音，夜已深，對酒暢談，依然像似在夢中。

【賞　析】詞為贈人之作，哲宗元祐六年（一〇九一）作於揚州。時王存為太守，王為丹陽人，屬古吳之地，因此說話會帶有吳地的口音，今人或認為所贈即王存本人。「尊酒何人懷李白」二句，以杜甫作詩懷李白，表示二人情誼深厚。李白長杜甫十歲，兩人同為唐代偉大的詩人，杜甫寫了許多懷念李白的詩。蘇軾在這裡以杜甫自喻，以李白喻王存，表達了自己與王存的情意很深。如果說前此兩人還是各在一方，只有通過詩文傾訴彼此的懷思。如今卻於揚州重逢，十里煙花的揚州，自唐以來，演繹了幾多風流韻事，昔有杜牧，今有你我。「輕舸渡江連夜到」，說明彼此相見心情的迫切，「一時驚笑衰容」，說明歲月雖然加深了彼此的蒼老和疲憊，但各自的性格卻依然如故。夜闌對酒，促膝長談，「依舊夢魂中」，表達了對能重逢的驚詫，其間的風風雨雨，人事變故，能活下來已屬不易，能相逢更屬不易，隱含著對時局、仕途風雲變幻莫測的感嘆。

臨江仙

夜飲東坡❶醒復醉，歸來髣髴三更。家僮鼻息❷已雷鳴❸，敲門都不應，倚杖聽江聲。長恨此身非我有❹，何時忘卻營營❺？夜闌風靜縠紋平❻，小舟從此逝，江海寄餘生❼。

【注　釋】❶東坡　參見〈如夢令〉「為向東坡傳語」注❷。❷鼻息　鼻腔呼吸時的氣息。❸雷鳴　形容鼾聲很大。❹長恨此身非我有　謂人在仕宦中，身不由己。❺營營　指功名利祿等俗務的糾纏紛擾。❻縠紋平　指風息浪靜，水波平緩如縠紋。縠，綢紗。❼小舟從此逝二句　謂棄官歸隱，嘯傲山水。

【語　譯】夜飲東坡，酒醒後又喝醉了，回到家門口，好像是三更時。家裡的僮僕已是鼾聲雷鳴，敲門都沒有回應。拄著拐杖，聽著江水聲。

總是抱怨身不由己，又何曾忘掉為了功名利祿四處奔波？更深夜盡，江水風平浪靜；多麼希望駕駛著一葉小船，從此離去，嘯傲山水，了此餘生。

【賞　析】此詞傅幹《注坡詞》題作「夜歸臨皋」。詞作於謫居黃州時。上片是敘事，寫自己夜飲醉酒，回來時夜已將盡，家人都在熟睡，無法進屋，只好「倚杖聽江聲」。在這萬籟俱靜的時候，思緒聯翩，對自己的前半生進行了總結。下片則是抒情加議論，蘇軾覺得就目前的處境來看，深究其原因，不就是為了追求功名利祿而勞心勞力。如今成了有「罪」之人，一切都化為了烏有。「夜闌風靜縠紋平」有兩層意思，表面上是天快亮了，風已停，波浪洶湧的聲音也漸漸平息了。而深層的意思是指「烏臺詩案」發生以來所引起的政治風波已暫時告一段落，自己「服罪」的時間也差不多到了，因此就想辭官歸隱，於嘯傲山水中度過餘生。當然，他的這點奢望最終並未能實現。關於此詞，還有一個傳說，因此詞有「小舟從此逝，江海寄餘生」，第二天，就紛紛傳言蘇軾已掛冠服於江邊（謂辭職），乘小船而遠去了。當時的黃州太守徐君猷更是驚懼，因為蘇軾作為有「罪」之人，是不能擅自離開的，如果真有此事，作為太守，就有監管失職之罪。因此徐氏趕忙來到蘇軾居住的地方，而他此時正是鼾聲如雷地睡著大覺呢。這事還傳到了京城，連神宗皇帝聽了，也是將信將疑的。可見蘇軾處境的困難，也可見這首小詞的魅力所在，出語自然，而寄託深厚，是寫心之作。

臨江仙

詩句端❶來磨我鈍❷，鈍錐不解生芒❸。歡顏為我解冰霜❹，酒闌清夢覺，春草滿池塘❺。

應念雪堂❻坡下老❼，昔年共採芸香❽。功成名遂早還鄉，回車來過我，喬木擁千章❾。

【注釋】❶端　果真。❷鈍　魯鈍之資，愚頑，多作謙詞。❸鈍錐不解生芒　謂自己已成鈍錐，雖經磨礪，難生鋒芒。❹冰霜　比喻處境艱危。❺春草滿池塘　南朝宋謝靈運〈登池上樓〉詩有「池塘生春草，園柳變鳴禽」句，為人稱賞。傳說靈運很賞識其從弟謝惠連，自云：「每有篇章，對惠連輒得佳句。」曾於永嘉西堂思詩，竟日不成，忽然夢見了惠連，即得「池塘生春草」句，自以為得神助。此借指得友人啟迪，思路漸入佳境，有佳句可得。❻雪堂　參見〈如夢令〉「為向東坡傳語」注❷。❼坡下老　蘇軾自謂，因居東坡雪堂，故云。❽昔年共採芸香　指與友人曾同在祕書省供職。芸香，一種香草，氣味強烈，可避蠹驅蟲，因此，古人又稱祕書省為芸省，或芸閣、芸臺等。❾喬木擁千章　比喻友人才俊英邁，令人景仰。喬木，指枝幹高大之木。章，大材曰章，比喻才幹。

【語　譯】琢磨詩句，的確使我變得愚笨；如鈍笨的錐子，雖經磨礪，難生鋒芒。您的樂觀笑容，使我冰霜之顏渙然而解；行酒結束，清夢已醒，寫出了「春草滿池塘」的佳句。　應該想到雪堂的東坡已年老，當年曾一起在祕書省供職。功成名就，榮歸故里，回車來過訪我，真是才俊英邁，國家的棟梁。

【賞　析】這是贈答友人的詞作，所指不詳，今人或以為是贈滕元發（字達道）的，蘇軾多有詩文與其往來。上片寫與老友重逢的情景。酒席上，賦詩吟唱，「詩句端來磨我鈍」二句，寫自己的窘態，就是詩思的退化，這也不全是過謙之辭。自從「烏臺詩案」後，蘇軾戴罪安置黃州，這場文字獄不僅給他帶來身心的創傷，而且連累了不少親朋好友。其詩文被家人燒毀，到黃州後，他的弟弟蘇轍在來信中就多次告誡他不要寫詩，因為政敵們仍不放過他，一直伺機發難，其隻言片語，稍有不慎，就會被政敵們利用，成為文過飾非的把柄。處於這種環境中，蘇軾是謹於作詩的。作為一個優秀的詩人，卻不能寫詩，這種苦衷和悲哀，不是一言能盡的。詞的開頭這兩句，從側面說明了這個問題。後在友人的要求和鼓勵下，東坡寫出了妙句，自己想也是滿心歡喜的，至少詩才未盡廢。下片則是撫今追昔之筆，嘆自己老大無成，感友人春風得意，一點心酸，都在不言之中。蘊藉深婉，蒼涼激楚。

臨江仙

送王緘❶

忘卻成都來十載❷，因君未免思量。憑將清淚灑江陽❸，故山知好在，孤客自悲涼。

坐上別愁君未見，歸來欲斷無腸❹。殷勤且更盡離觴❺，此身如傳舍❻，何處是吾鄉？

【注釋】❶王緘　事跡不詳。或以為即王箴，為蘇軾內弟。❷忘卻成都來十載　英宗治平三年（一〇六六）四月蘇洵卒於京師，蘇軾同胞弟蘇轍護父喪歸蜀，神宗熙寧元年七月（一〇六八）除喪，此年冬出蜀，十載則指熙寧十年，詞當作於這年。❸江陽　指江北，水北為陽。❹欲斷無腸　形容傷心至極。❺離觴　意同離筵，餞別的宴席。❻傳舍　指古時供來往行人休息住宿的處所。

【語譯】忘記了從成都出川已經有十年，因為見到你，不免又想起了故鄉。任憑清淚流落江北，故鄉的山水得知完美無缺，孤寂的遊子自覺悲涼。　坐中分別的哀愁君未看見，歸來時傷心欲絕。誠心誠意，姑且讓我們滿飲而盡。此身漂泊在外，就像臨時一住的傳舍，哪裡是我安身的故鄉？

【賞　析】蘇軾的詩文中，常常會有濃濃的思鄉之情流露出來，也是性情中的人物。這首詞作於自密州移知徐州的途中，遇到了鄉親，有感而賦此詞。一別故鄉有十年，「因君未免思量」，很有觸景生情的味道。於相聚飲宴間，聊起了家常，問起故鄉的山水，故鄉的人事。所謂「故山知好在」，而「孤客自悲涼」，這是為什麼呢？就在於人事的變化，物是人非。從詞句的描述中，我們感到蘇軾是很悲傷的，一定是聽到了與其相關的親人、親戚、或朋友去世了，或發生了什麼不測。而自己在外，竟一無所知。「此身如傳舍，何處是吾鄉」，對自己現狀的不滿，上升至對人生若浮雲飄梗的感慨，有著人生無常的憂傷在其中。詞寫得質樸無華，真摯自然。

臨江仙

熙寧九年四月一日，同成伯、公謹❶輩賞藏春館殘花，密州邵家園也。

九十日春都過了❷，貪忙何處追遊？三分春色一分愁，雨翻榆莢陣，
風轉柳花毬❸。閬苑先生須自責，蟠桃動是千秋❹。不知人世苦厭
求❺，東皇❻不拘束，肯為使君留？

【注釋】❶成伯公謹　成伯指趙庾，字成伯，時任密州通判。公謹，姓鄧，安徽滁州人，蘇軾詩中提及。❷九十日春都過了　調來藏春館賞花時，三春已過。古人分春天為孟、仲、季三春，每春一個月，三春九十天。❸三分春色一分愁三句　謂春色三分，一分愁懷所繫，一分在風吹散的柳絮中，一分為雨水帶走。兩翻榆莢陣，指三月間的春雨。榆莢，榆樹的果實，榆樹未生葉時先生莢，形似錢而小，聯綴成串，可食，又稱榆錢。柳花毬，指柳絮在風中成毬翻滾。❹閬苑先生須自責二句　指漢東方朔事，據《漢武故事》載：西王母種桃，三千年開

花，又三千年結子，東方朔曾三次偷食，失王母意，被降謫人間。閬苑，傳說為仙人居住之地。閬苑先生指東方朔，漢武帝時人，後世關於其傳聞不少，方士又附會為神仙中人。蟠桃，傳說中的仙桃。❺厭求　貪婪地追求。❻東皇　司春之神。

【語譯】九十天的春季已經過去，公務繁忙，到什麼地方去追尋春天而暢遊呢？春色有三分：一分為愁情所繫，一分在雨水夾帶著的榆莢中，一分在隨風漫天飛舞的柳絮裡。　閬苑的東方朔先生應該為偷食蟠桃而自責，蟠桃成熟，動輒要上千年。不知道人世間苦苦貪求，春神請不要拘束於條規，能不能為我這太守，把春天留住？

【賞析】惜春、傷春，這是詞中常見的母題，就看如何來表達了，蘇軾此詞圍繞著「尋春」作文章。一是尋春之跡，在雨水夾帶著的榆莢中，在隨風飛舞的柳絮裡，在人們的愁緒間，決非一個「殘」字所能涵蓋的。二是尋春之意，以東方朔偷食蟠桃，蟠桃上千年才熟，說明春神孕育成萬物，實在是件不容易的事，因此人們應該惜春，不要辜負春光明媚的大好時光。自己就是因為忙於公務，春天過去了，才想到遊春，豈不可笑？末三句以乞求春神常駐人間，表達了美好的願望。

這首詞雖然是惜春之作，但不消沉，儘管有些遺憾，而基調是樂觀向上的。

臨江仙

風水洞❶作

四大❷從來都遍滿，此間風水何疑？故應為我發新詩，幽花香澗谷，寒藻舞淪漪❸。　借與玉川生兩腋❹，天仙❺未必相思。還憑流水送人歸，層巔餘落日，草露已沾衣。

【注　釋】❶風水洞　浙江錢塘縣境有洞，極大，流水不竭，頂上又有一洞，立夏後，清風從內出，立秋則止，故名。❷四大　佛教以地、水、火、風為四大，認為四者廣大，世上萬事萬物和道理均可由此產生。❸淪漪　細小的水波。❹借與玉川生兩腋　唐盧仝〈走筆謝孟諫議寄新茶〉詩：「唯覺兩腋習習清風生，蓬萊山，在何處？乘此清風欲歸去。」盧仝，號玉川子，蓬萊山為傳說中仙人居住的地方。❺天仙　天上神仙。

【語　譯】四大自古以來就遍布所有的地方，這裡的風和水也是如此，有什麼好懷疑的呢？本來就可以引發我的新詩作，幽花香飄澗谷，寒藻舞弄溪流。　借與玉川子，可使他兩腋生風，任意遨遊，未必夢想成天仙。還可以憑借流水，送人歸去。峰巒頂上灑滿落日的餘暉，草上的露水已沾溼了衣裳。

【賞　析】這是一首詠物詞，但所詠之物，並非人們於詞中常見的花鳥蟲魚及日用品等，而是所遊的一個洞，是取這個洞的名字，即於「風水」二字上立意。熙寧六年（一〇七三）八月十五日，蘇軾觀錢塘潮後，與人再遊風水洞，作詩並詞。風水洞名一，而實有兩洞，一在下，有溪水流過，終年不竭，這就是水洞；又有一洞在水洞頂上，夏天清涼的風自洞中吹出，秋天則止，這就是風洞。一而二，二而一，合稱風水洞。佛家以為地、水、火、風為四大，以為世界上的萬事萬物和道理均可由此產生，因此詞的開頭總寫四大，以說明風、水實為造化之本源，強調二者身分的不凡之處。既然是造物之源，理應也是文學創作的源泉。「幽花香澗谷」是就風而言，澗谷底下的花卉香氣被風吹上了山巔，我們才能聞到並享受之。「寒藻舞淪漪」，是就水而言，水藻得溪流的滋潤而搖曳多姿多態，才有了美感。同樣，詩人的構思，也需要自然的刺激，才能有新的意境。風水洞帶給遊人這麼美好的感受，登其巔，風生兩腋，像是乘風高舉，遨遊於無窮，雖天仙也難比。乘其流，順水而下，可直接將遊人送到家門口，多麼方便快捷。在此，我們不能不佩服蘇軾想落天外的奇異之思，浪漫之筆。末兩句，借用杜甫的詩句「層巔餘落日，草蔓已多露」，描繪了夕陽餘暉下的風水洞景觀之美，叫人留連忘返，以致露水打溼了衣裳，而遊觀的興致依然未減，足見風水洞奇特的構造、奇異的景觀，不由人不留戀。

臨江仙

送錢穆父❶

一別都門三改火❷，天涯踏盡紅塵。依然一笑作春溫❸，無波真古井，有節是秋筠❹。惆悵孤帆連夜發，送行淡月微雲。尊前不用翠眉顰❺，人生如逆旅❻，我亦是行人❼。

【注釋】❶錢穆父　錢勰，字穆父，五代吳越王之後，官至翰林學士兼侍讀，入元祐黨籍。❷三改火　謂已三年。改火，參見〈南歌子〉「日薄花房綻」注❻。❸春溫　像春天般的溫暖。❹無波真古井二句　謂不因仕途得失而或歡喜，或煩憂，心境坦然如古井無波瀾，保持節操如秋筠勁直。筠，本指竹皮，此指竹子。❺翠眉顰　即皺眉頭。翠眉，用一種青黑色的顏料畫的眉。❻逆旅　客舍；迎止賓客之處。❼行人　此指過客。

【語譯】京城一別，已有三年。踏遍天涯，奔波在紅塵。相逢一笑，依然感到溫暖如春。心境坦然，如古井波瀾不起；節操依舊，似秋竹勁直。　孤帆連夜就要出發，送行別離時，淡淡的月色，輕微的雲彩。酒席前不需要愁眉不展，人生處在天地間，就像是住在旅館，我也是匆匆的過客。

【賞析】哲宗元祐三年（一〇八八）錢勰知開封府（今河南），因妄奏獄空不實，罷免出知越州（今浙江紹興），五年移知瀛州，北上途經杭州，滯留了一段時間。這時蘇軾任杭州太守，老友相會，同遊西湖山水，臨行時蘇軾賦此詞。蘇軾是元祐四年七月離開京城，出知杭州的，兩人都是不得志而離開京城的，三年後重逢，世事變遷，感慨很多。「天涯踏盡紅塵」，為口腹之役而奔波於紅塵鬧市中，嘗盡了人世間的酸甜苦辣。相逢一笑，老友不以得失為懷的心理，在「無波真古井，有節是秋筠」二句中得到充分的肯定。唐代大詩人白居易贈好友元稹詩有「無波古井水，有節秋竹竿」，蘇軾略作修改，而取意卻是相同。都是讚美老友在遭受挫折時，心態能保持平衡，不以仕途的升黜為喜憂，能保持勁直剛毅的節操，這未嘗不是蘇軾自己的寫心之筆？蘇軾就是一位在仕途上屢遭波折的人，但他都能泰然處之，因此，讚譽別人，也是自我勉勵，說明了應該以曠達的情懷，包容人世間的是非得失，不以物喜，不以己悲。「人生如逆旅，我亦是行人」，人生天地間，都是寄居者，都是來往匆匆的過客，生離死別，不必掛懷；享受人生，不必計較恩怨得失，何必又跟自己過意不去？上片寫相逢，下片寫相別，有敘事，有抒情，有議論，行文流暢，語少意豐。

臨江仙

辛未❶離杭至潤，別張弼秉道❷

我勸髯張❸歸去好，從來自己忘情❹。塵心消盡道心平❺，江南與塞北，何處不堪行？俎豆庚桑真過矣，憑君說與南榮❻。願聞吳越❼報豐登❽，君王如有問，結襪賴王生❾。

【注釋】❶辛未　宋哲宗元祐六年（一〇九一）。❷張弼秉道　張弼，字秉道，杭州人。❸髯張　指張弼，因有鬚髯，故稱。❹忘情　指對喜怒哀樂之事，不動於情，淡然若忘。❺塵心消盡道心平　謂俗念凡情已無，心境平和淡泊。塵心，世俗之心。道心，悟道之心。❻俎豆庚桑真過矣二句　請張弼返回杭州時，轉告杭州民眾不要像祭神一樣祭祀自己。因蘇軾為杭州太守時，正值水旱、饑疫並作，乃採取一系列利民措施，造福於民，杭州民眾感激，家有畫像，飲食必祝，又作生祠祭之。俎豆，古代宴客、祭祀等用的器物。此指祭祀活動。俎，置肉的几。豆，盛肉的器皿。庚桑，姓庚桑，名楚，戰國時楚人，老子的弟子，《莊子・庚桑楚》謂其有德於民，聞民欲生祭之而不樂。南榮，名趎，庚桑楚弟子，此代指杭州民眾。❼吳越　吳、越為古國名，杭州古屬吳、越之地。❽豐登　豐收。❾君王如有問二句　謂皇帝若問吳、越地豐收的原因，就奏以得益於古時王生的處事之道。結襪賴王生，《漢書・張釋之傳》載：張釋之為天下名臣，有王生者，善為黃老言，曾被召至京，於廷上使釋之跪而結襪，欲增重其名。後人遂用結襪作禮賢的故事。

【語譯】我勸髯張返歸故鄉好，自古以來都是自己不因得失喜悲而動情。俗念凡情已無，悟道之心平靜；江南和塞北，什麼地方不能去？　排列俎豆祭祀，庚桑楚認為是大錯，請您轉告他們不要這樣做。但願聽到吳越之地五穀豐登，君王如果有問話，就說要禮遇賢能者。

【賞析】哲宗元祐六年（一〇九一），蘇軾被召回京城，四月離開杭州，途經潤州（今江蘇鎮江）時，遇到了張弼，寫下了這首詞。這首詞上下也是各寫一事，以「勸」意把前後關聯繫在一起。從詞意看，張弼在鎮江供職，但是很不得志，所以上片以「勸」字逗筆，全寫勸慰之意，一勸他對俗世間的喜怒哀樂之事，要淡然處之，不必動情；二勸他要學道家的思想，不要使自己總是糾纏於俗世的得失中，以超然的態度旁觀體悟。能做到這樣，無論到哪裡，都不會有拘礙。下片所寫雖然與上片不是一回事，但也是從「勸」字上作文章。蘇軾是一位具有很強的民本思想的人，他在京在外做官，都會表達這種思想，並付諸實踐，這在他為地方官時表現得尤其突出，知杭州就是一個很好的例子，初到杭州時，正值水旱、饑疫並作，蘇軾採取了一系列利民措施，造福於民，老百姓非常感激，家家有他的畫像，飲食前必為之祝福。正是因為他關心民瘼，為百姓做好事，得到一方百姓的愛戴和擁護，這次被召還京，杭州城的老百姓要建生祠而祭之，他聽了很不高興，就託張弼轉告，勸他們不要做這事，這是一勸。老百姓的口碑，往往會傳到京城，會傳到皇帝的耳朵裡，皇帝就會詢問自己如何能做到這樣，自己就會勸君主善用賢能，不要擾民，這是一勸。這一勸實際上是針對新黨變法而言，王安石的變法本意是富國強民，而底下的官僚陽奉陰違，結果是擾民害民，對此，蘇軾在詩文中深致不滿，「烏臺詩案」的發生，多少與此有關。雖然事過境遷，但新舊黨爭此起彼伏，給社會的穩定帶來了不利，所以說詞的末句引黃老無為而治的典故，意在勸執政者少刻意出新，應該讓百姓安居樂業。

浪淘沙

昨日出東城❶，試探春❷情。牆頭紅杏暗❸如傾，檻內群芳芽未吐，早已回春。

綺陌斂香塵❹，雪霽❺前村。東君❻用意不辭辛，料想春光先到處，吹綻梅英。

【詞牌】浪淘沙

《詞譜》卷十〈浪淘沙令〉云：《樂章集》注：歇指調。蔣氏《九宮譜目》：越調。按《唐書・禮樂志》：歇指調，乃林鍾律之商聲；越調，乃無射律之商聲也。賀鑄詞名〈曲入冥〉，李清照詞名〈賣花聲〉，史達祖詞名〈過龍門〉，馬鈺詞名〈煉丹砂〉。按：唐人〈浪淘沙〉本七言斷句，至南唐李煜始製兩段令詞，雖每段尚存七言詩兩句，其實因舊曲名，另創新聲也。杜安世詞於前段起句減一字，柳永詞於前後段起句各減一字，均為令詞，句讀悉同，即宋祁、杜安世仄韻詞稍變音節，然前後第二句四字、第三句七字，其源亦出於李煜詞也。至柳永、周邦彥別作慢詞，與此截然不同。蓋調長拍緩，即古曼聲之意也。《詞律》於令詞強為分體，於慢詞或為類列者，誤。《填詞名解》卷一：商調也。《花間集》作〈浪濤沙〉，一名〈賣花聲〉，一名〈過龍門〉。唐樂府有〈浪淘沙〉詞。

【注　釋】❶東城　城之東，指從東門出遊。❷探春　唐宋風俗，正月十五收燈後，都城男女爭先至郊外宴遊，調探春。❸暗　指樹蔭濃暗。❹綺陌斂香塵　繁華富麗的道路，此指春光明媚的鄉間之路。斂，聚集。香塵，舊多比喻美女步履，此指探春的女子。❺霽　謂雨雪停止。❻東君　司春之神。

【語　譯】昨日自城東門出發，嘗試一下探春的心情。牆頭紅杏葉濃枝斜傾，檻內百花未吐芽，春天早已來臨。　繁華的路上美女如雲，前面的村莊雪後天晴。東君用心安排，不辭勞苦艱辛，料想春光首先到達的地方，是梅花綻放。

【賞　析】清王文誥認為此詞作於宋神宗熙寧間任杭州通判時。詞中敘寫探春時所見所感，著重描述了春回大地，萬物復蘇的景象。春天的魅力，在於他給人們帶來的活力，大自然的生機在逐步地顯現，久歷嚴冬寒日的人們，不僅可以脫去厚重的衣服，內心的不快也會釋放。因此在春天初來乍到之時，人們就迫不及待地想去發現第一眼的春意，享受初春的氣息。居住在都城裡的人們紛紛來到郊野之外，而打扮得花枝招展的女士們，就成了最亮麗的一點。作為文人雅士，蘇軾的眼光又有不同，「吹綻梅英」，梅花是高潔品格的象徵，在百花未開時，她已傲立霜枝雪地上，在詞人由衷的讚美聲中，可以感受到作者追尋的理想人格。

蝶戀花

花褪殘紅❶青杏小，燕子飛時，綠水人家繞。枝上柳綿❷吹又少，天涯何處無芳草❸。

牆裡鞦韆牆外道，牆外行人，牆裡佳人笑。笑漸不聞聲漸悄，多情卻被無情惱❹。

【詞牌】蝶戀花

《詞律》卷九：六十字，又名〈一籮金〉、〈黃金縷〉、〈鵲踏枝〉、〈鳳棲梧〉、〈明月生南浦〉、〈捲珠簾〉、〈魚水同歡〉。

《詞譜》卷十三：唐教坊曲，本名〈鵲踏枝〉，宋晏殊詞改今名。《樂章集》注：小石調。趙令時詞注：商調。《太平樂府》注：雙調。馮延巳詞有「楊柳風輕，展盡黃金縷」句，名〈黃金縷〉。趙令時詞有「不捲珠簾，人在深深院」句，名〈捲珠簾〉。司馬槱詞有「夜涼明月生南浦」句，名〈明月生南浦〉。韓淲詞有「細雨吹池沼」句，名〈細雨吹池沼〉。賀鑄詞名〈鳳棲梧〉，李石詞名〈一籮金〉，衷元吉詞名〈魚水同歡〉，沈會宗詞名〈轉調蝶戀花〉。

《填詞名解》卷二：商調曲也，采梁簡文帝樂府「翻階蛺蝶戀花情」為名（楊慎《詞品》亦引此句，作元帝，誤）。其詞始自宋司馬槱在洛下晝夢美姝牽帷歌「妾本錢塘江上住」五句，詢曲名，云是〈黃金縷〉，櫺後赴錢塘幕官，為秦少章言之，少章續其後段，櫺復夢美姝，每夕同寢。同宷云：「公廨後有蘇小小墓，得無妖乎？」不逾歲，櫺病，舟人見其攜一麗人登舟，走報，家已慟哭矣。故此調亦名〈黃金縷〉，又名〈鳳棲梧〉，又名〈鵲踏枝〉，又名〈一籮金〉，又名〈捲珠簾〉，又名〈魚水同歡〉，又名〈明月生南浦〉。

【注釋】❶花褪殘紅　謂花已凋謝。❷柳綿　即柳絮，狀如綿，故云。❸天涯何處無芳草　謂眼前雖是花殘柳落，但芳草還是到處可見的。❹惱　撩撥。

【語譯】花瓣殘落，青杏還小；燕子飛時，綠水環繞著居住的人家。枝上如綿的柳絮被風吹得又少了許多，遠在天涯，還是長有芳草的。　牆裡的鞦韆在飄搖，牆外的道上有行人，聽到了牆裡佳人在歡笑。笑聲漸漸地聽不到了，聲音全無，靜悄悄的。牆外多情的行人，卻被牆內無情的佳人所撩撥。

【賞析】蘇軾是一位樂觀曠達的詞人，這首詞寫得如此傷感，卻是不多見的。一般認為這首詞作於貶官至惠州（今廣東）時，詞一開篇，其基調就定了下來，惜春傷情。所謂落花有意，流水無情，最令人酸心。紅紅的花瓣、青青的杏子、碧綠的曲水、綿白的柳絮、斜飛的燕子、靜謐的人家，本來是一幅非常和諧甜美的圖畫，一個「殘」字，一個「少」字，就把這幅美好的景致給點破了。「天涯何處無芳草」，雖然信念堅強，對美好永駐人間充滿了希望，但是總覺得有強作歡顏之嫌。如果說上片是總寫，下片則是就「綠水人家繞」的人家的具體的描述，猶如特寫。原本以為寂靜的院子，卻傳出了女子盪鞦韆的嬉笑聲，對已是感春傷情的他有一種震撼力。原因有三：

其一，女子是佳人，是充滿青春活力的美女；其二，女子在戲玩，玩得很開心；其三，女子笑聲很甜美，富有感染力。作為來往匆匆的過客行人，正在為消逝的春天而傷感時，在活力四射的少女身上，似乎又感受到了春意仍然駐留，因此有些興奮，有些痴迷，有些想入非非。只是當他正沉溺於美好的幻想中時，笑聲漸漸聽不到了，少女們離去了，一切又恢復了寂靜，蘇軾感受到了生命的脆弱和短暫，一種失落感又油然而生。或者是借這首詞表達了對仕途的坎坷、情感的挫折、理想的破滅的一種解說，不僅僅是傷春而已。蘇軾到達惠州，侍妾朝雲伴隨而來。傳說一日與朝雲閒坐，時值深秋，落木蕭蕭，有悲秋之意，就讓朝雲唱此詞。朝雲唱後，淚滿衣襟。東坡問其原因，朝雲回答說：「奴所不能歌者，是『枝上柳綿吹又少，天涯何處無芳草』。」不久，朝雲就抱病而亡，蘇軾自此再也不聽這首詞了。可見這首詞的傷感成分是多麼的濃厚，是對善與美不能久長的悲嘆，是對青春活力易於消逝的哀悼。

蝶戀花

過漣水軍❶贈趙晦之❷

自古漣漪❸佳絕地，繞郭荷花，欲把吳興❹比。倦客塵埃何處洗？
真君堂❺下寒泉水。左海❻門前魚酒市，夜半潮來，月下孤舟起。
傾蓋❼相逢拚一醉，雙鳧飛去❽人千里。

【注釋】❶漣水軍　今江蘇漣水。軍，宋代地方行政區劃名，與州、府等同級。❷趙晦之　參見〈減字木蘭花〉「賢哉令尹」注❷。❸漣漪　水的波紋。此指漣水。❹吳興　今浙江湖州。❺真君堂　漣水軍治園中有真君泉、真君堂。❻左海　指東海。❼傾蓋　參見〈浣溪沙〉「傾蓋相看勝白頭」注❶。❽雙鳧飛去　《漢書・王喬傳》載：喬有神仙之術，每月朔望進京朝見，皇帝不見其有車騎相隨。於是密令人察看，言喬將至，就有雙鳧飛來。於是待鳧將至，舉羅網捕之，視之，卻是一雙鞋。後人常用以借指縣令的典事。

【語譯】自古以來漣水就是風物名勝之地，環繞在城郭外的荷花，可和吳興相媲美。疲憊的行客，滿身塵埃，何處可清洗？真君堂下有寒泉之水。　左海門前有魚酒市場。夜半潮水湧來，明月下，孤舟開始出發。相逢道中，傾蓋交談，拚命一醉。雙鳧飛去，人已在千里之外。

【賞析】蘇軾自黃州放還後，途經漣水軍時，邂逅趙晦之，作此詞。時趙氏自東武令罷歸漣水，由「雙鳧飛去」可知。「自古漣漪絕佳地」三句寫漣水的地理特色，為風景絕佳之地。最惹人眼目的，則是登上城牆，觀賞環繞在城郭外的荷花，就足以令人陶醉，可和江南的吳興城相媲美。吳興即湖州，蘇軾前此曾為湖州太守，只是到任後不及三個月，就因烏臺詩案，而被繫捕至京城，貶謫至黃州。這次放還，見漣水城一帶風光，竟然似湖州，曾幾何時，便恍惚有重遊故地之感。作為「倦客」的他，經過這次劫難，身心已是疲憊。「倦客塵埃何處洗」二句實為雙關語，表面上是指清洗旅途的疲勞，言外之意則是清除功名心，淡泊世事。真君，道家指修仙得道之人。真君堂，當是道觀，棲心於道，求得清淨無為，或與他有戚戚然。下片寫餞別時的情景。北宋時期，漣水軍是在東海邊的，因地理變遷，今天的漣水已經成內陸縣了。「左海門前魚酒市」三句是指在海邊魚市飲酒話別，一直到半夜，潮水看漲，月兒落下，才分手作別。「傾蓋相逢拚一醉」極寫二人投緣，為知心之交。「雙鳧飛去人千里」寫分手後各奔東西，只有寄相思於千里之外了。

蝶戀花

雲水縈回溪❶上路，疊疊青山，環繞溪東注。月白沙汀翹宿鷺，更無一點塵來處。

溪叟相看私自語，底事區區，苦要為官去❷？尊酒不空田百畝，歸來分取閒中趣。

【注釋】❶溪　指荊溪，水名，在今江蘇宜興，流入太湖。❷底事區區二句　謂何必為了區區小利，而辛苦奔波於仕途中。

【語譯】雲彩倒映水中，迂曲往復的荊溪路上，疊疊青山，溪水環繞著，向東注入湖中。月光明亮，雪白的沙洲上鷺翹著腳歇息，上下一片皎潔，更無一點塵埃。溪邊的老者欣賞著，竊竊私語。為什麼會因區區薄利而辛苦地做官呢？酒杯不空，有百畝田地，退居歸隱，分享閒適中的情趣。

【賞析】蘇軾自黃州被放還後，上書請求退休，到常州居住，不久得到許可，時年已五十。在常州陽羨（即宜興），他購置了田地，有〈菩薩蠻〉「買田陽羨吾將老」等詞可參看。這首詞就是寫於退居陽羨時。荊溪為陽羨著名的遊覽勝地，青山環繞綠水，月夜裡，上下天光，一片潔白。古人詩文中提及鷗鷺，常用作隱者的象徵，就在於其神情超逸，孤高自許。「月白沙汀翹宿鷺」二句所要表達的就是這種思想，其中「塵」比喻世俗的功利之心，「更無一點塵」，表達了意欲擺脫俗世煩擾的強烈願望，擺脫一切功名利祿羈絆的真誠。有自己的田地，就不愁吃喝，衣食無憂，又何必為追求區區些許微利，而在仕途上辛苦奔波呢？自從烏臺詩案發生後，蘇軾早年所具有的積極用世的信念已完全改變。這次得以放歸陽羨，告老還田，對他來說，心願已足。只是在陽羨不到半年，就被召而起，又走上了仕途之路，辛苦地奔波著，儘管是十分的不樂意，君命難違，身不由己啊。

蝶戀花

代人贈別

一顆櫻桃樊素口❶，不愛黃金，只愛人長久。學畫鴉兒猶未就❷，眉間已作傷春皺。

撲蝶西園隨伴走，花落花開，漸解相思瘦。破鏡重來❸人在否？章臺折盡青青柳❹。

【注釋】❶櫻桃樊素口　唐白居易詩句，樊素為其小妓。❷學畫鴉兒猶未就　謂年紀尚小。鴉兒，又稱鴉黃，女性塗額用的黃粉。❸破鏡重來　比喻夫妻離散或離異後又重新團聚。❹章臺折盡青青柳　用唐人韓翃與其姬妾柳氏的離合故事，韓〈寄柳詩〉有云：「章臺柳，章臺柳，往日青青今在否？縱使長條似舊垂，也應攀折他人手。」此謂日後縱使相逢，恐怕已屬他人。

【語　譯】嘴唇就像一顆鮮紅的櫻桃，不愛黃金，只愛真情天長地久。學著描畫鴉黃還未成，只因傷春，已皺起了眉頭。　西園裡，跟隨著同伴們追趕撲打著蝴蝶。見到花開花落，漸漸明白了因相思而變瘦。如同章臺的柳枝，這人攀了那人折。即使破鏡重圓，她的情意是否依舊？

【賞　析】這首言情小曲以描繪為主。從詞意來看，其中描寫的是一位風塵女子，她貌美，但年紀不大。初涉風月場，「學畫鴉兒猶未就」二句，說明其情竇初開，略解男女風情，對愛情是充滿著理想，「不愛黃金，只愛人長久」，好像是回答東坡的問話，表達了對純真的愛情的企慕。「撲蝶西園隨伴走」三句是進一步圍繞著「傷春」作文章，追逐撲逮蝴蝶，這是充滿童趣的女性行為，在古代文學作品中常可以見到這類描述的字眼，在這富有戲劇性的動作中，更多的是體現了女子的天真爛漫。春日裡群芳爭豔，遊蜂戲蝶觸目可見，對情竇乍開的女子而言，這是最招惹眼目的，也最易引起她們的情思和幻想，由此染上愛戀之情、相思之苦。問題是東坡既然讚賞女主人公對純真愛情的追求，又對此有所保留。因為作為一位風塵女子，迎新送舊，她能得到真情嗎？敦煌曲子詞中有〈望江南〉云：「莫攀我，攀我太心偏。我是曲江臨池柳，這人折了那人攀，恩愛一時間。」詞中所述，是一位妓女渴望真誠的愛情，但又得不到的憤激之言。「破鏡重圓人在否」二句，從另一角度也說明了這一點，即作為一個風塵女子，世俗的偏見，人情的變幻，以及隨著歲月的增長，這位純情女子的愛情觀是否也會改變？揚抑之間，流露出擔憂之意。

蝶戀花

京口❶得鄉書

雨後春容清更麗，只有離人，幽恨❷終難洗。北固山❸前三面水，碧瓊梳擁青螺髻❹。

一紙鄉書來萬里，問我何年，真箇成歸計。回首送春拚❺一醉，東風吹破千行淚。

【注釋】❶京口　今江蘇鎮江。❷幽恨　深恨。❸北固山　在今江蘇鎮江北，下臨長江，三面環水，地勢險固。❹碧瓊梳擁青螺髻　比喻北固山矗立江水中如美女髮髻。碧瓊，謂江水如碧玉般。青螺髻，青色螺狀髮髻。❺拚　拚命；豁出性命。

【語譯】雨過後，春光更加清明秀麗。只有離別的人，心中的怨恨最終難以洗去。北固山前三面是水，處在碧波中，有如梳理過的美女青青的髮髻。

一封書信，來自萬里之外的故鄉，問我哪一年真的計畫返回。頭髮已白，拚命一醉，送春歸去，東風吹斷了千行淚水。

【賞析】傅藻《東坡紀年錄》云：「熙寧七年甲寅，得鄉書，作〈蝶戀花〉。」知作於神宗熙寧七年（一〇七四）春。蘇詞中表達思鄉的作品不止其一，尤其是面對著長江，常常會引起其思鄉之情。春天是美好的，「碧瓊梳擁青螺髻」，這是對長江美景的絕佳描繪，這種美感，更容易撩起蘇軾的鄉情，就像他在〈南鄉子〉「晚景落瓊杯」云：「認得岷峨春雪浪，初來，萬頃蒲萄漲淥醅。」

又在《東坡志林》卷四〈臨皋閒題〉云：「臨皋亭下八十數步便是大江，其半是峨嵋雪水。」蘇軾以為長江之水的源頭來自岷峨雪山，亦即是來自故鄉的，目睹長江流水，就如同見到了故鄉的山水，因此倍感親切。然而為了口腹之役，奔波四方，未能歸隱，一向使他感到這是一種憾恨。詞中以傷春起筆，因行至京口，遇著同鄉人，捎來了書信一封，由此而有思鄉之情。其間又點染長江之水，宣示其濃郁的鄉情，所謂思鄉思親之情如長江之水，無始無終，無窮無盡。

蝶戀花

簌簌❶無風花自墮❷，寂寞園林，柳老櫻桃過❸。落日有情還照坐，山青一點橫雲破。

路盡河回人轉柁，繫纜漁村，月暗孤燈火。憑仗飛魂招楚些❹，我思君處君思我。

【注釋】❶簌簌　形容花落的聲音。❷墮　落；掉。❸過　指櫻桃花盛開的時期已過去。❹憑仗飛魂招楚些　《楚辭》中有〈招魂〉篇，原指招亡者之魂，此借以表達對對方的思念之情。又〈招魂〉中句末多用「些」字，楚地人舊俗用以表禁咒之意，後人常用楚些泛指楚地的樂調。

【語譯】沒有風，花還是簌簌地落著。園林寂靜，柳樹已老，櫻桃也凋零。落日似有情，還照射在坐位上，一點青山，卻將連片的雲撕破。

路的盡頭，河水彎彎曲曲，船兒百轉千回。繫纜漁村，已是月色昏暗，水面上孤零的燈火。憑借楚地的民謠〈招魂〉曲，表達我對您的思念，如同此時您對我的牽掛。

【賞　析】此詞毛晉刻本題作「暮春別李公擇」。詞作於神宗熙寧十年（一〇七七），時蘇軾移知河中府，自密州出發，途經齊州（今山東濟南），這時李常為太守，蘇軾在齊州逗留月餘才離去，詞中所寫，即是餞別時的情景。上片描寫餞別時的所見之景：發蔫的花，衰老的柳樹，凋謝的櫻桃花，好像是所有的生命就此終結，沒有了希望似的，這是為了渲染別離時的傷情而設，突出了寂寞與沉悶。與此相反，「落日有情還照坐」二句似有意打破這種沉悶的氣氛，以落日餘暉的留戀返照，反襯出期待著分手的時刻得以延遲的心理；「山青一點橫雲破」從詞語的後面，似乎讓讀者感受到了東坡不妥協、剛毅的一面，集中表現在一「破」字上，是希望突破情感壓抑的努力的寫照，希望被壓抑的情感得以釋放。下片是寫乘船遠行的情景及其所感。首三句仍是寫景，「路盡」、「河回」，極言河流的曲折逶迤，路途遙遠坎坷，這是就空間上著筆；「月暗孤燈火」是承接上片「落日」而來，夜已深，人已靜，長夜漫漫，這是就時間上著筆。與友人作別，儘管在時空上已有了一段距離，但在彼此的心理上卻沒有距離，也就是「我思君處君思我」，身形雖遠離，而心靈卻相近，非知心朋友不能如此。上下片首數句均是以描摹幽冷孤寂之景，來渲染蒼涼之感，基調有些沉鬱。此詞雖然是寫常見的別離之情，卻能在筆法上略作講究，超然頓挫，詞語瘦硬，有力度感。

蝶戀花

密州上元❶

燈火錢塘三五夜❷，明月如霜，照見人如畫。帳底吹笙香吐麝❸，更無一點塵隨馬。

寂寞山城人老也，擊鼓吹簫，卻入農桑社❹。火冷燈稀霜露下，昏昏❺雪意雲垂野。

【注釋】❶上元　指農曆正月十五日，即元宵節。❷三五夜　十五的夜晚。❸麝　指麝香，為雄麝腹部香腺的分泌物，香味極強。❹擊鼓吹簫二句　指社日擊鼓吹簫以祭祀神祇的活動。社，指土地之神。❺昏昏　陰暗貌。

【語譯】元月十五的夜晚，杭州城裡燈火通明。月光普照，皎潔如霜，人們裝扮鮮亮，如同畫中人。帳幕裡吹著笙，麝香飄散。騎馬而過，不見揚起的塵沙。　密州山城如此寂寞，我已是年老了。人們敲打著鼓，吹著簫，祭祀社神，祈願農桑收成好。火已滅，燈已稀，滿是霜露。濃雲低垂，籠罩四野，天地陰沉，像是要降雪。

【賞析】詞中寫在不同的地方對元宵夜的感受，這種不同的感受是源自蘇軾因仕宦地的轉換而生發的。詞作於神宗熙寧八年（一〇七五），時任密州太守。上元是古人較為重視的一個節日，其風俗至今保留了下來，其內容主要是賞燈，其氣氛是歡鬧的，屆時男男女女，老老少少，紛紛上街觀燈遊玩，這種歡樂的景象在城市裡表現得更為突出。詞的上片是寫杭州元宵夜賞燈的情景，蘇軾離開杭州到密州不過半年多，從熙寧四年冬到任，至七年秋離任，他在杭州經歷了三次元宵夜。杭州的富庶聞名於天下，杭州人的遊賞之樂也是聞名遐邇，元宵佳節的盛況更是如此，這在宋人的詩文及其他載述中多有反映。詞的下片是寫密州城元宵時的情景，就詞作來看，蘇軾顯然是有意將兩地作對比來寫的，以杭州城元宵夜的歡鬧，反襯密州城元宵夜的冷清。或許事實上後者就不如前者熱鬧，這是客觀事實，但僅憑這點，還不足以使其心情變壞。因此說下片所流露出的沉悶孤寂之感，就事出有因了。一個「老」字，或許能告訴我們一些什麼。蘇軾此時四十歲，稱「老」卻不止一處，就詞而言，如〈江城子・密州出獵〉就有「老夫聊發少年狂」之句，雖然也是稱老，但不像是這首詞中所描述的那樣，給人以倦怠疲憊之感。

蝶戀花

微雪，客有善吹笛擊鼓者。方醉中，有人送〈苦寒〉詩求和，遂以此答之。

簾外東風交雨霰❶，簾裡佳人，笑語如鶯燕。深惜今年正月暖，燈光酒色搖金盞。

摻鼓〈漁陽撾〉❷未徧，舞褪瓊釵，汗溼香羅軟。今夜何人吟古怨，清詩未了冰生硯。

【注釋】❶霰　參見〈浣溪沙〉「覆塊青青麥未蘇」注❼。❷摻鼓漁陽撾　謂擊鼓奏〈漁陽曲〉。摻、撾，均為擊鼓之法。漁陽撾，又作〈漁陽摻撾〉，鼓曲名。

【語　譯】簾外東風吹，雨雪交加。簾內的美人，歡笑的話語就像燕鳴鶯囀。非常愛惜今年溫暖的正月，燈光映照在金色的酒杯裡，酒波搖蕩。　擊打著的〈漁陽鼓曲〉還未演奏完，舞妓的瓊釵已褪落，汗水溼軟了香羅衣。今夜有誰吟唱著古老的怨詞，清雋的詩句尚未寫成，硯中的墨汁已結成了冰。

【賞　析】此詞毛晉刻本題作「密州冬夜文安國席上作」，如此，則作於熙寧九年（一〇七六）知密州時。文安國，名勛，廬江人，官至太府寺丞，善言談論辯。詞中所寫，正是初春時節，題作「冬夜」，疑誤。雖然云「正月暖」，但就全詞來看，卻是乍暖還寒的時節，屋外是雨雪交加，屋內的硯墨凝結成冰，客人送來了請求唱和的〈苦寒〉詩題，也說明了天氣尚有寒意。暢飲著酒的人們，感覺到了暖意融融，歌妓們盡情地歡舞，以致汗水溼透了衣裙。所有這些，似乎都是在圍繞著「深惜今年正月暖」一句潑墨，說明以往的正月都是很寒冷的，「深惜」二字表達了慶幸之感。而突如其來的強度降溫，又是人們始料不及的。全詞就是敘寫對這種變幻莫測的氣溫的感受，用筆也是由抑到揚，再由揚至抑，就好像忽冷忽熱的氣溫一樣，也是富有變化的。

蝶戀花

春事闌珊❶芳草歇，客裡風光，又過清明節。小院黃昏人憶別，落紅❷處處聞啼鴂❸。

咫尺江山分楚越❹，目斷❺魂銷❻，應是音塵❼絕。夢破❽五更心欲折❾，角聲吹落梅花月❿。

【注　釋】❶闌珊　衰落；將盡。❷落紅　落花。❸鴂　又名杜鵑，常在立夏時鳴叫，日夜不止，鳴時正值百花凋落時。❹楚越　泛指今湖北、湖南到江蘇、浙江等一帶的地方。❺目斷　猶言望斷，一直望到看不見。❻魂銷　又作魂消，魂漸離散，這裡形容因思戀對方而神情恍惚。❼音塵　指信息。❽夢破　夢醒。❾心欲折　猶言心碎，比喻傷感至極。❿角聲吹落梅花月　參見〈占春芳〉「紅杏了」注❺。角聲，五聲之一，五聲為：宮、商、角、徵、羽。

【語　譯】春天已過去，芳草不再生長。客居在外，又過清明時節。站在小小庭院，黃昏時候，追憶著分別的情景。落花時節，處處聽到杜鵑的啼鳴。

江山相隔咫尺，卻分成楚越兩地。極目遠望，神情恍惚，應該是音信隔絕。五更時夢被驚醒，心似要破碎。吹起了角聲〈落梅花〉，月兒已低落。

【賞　析】追憶往事，常常會使人不堪回首，追憶男女間的情事更是如此。「春事闌珊芳草歇」一句，以景入情，開篇就寫出了生命的終結、希望的破滅，叫人不忍卒讀。「小院黃昏人憶別」二句交代事由，或此時此景，正與昔日與情人分別時相同，或昔日就曾與所戀在此小院作別。故事就這樣發生了，「落紅處處聞啼鴂」昭示著美好的短暫；「處處聞啼鴂」，其情可憫，其情可悲。「咫尺江山分楚越」，所謂人在咫尺，卻有相隔千里遠之感，似乎這次重訪小院，本來就是前次分別時的約定？只是人未來，也未見有信息傳遞而來，又會有什麼變故？希望和絕望如此地交織在一起，怎不叫人心焦。「角聲吹落梅花月」以情結景，不僅是吹落了花，吹落了月，也吹落了主人公僅有的一絲希望。因為天將明，而所戀仍不見赴約而來。詞寫得酸心悲抑，可謂苦戀之人啊！

蘇幕遮

詠選仙圖❶

暑籠晴❷，風解慍❸。雨後餘清，暗襲衣裾潤❹。一局選仙逃暑困。笑指尊前，誰向清霄❺近？

整金盆❻，輪玉筍❼。鳳駕鸞車❽，誰敢❾爭先進。重五❿休言升最緊，縱有碧油⓫，到了輸堂印⓬。

【詞牌】蘇幕遮

《詞律》卷九：六十二字，又名〈鬢雲鬆令〉。

《詞譜》卷十四：唐教坊曲名。案：《唐書・宋務光傳》，比見都邑坊市相率為渾脫隊，駿馬戎服，名〈蘇幕遮〉。又案：張說集有〈蘇幕遮〉七言絕句，宋詞蓋因舊曲名，另度新聲也。周邦彥詞有「鬢雲鬆」句，更名〈鬢雲鬆令〉。金詞注：般涉調。

《填詞名解》卷二：西域婦人帽也。《唐書》呂元濟上書：比見坊邑相率為渾脫隊，駿馬胡服，名曰「蘇幕遮」。蓋本是胡樂之飾，唐教坊作此戲，即以名曲。張說詩作〈蘇摩遮〉詩云：「摩遮本出海西胡，琉璃寶服紫髯鬚。聞道皇恩遍宇宙，來將歌舞助歡娛。」又云：「繡裝拍額寶花冠，彛歌騎舞借人看。自能激水成陰氣，不慮今年寒不寒。」案：此則此樂，似亦角觝眩人、吞刀吐火之類也。一名〈鬢雲鬆〉。

【注　釋】❶選仙圖　唐宋時的一種博戲用具，其法是依仙境中仙界的高低排比於紙上，然後擲骰子，以點數、色彩定陞黜次第，如同後世的陞官圖。❷暑籠晴　謂暑天晴熱如蒸籠般的溼悶。❸解慍　解除煩惱。❹雨後餘清二句　謂雨後清涼溼潤的空氣，不知不覺地把衣服都浸溼了。❺清霄　當指選仙圖中列的最高仙界。❻金盆　指金製的盆，為擲骰所用。❼輪玉筍　指美人們依次輪流擲骰子。玉筍，比喻美人的手指。❽鳳駕鸞車　為博戲中的升降之具，指乘鳳駕鸞車可到達某仙境。❾敢　意同管，誰敢，猶云誰准、誰定。❿重五　選仙彩名，指擲骰子得兩個五點。⓫碧油　選仙彩名，古有碧油幢，為青綠色的油布帷幕，用於所乘車子上。⓬堂印　選仙彩名，擲骰子得兩個紅色四點叫堂印。

【語　譯】暑天晴熱如蒸籠，風兒吹拂，消除了煩惱。雨後清涼溼潤的空氣，不知不覺把衣服浸溼了。為了消磨暑熱困乏，玩了一局選仙圖。飲酒笑指，誰離清霄最近？　擺放好金盆，美人們輪流擲骰子。誰坐著鸞鳳駕駛的車子，準能爭得首先攻進。重五不要說前進得最快，即使得了碧油車，趕到了，還是輸給了堂印。

【賞　析】這首詞，我們姑且稱作休閒小詞，雖然為遊戲筆墨，卻可以使後人增長不少見識。暑熱天，人們的感覺是很不舒服的，不想做事，也懶得做事，大概悶熱已把人們燒得昏昏沉沉的，已經不可能做好什麼事了。無所事事，卻也是難受。孔子曰：「飽食終日，無所用心，難矣哉！不有博弈者乎？為之，猶賢乎已。」意思是說在什麼都不想做時，玩玩棋，總比無所事事強。讀了這首詞，可知孔老先生所說不是無益之言。選仙圖是唐宋時期流行的一種博戲用具，其法是按照仙境中仙界的高低排比於紙上，然後擲骰子，以點數、色彩決定升降進退，如同後世的陞官圖，其玩法頗同今人玩的跳棋等。詞中涉及到選仙圖中玩法、術語等，可資考證。

十拍子

白酒新開九醞❶，黃花已過重陽。身外儻來❷都是夢，醉裡無何即是鄉❸，東坡❹日月長。

玉粉❺旋烹茶乳❻，金虀新擣橙香❼。強染霜髭❽扶翠袖❾，莫道狂夫❿不解狂，狂夫老更狂。

【詞　牌】十拍子

《詞律》卷九於〈破陣子〉云：六十二字，又名〈十拍子〉。

《詞譜》卷十四於〈破陣子〉云：唐教坊曲名，一名〈十拍子〉。陳暘《樂書》云：唐〈破陣樂〉屬龜茲部，秦王所製，舞用二千人，皆畫衣甲，執旗旆。外藩鎮春衣犒軍設樂，亦舞此曲，兼馬軍引入場，尤壯觀也。唐〈破陣樂〉，乃七言絕句，此蓋因舊曲名，另度新聲。元高拭詞注：正宮。

《填詞名解》卷二：一名〈十拍子〉。然考之唐樂，自是兩曲，俱隸教坊也。（案：唐《樂志》

云：七德舞者，本太宗破劉武周，軍中相與作〈秦王破陣樂〉曲。《舊唐書》載其辭，乃五言絕句體。而《詞譜》云：唐有〈破陣樂〉，六言八句，太宗所製，蓋商調曲。然所謂六言八句者，此《詞譜》特據張說所擬作者言耳，恐本詞未必如是。又案：玄宗作〈小破陣樂〉，亦舞曲。宋太宗作〈平戎破陣樂〉，正宮調。未知〈破陣子〉與諸曲同異也。金潞云：〈十拍子〉者，以此調一唱十拍，故名。)

【注　釋】❶九醞　酒名。❷儻來　指出乎意料外得到的。❸無何即是鄉　指空幻的夢境。❹東坡　參見〈如夢令〉「為向東坡傳語」注❷。❺玉粉　指將茶研成粉末。❻茶乳　煮茶時泛起的白沫。❼金虀新擣橙香　指將金色橙子弄成細碎作調味料烹菜用。❽強染霜髭　指把白鬍鬚染黑。❾翠袖　指侍女。❿狂夫　狂放不羈的人。

【語　譯】新開封的九醞白酒，黃色的菊花，已經過了重陽節。出乎意料得到的身外之物都是虛無，醉中經歷的都是空幻，生活在東坡的日子還是那樣的漫長。　茶被研成粉末，很快就煮開了，泛起了白沫。金色的橙子剛被擣碎，香氣飄逸。強行把白鬍鬚染黑，扶著侍女。不要說狂放不羈的老夫不明白什麼是「狂」，狂放不羈的老夫到老更是狂妄。

【賞　析】蘇軾被貶謫到黃州，由一個積極有為的士大夫，變成了一名死裡逃生的有「罪」之人，因此失落感是很強的。人生若夢，成為這一時期的主導思想之一，我們閱讀他在黃州創作的小詞就有這種強烈的感受。「身外儻來都是夢」一句，就是對自己前此的努力和追求作了否定的回答，功名利祿也罷，光宗耀祖也罷，如過眼雲煙，不再具有魅力了。相反，享受人生，自在閒逸，不失為一種抉擇。安居東坡雪堂，無所事事，醉酒度日，成了打發時光的一種方式。當然，他對自己遭人羅織陷害而謫居黃州這一事，從骨子裡就不服，在文中就曾表達過這種思想，此詞也從側面說明了這一問題。「強染霜髭扶翠袖」三句所表達出的牢騷情緒，正是其內心中那種時時被抑制而不肯妥協的個性的折射。按理說蘇軾作為欽定的「罪人」，本應安分守己，慎於行而謹於言。實際卻不然，他依然是放浪山水，形諸歌詠，儘管不似昔日那麼張揚任性，其狂放的特性常常還是要表現一下，是一種情感的發洩，更是一種不平的鳴放。

定風波

三月七日，沙湖❶道中遇雨，雨具先去，同行皆狼狽，余獨不覺。已而遂晴，故作此。

莫聽穿林打葉聲❷，何妨吟嘯❸且徐行。竹杖芒鞋❹輕勝馬，誰怕？一蓑煙雨任平生。料峭❺春風吹酒醒，微冷，山頭斜照卻相迎。回首向來蕭瑟❻處，歸去，也無風雨也無晴。

【詞牌】定風波

《詞譜》卷十四：唐教坊曲名。李珣詞名〈定風流〉，張先詞名〈定風波令〉。

《填詞名解》卷二：商調曲，本唐教坊樂名。

【注　釋】❶沙湖　地名，在黃州東南三十里，又名螺師店，蘇軾曾買田其間。❷莫聽穿林打葉聲　謂不要在意林中落下的雨水。❸吟嘯　吟詠長嘯。❹芒鞋　草鞋。❺料峭　形容春風寒冷，侵人肌骨。❻蕭瑟　寂寞淒涼。

【語　譯】不要去聽穿林而過敲打在樹葉上的雨點聲，吟詠長嘯，從容地遊觀。有什麼妨礙？拄著竹杖，穿著草鞋，輕快得比騎著馬還強。有什麼好擔心的呢？披上蓑衣，來往於煙雨中，平生就是這樣。

寒冷的春風吹醒了醉意，感到有點冷，山頭的夕陽卻是迎面相照。回頭再看剛才走過的那段寂寞冷落的地方，返回時，也沒有風雨，也沒有了晴日。

【賞　析】這是一首頗富有哲理的小詞，也是一首很值得玩味的小詞。詞中所言是記一次暮春出遊的活動。出遊，本來是一件愉悅的事。途中卻偏偏遇到了下雨，恰巧又都沒有帶雨具，是繼續？還是中止？詞中所述，給了我們前面的答案，而這個答案，應該說是蘇軾堅持的結果。神宗元豐五年（一〇八二），東坡謫居黃州已有二年多了。初到時，寓居臨皋亭，後又在東坡修建了雪堂，這才安定了下來，因「烏臺詩案」引發的震盪至此也趨於平靜。詞中雖然是記遊，卻處處闡釋著蘇軾的人生見解。他那種超然倔強的形象，依然是呼之欲出。全詞語意雙關，以不畏自然的風雨，表達了對來自政敵們的打壓和迫害的蔑視；看似以記事寫景為主，實際上卻是時時在說理。上片是說面臨著突如其來的不測，不應慌了手腳，不須迴避，不要退縮，而是直面相迎。「莫聽」、「何妨」、「誰怕」、「任平生」，態度堅決，信念堅定，語氣堅硬，正是其傲骨的表現。下片則是抒寫事後的感慨，風雨陰晴的變化，是自然的法則，看似無規律，卻是入情入理。而人生的波折也應作如是觀，在經歷了大是大非、大悲大喜之後，回過頭來看，一切又是那麼自然，先前為之煩心，為之悲愁，是否值得？則應多打幾個問號。因為假的就是假的，虛妄的畢竟不能長久，清白是不易被抹黑的，當然這主要是針對政敵們的造謠誹謗而言。近人鄭文焯《手批東坡樂府》云：「此足徵是翁坦蕩之懷，任天而動。琢句亦瘦逸，能道眼前景，以曲筆直寫胸臆。」瘦硬清逸的筆調中，漾溢的是熾烈的情感，大無畏的精神。

定風波

詠紅梅❶

好睡慵開莫厭遲❷，自憐冰臉❸不時宜。偶作小紅❹桃杏色，閒雅，尚餘孤瘦❺雪霜姿。

休把閒心隨物態❻，何事？酒生微暈沁瑤肌。詩老不知梅格在，吟詠，更看綠葉與青枝❼。

【注釋】❶紅梅　梅樹的一種，粉紅色，繁密如杏，香氣也似杏。❷好睡慵開莫厭遲　謂紅梅如美人睡意未足而被迫起床之狀。❸冰臉　梅花在冬天開放，故云。❹小紅　淺紅色。❺孤瘦　形容梅枝孤傲清臞貌。❻隨物態　這裡指追隨世俗情態。❼詩老不知梅格在　宋石延年有〈紅梅〉詩云：「認桃無綠葉，辨杏有青枝。」時人謂其詩句俗陋。詩老，指石延年。延年，字曼卿，真宗時進士，北宋詩人。為人尚氣，縱酒不羈，工詩。梅格，指紅梅的氣度、風範。

【語　譯】如美人一般嗜睡，困倦地開著，不要埋怨開放得遲。自我愛惜容顏，冰天雪地裡開放，和時令不相適宜。偶爾生出如桃杏似的淺紅色，嫺靜高雅，還有傲雪凌霜的英姿。　不要把閒逸的心追隨俗世的情態，為什麼呢？好像是喝了酒，如玉般的肌膚略生紅暈。詩人年老，不懂得紅梅的風度體現在什麼地方，吟詠之間，更多的是看到了綠葉和青枝。

【賞　析】吟詠梅花，為歷來文人墨客的看家本事，就兩宋而言，則是數不勝數，尤其是見於詩詞中。或是人們酒會詩社取詠的對象，或是詩人們寄興的對象，多是對梅花的清雅脫俗的品格讚不絕口。紅梅是梅花的一種，宋人對紅梅與其他梅花的差異有著詳細的分辨，這裡就不再引述了。蘇軾有詩〈紅梅〉三首，其一云：「怕愁貪睡獨開遲，自恐冰容不入時。故作小紅桃杏色，尚餘孤瘦雪霜姿。寒心未肯隨春態，酒暈無端上玉肌。詩老不知梅格在，更看綠葉與青枝。」與這首詞比照，語句意態幾乎沒有什麼兩樣。宋人常有將同一句子既用於詞中，又用於詩中，如晏殊的「無可奈何花落去，似曾相識燕歸來」等就是如此，以此表明為自己的得意之作。也有將詩檃栝於詞句中，這多是將別人的詩檃栝成小詞。像蘇軾這樣不多見，我們不知道是先有詩，而後檃栝成詞，還是詞先成，然後再用詩的形式表述出來。總而言之，可見蘇軾是喜歡自己的這首詞、或詩的。詞中強調了兩點意思，其一，不合時宜，這是就梅花開放的時間而言，她不是開在百芳爭豔的春天，不是開在萬物茂盛的夏天，也不是開在碩果累累的金秋時節，偏偏要開在萬物凋零的冬季，而且是大雪紛飛的日子裡，在霜天雪地裡展現著自己的英姿，體現出錚錚的傲骨，凌雲的鬥志。蘇軾的侍妾朝雲就曾說他滿肚皮不合時宜，不知與此詞是否有關聯。其二，不隨流俗，正是因為紅梅不與群芳爭豔，才成就了它那超塵拔俗的品性。庸俗的文人墨客只知在其容貌上大作文章，卻不能遺其貌而取其神，未免褻瀆了紅梅的尊容。就蘇軾的審美感受來看，想借此說明自己為紅梅的知己，他看到的是紅梅的孤高不群的品格，而不是俗人所以為的媚世的容顏。

定風波

重陽

與客攜壺上翠微❶，江涵秋影❷雁初飛。塵世難逢開口笑，年少，菊花須插滿頭歸❸。

酩酊但酬佳節了，雲嶠❹，登臨不用怨斜暉。古往今來誰不老，多少，牛山何必更沾衣❺？

【注　釋】❶翠微　山色輕淡青蔥，此指青山。❷江涵秋影　謂江水一色，秋意十分濃厚。涵，沉浸。❸菊花須插滿頭歸　古代重陽節有頭戴菊花、飲菊花酒等習俗。❹雲嶠　高聳入雲的山峰。嶠，尖峭的高山。❺牛山何必更沾衣　《晏子春秋》載「景公遊於牛山，北臨其國城而流涕曰：『若何滂滂去此而死乎？』」此謂重陽登高遊賞，思鄉思親，但大可不必因此傷情。牛山，山名，在今山東淄博東。

【語　譯】和賓客帶著酒壺，登上翠綠的高山。秋日的天空沉浮在江水裡，大雁已開始南飛。紅塵俗世難得能開懷大笑，年輕的後生們返回時，頭上須是插滿了菊花。　為了酬謝佳節，喝得酩酊大醉。山峰高聳入雲，登高臨遠，不要埋怨太陽已西斜。古往今來有誰不老死，多少人都是如此，又何必因此傷情而淚水沾溼了衣襟？

【賞析】這首詞《彊村叢書》本題作「重陽括杜牧之詩」，括，即檃栝，為詩詞中常見的一種體式，是就他人原有詩文的內容語句等稍作剪裁或修改，重新構製成一篇作品，一般是遊戲性的作品。杜牧之，為唐代詩人杜牧，字牧之，曾作〈九日齊安登高〉詩云：「江涵秋影雁初飛，與客攜壺上翠微。塵世難逢開口笑，菊花須插滿頭歸。但將酩酊酬佳節，不用登臨恨落暉。古往今來只如此，牛山何必淚沾衣。」詞就是檃栝這首詩而成。齊安即黃州，詞當作於貶謫黃州時。重陽登高，兼有懷思親人之意，蘇軾的這首詞也是如此。作為有「罪」之人，居住在黃州，親朋好友有不少怕受到牽連，迴避不通消息的大有人在，人情冷暖，在這個時候感受得最深刻。也是在這種背景下，其思親思鄉的情感愈是濃烈。唐人吟詠重陽，表達類似情感的詩作不計其數，東坡選擇杜牧的詩，其句子數、句子的字數與〈定風波〉詞大體相當，因此不像其他的檃栝詞，往往會有省減。此詞只是就原詩個別詞語略作改動，又首兩句的次第互換，杜牧的詩是以寫景起，然後敘事。東坡的詞以敘事起，以登高臨遠總領，就覺得「江涵秋影雁初飛」一句更具開闊性，杜詩是平視的效果，詞中卻是俯視的效果，詞較詩的視角更雄闊遼遠，意境也更為渾厚。當然此詞不單純是遊戲之作，而是借他人酒杯，澆自己的塊壘。

定風波

莫怪鴛鴦繡帶長，腰輕不勝舞衣裳。薄倖❶只貪遊冶❷去，何處？垂楊繫馬恣輕狂❸。

花謝絮飛春又盡，堪恨，斷絃❹塵管❺伴啼粧❻。

不信歸來但自看，怕見，為郎憔悴卻羞❼郎。

【注釋】❶薄倖　薄情。❷遊冶　追求聲色，尋歡作樂。❸輕狂　言行輕薄放浪。❹斷絃　已斷之絃。比喻男女之間情意已無，心意已死。❺塵管　樂管落滿了塵埃，因情變而無心情吹奏。❻啼粧　東漢時，婦女以粉描畫於眼下，有似啼痕，故云。此指因傷情而面容有淚水。❼羞　羞於相見，此指害怕相見。

【語譯】不要奇怪繡有鴛鴦的衣帶太長，體輕腰軟，好像連舞衣都支撐不起來。薄情的人只知道尋歡作樂，在什麼地方呢？把馬繫在枝葉低垂的楊柳樹下，正在恣肆地輕薄放浪。　花兒凋謝，柳絮飛揚，春天又要過去。可恨情意已斷，對著落滿塵埃的管樂器，淚流滿面。不信的話，回來只管親眼瞧瞧，怕見你，為思念你而面容憔悴，卻又怕見到你。

【賞　析】這是首言情詞，以女子的口吻來寫的。就詞中的描述來看，女主人公應該是位青樓女子。開篇寫女子衣裝穿著的滑稽，繡有鴛鴦的腰帶竟然拖在地上，以舞衣的空蕩寫女子體態輕瘦，弱不勝衣。乍一看，作為迎來送往的妓女，如此不講究裝扮，豈不是令人覺得十分怪異？細細讀來，卻不是這麼簡單。以下數句就是詳述其因，即失戀相思之苦，所謂的「郎」在欺騙和玩弄了自己的感情後，卻移情別戀，到處拈花惹草，自己卻是痴情依然。「斷絃塵管伴啼粧」，彷彿昔日熱戀時那種偎依在旁，吹曲歌舞的情景時時湧現，而今物是人非，青春不再，傷情傷心，難以述說。即使如此，仍然對「郎」抱有幻想，這在「不信歸來但自看」三句中表達得很清楚。唐人元稹《鶯鶯傳》中崔鶯鶯贈張生詩有云：「自從消瘦減容光，萬轉千回懶下牀。不為旁人羞不起，為郎憔悴卻羞郎。」詞中立意取境，由此生發而來。

定風波

余昔與張子野❶、劉孝叔❷、李公擇、陳令舉、楊元素❸會於吳興❹。時子野作〈六客詞〉，其卒章云：「見說賢人聚吳分，試問，也應旁有老人星。」凡十五年，再過吳興，而五人者皆已亡矣。時張仲謀❺與曹子方❻、劉景文❼、蘇伯固❽、張秉道❾為坐客，仲謀請作〈後六客詞〉云。

月滿苕溪❿照夜堂⓫，五星一老⓬鬥光芒。十五年間真夢裡，何事？長庚⓭配月獨淒涼。

綠髮⓮蒼顏同一醉，還是，六人吟笑水雲鄉。賓主談鋒⓯誰得似⓰？看取，曹劉今對兩蘇張⓱。

【注釋】❶張子野　張先，字子野，烏程（今浙江湖州）人。仁宗天聖八年（一〇三〇）進士，神宗熙寧年間，以尚書都官郎中致仕。❷劉孝叔　劉述，字孝叔，湖州歸安（今浙江吳興）人。仁宗景祐元年（一〇三四）

進士，神宗時歷官吏部郎中、兼判刑部等。❸李公擇、陳令舉、楊元素　分別見〈陽關曲〉「濟南春好雪初晴」注❶、〈菩薩蠻〉「天憐豪俊腰金晚」注❶和注❻。❹吳興　今浙江湖州。❺張仲謀　張詢，字仲謀，哲宗元祐間知湖州。❻曹子方　名輔，華州人，官至福建轉運使等。❼劉景文　名季孫，開封祥符人，為兩浙兵馬都監，駐杭州。❽蘇伯固　參見〈生查子〉「三度別君來」注❶，時監杭州在城商稅。❾張秉道　參見〈臨江仙〉「我勸髯張歸去好」注❷。❿苕溪　水名，流入太湖。⓫堂　指湖州府的碧瀾堂，後改名六客堂。⓬五星一老　五星，指金、木、水、火、土五大行星，五星同時並見於一方，古人稱作五星聚，或叫五星聯珠，被視為祥瑞。此處五星指後六客中除作者外的其他五人。一老，蘇軾自謂。⓭長庚　金星的別名，此蘇軾自喻。⓮綠髮　烏亮的鬢髮。⓯談鋒　指言談精銳，鋒芒盡現。⓰似　表示比較，有過、超出之意。⓱曹劉今對兩蘇張　對，匹敵；對抗。曹劉蘇張指後六客中所有人的姓氏，此指後六客。

【語　譯】月光灑滿了苕溪，照亮了碧瀾堂。老夫和五位如星辰相聚，光芒四射。十五年間真似在做夢，發生了什麼事呢？如今老夫一人在世，如長庚星陪伴著月亮，獨自淒涼。　黑髮的你們、白髮的我，同醉一場，還是當年六人吟詩相笑的苕溪水雲鄉。賓客和主人言辭鋒利，有誰能超過？瞧吧，曹、劉現在對抗著兩位蘇、張。

【賞　析】有蘇軾參加的六人星聚湖州的雅集，多為宋人所稱道。文人雅集，本來就是常見之事。但也有特別的，尤其是對蘇軾而言，這兩次意義就顯得不一般：其一，地點相同，均在湖州。其二，人數相同，均是六位。其三，兩次都是與他任職杭州有關，第一次是在神宗熙寧七年（一〇七四）九月，自杭州通判離任，途經湖州，時李常為太守，有六客星聚之事；第二次是哲宗元祐六年（一〇九一）三月，自杭州太守離任，途經湖州，時張詢為太守，又有六客星聚之事。其中巧合處，能不叫人稱奇嗎？當然，所云「十五年間」，或為誤記。對東坡而言，兩次雅集，事雖然多有相同，而感覺卻大不一樣。首先是前六客中的人，至此時只有自己存活於世，其他五人均已辭世而去。其次是後六客中也只有自己是白髮蒼顏，已是五十多歲的人了，其他五人卻是年壯氣盛之時。撫今追昔，弔念亡逝的人，羨慕年輕的人，自傷年老體弱，真是既高興，又悲傷，思想與情感極其複雜，令人唏噓不已。上片是追憶前六客之事，下片是述說後六客之事，以十餘年間的人事變幻，將前後星聚苕溪之事串連在一起，後六客的歡暢雅談，未嘗不是當年前六客的寫照，觸景生情，抒寫那種只有自己才能體味出的酸甜苦辣。對人事滄桑的幾多感慨，可謂盡在不言中。

定風波

海南❶歸，贈王定國❷侍兒寓娘❸

長羨人間琢玉郎❹，天應乞與點酥娘❺。自作清歌傳皓齒，風起，雪飛炎海變清涼❻。

萬里歸來年愈少，微笑，笑時猶帶嶺梅香❼。試問嶺南❽應不好？卻道，此心安處是吾鄉。

【注釋】❶海南　即今海南島，蘇軾於哲宗紹聖四年（一〇九七）責授瓊州別駕，昌化軍安置。❷王定國　名鞏，從蘇軾遊，蘇軾因烏臺詩案得罪，定國受到牽連，被貶賓州（今屬廣西柳州），不以為憂，刻苦自勵，處之泰然。返歸時，神情平和，豪氣不減當年。❸寓娘　名又作柔奴，姓宇文氏，一名點酥，均指同一人。參見賞析。❹琢玉郎　指姿容儀態清俊脫俗。❺點酥娘　言肌膚滑膩如酥。❻自作清歌傳皓齒三句　謂寓娘清歌妙舞，令處於南蠻暑熱中的人們有清涼之感。炎海，指南方炎熱的地方，廣西因近南海，故云。❼萬里歸來年愈少三句　謂寓娘自貶謫地返回後，容貌更顯年輕，並散發出嶺南特有的情味，如同嶺南梅花獨有的芳香。❽嶺南　泛指五嶺以南的地區，廣西處其中，故云。

【語　譯】常常羨慕人世間姿容清俊脫俗的男兒郎，老天爺都會乞求把他配給肌膚滑膩如酥的美人。自己創作清亮的歌曲，美人皓齒把它傳唱。舞姿輕妙，如風起雪飛，使處於南蠻暑氣中的人們感到了清涼。　從萬里之遙的地方歸來，更顯得年輕。微笑著，笑時好像仍散發出如同嶺南梅花獨有的芳香味。我試探地問道：「嶺南難道不好嗎？」她卻回答說：「能使此心安定的地方，就是我的故鄉。」

【賞　析】此詞《彊村叢書》本題作「王定國歌兒曰柔奴，姓宇文氏。眉目娟麗，善應對。家世住京師，定國南遷歸，余問柔：『廣南風土應是不好？』柔對曰：『此心安處，便是吾鄉。』因為綴詞云。」古代把所謂有罪的官員貶到南部的蠻荒之地，是作為一種較嚴重的處罰，不服水土者，往往染病而死。因此，有聽說被貶到這些地方的官吏，常常是心存恐懼，不作生還的指望。王定國因受蘇軾「烏臺詩案」的牽連，貶至廣西，也是所謂蠻荒之地。但他得以生還，返回京城後，蘇軾應邀去其府上，於酒席間寫了這首詞，時為哲宗元祐元年（一〇八六），蘇軾在京城做官。詞中通過與王定國侍兒的對話，表達了對「此心安處是吾鄉」的讚賞，也就是對一種處世哲學的肯定。詞的上片，描述了王定國自貶謫之地返回，容貌清秀，神情安逸，依然是不減當年，令人感到驚異，此其一；不僅如此，王定國家裡的侍女也是面容姣好，神采奕奕，這也是令人感到驚異，此其二；最不可思議的是與寓娘的對話，「此心安處是吾鄉」出自侍女之口，看似平常，卻富含哲理性，侍兒能說出這樣的話，與王定國在南蠻之地生活共勉有關，也是王定國本人處世哲學的反映。蘇軾在〈王定國詩集敘〉一文中說：「今定國以余故，得罪貶海上三年，一子死貶所，一子死於家，定國亦病幾死。余意其怨我甚，不敢以書相聞。而定國歸至江西，以其嶺外所作詩數百首寄余，皆清平豐融，藹然有治世之音。其言與志，得道行者無異，幽憂憤嘆之作，蓋亦有之矣。特恐死嶺外而天子之恩不及報，以忝其父祖耳。孔子曰不怨天，不尤人，定國且不我怨，而肯怨天乎？余然後廢卷而嘆。……定國詩益工，飲酒不衰，所至窮山水之勝，不以厄窮衰老改其度。今而後余之所畏服於定國者，不獨其詩也。」可以與這首詞參看。更重要的是，蘇軾借此也表達了他自己的人生觀，這種隨遇而安、超然自得的態度，在其一生中多有表達，尤其是其後他也被貶謫到南蠻之地，「此心安處是吾鄉」這句話更是被充分地驗證了。

漁家傲

金陵賞心亭❶送王勝之❷龍圖。王守金陵，視事一日，移南郡❸。

千古龍蟠并虎踞❹，從公一弔興亡處❺。渺渺❻斜風吹細雨。芳草❼渡，江南父老留公住。

公駕風車凌彩霧，紅鸞驂乘青鸞馭❽。卻訝

此洲名白鷺❾。非吾侶❿，翩然⓫欲下還飛去。

【詞　牌】漁家傲

《詞譜》卷十四：明蔣氏《九宮譜目》入中呂引子。案：此調始自晏殊，因詞有「神仙一曲漁家傲」句，取以為名。如杜安世詞三聲叶韻，蔡伸詞添字者，皆變體也。外有十二箇月鼓子詞，其十一月、十二月起句俱多一字，歐陽脩詞云：「十一月，新陽排壽宴。」「十二月，嚴凝天地閉。」歐陽原功詞云：「十一月，都人居煖閣。」「十二月，都人供暖箑。」此皆因月令，故多一字，非添字體也。

【注　釋】❶賞心亭　宋時建於金陵（今江蘇南京）下水門城上，下臨秦淮河，為遊覽勝地。❷王勝之　名益柔，歷官知制誥、龍圖閣直學士等，曾知江寧（今江蘇南京）。❸南郡　宋指南京應天府，在今河南商丘南，王勝之曾知應天府。❹龍蟠并虎踞　三國時諸葛亮曾云：「鍾山龍蟠，石頭虎踞，帝王之宅。」鍾山即紫金山，石頭指石頭城，因山為城。二者均在今江蘇南京。❺從公一弔興亡處　金陵自漢末以來有六個王朝在此建都，朝代興亡更迭，令人憑弔，感慨萬千。❻渺渺　遼遠無際。❼芳草　有懷思人的意思。參見〈桃源憶故人〉「華胥夢斷人何處」注❹。❽公駕風車凌彩霧二句　謂王勝之離江寧赴任應天府，其陣勢如神仙降臨。紅鸞、青鸞，均傳說中的仙鳥。驂乘，乘車時居於右側，即陪乘。❾白鷺　指白鷺洲，位於南京，因在大江中，多聚白鷺，故名。❿非吾侶　指鸞為仙鳥，鷺為凡鳥，不是同類。這裡借喻金陵已不是王勝之可留之地，他將榮升遠離。⓫翩然　輕盈疾速的樣子。

【語　譯】千百年來，鍾山如龍盤繞，石頭城似虎踞守。我跟隨您一同憑弔六朝的興亡。遠處吹來的風夾帶著細雨，渡口芳草遍生，傳達著江南父老勸留您的情意。　您乘著飛車，凌駕著彩霧，紅鸞陪乘，青鸞駕御。卻是驚訝這個洲島名白鷺。白鷺不是鸞鳥的伴侶，翩然想落下，但又飛離而去。

【賞　析】王勝之由知金陵改知應天府，這首詞是臨行前為他送別而作。上片指出六朝古都金陵，應該是一令人留念的地方。虎踞龍蟠，是上天賦予金陵的天然地理優勢，正是這種地理優勢，歷來不少王朝建都於此；朝代的更迭，多少英雄豪傑在此上演了一幕幕興盛和滅亡的戲劇，為後人追思懷古提供了充備的素材。因此說古都金陵的歷史意蘊是豐厚的，是值得久居的地方。隨後詞中又引用芳草表達懷思之典，以金陵父老對王勝之的挽留，說明了王氏為金陵太守時口碑好，政績佳。下片用比喻、比擬等修辭手法，委婉地敘說著王勝之不得不離開金陵而遷任。「卻訝此洲名白鷺」三句，是說王已出發，但還是留戀難捨，有「翩然欲下」之舉。但又因「非吾侶」而離去，字面意思是說白鷺與鸞鳥非類，不能同聚。實際上是暗示王氏有更好的前程，不屑於居守金陵。這是諧趣之言，是蘇軾在寫詩文時常用的方法。

漁家傲

七夕

皎皎牽牛河漢女，盈盈臨水無由語❶。望斷碧雲❷空日暮。無尋處，夢回芳草❸生春浦。　鳥散餘花紛似雨，汀洲蘋老香風度❹。明月多情來照戶。但攬取❺，清光長送人歸去。

【注　釋】❶皎皎牽牛河漢女二句　謂明亮的銀河在流動，牛郎、織女雖相會，卻默默無語。皎皎，明亮的樣子。牽牛、河漢女，指牛郎、織女二星。神話傳說，二者為夫妻，隔河相望，每年農曆七月七日於鵲橋相會一次。河漢，即銀河。盈盈，清澈。❷碧雲　青雲，古人常於贈別時用之。❸芳草　參見〈桃源憶故人〉「華胥夢斷人何處」注❹。❹汀洲蘋老香風度　謂風從汀洲上衰微的蘋草上吹過，送來陣陣清香。❺攬取　收拾。

【語　譯】牛郎和織女面對著明亮清澈的銀河流水，默默無語。極目雲天，空等到日暮。無處尋找，夢中看到水邊生滿了芳草。　群聚的鵲鳥飛散了，殘花如雨般紛紛飄落。風吹過汀洲上衰微的蘋草，送來了清香。明月多情，照進了屋裡。只想把月亮攬在手，讓它的清輝變成橋，長久地送人歸去。

【賞　析】農曆七月初七日晚，牛郎織女鵲橋相會於銀河畔，是中國民間傳說中流傳久遠的一個神話故事，也是最具有活力的一個愛情故事。儘管這個故事帶有悲劇性，但它傳達的是真誠的愛，為歷來的痴情男女所仰慕，也因此成了中國古代詩文中常見的主題。在這首詞中，蘇軾是將天上的牛郎織女的愛情，和人世間痴情男女的愛情雜揉在一起來寫的。上片前二句以七夕牛郎織女鵲橋相會開篇，這是很平常的寫法。後二句卻回落到人世間的男女，當然大多是偏重於寫女方，她們於七夕時，仰望天空，極盡視力所至，尋找著牛郎織女二星，是在印證著自己的愛情遭遇呢？還是為自己的幸福祈禱祝願呢？「空日暮」、「無尋處」，結果是令人失望的，只好在夢中續寫這些美好的願望。下片重點寫人世間的愛情。「鳥散餘花紛似雨」，回應上片首二句，鵲橋散了，短暫的團聚結束了。而人世間的愛情卻還在痛苦中延續，以月光的多情寫世間兒女的痴情，「清光長送人歸去」，就是希望彼此能長久廝守在一起，直到天荒地老。

漁家傲

送張元康省親秦州❶

一曲〈陽關〉❷情幾許？知君欲向秦川❸去。白馬皁貂留不住。回首處，孤城不見天霏霧❹。

到日長安❺花似雨，故關❻楊柳初飛絮。漸見靴刀迎夾路❼。誰得似，風流膝上王文度❽。

【注　釋】❶秦州　地名，有兩處，一在今陝西南鄭，一在今甘肅天水，下文有「長安」，則當指前者。❷陽關　參見〈點絳唇〉「莫唱〈陽關〉」注❶。❸秦川　泛指今陝西、甘肅兩省之地，古屬秦朝故地。❹白馬皁貂留不住三句　謂張元康人已遠去，回首眺望，孤城也消逝在濃霧籠罩之中。霏霧，大霧。❺長安　在今陝西西安。❻故關　指故鄉。關，鄉關。❼靴刀迎夾路　唐代迎見大府帥的一種儀制，此指張元康歸故鄉時受到迎接的狀況。❽風流膝上王文度　晉代王述有子名坦之，字文度，為父所愛，雖長大，猶抱置膝上。此指張文康得到老父的厚愛。

【語　譯】一曲〈陽關〉，情意知多少？知道您想回到秦川去。騎著白馬，穿著黑色貂皮衣，留不住思鄉心切的您。回頭望處，孤城已被大霧籠罩，看不見了。　回到長安時，落花如雨，故鄉的柳絮開始飄飛。漸漸地看見人們握著刀、穿著靴，夾路相迎。有誰可比似，就像風流的王文度當年被父親抱坐在膝上。

【賞　析】回鄉省親，在古代並不是件容易的事。古人遊學、遊宦等，常有累年飄泊在外的。雖然他們也很想回去，但苦於公務纏身，或為口腹所役使，或一無所成而羞於見父老，諸如此類，因此抒寫羈旅情懷的作品比比皆是。遠的不說，就拿蘇軾的詞作來說，也有不少是抒寫這方面情志的作品，前文已有論及。此詞上片寫送別張元康的情景，以常見的〈陽關〉送別曲開宗明義。「白馬阜貂留不住」三句詳述與友人依依惜別的情景，目送著友人漸漸地遠去，回顧城市，逐漸被大霧吞蝕，東坡佇立悵然的形象躍然紙上，這未嘗不撩起他的思鄉之情，有家難返，有親難省，這在他的身上表得尤為突出，可以說此時此刻的思情是最為複雜的。下片是對張元康返鄉時的良好祝願。雖然是花落絮飛的時節，但故鄉人的熱忱，足以化解遊子的傷感；父母親人的關愛，又會感受到天倫之樂的幸福。這是詞人的美好祝願，也是夢寐以求的目標。

行香子

過七里瀨❶

一葉舟輕，雙槳鴻驚。水天清影湛❷波平。魚翻藻鑑❸，鷺點煙汀。

過沙溪急，霜溪冷，月溪明。

重重似畫，曲曲如屏。算當年虛老嚴

陵④。君臣一夢，今古空名。但遠山長，雲山亂，曉山青。

【詞牌】行香子

《詞譜》卷十四：《中原音韻》、《太平樂府》俱注：雙調，蔣氏《九宮譜目》入中呂引子。

【注釋】❶七里瀨　即七里灘，又名富春渚等，在今浙江桐廬嚴陵山西，長七里，兩山夾峙，水流湍急，風景如畫。❷湛　澄清。❸藻鑑　浮有水草的水面如鏡。❹嚴陵　嚴光，東漢人，字子陵，少與漢武帝同遊學。漢武即位後，隱姓埋名，隱於富春山，下瞰富春渚，有東西二臺，垂釣於此。漢武遣使多次來聘，去而復返，躬耕於富春山中。後人名其垂釣處曰嚴陵瀨。

【語譯】一只輕巧的小船，雙槳盪水，驚動了鴻雁。水中倒映著天空的清影，水面澄清，沒有波浪。水草漂浮，水面如鏡，魚兒在翻跳，鷺鳥在煙氣籠罩的汀洲上如白點。經過滿是石沙的湍急溪流、霜降後冰冷的溪流、月光下水面明亮的溪流。

群山重重疊疊似畫，曲曲折折似屏風。想當年，嚴子陵白白地老死在此。君臣際會已成夢幻，古今徒傳其名。只見到渺遠的群山綿長，雲氣吞吐的群山雜亂，破曉時的群山青青。

【賞析】對功名富貴的追求，是古代讀書人的人生目標，嚴光是個例外，成為流傳千古的美談。他隱居在富春江邊，耕釣其間，超然於俗世之外。本詞以寫景為主，極力描摹七里灘自然風光的秀美。詞中以行進中的船為縱軸，以所見兩岸不斷轉換的景物為橫面，縱橫交織，滿是詩情畫意。當然，這種詩情畫意是有賴於兩岸本身景致的秀美。在描摹七里灘的美景時，還採用了兩種方式：

其一是時空變換的攝取。從時間看，是從白天到月夜，再到清晨。從空間看，由近景到遠景，由下至上。其二是動靜相間的攝取。動者如受驚的鴻雁、翻跳的魚兒、湍急的流水、吞吐的雲氣等；靜者如平靜的水面、休憩的鷺鳥、靜寂的青山等。同一幅畫面中也是動中有靜，靜中含動，前者如「魚翻藻鑑」，魚兒在平展如鏡的水中翻跳；後者如「雲山亂」，連綿的群山雲氣繚繞。這樣的描繪，使得詞中的意象紛繁而不雜亂。「君臣一夢，今古空名」二句是議論加抒情，抒寫了淡泊功名利祿、看空身外之物的思想，也表達了對嚴光高蹈行為的追慕。

行香子

三入承明❶，四至九卿❷。問儒生何辱何榮？金張七葉❸，紈綺貂纓❹。無汗馬事❺，不獻賦❻，不明經❼。
成都卜肆，寂寞君平❽。鄭子真❾巖谷躬耕。寒灰炙手❿，人重人輕⓫。除竺乾學⓬，得無念⓭，得無名。

【注　釋】❶三入承明　謂三次入朝為官。承明，漢有承明殿，旁有侍臣值宿之處，稱承明廬。❷九卿　古代中央機構的九種高級官位。❸金張七葉　漢代的金日磾，其家七世為內侍；又漢代的張湯，其後人為侍中、中常侍的有十餘人。後人常用金張連稱，指功臣世族。七葉，七代。❹紈綺貂纓　指權貴的服飾。紈，白色的細絹。綺，細綾。貂纓，貂尾製作成的冠飾。❺汗馬事　指戰功。❻賦　古代的一種文體，是介於詩與散文間的韻文，多用來寫景敘事，盛行於漢魏六朝。❼明經　通曉經書。❽成都卜肆二句　漢代嚴遵，字君平，在成都設卜筮，日得百錢以自養，教授生徒，不仕宦，稱為逸民。❾鄭子真　漢時人，隱居不仕，與嚴君平齊名。❿寒灰炙手　即死灰復燃之意，比喻衰敗和復興變化莫測。⓫人重人輕　謂個人在仕途上的升降得失決定於當權者的喜惡。⓬竺乾學　此指佛教禪學。竺乾，印度的別稱，也指佛。⓭無念　指無邪念。

【語　譯】三次入朝為官，升遷四次，職位就到了九卿，請問讀書人，這有什麼恥辱？這有什麼榮耀？金、張七代，身穿綾羅綢緞，以貂尾作冠飾。沒立戰功，沒有向皇帝進獻賦，也不通曉經書。

在成都設肆卜筮，像嚴君平那樣甘於寂寞；隱居深山中，像鄭子真那樣親自耕種。似死灰復燃，炙手可熱，他人可以使你職位升高，也可以使你變得微不足道。除了佛理禪說，得以無邪念，得以不求名聲。

【賞　析】傳統詞的創作是以言情為特色，蘇軾此詞卻是以議論為主，表達對仕途政治變幻莫測的看法。就「三入承明，四至九卿」而言，知是晚年之作。他在〈謝兼侍讀表〉二首其一云自己曾「七典名郡，再入翰林，兩除尚書，三忝侍讀」，其最後一次在京城為官是在哲宗元祐八年（一〇九三），其前由知杭州轉知潁州，又改知揚州，在潁、揚二地待的時間很短，隨後進京，一年內，先後除兵部尚書充南郊簿使、兼侍讀、端明殿學士、翰林侍讀學士充禮部尚書、任兵部尚書等職。「無汗馬事，不獻賦，不明經」，意思是說自己並不想求得進京為官，而這次進京加官進爵，不可謂不榮顯。蘇軾這次得以回京任職，也是北宋中後期新、舊黨在政權上不斷更迭的反映。不過他也清醒地認識到，新、舊黨的鬥爭將還是進行下去，派系間拼搏和迫害也將是更加殘酷，在這方面，他是領教過的，如烏臺詩案。所謂「寒灰炙手，人重人輕」，表達了深深的憂慮。敵對的勢力可死灰復燃，甚至還可以達到權力的頂端，炙手可熱。作為處於政治鬥爭漩渦中的個體，不論是屬於新黨，還是屬於舊黨，得勢，可一步登天；失位，就會被人踩在腳底。因此，在這次進京後不久，蘇軾即乞求外任知越州，然而未被批准。他多麼希望能像嚴君平那樣甘於寂寞，又像鄭子真那樣隱居深山，耕種自食。清虛寡欲，不求功名，這種心願在詩文中屢有表述，但最終還是不能遂所願。求其次，則希望到遠離京城的地方為官，為百姓做點實實在在的事，這次也不能遂所願。在隨後的一年，哲宗親政，新黨得勢，作為舊黨的成員，蘇軾又遭受了新一輪的迫害和流放，他的擔心還是應驗了。

行香子

清夜無塵，月色如銀。酒斟時須滿十分。浮名浮利，虛苦勞神。嘆隙中駒❶，石中火❷，夢中身。

雖抱文章❸，開口誰親❹。且陶陶❺樂盡天真❻。幾時歸去，作箇閒人？對一張琴，一壺酒，一溪雲。

【注釋】❶隙中駒　即白駒過隙。比喻時光飛逝如駿馬一閃而過地迅速。❷石中火　鑿石取火，瞬間而已。比喻人生短促。❸文章　文辭；文字。❹開口誰親　謂無人賞識。❺陶陶　和樂貌。❻天真　指不受世俗禮教影響的本性。

【語　譯】清涼的夜晚，沒有塵埃，月光皎潔如銀。倒酒時，應該滿杯。追求變幻莫測的功名利祿，白白地辛苦，又損耗精神。感嘆時光如白駒過隙，生命似鑿石取火，瞬間而已，此身似在夢中。雖然富有文辭，說出來有誰賞識？姑且快樂和順，盡享不受禮俗拘束的天性。什麼時候歸隱，做個清閒自在的人？面對著一張琴，一壺酒，一條有雲彩倒映其中的溪流。

【賞　析】和前首詞一樣，此詞也是以議論為主，是蘇軾倦於仕宦、希望退隱的反映。詞中感嘆功名利祿、富貴榮華誤了多少人，為了達到目的，人們拼著命地鑽營，到頭來是竹籃打水一場空，既耗費了體力，又傷了神，反生出無限的煩惱。而時光易逝，人生易老，往事不堪回首。「雖抱文章，開口誰親」是牢騷話，也是憤憤不平之語，自古以來就是「文章憎命達」，在這一點上，他也不例外，因此有滿肚子不合時宜，說出來，就會得罪人，就會惹是非。在仕途不得志的情況下，其退隱之心常常是溢於言表，做個無拘無束、清閒自在的人，對著「一張琴，一壺酒，一溪雲」，聊以卒歲，雖然是無可奈何的選擇，總比在官場上勾心鬥角，勞神傷情要好得多。只是他的這點心願，卻始終無法實現。

行香子

病起小集

昨夜霜風，先入梧桐。渾❶無處回避衰容。問公何事，不語書空❷。

但一回醉，一回病，一回慵。

朝來庭下，飛英如霰，似無言有意催儂。都❸將萬事，付與千鍾。任酒花白，眼花亂，燭花紅。

【注　釋】❶渾　簡直；幾乎。❷書空　用手指在空中虛劃字形。據載晉朝殷浩被廢職歸家，整天用手在空中書寫「咄咄怪事」四字。後人常用以表示令人驚訝、或不可思議的事。❸都　全；總。

【語　譯】昨夜裡霜降風起，先吹落了梧桐葉。幾乎無處躲避將要衰老的容顏。若問我為了什麼事，不說話，在空中書寫著「咄咄怪事」。只是醉過一回，生病一回，慵懶一回。　朝晨來到庭院中，飛舞的花瓣如雪花一般落下，像是不說話，卻又似有意在向我示意歲月催人老。把所有的世事，全交付給千杯酒。任憑酒沫浮白，目力昏眩，燭焰紅亮。

【賞　析】人一旦生病，常常會胡思亂想，尤其是對生與死、長壽與短命的關注，多會引發人的傷感，這首詞寫的就是病後對生命的感悟之言。上下片開篇，都使用了比興和比擬的手法。前者以霜降風起，吹落梧桐葉為喻，聯想到自己大病一場，雖然已是好轉，但迅速衰老的容顏還是讓他大吃一驚；後者以漫天飛舞的落花為喻，說明時不我待，歲月催老的現實。「無處回避」、「有意催」等語詞的運用，一方面說明了生命的脆弱，人也罷，樹木花卉也罷，萬物莫不如此。另一方面也表達了對生命易逝的悲情。正是因為如此，產生了對世事的消極態度。「問公何事，不語書空」，這是對自己在仕途上所遭受的挫折以及受到的不公平對待的質疑，也是決定淡出功利場、退居隱身的表態，「都將萬事，付與千鍾」，冷漠現實，冷眼旁觀，這是古代文人常會有的一種處世態度，尤其是在仕途上遭受了重大挫折後，如王維、白居易等，只是蘇軾最終沒有走到這一步。

行香子

北望平川，野水荒灣。共尋春❶飛步孱顏❷。和風弄袖，香霧縈鬟❸。正酒酣時，人語笑，白雲間。

飛鴻落照，相將❹歸去。澹娟娟❺玉宇清閒。何人無事，宴坐❻空山？望長橋❼上，燈火亂，使君還。

【注　釋】❶尋春　探賞春景。❷飛步孱顏　快步登高。孱顏，高峻。❸和風弄袖二句　指歌妓舞袖弄風，豔姿美鬟。❹相將　相隨；共同。❺澹娟娟　指月色美好貌。❻宴坐　閒坐。❼長橋　泗州橋名。

【語　譯】北望是廣闊平坦荒野，有一灣流水。一同探賞春景，快步登高。歌妓舞弄著衣袖，送來了和煦的風，髮型美豔，香氣瀰漫。正當酒醉酣暢的時候，人們歡聲笑語，響入白雲間。大雁飛過，落日返照，相隨歸去。月色嬌美，天空清雅閒靜。何人沒事，閒坐於空闊的山中？望長橋上，燈火雜亂，是太守返回。

【賞　析】此詞毛晉刻本題作「與泗守過南山晚歸作」，泗守指泗州（今屬安徽）太守劉士彥，劉氏為山東木強人，曾任大理寺丞。詞中敘寫隨劉氏等探訪山水，賞春遊玩之事。「尋春」二字點明出行目的，「野水荒灣」指出遊賞之地，愈是人跡罕至的地方，就愈有野味，也更會激發人們的獵奇心理，所謂「飛步孱顏」，其興致勃勃可知。古代太守出遊，常常是要帶歌妓出行的，以便佐歡助樂，「人語笑，白雲間」，人們暢快愉悅的情態，繪寫如臨其境。下片是就返回的情形作描述，「何人無事」五句，以旁觀者的詫異，突出表現了太守出遊氣勢的不凡。宋人王明清《揮麈後錄》卷七載蘇軾作此詞云：「何人無事，宴坐空山。望長橋上，燈火鬧，使君還。」太守劉士彥聞之，趕忙去拜見，說：「知有新詞，學士名滿天下，京師便傳。在法，泗州夜過長橋者徒二年，況知州邪？切告收起，勿以示人。」蘇軾笑著說：「軾一生罪過，開口常是，不在徒二年以下。」也就是說按照規定，到了晚上，是不能出入城的，違者會被拘禁判刑二年的。長橋，或是出入泗州城的必經之路。作為太守卻明知故犯，而且聲勢浩大，蘇軾更是形諸筆墨，很有惟恐天下不亂的味道，難怪劉士彥聞之很是驚慌。在劉氏而言，頗有只許州官放火，不許百姓點燈的味道，這也道出了旁觀者的想法。一個「亂」字，也寫出了劉氏等一行因晚歸而心存恐慌的情態。有點滑稽，不失為真誠地表白。

殢人嬌

小王都尉❶席上贈侍人

滿院桃花，盡是劉郎未見❷，於中更一枝纖軟❸。仙家❹日月，笑人間春晚。濃睡起、驚飛亂紅千片。

密意難傳，羞容易變，平白地為

伊腸斷。問君終日，怎安排心眼❺？須信道、司空自來見慣❻。

【詞　牌】殢人嬌

《詞譜》卷十五：《樂章集》注：林鍾商。

【注　釋】❶王都尉　指王詵，字晉卿，為駙馬，慕蘇軾，相與遊從。❷滿院桃花二句　參見〈阮郎歸〉「一年三度過蘇臺」注❺。此借桃花比喻王詵眾侍姬，劉郎乃蘇軾自謂。❸一枝纖軟　指眾侍姬中特別嬌豔的一位，據宋人記載，這位出眾的侍姬名倩奴。❹仙家　仙人居住的地方。❺問君終日二句　謂侍姬多，易眼花心亂。❻司空自來見慣　唐孟棨《本事詩》載：司空李紳宴請劉禹錫，命妙妓歌以送之，劉賦詩有云：「司空見慣渾閑事，斷盡江南刺史腸。」李以妙妓贈之。此處司空指王詵，以劉自比。

【語　譯】滿院的桃花，都是劉郎從沒見過的，其中有一枝更是嬌豔出眾。神仙一般的歲月，笑人世間已是暮春。酣睡後起來，只見落花千片，驚飛散亂。

細密的心意難以傳達，羞怯的面容易於改變，平白無故地為她極度地悲傷。請問你，整日裡怎樣應付這些令人眼花繚亂的姬妾？我確實相信，這對你來說是習以為常的事。

【賞　析】王詵仰慕蘇軾的為人，兩人往來非常密切。神宗熙寧末年，蘇軾與王詵相會於京城郊外的四照亭，王氏宴請蘇軾，並喚其家姬妾六七人出來侍宴，其中有名叫倩奴的請求歌曲，蘇軾就寫了這首詞。東坡是個愛打趣的人，詞中用了調侃的口吻，表現了他這方面的寫作風格。全詞是圍繞著王詵的姬妾作文章，但上下片寫法不同。上片是用比喻體來寫的，意思是說這次相逢，滿眼所見豔如桃花的美人，都是我以前沒有見過的，其中有一位更是嬌豔出眾，這種神仙般的生活，像我這生活在俗世間的人是難以企望的。下片則是直白地敘寫，意思是說這些美人，有各自的情思，一個個爭豔鬥芳，孔子所謂近之不恭，遠之則怨，處理起來可是件棘手的事。最後以「司空見慣」之典，暗示王詵可否將出眾的倩奴相贈，一則可減輕你的壓力，一則可以慰藉我日後的相思之苦，當然這是諧趣之言，只可付之一笑罷了，不必作真。行文雅潔，富含情趣。

殢人嬌

白髮蒼顏，正是維摩境界❶。空方丈❷散花何礙？朱脣筯點❸，更髻鬟生彩。這些箇、千生萬生只在❹。

好事心腸，著人情態❺。閒窗下斂雲凝黛。明朝端午，待學紉蘭為佩❻。尋一首好詩要書裙帶❼。

【注釋】❶正是維摩境界　《維摩詰經》載：維摩詰室有一天女，聞諸天人說法，即現其身，以天花散諸聽者，以天花是否著身驗證其向道之心。維摩善於應機化導，嘗示有疾，有千人來問疾。散花，本指供佛而散布花朵，以示敬意。比喻美人如散花天女，此指蘇軾侍妾朝雲。維摩，即維摩詰，與釋迦佛為同一時代的人。此蘇軾自喻。❷方丈　傳說維摩詰的居處為一丈見方之室，卻能容三萬二千師子座。常用以指佛寺長老或住持說法之處。這裡指蘇軾貶謫地的居室。❸朱脣筯點　謂女子朱脣小巧。❹只在　猶云總在、永遠在。❺著人情態謂貼近他人的情態。著，猶云接近。❻紉蘭為佩　屈原〈離騷〉云「紉秋蘭以為佩」之句，表示高潔的品質。紉，本指將兩縷捻成單繩，此指裝飾。❼尋一首好詩要書裙帶　參見〈浣溪沙〉「一夢江湖費五年」注❺和賞析。

【語　譯】白頭髮，蒼老的容顏，正像是維摩詰的處境。方丈之室中的散花女即使不在了，又有什麼妨礙？朱脣小巧，尤其是髮髻油亮生光彩。所有這些，千萬年永遠存在。　喜歡做善事的心腸，易於貼近人的情態。窗前閒愁，如雲般的頭髮緊束，眉頭緊鎖。明日端午，等待著學屈原那樣裝綴秋蘭為佩飾。尋找一首好詩，要求書寫在裙帶上。

【賞　析】此詞毛晉刻本題作「贈朝雲」，蘇軾為愛妾朝雲而寫的詞流傳下來的有數首，此詞為其一。蘇軾有數妾，紹聖年間貶至廣東惠州時，願意陪他遠行到蠻荒之地兩廣的，也只有朝雲，其餘則離散而去。朝雲是位聰慧的女孩子，他在詩文中多有讚譽之詞，這首詞也不例外。詞中以我之衰朽，能得到朝雲這位紅顏知己的相伴，已深感滿足，尤其是自己是在遭受打擊迫害、處境艱危的情況下，朝雲能矢志不渝，其難能可貴，怎能不令他高興呢？至少遠在他鄉，能得到朝雲的陪伴，心靈上得到慰藉，自不必多說。「空方丈散花何礙」，當指朝雲已經過世，朝雲是因病在惠州去逝的，卒年才三十四歲，這時東坡已六十一了。詞中主要是追述朝雲的事跡，表達了對她的懷思。「朱脣筯點」二句描繪朝雲的貌美，「千生萬生只在」是說朝雲的形象在自己心裡永遠不會磨滅，表達了對朝雲的真摯情感。「好事心腸」兩句是說朝雲的性格脾氣好，善良和順，待人真誠。「斂雲凝黛」是指朝雲有心事，眉頭緊鎖，神情凝重，或為東坡的遭際而擔憂，卻又似乎不願讓他感受到。「明朝端午」三句或是追憶朝雲臨卒前的話，要像屈原那樣以香草裝飾打扮，說明了朝雲追求高尚明潔的品性，其超俗的追求與東坡超曠的品味是吻合的。容貌的姣好高雅，有修養，有見識，端莊聰慧，善解人意，這就是東坡心目中永駐的朝雲的形象。

青玉案

和賀方回❶韻送伯固❷歸吳中❸

三年枕上吳中路，遣黃犬❹、隨君去。若到松江❺呼小渡❻。莫驚鴛鷺，四橋❼盡是，老子經行處。〈輞川圖〉❽上看春暮，常記高人❾右丞句❿。作箇歸期天已許。春衫猶是，小蠻⓫針線，曾溼西湖雨。

【詞　牌】青玉案

《詞譜》卷十五：漢張衡詩「何以報之青玉案」，調名取此。《中原音韻》注：雙調。《太和正音譜》注：高平調。蔣氏《九宮譜目》入中呂引子。韓淲詞有「蘇公堤上西湖路」句，名〈西湖路〉。

《填詞名解》卷二：采〈四愁詩〉「何以報之青玉案」，一名〈一年春〉。

【注　釋】❶賀方回　名鑄，字方回，衛州人。長於度曲，不得志，退居吳下。有〈青玉案〉「淩波不過橫塘路」詞，蘇軾詞就是和唱此詞。❷伯固　即蘇伯固，參見〈生查子〉「三度別君來」注❶。❸吳中　今江蘇吳縣。

❹黃犬　名黃耳，為晉人陸機所寵愛。陸氏久寓京城，與家裡不通消息，常作家書，盛以竹筒，繫於犬頸，以

為傳遞。❺松江　即吳淞江，為太湖的支流。❻小渡　指小船擺渡。❼四橋　當時姑蘇有四橋，風景絕佳。❽輞川圖　輞川為唐詩人王維隱居處，在陝西藍田，山水甚美。世傳有〈輞川圖〉四幅。❾高人　超脫俗世的人，多指隱者。❿右丞句　指唐王維吟詠輞川山水田園的詩句。王維，字摩詰，官至尚書右丞。⓫小蠻　唐詩人白居易的舞姬，此指蘇伯固的愛姬。

【語　譯】三年來常夢見在通往吳中的路上，派遣愛犬向家人傳遞消息，那時我好像已隨您而去。假如到松江招呼小船渡江，不要驚動鴛鷺，四橋都是老夫經過的地方。　暮春時的風景，就像〈輞川圖〉中所繪的那樣，常常會使人記起高蹈超俗的王右丞的詩句。作了個歸隱的時間表，老天已許可。春天穿的襯衫，還是侍女親手用針線縫製的，曾經被西湖上的雨水淋溼過。

【賞　析】蘇堅，字伯固，與蘇軾關係很好，兩人多有唱和的詩，蘇軾詞中也有數首是送別蘇伯固的作品，此詞便是其一，作於哲宗元祐七年（一〇九二），時在揚州。這首詞似乎是代言體，全是代蘇堅說話似的。「三年枕上吳中路」二句，意思是說多年來，蘇伯固常常是夢見故鄉吳中，很想得到家鄉的消息，也仰慕吳中的人情風土，想隨伯固一起隱居。這是因為松江風物之美，天下有名，歷來就有不少文人墨客隱居於此，東坡也是多次途經松江者。「四橋盡是，老子經行處」，說明了對松江風物的熟知與迷戀，小渡擺船，鴛鷺點綴，四橋賞景，地理位置最佳。有此美景，又有高人相伴，隱居適志的想法就更明確了。末後以蘇伯固身著愛姬縫製的春衫打趣，以伯固睹物懷人，寫愛姬對他的思念。作品明裡是寫送蘇伯固歸隱，又從側面表達了自己的這種想法。

江城子

東武雪中送客❶

相從不覺又初寒，對樽前，惜流年。風緊離亭❷，冰結淚珠圓。雪意留君君不住❸，從此去，少清歡❹。

轉頭山❺上轉頭看，路漫漫，玉花❻翻。雲海光寬，何處是超然❼？知道故人相念否，攜翠袖❽，倚朱欄。

【詞牌】江城子

《詞律》卷二：三十五字，「城」一作「神」，又名〈水晶簾〉。

《詞譜》卷二：唐詞單調，以韋莊詞為主，餘俱照韋詞添字，至宋人始作雙調。晁補之改名〈江神子〉，韓淲詞有「臘後春前村意遠」句，更名〈村意遠〉。

《填詞名解》卷一：名始於歐陽炯詞：「空有姑蘇台上月，如西子，鏡照江城。」其第二體凡七十字者，又名〈江神子〉。

【注釋】❶東武雪中送客　宋傅藻《東坡紀年錄》云所送之人為章傳道，章氏，閩人，時為密州學教授。東武，即密州。❷離亭　路旁的驛亭，供來往行人歇息的亭子。❸雪意留君君不住　謂雪大天寒，不便出行，而執意要走。❹清歡　清雅恬適之樂。❺轉頭山　在城南。❻玉花　指雪花。❼超然　指超然臺，參見〈望江南〉

「春未老」注❶。❽翠袖 代指美人。

【語 譯】一起共事，不知不覺又到初寒季節。對著酒席，嘆惜時光逝去似流水。分別之時的驛亭，風颳得正猛。淚水結成冰，就像珠子一樣的圓。下雪了，意在留君不走，君還是要離去。自此後，就少了清雅恬適的快樂。 轉頭山上回頭看，行路漫長，雪花翻舞。雲海光亮，視野寬廣，超然臺在哪裡呢？想知道故人還思念我否，攜帶著美女，倚在紅色的欄杆。

【賞 析】此為知密州時送友之作。上片寫餞別時的情景，與友人共事多年，如今別離，才覺得相處的日子是如此的短暫。「惜流年」，不僅僅是嘆惜時光易逝，而且說明兩人友情的深厚，彼此都珍惜共事的這段時光，這在「冰結淚珠圓」一句中得到進一步的強調，落淚如珠，既是依依惜別的寫照，也是彼此間真誠的體現。「從此去，少清歡」，是進一層的寫法，彼此遊賞唱酬、清雅恬適的歡樂，日後難以再現，可知二人不僅僅是同事的關係，而且還是知心知意的好朋友。下片是寫目送友人遠去的情景。唐代詩人岑參〈白雪歌送武判官歸京〉末云：「輪臺東門送君去，去時雪滿天山路。山迴路轉不見君，雪上空留馬行處。」「轉頭山上轉頭看」三句詞意自此而來，一方面表達了對友人的惜別之情，同時也流露了自己的思緒，如果友人是回歸故里，這種思緒或是對親人的懷思。蘇軾到密州為官，就是想與自己的胞弟蘇轍仕官的地方近些。超然臺在密州的北城上，蘇軾為太守時因舊臺而建，蘇轍名之曰超然。超然，高超脫俗的樣子。依此，友人或是個脫俗不凡、不熱中功名的人，相處時便覺有清雅恬適之感。「知道故人相念否」三句，是用推己及人之法，是說別後我常會登上超然臺，想念彼此相處的日子。同樣的，友人也常會登高臨遠，於酒宴之間，思念我這位老朋友吧。此詞情景交融，以情入景，因景生情，以漫天雪景寫離別之情，注重渲染烘托，意蘊深厚。

江城子

陶淵明❶以正月五日遊斜川❷，臨流班坐，顧瞻南阜，愛曾城❸之獨秀，乃作〈斜川詩〉，至今使人想見其處。元豐壬戌❹之春，余躬耕於東坡❺，築雪堂❻居之，南挹四望亭❼之後丘，西控北山之微泉，慨然而歎，此亦斜川之遊也。乃作長短句，以〈江城子〉歌之。

夢中了了❽醉中醒，只淵明，是前生❾。走遍人間，依舊卻躬耕❿。

昨夜東坡春雨足，烏鵲喜，報新晴。雪堂西畔暗泉鳴，北山傾，小溪橫。南望亭丘，孤秀聳曾城。都是斜川當日境，吾老矣，寄餘齡⓫。

【注釋】❶陶淵明　又名潛，字元亮，東晉人，不為五斗米折腰，棄官歸隱。卒後私諡靖節。❷斜川　在今江西星子境內。❸曾城　又作層城，傳說崑崙山上有曾城，凡九重，高一萬一千里，後世又用指高大的城闕。❹元豐壬戌　神宗元豐五年（一〇八二）。❺東坡　參見〈如夢令〉「為向東坡傳語」注❷。❻雪堂　見〈如夢令〉「為向東坡傳語」注❷。❼四望亭　在雪堂南高阜上。❽了了　清晰。❾前生　佛教輪迴的說法，把已過去的一生稱作前生，針對今生而言。❿躬耕　親自參與農事活動。⓫餘齡　餘生。

【語譯】醉後醒來，夢境是那麼清晰。只有陶淵明，他就像是我的前生。走遍了人世間，依然是親自耕種。昨夜東坡下了春雨，雨水非常充足。烏鵲歡喜，報告天剛變晴。雪堂西畔，泉流鳴響。北邊的山斜傾，小水溪橫穿流過。南望有亭有土丘，孤單峻秀，像高聳的層城。都像是斜川當日的境象，我老了，就此寄託餘生。

【賞析】這是蘇軾謫居黃州第三個年頭所寫的詞，時年已四十七歲。到了黃州，蘇軾寓居在臨皋亭，其後得到一塊廢地，即所說的東坡（東面的坡地），因自號東坡居士。又在這塊坡地上建築室堂，以其於大雪中建成，故名雪堂，自書「東坡雪堂」四字以榜之，並在四壁繪有雪景圖。據〈東坡圖〉記載：雪堂前有細柳，前有浚井，西有微泉。植有桃、茶、松、橘、棗、栗等。又開池塘，種黃桑、稻麥及蔬菜等，衣食之用，可以自給。對於一個在仕途上遭受嚴酷打擊的人來說，能安居下來，過點自在的生活，實屬不易。這種滿足感在詞中得以淋漓盡致地表達了出來，春雨後的東坡，處處生機勃勃，吱吱喳喳叫個不停的烏鵲聲，叮叮咚咚的泉水聲，有山丘清峻，有小溪清流，一切都是那麼富有活力，可媲美於陶淵明的斜川。蘇軾有正月五日與子蘇過出遊作〈和游斜川〉詩云：「謫居澹無事，何異老且休。雖過靖節年，未失斜川游。春江綠未波，人臥船自流。我本無所適，汎汎隨鳴鷗。中流遇洑洄，捨舟步曾丘。有口可與飲，何必逢我儔。過子詩似翁，我唱而輒酬。未知陶彭澤，頗有此樂不？問點爾何如，不與聖同憂。問翁何所笑，不為由與求。」這是和唱陶淵明的詩〈游斜川〉，反映了及時行樂的思想。末四句用《論語・先進篇》子路、曾皙等陪侍孔子閒坐、各言其志的典故，表達了對超脫名利、自得自樂生活的追慕。而就詞來說，這種情感表達得更直白，唯有熱愛生命的人，才會謳歌富有活力的人、或物、或自然，為之傾倒，為之振奮。至少東坡雪堂的景物之精美，遊玩之樂趣，使得作為「囚犯」的他感覺到有了些自由。但這種自由與陶淵明相比，還是有很大局限性的。他是在人身不自由的背景下追求著盡可能大的自由，所以說能得到一些，就足以令他興奮不已了。而「吾老矣，寄餘齡」，似乎又有點絕望的嘆喟，當一位富有或渴求活力的人受到遏制時，只好無奈地退縮，這無疑是痛苦的，末二句讓我們就有這樣的感覺。

江城子

孤山❶竹閣❷送述古❸

翠蛾羞黛怯人看。掩霜紈❹，淚偷彈。且盡一尊，收淚聽〈陽關〉❺。
謾道帝城天樣遠，天易見，見君難❻。
畫堂新創近孤山。曲闌干，為誰安？飛絮落花，春色屬明年。欲棹小舟尋舊事，無處問，水連天。

【注　釋】❶孤山　在杭州西湖邊。❷竹閣　唐白居易出守杭州時所建，在孤山。❸述古　參見〈菩薩蠻〉「秋風湖上蕭蕭雨」注❶。❹霜紈　用白色薄絹製成的扇子。❺陽關　參見〈點絳脣〉「莫唱〈陽關〉」注❶。❻謾道帝城天樣遠三句　謂陳襄此次離杭州遠去，再見面不易。謾道，猶云不用說。帝城，京城。

【語　譯】面容嬌羞，怕人看見，用白絹扇遮掩，偷偷地滴落著淚水。姑且飲完一樽酒，收起了淚水，唱著〈陽關曲〉。不要說帝都天一般的遙遠，天容易見到，見到您就難了。　新近營造、雕飾精美的堂屋靠近孤山，欄杆曲折，為誰安置的呢？柳絮飄飛花兒落，春色已盡，等待來年。想要盪起小船，尋訪曾經遊歷的地方，但已無處詢問，只見水天相連。

【賞析】神宗熙寧年間，陳襄為杭州太守，蘇軾為通判。陳襄離任赴南都（今河南南陽），在餞別時，蘇軾寫了這首詞。在詞作中，常會見到描寫這樣的情景，就是送別長官時，總有歌妓很是傷心，倒不是說這些歌妓不該傷心，只是在這種場合下，能如此，覺得應該有些說法。設想這些官妓，不外乎是娛賓佐歡的人，她們沒有人身自由，甚至從良還要得到地方最高長官（如太守）的批准，解除了妓籍的身分，才能獲得自由身。不過，其間很少能見到有現任的地方最高長官納官妓為妻妾的記載。詞的上片把官妓那種難捨的悲情寫得如此哀婉纏綿，不應是做作，更不是東坡打趣之言。下片「畫堂新創近孤山」三句似乎說明新營造的裝飾精美的房屋，就是為了安置新人的小窩，這位新人，當然是指上片提及的官妓。遺憾的是，事出意外，還來不及成就好事，一紙調令，一切化為烏有。「春色屬明年」，仍是懷抱希望；「尋舊事，無處問」，卻又似說再來時，恐怕已是物是人非了。言下之意是說官妓已有他屬，除了對往事的追憶外，別無所獲。這是首言情詞，寓景於情，哀婉蘊藉。

江城子

湖上與張先❶同賦

鳳凰山❷下雨初晴。水風清，晚霞明。一朵芙蕖❸，開過尚盈盈❹。

何處飛來雙白鷺，如有意，慕娉婷❺。

忽聞江上弄哀箏。苦含情，遣誰聽？煙斂雲收，依約是湘靈❻。欲待曲終尋問取，人不見，數峰青❼。

【注釋】❶張先　參見〈定風波〉「月滿苕溪照夜堂」注❶。❷鳳凰山　在浙江杭州南郊，形如鳳凰欲飛，故名。❸芙蕖　荷花。❹盈盈　儀容美好貌。❺娉婷　姿態美妙。❻湘靈　湘水之神，比喻彈箏女。❼欲待曲終尋問取三句　取唐人錢起詩〈省試湘靈鼓瑟〉「曲終人不見，江上數峰青」詞句化用之。

【語譯】鳳凰山下雨過才放晴，水面清風吹拂，晚霞光明燦燦。就像一朵芙蓉，盛開後還是嬌美輕盈。從哪裡飛來了一雙白鷺，好像懷有情意，傾慕那美妙的姿容。

忽然聽到江上有人彈箏，樂曲哀傷。含情悲苦，是想彈給誰聽？如煙的水氣集聚，雲彩已散，彷彿是湘水女神。想等到樂曲結束後去尋問，人已不見，只見青青的山峰。

【賞析】要理解這首詞，我們得先看看宋人的有關記述。據載，東坡做杭州通判時，一日帶著幾位客人去遊西湖，除了大詞人張先外，還有兄弟倆，正在守孝期間。眾人坐在孤山竹閣前臨湖的亭子上，飲宴品賞。過了一段時間，一彩船漸漸地靠近，上有豔裝美女數人。其中有一女子尤其豔麗，正彈著箏，大概有三十多歲，儀態嬌媚，風韻高雅。那兩位守孝的兄弟竟然為其所吸引，神不守舍，一直目送彩船遠去，而所彈奏的箏曲之聲還隱隱約約地傳來。於是蘇軾就寫了這首詞，以嘲謔兄弟二人。或說這二人是劉敞、劉攽兄弟，二劉兄弟也是北宋頗有名氣的文人。詞中「一朵芙蕖，開過尚盈盈」，是比喻彈箏的女子，「開過」是就其成熟性而言。「雙白鷺」是比喻守孝的二位兄弟，因著白色孝服，故以白鷺作喻。「如有意，慕娉婷」，是說兄弟二人竟然也為之動情，大是出乎意料。下片則是專就兄弟二人情為所迷而運筆，為女子的美貌所傾倒，為女子的樂曲所吸引。「欲待曲終尋問取」，竟然心存有結好於美人的想法，遺憾的是落花有意，流水無情。「人不見，數峰青」，化用唐人詩句，最具神韻。一則寫出美人驀然而來，倏忽而去，來無蹤，去無影，神秘莫測。一則寫守孝兄弟二人痴迷傷情，情天恨海，永將相伴。詞中嘲謔兄弟二人守孝期間公然迷戀女色，有違禮制，孔子云「吾未見好德如好色者也」，或可說明這個問題。

江城子

乙卯❶正月二十日夜記夢

十年生死兩茫茫。不思量，自難忘。千里孤墳，無處話淒涼。縱使相逢應不識，塵滿面，鬢如霜。

夜來幽夢忽還鄉。小軒❷窗，正梳妝。相顧無言，惟有淚千行。料得年年腸斷處，明月夜，短松岡❸。

【注釋】❶乙卯　宋神宗熙寧八年（一〇七五）。❷軒　敞亮的房子，此指臥室。❸短松岡　此指植有松樹的墓地。

【語譯】十年了，活著的和死去的，彼此相隔遼遠。不用多思考，自然難以忘懷。孤寂的墳墓在千里外，沒有地方訴說冷落悲涼。即使相逢，理應不能認得出，塵埃滿面，兩鬢白如霜。　夜夢中，好像忽然返回到了故鄉。小小的臥室，正在窗前梳理化妝。彼此相視，滿腹的話無從說起，只有千行淚流。料想年年傷心欲絕的地方，在月光明亮的夜晚，植有小松樹的山坡上。

【賞　析】這是悼念亡妻的作品。蘇軾先後兩娶王氏女。先娶的名王弗，為同鄉的鄉貢士王方之女。出嫁時年十六，有識見，卒於英宗治平二年（一〇六五）五月，享年二十七歲，靈柩暫時殯於京城之西，次年歸葬於眉山蘇氏祖塋。後娶的名閏章，字季章，為王弗之妹，哲宗元祐八年（一〇九三）去世，享年四十六歲。這首詞是懷念前妻王弗的。上片寫日有所思，以逝者雖然離去已有十年，但自己的懷思依然濃烈，說明愛得深，這是從時間上著筆；「千里孤墳」二句則是從空間著筆，極言相思之苦，直白的話語中傳達出內心深處的吶喊和呼喚。「縱使」是退一步說法，相逢未必能相識，這是莫大的悲哀。「塵滿面，鬢如霜」言活在世上的我也是無幸福可言的，奔波於紅塵之中，往來於名利之場，如今是身心兩倦，已不是昔日的我了，就有難以相識的感嘆。下片寫夜有所夢，陰陽兩重天，欲相見等於痴人說夢，而夢境常常是人們了結心願的一種方式。蘇軾擇取了一特寫，即回到了昔日兩人生活過的臥室，王弗正在梳洗打扮，有香豔之意，卻出之以平淡之語。「相顧無言，惟有淚千行」，寫出了久別重逢的驚異，悲喜交加的情態。「料得年年腸斷處」三句，則是由夢中回到現實的醒悟，依然是酸楚，依然是孤寂，依然是苦戀，相伴此生。此詞的最大特色就是用語樸實無華，而情感真摯酸楚，也是其之所以能打動讀者之心之所在。

江城子

別徐州

天涯流落思無窮。既相逢，卻匆匆。攜手佳人，和淚折殘紅❶。為問東風餘幾許？春縱在，與誰同？　隋堤❷三月水溶溶❸。背歸鴻，去吳中❹。回首彭城❺，清泗❻與淮❼通。欲寄相思千點淚，流不到，楚江東❽。

【注　釋】❶殘紅　落花。❷隋堤　隋煬帝時開鑿，連接黃河、淮河至長江，楊柳夾岸，後人稱隋堤。❸溶溶　水流動貌。❹背歸鴻二句　謂春時大雁北飛，而人卻反向去吳中。吳中，今江蘇吳縣。❺彭城　今江蘇徐州。❻泗　指泗水，見〈浣溪沙〉「照日深紅暖見魚」注❷。❼淮　即淮河，參見〈清平樂〉「清淮濁汴」注❶。❽楚江東　指長江中下游地區。

【語　譯】流落在天涯，懷思無窮。既然相逢，卻又匆匆分手。手挽著佳人，眼含淚水，折弄著落花。請問東風還能盛行多久？春天即使在，又和誰一同觀賞呢？　三月隋堤下的水溶溶地流著，和返回的大雁方向相反，去向是吳中。回頭望彭城，清清的泗河水和淮河相通。帶著我相思的千點淚珠，卻流不到，楚地長江的東部。

【賞析】神宗元豐二年（一〇七九），蘇軾由徐州移知湖州，寫了這首詞。就詞意來看，是寫和一位相好的女子依依話別的情事。「天涯流落思無窮」三句有「同是天涯淪落人」的詩意，兩人相逢，彼此有了愛慕，彼此有了一段的情感。雖然相處時間不長，但感情卻是深厚的。分別時，才知道是如此的痛苦。執手相看，淚眼盈盈。以殘春和落花來烘托別離之苦，最是哀婉。李後主有「問君能有幾多愁，恰似一江春水向東流」，此詞「寄我相思千點淚」三句即從此意轉出，卻更進了一層。李詞之意，尚有江水為傳遞消息，而蘇詞則連這點都做不到。相思的淚水滴落在泗水中，卻不能被帶到長江，言下之意，雖有深情密意，卻無法傳遞到所思念的人那裡，最是傷情。表達了一往情深的真誠，言短情長。

江城子

密州出獵

老夫聊發少年狂。左牽黃❶，右擎蒼❷。錦帽貂裘❸，千騎❹卷平崗。為報傾城隨太守❺，親射虎，看孫郎❻。

酒酣胸膽尚開張❼。鬢微霜，又何妨？持節雲中，何日遣馮唐❽？會挽雕弓❾如滿月，西北望，射天狼❿。

【注　釋】❶黃　指黃毛犬。❷擎蒼　手舉著蒼鷹。擎，用手往上托；舉。蒼，指蒼鷹。❸錦帽貂裘　錦蒙帽，貂鼠皮衣，為漢羽林軍裝束，此指太守的隨從。❹千騎　言太守隨從之多。❺為報傾城隨太守　謂為了觀看太守狩獵，人們傾城而出。❻孫郎　指三國吳主孫權，曾乘馬射虎於庱亭（今江蘇丹陽東）。❼酒酣胸膽尚開張　謂飲酒酣暢，心胸開闊，膽氣高漲。❽持節雲中二句　謂何日能被派往邊關，殺敵報國。持節，古代使臣出使時所持的憑證。節，符節。雲中，在今內蒙古托克托。馮唐，西漢文帝時人，曾奉詔持節至雲中，復原雲中太守魏尚之職。晚年雖已年老，尚欲立功邊關。❾雕弓　刻畫有紋彩的弓。❿天狼　星名，在東井南，喻貪殘。此喻西夏王朝。

【語　譯】老夫姑且顯示一下年少時的狂放，左手牽著黃毛犬，右手舉著蒼鷹。戴著錦蒙帽、穿著貂鼠皮衣的隨從們，騎馬奔馳，如風捲殘葉般橫掃過平緩的山坡。為了觀看太守打獵，人們傾城隨往。我親自射殺了老虎，人們又像是看到了當年的孫權。　飲酒酣暢，心胸開闊，膽氣高漲。鬢髮稍微有些霜白，又有什麼妨礙？持節到雲中，什麼時候朝廷派遣馮唐來？能夠拉開雕刻有紋彩的弓如滿月那樣圓，望西北，射向天狼。

【賞　析】詞作於知密州時，這是一首很有豪放氣派的詞，這種風格的詞在蘇軾的作品中並不多見。上片寫圍獵時的情景，從出發到圍獵，無不突出地寫出了一種氣勢，即豪氣沖天。蘇軾又有〈祭常山回小獵〉詩，是記同一件事，詩中有云：「青蓋前頭點皂旗，黃茅岡下出長圍。弄風驕馬跑空立，趁兔蒼鷹掠地飛。」可與參看。詩是從實處著筆，詞則更多的是從虛處著筆。詩偏重於具體物象的描繪，詞則偏重於氛圍的渲染。「千騎卷平崗」之「卷」字，大有勢不可擋，壓倒一切的氣概。城裡的百姓傾城而出，以側筆寫圍獵時場面的洪大壯觀，這都是圍繞著「狂」字作文章。下片重在抒情，正是這次圍獵中的不俗表現，其自豪感徒增，情緒高漲，頗有英雄無用武之地的感受，發出了「持節雲中，何日遣馮唐」的感慨，也就是希望能得到重用，建功立業，報效國家。天狼，這裡比喻西夏王朝，為黨項羌族在今中國的西北建立的一個政權，北宋時賜趙姓，至元昊稱帝，常出兵騷擾，成為北宋的邊患。所謂挽弓西北射天狼，即投身邊關，殲滅仇敵，表達了強烈的愛國情懷。詞以豪放著稱，蘇軾在〈與鮮于子駿書〉中云：「數日前獵於郊外，所獲頗多。作得一闋，令東州壯士抵掌頓足而歌之，吹笛擊鼓以為節，頗壯觀也。」所云就是此詞，所謂以「吹笛擊鼓」為節拍，令東州大漢「抵掌頓足」高聲猛唱，說明了此詞不像傳統小詞，只宜歌兒舞女手持紅牙拍板婉轉低唱，雄快豪邁，昂揚激盪，讀來使人熱血沸騰、心潮澎湃。

千秋歲

徐州重陽作

淺霜侵綠❶，髮少仍新沐。冠直縫❷，巾橫幅❸。美人憐我老，玉手簪金菊❹。秋露重，真珠滿袖沾餘馥❺。

座上人如玉，花映花奴肉❻。蜂蝶亂，飛相逐。明年人縱健，此會應難復。須細看，晚來明月和銀燭。

【詞牌】千秋歲

《詞譜》卷十六：《宋史・樂志》：歇指調。《金詞》注：中呂調，一名〈千秋節〉。

【注　釋】❶淺霜侵綠　謂黑髮中已夾有白髮。綠，即綠鬢，烏亮的鬢髮。❷冠直縫　縫製帽子的一種方法。❸巾橫幅　巾為古時冠的一種，以葛或縑製成，橫著於額上。❹簪金菊　參見〈定風波〉「與客攜壺上翠微」注❸。❺秋露重二句　謂菊花上的露水如真珠，滴落在衣袖上，猶帶菊花的清香味。馥，香。❻座上人如玉二句　謂座上賓客年少清雋，溫秀如玉。花奴，唐玄宗時，汝南王李璡小字花奴，善擊羯鼓。

【語　譯】烏黑的頭髮已夾有白髮，頭髮雖然少，依舊是新梳洗過。帽子是直線縫製，頭巾橫著在額上。美人憐惜我年老，玉質般的纖手為我插戴著菊花。秋天露水很重，像真珠一樣沾滿了衣袖，還帶著菊花的清香。　座上的美人顏如玉，群花映襯著少年清俊的面容。蜂蝶亂飛，互相追逐。明年大家即使健在，這樣的聚會應該說是難以再有。還須仔細地欣賞吧，夜晚月亮升空，相伴著明亮的燭光。

【賞　析】重九觀賞菊花，飲酒歡聚，這是古代盛行的一種民俗活動。詞的上片就是寫為參加這種活動而做的準備工作，首先得沐浴潔身，梳理打扮，其次是帽上要插戴菊花，以示看重。下片是寫眾人聚會，飲著酒，品賞著菊花。「蜂蝶亂，飛相逐」，於敘述中寫景，似乎有所指，如詞中所云，美人如玉，少年清俊，其中或有情意者，如蜂蝶一般，尋找和追逐著意中的那位。與此相反，東坡自嘆英年不再。杜甫〈九日藍田崔氏莊〉詩云：「明年此會知誰健，醉把茱萸仔細看。」詞中末四句從此化出，表達了珍惜好時光，當及時行樂的思想，雖然有點鬱悶，但整首詞的基調還是積極向上的。

烏夜啼

莫怪歸心速，西湖自有蛾眉❶。若見故人須細說，白髮倍當時。
小鄭❷非常強記，二南❸依舊能詩。更有鱸魚堪切膾❹，兒輩莫教知。

【詞牌】烏夜啼

《詞律》卷二於李煜〈相見歡〉「無言獨上西樓」末注云：案：此調本唐腔，薛昭蘊一首正名〈相見歡〉，宋人則名為〈烏夜啼〉。而〈錦堂春〉亦名〈烏夜啼〉，因致傳訛不少。今斷以此調從唐人為〈相見歡〉，而〈錦堂春〉亦仍其名，俱不以〈烏夜啼〉亂之，庶為畫一。《嘯餘》既收〈相見歡〉，復收〈烏夜啼〉，誤。《圖譜》既收〈烏夜啼〉，復收〈上西樓〉，且又收〈憶真妃〉，尤誤。

又卷五：〈錦堂春〉：四十八字，又名〈烏夜啼〉。

又於趙令時〈錦堂春〉「樓上縈簾弱絮」末云：前後同坡公，前第三句作「若見故人須細問」後第三句作「更有鱸魚堪切膾」，與此平仄異，因字數同，不另錄。

《詞譜》卷六：唐教坊曲名。《太和正音譜》注：南呂宮，又大石調。宋歐陽脩詞名〈聖無憂〉，趙令時詞名〈錦堂春〉。案：郭茂倩《樂府詩集》有清商曲〈烏夜啼〉，乃六朝及唐人古今體詩，與此不同，此蓋借舊曲名另翻新聲也。

《填詞名解》卷一：一名〈錦堂春〉，一名〈上西樓〉，一名〈相見歡〉，一名〈秋夜月〉，一名〈憶真娘〉。古樂府有〈烏夜啼〉，宋臨川王義慶所作。元嘉中，義慶為江州，徵還，懼，伎妾夜聞烏夜啼聲，扣齋閣云：「明日應有赦。」因此作歌。一云：魏何晏繫獄，有二烏止晏舍上，晏女曰：「烏有喜聲，父必免。」遂撰此操。至唐相沿有此曲，填詞因之。唐《教坊記》云：〈蘭陵王〉、〈烏夜啼〉之屬，謂之軟舞。(案：唐〈樂志〉云：隋亡，清樂散闕，存者纔六十三曲，中有〈烏夜啼〉、〈玉樹後庭花〉等名。又〈儀衛志〉稱：大橫吹部節鼓二十四曲，其八〈烏夜啼〉云)

【注　釋】❶蛾眉　代指美女。❷小鄭　當指昔日在鎮江所識的官妓鄭容。❸二南　湖州有妓姓周、召二人，人稱二南。❹更有鱸魚堪切膾　晉朝張翰在洛陽為官，因秋風起，而思故鄉吳中鱸魚膾、菰菜、蓴羹，就辭官歸里。後世常用鱸魚膾以表達辭官歸隱之意。膾，細切的魚或肉。

【語　譯】不要責怪思歸的心是那麼急速，杭州本來就出美女。如果遇見老朋友，應該仔細地說明，白髮的數量已倍增。　小鄭記憶力非常地強，二南仍然是會吟詩。更何況那裡又有鱸魚可細細地切，千萬不要讓孩子們知道。

【賞　析】這是首頗有意味的小詞。蘇軾曾二度至杭州為官，第一次是神宗熙寧四年（一〇七一）自京官為杭州通判，並於是年十一月抵達，七年秋末離任；第二次是哲宗元祐四年（一〇八九）自京官求外任，知杭州，於是年七月抵達，六年春召赴京，兩次雖相隔近二十餘年，但蘇軾對杭州仍有著深厚的情感。他第二次知杭州，已是五十四、五歲了，所謂「白髮倍當時」或指此而言，此詞或作於第二次去杭州前不久。就詞中所述而言，似與杭州的一段豔情有關。據宋人筆記載，東坡自杭州召還，過鎮江，郡有會，有官妓鄭容、高瑩二人求他向太守求情，一求落籍，一求從良。東坡作小詞〈南歌子〉「欲執河梁手」為解，得遂二人之願。又湖州有周、召二官妓，人稱二南，蘇軾自杭州召還，是經由湖州的，又曾於神宗元豐二年（一〇七九）春知湖州。因此可以說詞中的小鄭、二南都應指杭州的官妓，借此說明此妓強識善吟，決非以姿色取勝者。蘇軾第二次累上章求知杭州，所謂歸心如箭，這段情感包含在其中，也未必不然。當然，這或者是其諧趣之言，詞是寫給老朋友的，據詞意，當是指曾熟識的官妓。其人或對蘇軾有意，只是他不大解風情，當時未曾明白，事後有所領悟，可是已經人各一方了。何況事過境遷，自己已非當年三十餘歲的小伙子，對方恐怕也是有了歸屬，當有杜牧子滿枝之嘆了。從末句「兒輩莫教知」，可見詞中所云決非子虛烏有之事，而他願將這段美好的記憶保存下來，可也不希望這個祕密讓更多的人知道，尤其是子女們，再三叮囑的神情躍然紙上，可笑可嘆。

河滿子

湖州寄南❶守馮當世❷

見說岷峨❸悽愴，旋❹聞江漢❺澄清。但覺秋來歸夢好，西南自有長城❻。東府❼三人最少，西山八國❽初平。

莫負花溪❾縱賞，何妨藥

市⑩微行⑪？試問當壚人⑫在否？空教是處聞名。唱著子淵⑬新曲，應須分外含情。

【詞牌】河滿子

《詞律》卷二：按唐崔令欽《教坊記》：「何滿」作「河滿」，但此調因開元中滄州歌者臨刑，進此曲以贖死，竟不免，而世傳其曲。故白香山詩：「世傳滿子是人名，臨就刑時曲始成。」是則應作「何」字。

《詞譜》卷三：唐教坊曲名，一名〈何滿子〉。白居易詩注：開元中，滄州歌者姓名。元稹詩云「便將何滿為曲名，御府新題樂府纂」是也。又《盧氏雜說》：唐文宗命宮人沈阿翹舞〈河滿子〉詞，又屬舞曲。

《填詞名解》卷一：〈何滿子〉，《教坊記》作〈河滿子〉。開元中，滄州歌者臨刑，進此曲以贖死，竟不免，而世傳其曲，即名〈何滿子〉。《碧雞漫志》云：詞屬雙調，兩段，各六句，內五句各六字，一句七字，蓋舞曲也。文宗時，宮人沈阿翹善舞此曲，白樂天詩：「世傳滿子是人名，臨就刑時曲始成。一曲四詞歌八疊，從頭都是斷腸聲。」然此是唐曲，入宋調變矣。（案：《唐詩紀事》載：文宗時，宮人沈阿翹歌〈河滿子〉，有「浮雲散白日」之句，上曰：「此《文選》古詩第一首，蓋忠臣，為姦邪所蔽也。」豈以〈河滿子〉調為節，而仍歌古詩邪？或作〈河滿子〉曲者，中采用古詩句，帝聞，因及之耶？）

【注　釋】❶南　或作益，指西南的益都，今四川成都。❷馮當世　名京，神宗時官至參知政事，西南茂州夷叛，徙知成都，平定叛亂。❸岷峨　參見〈南鄉子〉「晚景落瓊杯」注❸。❹旋　頃刻；不久。❺江漢　見〈鵲橋仙〉「乘槎歸去」注❸。❻長城　喻雄兵強將，此指馮京。❼東府　宋代東府為宰相及中書所居之處，此指馮京為參知政事時的事。❽西山八國　泛指西南諸少數民族。❾花溪　指浣花溪，在成都西郊，為錦江支流。❿藥市　成都有藥市，屆時四方賣買香藥者雲集，始於五月，凡三月而罷市。⓫微行　指帝王或官員著便服出行。⓬當壚人　指西漢司馬相如與卓文君的事，二人曾在臨邛買酒為生。壚，酒店安放酒甕、酒罈的地方。當壚，代指買酒。⓭子淵　漢王褒，字子淵，蜀人，益州刺史王襄欲向百姓宣揚風化，使子淵作〈中和〉、〈樂職〉、〈宣布〉等詩，令人歌唱之。

【語　譯】聽說岷峨地區悲涼，不久又聽說江漢水流澄清。只覺得秋來回歸故鄉的夢做得美，西南自然有猶如長城的您。宰相三人中您最年少，西山的八個小國剛被平定。　不要辜負浣花溪的美景，應盡心地遊賞。微服探訪藥市，又有什麼妨礙？請問買酒的司馬相如與卓文君還在嗎？白白地使這個地方聞名於世。吟唱著似子淵當年寫的新歌曲，應該是格外地飽含深情。

【賞　析】四川是蘇軾的故鄉，因此對四川局勢的關注也常見於他的視線中，表現了作為一個遊子的故鄉之情。西南是少數民族居住較多的地區，神宗熙寧年間，西南多次發生了少數民族叛亂的事。馮當世知成都是在熙寧九年（一〇七六），時茂州（今茂縣）少數民族叛變，馮氏去後，得以平定，詞中所言之事即此。「見說岷峨悽愴」，是指叛亂發生後，戰火迭起，燒殺掠搶，生靈塗炭，西南地區已是滿目瘡痍，令人心酸。「旋聞江漢澄清」，是指馮當世上任後，採取迅速的行動，平定了動亂，「澄清」二字就此而言。叛亂的平定，蘇軾對親人安危的掛念也就會釋然，所謂「歸夢好」，表達了心中的喜悅。當然，詞中主要還是歌頌馮當世的功德，但也有勸諷。下片前四句是說既然四川已恢復了安定，作為父母官的馮氏不妨遊賞，探訪名勝古跡，了解一方風土人情。浣花溪為唐代大詩人杜甫曾經隱居的地方，詞中引用杜甫、司馬相如等名流之事，意在說明四川不僅物資富饒，名稱天府之國，而且自古以來就有濃厚的文化底蘊，並非是蠻荒未開化的地方。孔子說為政以德，少數民族人心不歸順，作為執政者，首先想到的是當以德行和教育來感化，以真誠來感動，武力的解決，並非最佳的選擇，這就是「唱著子淵新曲」兩句的言外之意。

祝英臺近

挂輕帆，飛急槳，還過釣臺❶路。酒病無聊，欹枕聽鳴艣❷。斷腸❸簇簇❹雲山，重重煙樹，回首望、孤城何處？

間離阻，誰念縈損襄王，何曾夢雲雨❺？舊恨前歡，心事兩無據。要知欲見無由，癡心猶自❻，倩❼人道、一聲傳語。

【詞牌】祝英臺近

《詞律》卷十一：七十七字，或無「近」字。

《詞譜》卷十八：元高拭詞注：越調。辛棄疾詞有「寶釵分，桃葉渡」句，名〈寶釵分〉。張輯詞有「趁月底重修簫譜」句，名〈月底修簫譜〉。韓淲詞有「燕鶯語，溪岸點點飛綿」句，名〈燕鶯語〉；又有「卻又在他鄉寒食」句，名〈寒食詞〉。

《填詞名解》卷二《寧波府志》載：東晉，越有梁山伯、祝英臺，嘗同學。祝先歸，梁後訪之，乃知祝為女。欲娶之，然祝已許馬氏之子。梁怨忽成疾，後為鄞令，且死，遺言葬清道山下。明年，祝適馬氏，過其地，而風濤大作，舟不能進，祝乃造塚，哭之哀慟，其地忽裂，祝投而死之。事聞丞相謝安，請封為義婦。今吳中有花蝴蝶，蓋橘蠹所化，童兒亦呼梁山伯、祝英臺云。

【注釋】❶釣臺　嚴陵垂釣處，參見〈行香子〉「一葉舟輕」注❶和❹。❷艣　即櫓。❸斷腸　又作腸斷。形容極其悲傷的樣子。❹簇簇　叢列、叢聚狀。❺誰念縈損襄王一句　宋玉〈高唐賦〉載：楚襄王夢與巫山神女會，其中有「旦為朝雲，暮為行雨」句，後世遂以此比喻男女幽合之事。縈損，愁思鬱結而憔悴。❻猶自　仍自；依然。❼倩　請。

【語譯】拉起輕帆，船槳急速地飛動，又經過了釣臺的路。飲酒惹病，清閒煩悶。倚著枕頭，聽著划櫓的聲音。很是憂傷，雲山叢聚，煙霧般水氣籠罩中的樹木層層疊疊。回頭望，孤立的城市在何處？　間隔阻礙，誰會想到楚襄王因愁思鬱結而憔悴，又何曾夢中與巫山神女幽會？昔日的怨恨，先前的歡會，心中的思慮和期望的事情，兩者都無憑據。應知欲相見卻無理由，痴情依然，請他人傳達一聲問候。

【賞析】此詞毛晉刻本題作「惜別」，品詞之下片，卻又是與男女之情有關。蘇軾通判杭州時，曾於神宗熙寧五、六年（一〇七二～一〇七三）之間，巡行富陽、新城、桐廬諸縣，「還過釣臺路」，當是發生在這時段的事情。上片寫因公務而奔波勞苦之狀，「酒病無聊」，眾所周知，蘇軾是不善飲酒的，這次出行，或出於應酬，多飲了幾杯，以致惹得身體不適，因此覺得煩悶。「斷腸」二字來得較突兀，「回首望、孤城何處」的補充，方點明惜別之意。而「簇簇雲山，重重煙樹」則是渲染愁情離緒。下片首三句，以楚王夢與巫山神女幽會的典事，點明與之惜別者的身分，是相戀的女子，這女子不是別人，筆者以為就是蘇軾的寵妾朝雲。蘇軾是在熙寧七年納朝雲為妾的，而「朝雲」的名字也是取自於楚王夢巫山神女這一傳說故事的。只是寫此詞時，兩人尚處於熱戀的日子裡，如此，才能明白上片中為什麼「斷腸」一詞用得如此沉重，「欲見無由」，因此時朝雲尚未被納娶，不能隨侍同行，或者兩人的關係還屬於祕密時期，不能廝守在一起，對彼此而言，都覺得相思是痛苦的。請人傳話，表明自己的「痴心」，這是表態，蘇軾對朝雲的寵愛，朝雲對他的忠誠，在以後的日子裡得到了證明，這也是人所共知的。

一叢花

初春病起

今年春淺❶臘❷侵年，冰雪破春妍❸。東風有信❹無人見，露微意、柳際花邊。寒夜縱長，孤衾易暖，鐘鼓漸清圓❺。

朝來初日半銜山，

樓閣淡疏煙。遊人便作尋芳計，小桃杏、應已爭先。衰病少悰❻，疏慵❼自放❽，惟愛日高眠❾。

【詞　牌】一叢花

《詞譜》卷十八：調見東坡詞，有歐陽脩、晁補之、秦觀、程垓詞可校。又於蘇軾詞末注云：此調祇有此體，宋詞俱照此填，惟句中平仄小異。

【注　釋】❶春淺　春意淺淡。❷臘　古時歲終祭祀百神之日謂臘日，又在農曆十二月祭百神，也稱臘月。❸冰雪破春妍　謂冰雪之景首開迎春美意。❹信　信風，指隨時令變化，定期定向而來的風，即季風。❺清圓　清亮圓潤。❻悰　歡樂。❼疏慵　懶散；怠慢。❽自放　放任自己。❾高眠　悠然自在，安閒無事的情態。

【語　譯】今年春意淺淡，臘日離新年很近，一場冰雪迎來了春天的美景。東風帶來了消息卻沒有人看見，柳樹上，花卉間，已稍微顯露出了春意。寒夜即使漫長，孤單一人，被子裡易於溫暖，鐘聲鼓聲清亮圓潤。　早晨起來，初升的太陽一半還被山遮住，樓閣裡香煙清淡稀疏。遊人已作好了探春尋芳的計畫，桃杏幼嫩的花苞理應已經爭先開放。衰老多病，少有快樂，懶散放任，只是喜歡在白天高枕而臥，悠閒自在。

【賞　析】人在病中，很難說會對什麼感興趣。但對蘇軾來說，初春的來臨還是引起了他的關注。景物煥然一新，萬物活力四射，春雪、和風、嫩柳，還有桃杏爭春，遊興漸濃的人們，無不鮮活可愛。以自然的盎然生機反襯我的衰老多病，以他人濃郁的迎春興致，寫我之孤寂寡歡的情懷，雖有些淡淡的傷感，卻仍掩飾不了內心的喜悅，如云「寒夜縱長，孤衾易暖」，古人詩文中常見的是長夜寒天、孤衾難暖的說法，這裡反言之，以見即使初春寒意仍存，但依然抵擋不住萬物生機盎然的復蘇，「易暖」即說明像他這樣衰老多病的人，也感受到了生命活力的回歸。詞中用語淡雅活潑，清新奇特，如「鐘鼓漸清圓」句，把聽到的鐘聲和鼓聲，用清圓二字描述，是以視覺寫聽覺，所謂用了通感的手法。當然聲波是呈圓弧形擴散的，與清圓的水波有相似處。

皁羅特髻

采菱拾翠❶，算似此佳名，阿誰消得❷？采菱拾翠，稱使君知客❸。
千金買采菱拾翠，更羅裙滿把真珠結。采菱拾翠，正髻鬟初合❹。
真箇、采菱拾翠，但深憐輕拍。一雙子❺采菱拾翠，繡衾下抱著俱香滑。
采菱拾翠，待到京尋覓。

【詞牌】皁羅特髻

《詞律》卷十二於蘇軾詞末注云：疊用「采菱拾翠」字凡七句，或此調格應如此，或是坡仙遊戲為之，未可考也。「稱使君」下與後「但深憐」下同。

《詞譜》卷十九：調見宋蘇軾詞，詞中有「髻鬟初合」句，亦賦題也。又於蘇軾詞末注云：此調無別詞可校。按詞中凡七用「采菱拾翠」句，想其體例應然，填者依之。

【注釋】❶采菱拾翠　蘇軾兩小鬟之名。❷消得　猶消受，配得上。❸知客　佛寺中接待賓客的僧人。也指辦理婚喪喜事時專門接待賓客的人，此就結婚而言。❹髻鬟初合　即合髻，唐宋時期婚俗，男女對拜畢，就床，男左女右，取少許頭髮，男女雙方二家拿出疋緞、釵子、木梳、頭髮等，謂之合髻。此指采菱、拾翠出嫁事。❺一雙子　意思不可解，或指一對孩子，指采菱和拾翠年紀尚小。（案：一雙子，一本作一雙手。）

【語譯】采菱和拾翠，想這樣美妙的名字，有誰能配得上？采菱和拾翠，稱使君為知客。千金買來采菱和拾翠，羅裙上更是到處編結有真珠。采菱和拾翠，正是髻鬟初合，許配於人時。真是的、采菱和拾翠，只因深深地憐愛，輕輕地拍打。一對孩子似的采菱和拾翠，錦繡的被子下抱著她們都是滿身氣香、肌膚光滑。采菱和拾翠，等待著到京城去尋找。

【賞析】〈皁羅特髻〉這個詞牌沒有見過其他人寫過，僅見蘇軾所作，其中有「正髻鬟初合」，或取名於此。皁羅特髻，是指用黑色薄質絲織品製作成的髮髻，可作頭飾用，類似於現在的假髮。蘇軾在〈與朱康叔〉信中有這樣的一段話，云：「所問菱、翠，至今虛位，雲乃權發遣耳，何足掛齒牙。」蘇軾有妾名朝雲，其中雲即指朝雲，而菱、翠當指采菱、拾翠。所謂「虛位」，結合詞意來看，采菱、拾翠後來離開了。從詞意來看，這是首遊戲之作。采菱、拾翠來到蘇軾身邊時年紀不算太大，大概到了出嫁的年齡後，她們就離開了，詞中表達了對她們的思念。由詞的末句知，采菱、拾翠已在京城，所謂「尋覓」，或為諧趣之言，就蘇軾和宋人的記載來看，采菱和拾翠最終並未回到他身邊。詞中「采菱拾翠」重複七次，頗像後世所說的和唱詞語。這首詞並無多大意義，當是應歌之作，只是僅見於此，為蘇軾創製的詞調，聊備一格。

洞仙歌

余七歲時，見眉州老尼，姓朱，忘其名，年九十餘。自言嘗隨其師入蜀主孟昶❶宮中。一日，大熱，蜀主與花蕊夫人❷夜納涼摩訶池❸上，作一詞，朱具能記之。今四十年，朱已死久矣，人無知此詞者，但記其首兩句。暇日尋味，豈〈洞仙歌令〉乎？乃為足之云。

冰肌玉骨，自清涼無汗。水殿風來暗香滿❹。繡簾開，一點明月窺人；人未寢，欹枕釵橫鬢亂。

起來攜素手，庭戶無聲，時見疏星渡河漢。試問夜如何？夜已三更，金波淡，玉繩❺低轉。但屈指西風幾時來？又不道流年，暗中偷換。

【詞牌】洞仙歌

《詞律》卷十二：八十二字，或加「令」字，又名〈羽仙歌〉。

《詞譜》卷二十：唐教坊曲名，此調有令詞，有慢詞。令詞自八十三字至九十三字，共三十五首。康與之詞名〈洞仙歌令〉，潘牥詞名〈羽仙歌〉，袁易詞名〈洞仙詞〉。《宋史・樂志》名〈洞中仙〉，注：林鍾商調，又歇指調。金詞注：大石調。慢詞自一百十八字至一百二十六字，共五首。柳永《樂章集》「嘉景」詞注：般涉調；「乘興閒泛蘭舟」詞注：仙呂調；「佳景留心慣」詞注：中呂調。按張綖《詩餘圖譜》：前段六句三韻，後段七句三韻，前後段第三句俱七字，第四句俱九字，前段結句六字，後段結句九字，此令詞正體也。間有攤破、添字句、添韻者，皆從此出，譜內句讀悉據之。

《填詞名解》卷二：宋蘇軾云：七歲時，見眉州老尼，朱姓，年九十餘。自言嘗隨其師入蜀主孟昶宮中。一日大熱，蜀主與花蕊夫人夜起，避暑摩訶池上，作此詞。獨記其首二句，豈〈洞仙歌令〉乎？乃為足之。先舒案：楊元素《本事曲》稱：見一士人誦昶避暑詞全篇「冰肌玉骨清無汗」云云，與蘇氏填詞不同。蘇詞起句云「冰肌玉骨，自清涼無汗」云云。且如楊氏所稱，則此調似創自昶矣。而《苕溪漁隱》云：當以蘇序為正，疑昶故有是詞，蘇後稍為更定之耳。今二詞多具刻，故不錄。

【注　釋】❶孟昶　五代後蜀皇帝，好遊宴，不務政事。宋兵入蜀，降宋。❷花蕊夫人　孟昶妃，姓徐，青城人，善詩文，蜀亡入宋宮。❸摩訶池　在四川成都南，為隋蕭摩訶所置，故名。❹冰肌玉骨三句　孟昶有〈避暑摩訶池上作〉云：「冰肌玉骨清涼汗，水殿風來暗香滿。」冰肌玉骨，形容肌膚光潔溫潤。❺玉繩　星名。玉繩低轉指夜已深。

【語　譯】冰一樣晶瑩的肌膚，玉一般清潤的骨骼，自然是清涼沒有汗水。水榭上吹來了風，處處飄著香味。拂開繡飾的簾子，一點明月正在窺視；人還沒有睡，斜靠著枕頭，釵已取下，頭髮散亂。

起了床，拉著美人白皙的手，庭院沒有聲音，不時會看見稀疏的星星飛渡銀河。請問夜晚怎麼樣？已是三更天，月光淡淡，玉繩已經轉移到下方。只是屈指算著西風什麼時候來到？又不知常言道流逝的歲月，在不知不覺中轉換著。

【賞　析】這首詞，自宋以來論者紛紛，褒貶不一。蘇軾小序自云是因孟昶詞殘句補充而成，考宋人著述，卻完整地記錄有孟詞，其名曰〈玉樓春〉，其詞云：「冰肌玉骨清無汗，水殿風來暗香滿。簾間明月獨窺人，欹枕釵橫雲鬢亂。三更庭院悄無聲，時見疏星度河漢。屈指西風幾時來？只恐流年暗中換。」既然蘇軾是只記得首二句，其餘當為自己填寫，怎麼會兩者句辭幾乎全同？如此，應該是蘇詞櫽栝孟詞而成的。兩者都是詞，孟詞句式整齊，而蘇詞略作增飾移換，卻有搖曳生姿之感。加以句式長短不一，「詞」味更濃些。其一，豐富語意。如下片「試問夜如何」四句，就是蘇詞衍生出來的，這是悄悄話。正是這種悄悄話，暗示了時光易逝，引起詞中人物「不道流年，暗中偷換」感傷。作為君王和妃子，他們完全可以過著醉生夢死的生活，盡情地享受著現世的榮華和富有，他們可以擁有一切可以得到的，就是有一點無法控制，這就是年歲。這是所有人都無法改變的，因此，蘇軾強化了這一點，也借此表達了他自己的惆悵。其二，豐富語詞。如「一點明月窺人」之「點」字，孟詞原句平平，而蘇詞加一「點」，就把月亮之「圓」和「遠」的特性寫了出來，孟詞句中之月可作圓月解，也可作殘月解，不能賦予其外更多的含義。而蘇詞則只能作圓月解，由花蕊夫人窺視到圓月，從而引起對圓圓滿滿的愛情生活的遐想，不僅圓滿，還要久遠。一則君王能專情於一人的罕見，作為女性，她是希望如此。其次，國家處於飄搖中，能否久遠，也是她關注的。孟昶是個昏庸縱色的君王。由「人未寢，攲枕釵橫鬢亂」說明花蕊夫人內心的焦慮和不安，有化工點染之妙。

洞仙歌

江南臘盡❶，早梅花開後。分付❷新春與垂柳。細腰肢，自有入格❸風流。仍更是，骨體清英雅秀。

永豐坊那畔，盡日無人，誰見金絲弄晴晝❹？斷腸是飛絮時，綠葉成陰❺，無箇事，一成消瘦？又莫是東風逐君來，便吹散眉間，一點春皺❻。

【注釋】❶臘盡　指一年的歲末。❷分付　分別交付給。❸入格　合格。❹永豐坊那畔三句　唐孟棨《本事詩》載：白居易有寵姬二人：一名樊素，善歌；一名小蠻，善舞。嘗為詩贊曰：「櫻桃樊素口，楊柳小蠻腰。」白年歲既高，而小蠻方豐豔，於是就寫了〈楊柳枝詞〉以託意，曰：「一樹春風萬萬枝，嫩於金色軟於絲。永豐坊裡東南角，盡日無人屬阿誰？」詞中用此典，意思是說柳枝正值婀娜多姿、招人眼目時，卻無人賞識。永豐坊，地名，在今洛陽。金絲，比喻晴日下的柳條。❺綠葉成陰　參見〈南歌子〉「紫陌尋春去」注❺。❻春皺　因感春而眉皺，意同春愁。

【語譯】江南歲末時，早在梅花盛開之後。已是交付給了新春和垂拂的柳枝，似美女纖細的腰肢，天生就符合風流的要求。而且又是骨骼清逸，體態高雅俊秀。

永豐坊那邊，整天沒有人，誰會賞識如金絲般的柳條在晴空中舞弄？柳絮飄飛時，傷心腸欲斷，嫩綠的葉子已變成了濃蔭，沒有什麼事，卻消瘦了一成？又莫非是東風追逐君而來，就吹散了眉頭間，那一點春愁。

【賞　析】此詞傅幹《注坡詞》題作「詠柳」，或以為此詞不僅僅是詠物，當是代妓詠情之作。細品詞中多用男女情事之典，這種說法是言之成理的。上片寫歌妓的體態品性。以初春柳樹的新嫩作比擬，點明其正是青春美妙年華的時候，有著骨骼清逸超俗、體態高雅俊秀的品性，言下之意是讚賞歌妓雖然身處於汙濁之中，卻能潔身自愛。下片首三句寫「怨」，一「弄」字極寫歌妓的幽怨，正是因為品性高潔，這與其所處的生活環境是格格不入的，也就不可能獲得真愛；即使是才藝絕倫，卻不見有知音，「盡日無人」，說明了現實的殘酷性，即冷漠無情。「斷腸是飛絮時」則是寫「恨」，這種恨是就男方而言，詞中借中唐詩人杜牧的情事典故，說明既然遇到了絕妙佳人，彼此有心意，就應珍惜這段情緣，否則會給自己帶來終身的遺憾。「又莫是東風逐君來」三句進一步強化這情感，歌妓不似先前那樣愁懷難釋，是否又有了新歡？在猜測和關注中，說明了男方對歌妓已是動了真情。女性在情感方面的敏銳往往是優於男性的，或是歌妓已是明白了，故意如此，耍了一個小手段，以刺激對方的，以檢驗對方情感的強度和深度。

華胥引

平時十月幸❶蘭湯❷，玉甃❸瓊梁❹。五家車馬如水，珠璣滿路旁❺。
翠華一去掩方床❻，獨留煙樹蒼蒼。至今清夜月，依前過繚牆❼。

【詞牌】華胥引

《詞譜》卷二十一：按《列子》：黃帝晝寢，而夢遊於華胥，既寤，怡然自得。又二十八年，天下大治，幾若華胥國矣。調名取此，詞見《清真集》。

《填詞名解》卷二：《列子》：黃帝晝寢，而夢遊於華胥氏之國。又《三皇本紀》：太皞庖犧氏母曰華胥，詞名蓋取諸此，曰〈華胥引〉。

【注釋】❶幸　古時指皇帝蒞臨。❷蘭湯　有香味的熱水，此指華清池溫泉。❸玉甃　指玉石砌的溫泉浴池。甃，井壁。❹瓊梁　指浴池上用玉石雕刻成的橫梁。❺五家車馬如水二句　楊貴妃得寵，兄弟姊妹五人均得加官封爵，權勢傾天下。唐玄宗每年十月幸華清宮，楊氏兄妹五家隨駕扈從，每家為一隊，各著一色衣，如百花煥發，遺落的釵鈿珠翠等散見於路旁，滿眼皆是。❻翠華一去掩方床　指安史之亂後，唐玄宗再也未來過華清宮。翠華，天子儀仗所用的旗子，以翠羽為之，如華蓋。方床，指君王用的床。掩方床，意指龍床虛設，不再使用。❼繚牆　圍牆。

【語　譯】平常到了十月，玄宗皇帝就會去飄逸著蘭草香氣的華清池溫泉，玉石砌成的浴池，玉石雕刻的橫梁。楊貴妃兄弟姊妹五家的車馬如流水滾滾而來，珍珠玉珮散滿路的兩旁。　玄宗皇帝的鑾輿一去不復返，龍床虛設，只留下如雲煙的蒼翠樹木。直到今天，清朗夜晚的月光，依然從圍牆上照過來。

【賞　析】此詞是蘇軾經過長安（今陝西西安）、遊驪山時所作，是篇詠史詞。唐玄宗李隆基與貴妃楊玉環的愛情故事，一向是時人和後人關注的話題，以此為題材的文學作品比比皆是。詞之上下片各寫一事。上片是追敘，寫唐玄宗得到楊貴妃後，日事遊冶，不理朝政，遊華清池即是典型的一例。華清池，是李、楊二人愛情走向專一的見證，所謂「在天願作比翼鳥，在地願為連理枝」（白居易〈長恨歌〉）的誓言，無疑是人們對帝妃之戀產生好感的一個籌碼。「五家車馬如水」二句，極寫楊氏兄弟姊妹驕奢淫逸的生活，所謂一人得道，雞犬升天。詞中取楊氏一門事，昭示著唐王朝衰敗的必然趨勢，其矛頭所指，並不是玄宗本人，或是為尊者諱？歷來對李、楊二人之事的態度，往往會有二點：一是指責唐玄宗應該負責任，一是認為安史之亂的發生、李唐王朝走向衰落，更多的是指責楊氏兄妹誤國。就這首詞來看，蘇軾的態度似乎傾向後者。下片是弔古，寫自安史之亂後，楊貴妃已死，唐玄宗沒有機會重遊華清池，以蒼翠叢生的煙樹仍見證著那段不堪回首的歷史，說明物是人非；以明亮的月光仍然在華清池的圍牆上移動，表達了文人墨客的沉思，言盡而意不盡，曲終而聲仍在。

泛金船

流杯亭❶和楊元素❷

無情流水多情客，勸我如相識。杯行到手休辭卻，似軒冕❸相逼。曲水池上，小字更書年月。還對茂林脩竹，似永和節❹。

纖纖素手如霜雪，笑把秋花插。尊前莫怪歌聲咽，又還是輕別。此去翱翔，徧上玉堂❺金闕❻。欲問再來何歲？應有華髮。

【詞牌】泛金船

《詞譜》卷二十一於〈勸金船〉云：張先詞序流杯堂唱和：翰林主人元素自撰腔。蘇軾詞序：和元素韻，自撰腔命名。因張先詞有「何人窨得金船酒」句，名〈勸金船〉。（案：蘇軾此詞曲牌多作〈勸金船〉。）

【注釋】❶流杯亭　地址具體不詳。命名自曲水流觴而來，古代風俗，每年三月上旬的巳日，於水邊聚集宴飲，以祓除不祥。後人於曲水處建亭，常設宴於此，置酒杯於水流上，杯隨水流，止於誰面前，誰就取飲。❷楊元素　參見〈菩薩蠻〉「天憐豪俊腰金晚」注❻。❸軒冕　本指軒車與冕服，此指官位爵祿。❹永和節　指上巳節修禊事。永和，東晉穆帝司馬聃年號（西元三四五～三五六年）。❺玉堂　指翰林院。職掌內朝起草詔旨等事。❻金闕　宮闕，此指京城。

【語譯】水無情地流去，富有情感的客人勸酒，好像和我熟識。酒杯流到手邊不要推辭，就像是官爵迫使你不得不接受。曲水池上，小字題壁，又署明年月。還對著茂密的森林，修長的竹子，就像是永和年間修禊的故事。細長柔嫩的手，白如霜雪，笑著把秋天的花插上了頭。酒席前不要奇怪歌聲哽咽，又還是輕易地離別。這次離去，如同翱翔高空，遊遍京城玉堂。欲問再來這裡是哪一年？到那時應該已是白髮蒼蒼。

【賞析】神宗熙寧七年（一〇七四）九月，杭州太守楊元素召還京城，到翰林院任職，與此同時，作為杭州通判的蘇軾也得旨移知密州。這是蘇軾離開杭州前，楊元素為他舉辦的一次餞行。詞中就境生情，首先就「流杯亭」的「流杯」二字上作文章。東晉穆帝永和九年三月三日，王羲之和謝安等四十一人相聚於會稽山陰的蘭亭，修祓禊之禮，其間曲水流觴，極盡遊賞之樂，後世慕其雅事，多築流杯亭，構建曲水，以效其事。詞中所寫，時令雖然不是暮春，這並不妨礙人們曲水流觴，娛樂盡興。「杯行到手休辭卻」，抒寫了及時行樂的思想，與王羲之〈蘭亭敘〉稱「一觴一詠，亦足以暢敘幽情」有同感，「似軒冕相逼」又微露對功名富貴累人的厭惡，表達了擺落羈絆、快然自足的願望。據記載，這次遊玩之餘，蘇軾還題壁紀事，署以年月等，「小字更書年月」就是指此而言。太守出遊，少不了要帶歌妓的，「尊前莫怪歌聲咽」二句，敘寫歌妓們所唱之曲哀怨悲傷，就詞意來說，卻不是指向東坡，而是針對太守楊元素的。熙寧七年七月楊元素到杭州任所，九月就被召回京城，所謂「輕別」，即指此事。「欲問再來何歲」兩句也是指楊元素，楊元素回京城，供職翰林院，這是分美差，輕閒儒雅，不似在地方為官，有疲於奔命之感。蘇軾由杭州轉知密州，其初衷是希望與自己的胞弟蘇轍任職的地方（時在今山東濟南供職）更靠近些，雖然多少符合了一些願望，但在地方為官，四處奔波，還是有不情願的想法。

醉翁操

琅琊❶幽谷，山川奇麗，泉鳴空澗，若中音會❷。醉翁❸喜之，把酒臨聽，輒欣然忘歸。既去十餘年，而好奇之士沈遵❹聞之，往遊，以琴寫其聲，曰〈醉翁操〉，節奏疏宕，而音指華暢，知琴者以為絕倫。然有其聲而無其辭。翁雖為作歌，而與琴聲不合。又依《楚詞》作〈醉翁引〉❺，好事者倚其辭以製曲。雖粗合韻度，而琴聲為詞所繩約，非天成也。後三十餘年，翁既捐館舍，遵亦沒久矣。有廬山玉澗道人崔閑❻，特妙於琴。恨此曲之無詞，乃譜其聲，而請於東坡居士以補之云。

琅然❼，清圜❽，誰彈？響空山。無言，惟翁醉中知其天❾。月明風露娟娟，人未眠。荷蕢過山前，曰有心也哉此賢❿。泛聲⓫同此。

醉翁嘯詠，聲和流泉。醉翁去後，空有朝吟夜怨。山有時而童巔⓬，水有時而回川⓭，思翁無歲年。翁今為飛仙⓮，此意在人間。試聽徽⓯外三兩絃。

【詞牌】醉翁操

《詞譜》卷二十二：琴曲，屬正宮。蘇軾自序：琅邪幽谷，山川奇麗，泉鳴空澗，若中音會。

醉翁喜之，把酒臨聽，輒欣然忘歸。既去十餘年，好奇之士沈遵聞之，往遊，以琴寫其聲，曰〈醉翁操〉，然有聲而無詞。好事者倚其聲製曲，粗合拍度，而琴聲為詞所繩約，非天成也。後三十年，翁既捐館舍，遵亦歿。有廬山玉澗道人崔閑，妙於琴，恨此曲之無詞，乃譜其聲，而請東坡居士補之云。

又於蘇軾詞末注云：此本琴曲，所以蘇詞不載，自辛稼軒編入詞中，復遂沿為詞調。在宋人中，亦只有辛詞一首可校。此詞以元、寒、刪、先四韻同用，辛詞以東、冬、江三韻同用，猶遵古韻，填者審之。

《填詞名解》卷三：宋蘇軾作，自序云：琅琊幽谷，山川奇麗，泉鳴空澗，若中音會。醉翁喜之，把酒臨聽，輒欣然忘歸。既去十餘年，好奇之士沈遵聞之，往遊，以琴寫其聲，曰〈醉翁操〉，節奏疏宕，音指華暢，知琴者以為絕倫。（《梁溪漫志》云：沈遵以琴寫〈醉翁吟〉，蓋宮聲三疊）然有其聲而無其詞。好事者亦倚其聲以製曲。粗合拍度，而琴聲為詞所繩約，非天成也。後三十餘年，翁既捐館舍，遵亦沒久矣。有廬山玉澗道人崔閑，特妙於琴。恨此曲之無詞，乃譜其聲，而請東坡居士以補之云。

【注釋】❶琅琊　又作琅邪，山名，在今安徽滁州西南。❷中音會　調與樂音相諧調。❸醉翁　參見〈木蘭花令〉「霜餘已失長淮闊」之賞析。❹沈遵　東陽人。官為太常博士，知廬陵泰和縣。❺翁雖為作歌三句　歐陽脩有〈醉翁吟〉，序云：余作醉翁亭於滁州，太常博士沈遵，好奇之士也，聞而往遊焉。愛其山水，歸而以琴寫之，作〈醉翁吟〉三疊。去年秋，余奉使契丹，沈君會余恩冀之間，夜闌酒半，援琴而作之，有其聲而無其辭，乃為之辭以贈之。其辭曰：「以始翁之來，獸見而深伏，鳥見而高飛。翁醒而往兮醉而歸，朝醒暮醉兮無有四時。鳥鳴樂其林，獸出遊其蹊，咿嚶啁哳於翁前兮醉不知。有心不能以無情兮，有合必有離。水潺潺兮，翁忽去而不顧；山岑岑兮，翁復來而幾時？風嫋嫋兮山木落，春年年兮山草菲。嗟我無德於其人兮，有情於山禽與野麋。賢哉沈子兮，能寫我心而慰彼相思。」❻崔閑　字誠老，江西星子人，讀書不務進取，襟懷清曠，以琴自娛。結廬於玉澗兩山間，號睡足菴，自謂玉澗道人。蘇軾曾過訪之。❼琅然　謂琴聲如玉石。琅，玉石。❽清圜　清亮圓潤。圜，同圓。❾知其天　謂能領悟琅琊山水的天然情趣。❿荷蕢過山前二句　《論語・憲問》：「子擊磬於衛，有荷蕢而過孔氏之門者，曰：『有心哉，擊磬乎！』既而曰：『鄙哉！硜硜乎。莫己知也，斯己而已矣。深則厲，淺則揭。』子曰：『果哉！末之難矣。』」此借指崔閑過訪詞人一事。此賢，指歐陽脩。荷蕢，背著草筐。蕢，用草編成的筐子。⓫泛聲　演奏音樂時為使樂音和諧，合於節奏，就會配襯輕彈緩奏的虛聲，稱作泛聲，又叫散聲或和聲。⓬童巔　不生草木的山頂。⓭回川　謂旋渦。⓮飛仙　謂歐陽脩已仙逝。⓯徽　指琴徽，繫絃的繩。也是琴絃音位的標誌。

【語　譯】玉石般清亮圓潤的聲音，是誰在彈？琴聲響徹空闊的山中。無法用言語傳達，只有醉翁酒醉中領會其中的自然情趣。月兒明亮，和風吹拂，露珠晶瑩，教人不能入眠。有人背負草筐到山前過訪，說道：琴曲中傳達了心意啊！這位前賢。　醉翁長嘯歌詠，曲聲與流淌著的泉水相和諧。醉翁離去後，後來者空有日夜吟唱，抒寫懷思的幽怨。山有時寸草不存，水有時回旋倒流，思念醉翁是無時無刻的。醉翁如今已仙逝，樂山樂水的情意卻留給了人間。試著聽一聽琴曲〈醉翁操〉就明白了。

【賞　析】仁宗慶曆五年（一〇四五），主導慶曆新政的范仲淹等人被反對者論以「朋黨」相繼罷職離京，歐陽脩因上書辯論，也遭人攻擊，貶知滁州，時年三十九歲。到貶謫地的第二年，他自號醉翁，並撰〈醉翁亭記〉。蘇軾和歐陽脩有師生之誼，蘇軾得以名震天下，與老師歐陽脩的賞識和稱譽分不開。詞作於謫居黃州時，蘇軾在詞中表達了對歐氏的懷念之情，更重要的是借此傳達了在遭受政治上的打擊與迫害的情況下，如何善待自己的問題。詞就〈醉翁操〉琴曲發端，於詠詞牌本意時，專注於「琴心」上作文章。「惟翁醉中知其天」，即點明其主旨。歐陽脩能身處困厄，而不為所傷，所謂「醉翁之意不在酒，而在乎山水之間也。山水之樂，得之心而寓之酒也」（〈醉翁亭記〉），這就是令蘇軾追慕的地方。「荷蕢過山前」二句典出《論語》，其大意是說孔子在衛國擊打著磬，有個背著草筐的人路過孔子居住的門前，說：「有心思啊！擊磬的聲音呀！」過了一會又說：「鄙陋啊！硜硜敲擊的聲。沒有人了解自己，這就作罷了。《詩》云：『水深就穿著衣服涉水，水淺就撩起衣服涉水。』」原本是指在亂世中如何處理好仕或隱的問題，也就是說要根據現實情況，相時而動，大可不必知其不可為而為之。在這裡，更偏重於對官場的厭棄，對退隱的嚮往。歐陽脩到滁州時才四十歲，已是「蒼顏白髮」，這多少是和政治上的迫害有關聯。蘇軾也有同感，在黃州，他已四十餘歲，「烏臺詩案」帶給他的創傷也是慘痛的。「翁今為飛仙」三句，指出哲人已去，而其處世的方式、態度卻因琴曲而遺留給了後人，表明了欲以老師為表率，雖身處逆境，而能於山水之樂中釋放自己的不良情緒，從而求得達觀自在，其貶謫到黃州後的作品也可說明這一點。此詞原本歸於詩，後有辛棄疾的仿作之詞，遂為詞中的一個曲牌。詞本是配和音樂而演唱的一種歌曲，是樂譜、音律、詞句三位一體的樣式，今天我們所能了解的絕大多數只有後兩者，而樂譜則付之闕如了。蘇軾的這首詞及其序，至少講述了這三者的關係，也為後人了解詞體提供了一些知識點。

滿江紅

清潁❶東流，愁來送、征鴻去翮❷。情亂處、青山白浪，萬重千疊。辜負當年林下❸語，對床夜雨❹聽蕭瑟❺。恨此生、長向別離中，凋華髮。

一尊酒，黃河側。無限事，從頭說。相看怳❻如昨，許多年月。衣上舊痕餘苦淚，眉間喜氣占黃色❼。便與君、池上覓殘春，花如雪❽。

【詞牌】滿江紅

《詞譜》卷二十二：此調有仄韻、平韻兩體。仄韻詞，宋人填者最多，其體不一，今以柳詞為正體，其餘各以類列。《樂章集》注：仙呂調。元高拭詞注：南呂調。平韻詞只有姜詞一體，宋元人俱如此填。

《填詞名解》卷三：唐《冥音錄》載：曲名〈上江虹〉，後轉易二字，得今名。

【注釋】❶清潁　參見〈木蘭花令〉「霜餘已失長淮闊」注❸。❷征鴻去翮　謂大雁南飛。古代有大雁傳遞書信的說法，即盼望有親人的消息。征鴻，遠行的大雁。翮，羽莖。❸林下　指隱居之所。❹對床夜雨　參見〈菩薩蠻〉「買田陽羨吾將老」注❻。❺蕭瑟　形容秋風聲。❻怳　模糊不清。❼眉間喜氣占黃色　相面者以為眉間有黃色為喜。占，指視兆以知凶吉。❽花如雪　謂落花紛紛如雪。

【語　譯】清澈的潁水向東流去，愁緒滋生，目送著大雁南飛去。情思混亂時，只見青山萬重、白浪千疊。辜負了當年歸隱的諾言，那時夜已深，聽著風雨，我們傾心長談。恨此生，總是處在別離中，花白的頭髮掉落。　飲著酒，在黃河邊。無限的往事，從頭述說。重相逢，恍然像是昨天，想起過去了的許多歲月。衣上有舊日分手時酸苦的淚痕，眉間顯現出喜悅的黃氣。就和你一起到池上尋訪殘春，落花紛紛似雪。

【賞　析】這是敘寫別離的詞，傅幹《注坡詞》題作「懷子由」，即與胞弟蘇轍話別之作。上片首先以景入情，開篇一「愁」字，將詞的基調定了下來。詩詞中喜歡以流水比喻愁緒，取其無窮無盡、無始無終之意。因愁生而情思紛雜混亂，以青山萬重、白浪千疊，比喻愁緒厚重難解，因此而生怨恨，恨人生聚少別多，恨人生短促易衰，這是進一層寫法，逐層強化。下片沒有上片那麼沉悶，也是歡顏難見。「眉間喜氣占黃色」，這是故作寬慰的話，以相面者望氣之說，緩解氛圍的陰沉。末二句，「池上覓殘春」表達了內心中湧動著的對生命活力的追尋，而落花如雪，又如冷水潑來，心涼了半截。末二句仍是以寫景作結，與開篇前後照應，前者明寫愁情，後者暗寫。這愁懷全因分別而起，故筆墨全落在「惜別」二字上。在寫法上，總是把今天的重逢和對昔日的追憶攙和在一起。蘇軾兄弟二人的情感非常深厚，他們自幼在一起生活、學習，後又一起隨父親出蜀至京城，同登進士第，直至仕宦，才各處一方，但彼此的思念常常訴諸詩文中。「辜負當年林下語」是全詞的點睛之句，昔日兄弟二人都有致君堯舜的志向，二人確實也以各自的才華名震天下，博得人君的看重。誰料到事與願違，這在蘇軾身上表現得尤為突出。政治上的打擊，仕途的坎坷，倦於宦海奔波，慕隱思歸就成了蘇軾作品中常流露的情緒，但這與當年所云的「林下語」已不是一回事了。當年的「林下語」是功成身退的歡心，如今時常吟唱的歸田則是仕途失意下的無奈之舉，前者是出於對理想的追求，後者是源自對現實的失望，甚至說是絕望。因此，在詞中，我們聽到的更多的是悲情的演唱，哀婉的呻吟。「愁來」、「情亂」、「恨此生」、「凋華髮」、「苦淚」、「殘春」及落花等，抹上了濃濃的傷感色彩。蘇轍曾在〈逍遙堂會宿〉二首序中云：「轍幼從子瞻讀書，未嘗一日相舍。既壯，將遊宦四方，讀韋蘇州詩，至『安知風雨夜，復此對床眠』，惻然感之，乃相約早退為閑居之樂。故子瞻始為鳳翔幕府，留詩為別，曰：『夜雨何時聽蕭瑟。』其後子瞻通守餘杭，復移守膠西，而轍滯留於淮陽、濟南，不見者七年。熙寧十年二月，始復會於澶濮之間，相從來徐，留百餘日。時宿於逍遙堂，追感前約，為二小詩紀之。」這首詞當作於相會徐州三月餘，隨後又分別時，抒寫了兄弟間深厚的情誼。

滿江紅

寄鄂州朱使君壽昌❶

江漢❷西來，高樓下、蒲萄深碧❸。猶自帶、岷峨❹雪浪，錦江❺春色。君是南山❻遺愛❼守，我為劍外❽思歸客。對此間、風物豈無情，殷勤說。

《江表傳》❾，君休讀。狂處士❿，真堪惜。空洲對鸚鵡⓫，葦花蕭瑟。不獨笑書生爭底事，曹公⑫黃祖⑬俱飄忽⑭。願使君、還賦謫仙詩⑮，追黃鶴⑯。

【注釋】❶朱使君壽昌　朱壽昌，名康叔，天長（今屬安徽）人，以孝聞天下，時知鄂州（今湖北武昌）。❷江漢　參見〈鵲橋仙〉「乘槎歸去」注❸。❸蒲萄深碧　謂江水如葡萄皮色一般碧綠。❹岷峨　參見〈南鄉子〉「晚景落瓊杯」注❸。❺錦江　參見〈南鄉子〉「冰雪透香肌」注❷。❻南山　《詩經・小雅・南山有臺》云：「南山有杞，北山有李。樂之君子，民之父母。樂之君子，德音不已。」此借以稱頌朱壽昌品行堪配君子。❼遺愛　指遺留並惠及於後世的愛，此指仁政。❽劍外　指劍閣縣以南的蜀中地區，蘇軾家四川眉州，在劍閣之西。❾江表傳　史書名，晉人虞溥撰，記述魏、蜀、吳三國事，於吳國尤詳，已佚。江表，指長江以南的地區，吳國屬之。❿處士　未仕或不仕的人。此指禰衡，東漢末人，為人狂傲。曾被曹操用為擊鼓吏，後為江夏太守黃祖所殺。⓫鸚鵡　洲名，在湖北漢陽西南江中，漢末黃祖為太守時，曾大宴賓客，有人獻鸚鵡，禰衡作〈鸚鵡賦〉，故名。⓬曹公　即曹操，字孟德，東漢末年人。位至丞相，封魏王。⓭黃祖　東漢末年人，為江夏太守，事劉表。⓮飄忽　指光陰迅速消逝或時間短暫，此謂昔日顯赫的曹操和黃祖轉眼間也化為了塵土。⓯謫仙詩　唐詩人李白被稱作謫仙，曾至江夏（今武昌），寫有〈鸚鵡洲〉、〈望鸚鵡洲懷禰衡〉等詩，抒寫懷才不遇之情。⓰追黃鶴　指隨仙人而去。按武昌有黃鵠磯，臨長江，傳說有仙人王子安曾騎黃鶴經過，後人遂建黃鶴樓於此，昔人多有吟詠，李白詩中也是多有提及。

【語譯】長江、漢水自西而來，高樓下的流水如葡萄皮一樣碧綠，仍然挾帶著岷峨山如雲湧動的波浪和錦江美如圖畫的春色。您就像是南山遺留惠政於民的太守，我則是劍外思歸的遊子。面對著這裡的風物，怎能不動情？還是詳細地說說。　您不要去讀《江表傳》，狂傲的禰衡，真是令人覺得惋惜。對著空闊的鸚鵡洲，蘆葦花在蕭瑟的風聲中搖曳。不僅僅是笑談書生禰衡當年爭什麼事，曹操、黃祖不也都轉眼間成了枯骨。希望您，還是像謫仙李白詩所表達的那樣，追隨著仙人騎黃鶴而去吧。

【賞　析】這首詞詠懷兼詠史，時在黃州。謫居黃州後，蘇軾的思想有了很大的轉變，即功名心的淡化，追慕隱逸的思想突現。上片是詠懷，蘇軾寫到長江時，往往會想到故鄉，自己自西蜀出來，就是由長江東下的。想到江水中含有來自故鄉峨嵋山上的雪水，因此，一見到長江之水，就會有親切之感。由想到故鄉的水，進而想到故鄉，「我為劍外思歸客」就抒發了歸田隱居的情志。下片是詠史。鄂州、黃州都在長江邊，兩州隔江相望。這裡為後人津津樂道的事，莫過於三國的傳說。詞中取禰衡之事，抒寫懷才不遇的情懷。當然，取禰衡，不僅僅是不得志的問題，而是如何保全自己的問題。對蘇軾而言，這是有切身體會的。因烏臺詩案，他差一點遭受滅頂之災。劫後餘生，心存餘悸。禰衡是因狂傲而惹禍的，蘇軾也是個狂放不羈的人，杜甫在懷念李白的詩中就說過：「不見李生久，佯狂真可哀。世人皆欲殺，吾意獨憐才。」恃才傲物，就會得罪人，也就會惹人嫉恨，難免會有不測，應該說蘇軾對此是有著清醒的認識的。「不獨笑書生爭底事」二句是沉痛之語，也是憤激之言，「爭」字，不也在自己的身上表現過嗎？爭是爭非，到頭來方明白，不過是書生意氣，有可能就會連性命都搭進去，前車之鑑，是再清楚不過的。

滿江紅

正月十三日，雪中送文安國❶還朝

天豈無情，天也解、多情留客。春向暖、朝來底事❷，尚飄輕雪？君遇時來紆組綬❸，我應老去尋泉石❹。恐異時、杯酒復相思，雲山隔。

浮世事，俱難必❺。人縱❻健，頭應白。何辭更一醉？此歡難覓。不用向佳人訴離恨，淚珠先已凝雙睫。但莫遣、新燕卻來時，音書絕❼。

【注釋】❶文安國　見〈蝶戀花〉「簾外東風交雨霰」賞析。❷底事　何事；何以。❸紆組綬　指做官。紆，繫；垂掛。組綬，古人佩玉為飾，繫玉的絲帶稱組綬。❹尋泉石　指歸隱的生活。❺難必　謂難以稱心如意。❻縱　即使。❼但莫遣二句　謂不要忘了常有書信來往。燕子為候鳥，春天北去，秋日南飛，古人有託燕子傳書之說。

【語譯】老天豈能說是無情，老天也懂得多情，想留住客人。春天已轉向暖和，清早為什麼仍然飄著輕盈的雪。您遇到時來運轉，得以升官加爵；我該是年老歸去，尋訪泉石。恐怕它日，飲著酒，彼此相思念，遠隔著雲山。　人世間的事虛浮無定，都是難以事事如意。即使人仍健壯，頭髮也應變白。為什麼要拒絕再醉一次？這樣的歡樂難以找到。不需要對著佳人訴說著離別的怨恨，淚珠早已凝結在雙眼的睫毛上。只是不要忘了燕子新飛來的季節，託它們捎封書信。

【賞析】蘇軾有〈蝶戀花〉「簾外東風交雨霰」，或題作「密州冬夜文安國席上作」，這首詞或也作於知密州時。文安國奉命回京城，蘇軾為之餞別送行，從作品中可以看出二人的感情是頗深厚的。俗云下雨天，留客天，天留我不留。詞的前數句即運用了這一俗語，但意思卻是相反。以老天的多情，以下雪的留客天，婉曲地表達了依依不捨的心理。這種表達，其意思不是單一的：老天多情，下雪阻止客行，這是其一；天已春暖，一般不可能有雪，竟然會下雪，出人意料之外，由此進一步說明老天確實有留客的意圖，此其二。這樣的寫法，旨在強化自我的心理感受，表達了自己的真誠。於看似平常的語句中，極盡騰挪變幻。當然，友人一定是要離去的，一則這是奉詔還朝，君命難違；二則這是榮升，就文氏個人而言，其迫切之心自不待言。「君遇時來紆組綬」二句以友人的得志寫自己的失意，這一熱一冷的對比，是諧趣之言？還是牢騷之句？多少流露出了些悲酸。世間事稱心者本來就是十難一二。詞意由上片的消沉轉向下片的曠達，這是蘇詞中常見的寫法。擁有目前，及時享受，保持良好的心態，多少是中庸之道的反映。「不用向佳人訴離恨」二句，唐王勃〈杜少府之任蜀州〉有「海內存知己，天涯若比鄰。無為在歧路，兒女共霑巾」，詞意自此轉化而出，以坦蕩超脫的態度看待人世間的聚散離合，只要彼此間真誠長記於心，這就是最珍貴的東西。

滿江紅

東武會流杯亭❶，上巳日作。城南有坡，土色如丹，其下有堤，壅郲淇❷水入城。

東武南城，新隄就、郲淇初溢。微雨過、長林翠阜❸，臥紅堆碧❹。枝上殘花吹盡也，與君試向江頭覓。問向前、猶有幾多春？三之一❺。

官裡事，何時畢？風雨外，無多日。相將泛曲水，滿城爭出。君不見蘭亭修褉事❻，當時座上皆豪逸❼。到如今、修竹滿山陰❽，空陳迹。

【注　釋】❶流杯亭　參見〈泛金船〉「無情流水多情客注❶」❷郲淇　郲，地名，在今山東膠縣。淇，水名，黃河支流，流經河南北部。❸阜　丘陵。❹臥紅堆碧　謂到處是紅花綠葉。❺三之一　猶言三分之一。❻蘭亭修褉事　東晉穆帝永和九年三月三日，王羲之和謝安等四十一人相聚於會稽山陰的蘭亭，修祓褉之禮，其間曲水流觴，極盡遊賞之樂。❼豪逸　才智傑出、豪放灑脫的人。❽山陰　今浙江紹興。

【語　譯】東武城的南部，新隄已建成，郲地的河流和淇河的水充溢。微雨過後，長長的森林，青翠的山丘，紅花鋪地，綠葉叢生。枝上的殘花被吹沒了，就和你嘗試著到水流的上游尋找。若問前行還有多少春色，只存留三分之一。

官府裡的公事，什麼時候能完成？除去風雨天外，能遊賞的沒有幾天。相攜去泛舟於曲曲彎彎的河水上，全城的人們爭先出遊。君不見蘭亭修祓褉的事，當時座上的人都是豪邁放逸的人士。到如今，長長的竹林遍生山陰，只剩下陳迹。

【賞　析】宋人楊湜《古今詞話》載，蘇軾知密州時，正值下雨連月，黃河決隄，洪水泛濫，蘇軾率民加固城牆，修築隄壩，隄成，水循故道，分流城中，水患因此解除。上巳日，會聚同僚，一歌妓請於前云：「自古上巳舊詞多矣，未有樂新隄而奏雅曲者，願得一闋，歌公之前。」於是蘇軾就寫了這首詞，使歌妓唱之，滿坐歡喜。黃河決隄，蘇軾率民築隄保城是在熙寧十年（一〇七七）七八月間知徐州的事，《古今詞話》所載有誤，蓋將密州築隄事，與徐州築隄事混同一事了。據詞及序，詞是作於新隄剛築成後不久，作為一州的父母官，蘇軾領導了密州築新隄的事，消除了淇水高漲時對密州的威脅，《古今詞話》云：「東坡登城野宿，愈加督責，人意乃定。城不沒者一板，不然，則東武之人盡為魚鱉矣。」隄修成是在上巳日前，核以詞中所云「相將泛曲水，滿城爭出」，知此事不盡失真，以百姓傾城出遊可知密州百姓對這位父母官的感恩戴德，而蘇軾的成就感也隱然可知。只是詞的基調有些低沉，傷春感時。這在詞的下片表達得很清楚，上巳日已成了人們踏青遊玩的好時節。王羲之等蘭亭修禊之事，成了後世文人筆下的美談佳話。這不僅僅是文人雅集的事，更在於王氏的美文〈蘭亭敍〉所表達出來的思想情感對後人的影響，其云「後之視今，亦猶今之視昔」。蘇詞末三句所云就是此意，亦即俯仰一世，樂極悲來，人生當及時行樂。表達了對人生短促、歡樂不再的悲哀，這種消極的思想在他的作品中時常會顯現出來。

水調歌頭

余去歲在東武❶，作〈水調歌頭〉以寄子由。今年子由相從彭門❷百餘日，過中秋而去，作此曲以別。余以其語過悲，乃為和之，其意以不早退為戒，以退而相從之樂為慰云。

安石❸在東海，從事鬢驚秋❹。中年親友難別❺，絲竹緩離愁❻。一旦功成名遂，准擬東還海道❼，扶病入西州❽。雅志❾困軒冕❿，遺恨寄滄洲⓫。

歲云暮，須早計，要褐裘⓬。故鄉歸去千里，佳處輒遲留。我醉歌時君和，醉倒君須扶我，惟酒可忘憂。一任劉玄德，相對臥高樓⓭。

【詞牌】水調歌頭

《詞律》卷十四：九十五字，夢窗名〈江南好〉，白石名〈花犯念奴〉。

《詞譜》卷二十三：《碧雞漫志》：屬中呂調。毛滂詞名〈元會曲〉，張榘詞名〈凱歌〉。按〈水調〉，乃唐人大曲，凡大曲有歌頭，此必裁截其歌頭，另倚新聲也。

《填詞名解》卷三：唐樂有〈水調歌〉，南呂商也。（《樂苑》云：水調，商調曲也）白樂天聽〈水調〉注云：第五遍乃五言調，調韻最切。（案：唐曲凡十一疊，前五疊為歌，後六疊為入破。其歌第五疊五言調最為怨切。《樂府原》云：長言曰歌，緩聲疏節以作其歡。至入破，則聲調俱促）

始隋煬帝鑿汴河製此歌，唐用其名為樂。《明皇雜錄》稱：祿山犯闕，帝欲幸蜀，時置酒作樂，有進〈水調歌〉唱李嶠「山川滿目淚沾衣」是也。（案：《本事詩》云：天寶末，玄宗登勤政樓，命梨園弟子歌，有唱李嶠詩者，上歎為才子。又明年幸蜀，登日衛嶺，復歌是詩。不云欲幸蜀時所歌，與《雜錄》小異）又唐有〈水調〉之名，然非〈水調歌〉。《脞說》云：煬帝將幸江都，製〈水調河傳〉，聲韻悲切。（郭茂倩《樂府詩集》注云：〈水調河傳〉，隋煬帝幸江都時所製曲，聲韻怨切，王令言曰：有去聲而無回韻，帝不返矣。郭紹孔《詞譜》所載亦同，而《世說》則謂翻調〈安公子〉曲，不謂〈水調河傳〉，紀事小別。又《詞品》云：樂府有〈穆護砂〉，與〈水調河傳〉同，皆隋開汴河時詞人所製勞歌也。其聲犯角，未知何據）《外史檮杌》云：王衍泛舟巡閬中，自製〈水調銀漢〉曲，蓋稱〈河傳〉及〈銀漢〉曲，必冠以「水調」，皆水調部中之曲也。故知「水調」者，一部樂之名也。〈水調歌〉者，一曲之名也。歌頭，又曲之始音，如〈六州歌頭〉、〈氐州第一〉之類。（《海錄碎事》云：煬帝開汴河，自造〈水調〉，其歌頗多，調之「歌頭」，首章之一解也。顧從敬《詩餘箋釋》云：明皇欲幸蜀時，猶聽唱〈水調〉，至「唯有年年秋雁飛」，因潸然，歎嶠「真才子」，不待曲終。〈水調〉曲頗廣，因歌止首解，故調之「歌頭」）或云：南唐元宗留心內寵，擊鞠無虛日，樂工楊花飛奏〈水調〉詞，但唱「南朝天子好風流」一句，如是數四，以為諷諫。後人廣其意為詞，以其第一句，故稱〈水調歌頭〉云。

【注 釋】❶東武 見《南鄉子》「東武望餘杭」注❷。❷彭門 指彭城（今江蘇徐州），蘇軾唱和的詞有「豈意彭城山下，同泛清河古汴，船上載涼州」云云，又參見賞析。❸安石 指東晉謝安，字安石，少有重名。每遊賞，必攜妓以從。年四十，始有仕宦意。曾為尚書僕射，一心輔佐晉朝，威重當時，官至太保。❹從事鬢驚

秋　謂忙於官家事務，操勞過度，以致鬢髮早白。從事，辦事；處理事務。❺中年親友難別　《晉書・王羲之傳》載謝安曾對羲之說：「中年以來，傷於哀樂，與親友別，輒作數日惡。」❻絲竹緩離愁　謂分別時聽音樂可減緩人們的傷感情緒。絲竹，指絃樂器和竹管樂器，此泛指音樂。❼准擬東還海道　指退隱之事。《晉書・謝安傳》云其雖在朝廷做官，而退隱東山的志趣始終未忘，常常於話語和神態中流露出來。❽扶病入西州　參見〈南歌子〉「古岸開青葑」注❷。❾雅志　高雅的志趣。❿軒冕　指官位爵祿。⓫遺恨寄滄洲　謂謝安臨終前未能實現歸隱的願望，令人遺憾。此作者自喻。滄洲，濱臨水的地方，古人用指隱者居住之處。⓬褐裘　平民百姓的服裝。褐，粗毛或粗麻製成的衣服。⓭一任劉玄德二句　參見〈南歌子〉「帶酒衝山雨」注❹。劉備，字玄德，三國時蜀國的開國皇帝。

【語　譯】安石在東海，忙於公事。秋日見鬢髮變白，大為震驚。中年以來，與親友分別，總是感到難以為情。聽著音樂，緩解分離後的愁悶。一旦功成名就，打算東還，隱居海濱。抱病奉召，經過西州門還都。高雅的志趣，被仕途所耽擱，未能歸田隱居，成為最終的遺恨。　已至暮年，應早做打算，要成為普通的百姓。返回故鄉尚有千里之遙，遇到風物愜意處就多待些時日。我醉中高歌，你跟著唱和；我醉倒了，你應該把我扶起來，只有酒可以令人忘記憂愁。任憑劉玄德，安睡在高樓上，對我傲視。

【賞　析】詞作於知徐州時，抒寫了倦於官場的愁緒。詞的上片借東晉謝安仕宦與歸隱相違，表達了出世與入世的矛盾。問題是謝安雖然四十歲始有仕宦之意，但他能功成名就，威重當時。儘管他未能如願以償，功成引退，以致抱憾終身。至於謝安身居高位，而不戀棧的態度，卻為後來人所激賞仰慕，蘇軾在詞中就表達了這種思想。當然，厭倦官場，是來自對官場的絕望。早年，兄弟二人，懷抱大志，走上仕途，其間的波折與坎坷，以致積極入世的夙願就打了折扣。「雅志困軒冕，遺恨寄滄洲」二句，是為謝安感到遺憾，也表露了自己的無奈和苦衷。蘇轍有詩〈逍遙堂會宿〉二首，其中引言云：「轍幼從子瞻讀書，未嘗一日相舍。既壯，將遊宦四方。讀韋蘇州詩，至『安知風雨夜，復此對床眠』，惻然感之，乃相約早退為閑居之樂。」這次在徐州，兄弟二人相聚長達百日，也不算短暫。但仕途的艱辛，至少使蘇軾覺得心灰意冷。下片主要表明了自己的態度，即不管別人說什麼，已決意作計，歸田隱居。當然，如同謝安一樣，蘇軾最終也未能實現自己的願望，不僅未能回歸故里，賦閒肆志，就連回故鄉探望的機會也沒有，客死他鄉，抱憾一生。

水調歌頭

黃州快哉亭贈張偓佺❶

落日繡簾捲，亭下水連空。知君為我新作，窗戶溼青紅❷。長記平山堂❸上，欹枕江南煙雨，杳杳❹沒孤鴻。認得醉翁語，山色有無中❺。

一千頃，都鏡淨，倒碧峰。忽然浪起，掀舞一葉白頭翁❻。堪笑蘭臺公子❼，未解莊生❽天籟❾，剛道有雌雄❿。一點浩然氣⓫，千里快哉風⓬。

【注釋】❶張偓佺　張夢得，字偓佺，又作懷民。謫居黃州，於所居西南建亭，以便觀覽江流勝景，蘇軾為亭題名曰「快哉」。❷窗戶溼青紅　謂門窗塗有青色和紅色的漆。❸平山堂　參見〈西江月〉「三過平山堂下」注❶。這裡以登快哉亭觀賞江南煙雨之景可與平山堂媲美。❹杳杳　深遠幽暗貌。❺認得醉翁語二句　參見〈西江月〉「三過平山堂下」注❺。醉翁，歐陽脩的號。❻白頭翁　鳥名，頭部的毛黑白相間，老鳥頭部的毛變成白色，故名。此處借指白髮漁翁。❼蘭臺公子　指宋玉，為屈原的弟子，曾為蘭臺令。❽莊生　指莊子。❾天籟　自然界發出的各種聲音，見《莊子・齊物論》。此指風聲。❿剛道有雌雄　宋玉〈風賦〉答楚王問，云有君王之雄風和庶人之雌風之別。剛道，硬說。⓫浩然氣　正大剛直之氣。⓬快哉風　語出宋玉〈風賦〉，楚王有云「快哉，此風」。

【語　譯】太陽落下，捲起了有繡有彩繪的簾子，亭下的江水連著天空。知道您為了我來，將窗戶塗刷了青色和紅色的漆。這讓我回想起在平山堂上，就像是頭枕在煙雨中的江南美景，深遠遼闊的天空，孤寂的鴻雁漸漸地遠去。看到了醉翁詩意所描述的，山色在若有若無間。　一千頃的江水，全像是一面潔淨的鏡子，倒映著碧綠的山峰。忽然波浪湧起，白髮漁翁的一葉小舟被掀起舞動著。可笑當年的蘭臺公子，不明白莊子天籟的含義，偏偏要說風有雌雄。但覺胸中一股正大剛直的氣流湧起，真爽快，千里外吹來的風。

【賞　析】蘇軾的詞，很少會有似這篇作品讀後令人覺得無比爽快，就像他為張偓佺的亭子題名曰「快哉」一樣。開篇寫登高臨遠之感，但見寬闊的江面和廣袤的天空連為一體，點明快哉亭地勢的高峻，視野的開闊。「知君為我新作」二句是說為了迎接東坡的到來，張氏才把亭子用油漆塗刷一新，點明新落成的意思，也為留待東坡題名作了鋪墊。「長記平山堂上」五句，則是虛實相間的寫法，描述在快哉亭上的所見所感。平山堂是歐陽脩知揚州時所建，俯臨長江，仰可遠眺江南之景。「山色有無中」，非煙雨中不能賞此景，細雨如煙，迷迷濛濛，群山若隱若現。如今登上快哉亭，就有這種感受，只是這時並無雨水，但暮色迷濛，從視覺上來說，此時所見到的遠山卻有同樣的效果，故曰「認得」。如同中國畫，於潑墨點染之中，取其神而遺其形。不同於上片寫遠景，下片是寫近景，江面平展如鏡，群峰倒映，「忽然浪起」二句寫江水突變的情形，本來平靜的江水，驀然浪濤洶湧，一「舞」字寫出了老漁翁臨危沉著，以一葉小舟游走於掀天巨浪中，顯示其豐富的經驗和高超的技巧。之所以會出現突變，完全有賴一個「風」字。因此末五句專在「風」字上作文章，引經據典，「堪笑」、「未解」、「剛道」諸詞表達了對書生不諳人事，信口雌雄的不滿，以「浩然氣」讚譽「風」的偉力，說明這種至大至正之氣也是涵養剛正不阿性格的動力。蘇軾被貶居黃州，成為政治鬥爭的犧牲品，從內心深處來說，是不服氣的。張偓佺也是謫居黃州的，蘇軾題其亭名「快哉」，表達了一種積極昂揚的態度，與他在黃州一度消沉虛無的思想相比，要樂觀得多，這也是與張氏的共勉。全詞不僅寫得意氣奮發，而且行文也快捷，如行雲流水般暢快，似疾風掃殘葉般乾脆，儼然一氣呵成，突出了「快哉」二字。

水調歌頭

歐陽文忠公❶嘗問余，琴詩何者最善？答以退之❷〈聽穎師琴〉詩。公曰：「此詩固奇麗，然非聽琴，乃聽琵琶詩也。」余深然之。建安章質夫❸家善琵琶者乞為歌詞，余久不作，特取退之詞，稍加隱括❹，使就聲律，以遺之云。

昵昵❺兒女語，燈火夜微明。恩怨爾汝❻來去，彈指淚和聲❼。忽變軒昂❽勇士，一鼓填然❾作氣，千里不留行❿。回首暮雲遠，飛絮攪青冥⓫。眾禽裡，真彩鳳⓬，獨不鳴。躋攀⓭寸步千險，一落百尋⓮輕。煩子指間風雨，置我腸中冰炭⓯，起坐不能平。推手從歸去，無淚與君傾。

【注釋】❶歐陽文忠公　歐陽脩，字永叔，北宋著名文人，卒諡文忠。❷退之　韓愈，字退之，唐代中期著名文人。❸章質夫　名楶（西元一〇二七～一一〇二年），福建浦城人，宋英宗治平二年（一〇六五）進士，官至資政殿學士。❹隱括　或作「檃括」。參見〈定風波〉「與客攜壺上翠微」賞析。❺昵昵　親密的樣子。❻爾汝　你我。❼彈指淚和聲　指彈琵琶者彈唱到傷心處時悲哀的情景。❽軒昂　形容氣概不凡。❾填然　形容擊鼓時發出的聲音。❿千里不留行　《莊子・說劍》載莊子說趙文王云：「臣之劍十步一人，千里不留行。」形容劍法高超，果敢利落。⓫青冥　指青天。⓬彩鳳　指鳳凰。⓭躋攀　攀登。⓮尋　古代長度單位，一尋為八尺。⓯冰炭　冰冷炭熱，比喻性質相反、互不相容。此指音樂聲情跌宕起伏、富於變化，在聽者心中引起的情緒波折。

【語　譯】就像少男少女纏綿的私語，夜晚燈火微微有光。又如訴說著彼此間往來的恩怨，彈撥的琴聲伴隨著淚水。忽然又像似英武不凡的勇士，擂鼓聲一響，慷慨激昂，劍過處，乾脆俐落，千里不留一個活口。回頭望，傍晚天空中的雲彩遠去，飄飛的柳絮攪亂了青天。　又如眾多的禽鳥齊鳴，有一隻真正的五彩鳳凰，只有牠不鳴叫。忽地又像是在攀登，前行寸步，就有千難萬險；不小心失足，百尋的高度，跌落下來似一片羽毛那樣輕。你指間彈出如急風暴雨的樂曲，聽得我心緒波瀾起伏，或冷如冰塊，或熱似炭火，一會兒起身，一會兒坐下，久久地不能平靜。揮手不讓彈，就此結束罷，已經沒有淚水為你傾瀉。

【賞　析】韓愈〈聽穎師琴〉是一首有名的詩，穎師是來自天竺的僧人，唐憲宗元和年間在長安，以彈琴著名。原詩的前部分，以博喻的形式，描繪了音樂在聽者心中所呈現出的各種意象；後部分則是寫音樂所產生的強烈的藝術感染力。蘇軾檃栝韓詩，基本上保全了原詩的句意。「昵昵兒女語」寫樂曲的輕柔婉媚，如情人在談情說愛；「忽變軒昂勇士」敘寫樂曲轉向激昂雄壯，如勇士在戰場上英勇殺敵，果敢剛毅；「回首暮雲遠」二句，寫樂曲轉入悠揚，如柳絮漫天輕舞，又如雲天廣袤，餘音裊裊；「眾禽」寫樂曲的歡鬧，如百鳥齊鳴，忽又轉入沉寂，又如百鳥之王鳳凰現身，百鳥停止了喧譁；「躋攀寸步千險」二句寫音調的高低變化，高音如攀登險峰，越往上越難以企及，低音如失足下落，越來越低沉。以上是對琴曲樂聲的形象化的描摹。「煩子指間風雨」五句則是寫樂曲的感染力：一會兒輕柔，一會兒激昂；一會兒悠揚，一會兒跌宕；一會兒高亢，一會兒低沉。聽者的情感也隨之大起大落，悲喜交加，處於劇烈的波動中，這種情緒上的頻繁變動，令聽者心理上難以長久的承受。作為一首詠物詩，所詠之物不是人們眼可見的實體，所詠的是樂曲，也就是用文字把聽覺轉化成視覺。詩中用了大量的比擬手法，細緻入微地描述了樂曲在不同時段所帶來的不同感覺。宋人云東坡是因章質夫家善琵琶者乞歌詞，就韓氏詩稍加檃栝而成。問題是歐陽脩認為韓詩描繪的是聽琵琶曲的感受，而不是聽琴的感受，蘇軾也是這樣認為的。因此，把原本描繪聽琴曲感受的作品，變成了描繪聽琵琶曲的感受，自宋來，就有人認為歐、蘇二人是誤讀了韓氏的詩作，之所以會這樣，就在於歐、蘇二人對琴理理解得不深所致。也可知作為無形的音樂作品，要取得一致的看法是很難的，若再用有形的文字描摹出來，使聽覺變成視覺，再由視覺還原成聽覺，這樣就會人為地造成了理解上的困難，更何況蘇軾此詞的創作並不像韓愈那樣是直接感受音樂而寫的，而是屬於間接的感受，解讀就更不容易了。

水調歌頭

丙辰❶中秋，歡飲達旦，大醉，作此篇兼懷子由

明月幾時有？把酒問青天。不知天上宮闕❷，今夕是何年。我欲乘風歸去，唯恐瓊樓玉宇❸，高處不勝❹寒。起舞弄清影，何似在人間❺？

轉朱閣，低綺戶，照無眠❻。不應有恨，何事長向別時圓❼！人有

悲歡離合，月有陰晴圓缺❽，此事古難全❾。但願人長久，千里共嬋娟❿。

【注　釋】❶丙辰　為宋神宗熙寧九年（一〇七六）。❷宮闕　傳說月中有仙宮，名廣寒清虛府，又稱廣寒宮。❸瓊樓玉宇　謂月中華美的宮殿建築。瓊，一種美玉。宇，房屋。❹不勝　難以忍受。❺起舞弄清影二句　意思是說現在舉酒對月，醉舞而歌，才知淒清孤寂的月宮還是不及人世間有思親之溫情。清影，指月光下的身影。何似，哪裡比得上。❻轉朱閣三句　謂月光從有櫺格的窗子射進，撩得人難以入眠。因見到圓滿的月亮，而思與親人團圓，故不能安睡。轉、低，均指月光移動時的狀態。朱閣，華美的樓閣。綺戶，雕刻有花紋的窗戶。❼不應有恨二句　謂月亮不該對人有什麼怨恨吧，可為什麼總是在人們別離時那樣的圓。何事，為什麼事。長，經常。❽陰晴圓缺　陰，指沒月亮時。晴，指有月亮時。圓，指月圓時。缺，指月虧時。❾全　十全十美；完滿。❿但願人長久二句　謂雖然相隔千里，但對著圓月，我們彼此共祝平安長久。但，只。嬋娟，美好貌，此指圓月。

【語　譯】明亮的圓月什麼時候會出現？舉起酒杯，求問蒼天。不知天上的月宮裡，今晚又是哪一年。我欲乘風回到月宮去，只擔心住在高遠的月宮裡，難以忍受清寒。起身舞蹈，戲弄著身影，月宮哪裡比得上有溫情的人間？　月光轉動，透過紅色樓閣的窗格照到床前，輾轉不能入眠。不應該有怨恨吧，為什麼總是在人們別離時，這樣的圓滿！人世有悲歡離合，月有無時和有時，有圓滿有虧缺，這種事自古就難以完滿。只願彼此長久平安，遠隔千里外，對著美好的圓月共祝願。

【賞　析】這是蘇軾的代表作，詞中以講述哲理見長，作於神宗熙寧九年（一〇七六）中秋夜，時任密州太守。蘇軾與胞弟蘇轍早年隨父出蜀遊學，又同年考中進士，兄弟情意極其深厚，據蘇轍〈超然臺賦敘〉云：「子瞻既通守餘杭，三年不得代。以轍之在濟南也，求為東州守，既得請高密。」高密即密州，蘇轍時為齊州（今山東濟南）掌書記，蘇軾求得到山東為官，本意就是想和胞弟任職的地點靠得近些。適逢中秋佳節，為家人歡聚的日子，兄弟二人雖然同在山東，但不在一起，仍然覺得有遺憾，因此思戀親人的情感依然是濃厚的。上片由圓月聯想到關於月宮的美麗傳說，料想那裡應是沒有俗世的諸種煩惱，油然而生嚮往之情，動飛舉之念；忽然又想到月宮雖清靜閒適，卻難免孤寂淒冷，反不及人世間存有溫情。詞中以浪漫的筆調，寫出了自己矛盾的心理，隱含自己的不得志。下片以曠達之筆相寬慰。「人有悲歡離合」三句，寓哲理於其中，以淺近的詞語，講述了深刻的道理，說明人世間不如意事十之八九，若能多向好處著想，還是覺得挺美好的，反映了蘇軾的淑世情懷。據宋人記載，蘇軾後貶謫到黃州，一日，神宗皇帝問內侍外面流行的小詞，內侍便把這首詞錄呈，神宗讀至「唯恐瓊樓玉宇」二句說：「蘇軾終是愛君。」於是下詔將他自黃州放還。神宗可謂解人，至少在對待出世和入世的問題上，蘇軾常常是有矛盾的，也會權衡的。

滿庭芳

蝸角虛名，蠅頭微利❶，算來著甚乾忙❷？事皆前定，誰弱又誰強？

且趁閑身❸未老，須放❹我、些子疏狂❺。百年裡，渾教是醉，三萬六千場❻。　思量、能幾許？憂愁風雨❼，一半相妨。又何須抵死❽，說短論長❾？幸對清風皓月，苔茵展、雲幕高張❿。江南好，千鍾美酒，一曲〈滿庭芳〉。

【詞牌】滿庭芳

《詞譜》卷二十四：此調有平韻、仄韻兩體。平韻者：周邦彥詞，名〈鎖陽臺〉。葛立方詞有「要看黃昏庭院，橫斜映霜月朦朧」句，名〈滿庭霜〉。晁補之詞有「堪與瀟湘暮雨，圖上畫扁舟」句，名〈瀟湘夜雨〉。韓淲詞有「甘棠遺愛，留與話桐鄉」句，名〈話桐鄉〉。吳文英詞，因蘇軾詞有「江南好，千鍾美酒，一曲〈滿庭芳〉」句，名〈江南好〉。張埜詞名〈滿庭花〉。《太平樂府》注：中呂宮。高拭詞注：中呂調。仄韻者：《樂府雅詞》名〈轉調滿庭芳〉。

《填詞名解》卷三：采唐吳融詩「滿庭芳草易黃昏」，又柳宗元詩「滿庭芳草積」，一名〈鎖陽臺〉。（先舒案：蔣一葵《堯山堂外紀》載：唐寅詣九仙祈夢，夢人示以「中呂」二字，莫能解。後訪同邑閣老王鏊，見其壁揭東坡〈滿庭芳〉詞，下有「中呂」字，果應詞中「百年強半」之語。案：此則〈滿庭芳〉，蓋中呂調也）

【注釋】❶蝸角虛名二句　比喻功名利祿微不足道。蝸角，比喻極小的地域。蝸角之爭，典出《莊子・則陽》。

蠅頭，比喻細微。❷著甚乾忙　猶言為什麼幹這忙那的，指為功名利祿而奔波不止。❸閑身　謂清閒少事之人。❹放　教；使。❺疏狂　狂放不羈。❻百年裡三句　一年三百六十天（取其整數），百年三萬六千天，一天一醉，故云。渾，完全；盡。❼風雨　比喻因名利而招來的種種糾紛爭鬥。❽抵死　猶言竭力。❾說短論長　說人之短、道己之長。❿苔茵展雲幕高張　以蒼苔為坐席，以雲彩為高高展開的帷幕。

【語　譯】蝸角之爭的虛名，蠅頭般細微的利益，想來幹這忙那，究竟為啥？事事前世都已安排好，誰弱小，又誰強大？故且趁著清閒無事、年歲未高，務必使我有些狂放不羈。人生百年裡，天天全教醉，三萬六千場。　思量著人能有多少時日？在如風雨的名利場上憂心愁悶，人生的一半為其所誤。又何必費盡心思，說他人之短、論自己之長？有幸對著皓月清風，苔蘚平展當坐席，彩雲似帷幕張掛在高空上。江南風物美，千鍾美酒，請聽我歌唱一曲〈滿庭芳〉。

【賞　析】考詞中有「江南好」句，知詞作於為官江南時。蘇軾曾於神宗熙寧間（一〇七二～一〇七四）任杭州通判，又於哲宗元祐中（一〇八九～一〇九一）由京官出任杭州太守。神宗元豐初，蘇軾因「烏臺詩案」，險遭殺身之禍。哲宗元祐初年，以司馬光為代表的舊黨重新執政，蘇軾得以回京任職，其間又因政見不同，黨派紛爭，互相攻伐，有不容於朝之感，遂力請補外，得知杭州。據詞意，詞當作於為杭州太守時。詞純以議論為主，上片表達了對功名利祿的鄙視，抒寫了時不我待、及時行樂的思想。下片是對充滿著爾虞我詐的仕途的反思，抒發了希望能遠離是非、放任自在的情感。詞意以感悟為主，微含牢騷，稍覺頹廢，語淺意深，頗耐人尋味。

滿庭芳

有王長官者，棄官黃州三十三年，黃人謂之王先生。因送陳慥❶來過余，因為賦此。

三十三年，今誰存者？算祇君與長江。凜然❷蒼檜，霜幹苦難雙。聞道司州古縣❸，雲溪上、竹塢松窗。江南岸，不因送子，寧肯過吾邦❹？

摐摐❺、疏雨過，風林舞破❻，煙蓋雲幢❼。願持此邀君，一飲空缸。居士❽先生老矣，真夢裡、相對殘釭❾。歌聲斷，行人未起，船鼓已逢逢❿。

【注　釋】❶陳慥　參見〈臨江仙〉「細馬遠馱雙侍女」注❶。❷凜然　態度嚴正，令人敬畏的樣子。❸司州古縣　古縣名，北齊時置南司州，北周改為黃州。❹吾邦　猶言我們這個地方。❺摐摐　象聲詞，形容雨聲。❻破　曲調名，指入破。唐宋大曲每套一般有十餘遍，分別歸屬於散序、中序、破三段。入破即為破這一段的第一支曲。❼煙蓋雲幢　指雲煙呈現出如蓋似幢的形狀。幢，張掛於舟車上的帷幕。❽居士　蘇軾自謂，蘇軾號東坡居士。❾殘釭　將要燃盡的油燈。釭，燈。❿逢逢　形容擊鼓發出的聲音。

【語　譯】三十三年，今天還有誰存活著？算來只有您和長江之水。凜然如蒼勁的檜樹，經霜後的枝幹，苦於難與您匹敵成雙。聽說曾屬於南司州的古縣，雲溪上，有竹子圍成的屏障，松木製成的窗戶。長江的南岸，不是因為送您，怎麼會過訪我這地方。

稀疏的雨嘩嘩地下，穿林的風聲似舞曲入破，煙雲籠罩似蓋如幢。願持杯邀請您，一飲而盡，把缸裡的酒喝完。我老了，與您相逢，真像是在夢裡，彼此相對著即將燃盡的油燈。歌聲唱完，行人還未起身，要開船的鼓聲已逢逢地敲響。

【賞析】這首詞作於謫居黃州時。王長官名不詳，曾仕宦過，後棄官歸隱黃州長達三十餘年。就黃州人稱之云王先生而言，知其人是不想讓別人知道他的名姓的。陳慥與蘇軾交往密切，也是隱居在黃州，如果王氏有名和字或號，蘇軾是應當知道的，由此知王氏的確是位真隱者。「凜然蒼檜」是讚美王長官的品德，就如蒼松古柏一樣嚴正莊重，令人敬畏。一般來說，這種人當是看破紅塵、厭棄官場的，足不入城市，更不願與官場人物有交往。其前蘇軾也是仰其大名而不得見，只因送同道之友陳慥，他才有緣與之相識，「不因送子，寧肯過吾邦」，說的就是這個意思，能相逢，真可謂夢寐以求。「聞道司州古縣」二句點出王氏隱居之處，所謂古縣，是指南北朝時，黃州縣治所在之地，而不是北宋時州治所在之地；「雲溪上、竹塢松窗」，寫出了王氏隱居之處的清雅古樸。下片寫惜別之情。「風林舞破，煙蓋雲幢」，連用比喻，從聽覺和視覺兩方面，描摹出了蒼涼沉鬱之感。應該說，蘇軾與王氏談得是很投緣的，「一飲空缸」，寫出了二人的豪情逸致。「居士先生老矣」以下數句，則為自己的寫心之筆。自從貶謫黃州後，蘇軾倦於遊仕，慕隱求退的想法日漸熾烈，希望能如王氏那樣擺脫官場的羈絆，逃離是非爭鬥，過著與世無爭，自得自足的隱居生活，只是實現這種願望，對他而言是不可得的。因此說末三句寫與王氏惜別之情的同時，也表達了對王氏這種生活情態的追慕。送行之作，往往會流露出別離後的傷感，多是有感於人生聚難別易，歡少愁多，而筆調多傷於纖弱。蘇軾此詞則不作兒女態，行文勁健蒼摯，有雄曠沉鬱之風。

滿庭芳

元豐七年四月一日，余將去黃移汝❶，留別雪堂❷鄰里二三君子。會李仲覽❸自江東❹來別，遂書以遺之。

歸去來兮，吾歸何處？萬里家在岷峨❺。百年強半❻，來日苦無多。坐見黃州再閏❼，兒童盡、楚語吳歌❽。山中友，雞豚❾社酒❿，相勸老東坡。

云何？當此去，人生底事⓫，來往如梭⓬！待閑看秋風，洛水清波。好在堂前細柳，應念我、莫剪柔柯⓭。仍傳語，江南父老，時與曬漁蓑⓮。

【注釋】❶去黃移汝　指離開黃州，為汝州（今河南臨汝）團練副使。❷雪堂　參見〈如夢令〉「為向東坡傳語」注❷。❸李仲覽　李翔，字仲覽，湖北興國人。❹江東　指長江下游南岸地區。❺岷峨　參見〈南鄉子〉「晚景落瓊杯」注❸。❻百年強半　百歲已過半，蘇軾此時四十九歲。❼再閏　蘇軾於元豐三年二月至黃州，這年閏九月，六年又閏六月，故云再閏。❽楚語吳歌　黃州古時為楚國屬地，三國時又為吳國屬地。❾豚　豬。❿社酒　社祭之酒，社為土地神。⓫底事　何事。⓬來往如梭　謂歲月逝去快如飛梭。⓭柔柯　細軟的樹枝。

⑭漁蓑　漁夫披穿的蓑衣。

【語　譯】回去吧！我回到什麼地方呢？故鄉在萬里遠的岷峨山區。已過了半百，剩餘的日子苦恨不多了。在黃州遇見過二次有閏月的年分，小孩子們說的唱的都是當地的方言。山中的友人，社日裡帶著雞、豬肉和酒，杯酒勸慰，就打算在東坡養老了。　說什麼？這時卻要離去，人生為什麼，時光流逝，快如飛梭！待到閒暇時去看，秋風起，清澈的洛水，興起了浪波。好在雪堂前細小的柳樹，應該會想念我，不要剪掉柔嫩的枝條。還要請轉告江南的父老，時常幫助晒一下打魚時披穿的蓑衣。

【賞　析】蘇軾一生仕途坎坷，命運多舛。一方面他總是想從仕途中隱退，回到故鄉，過著嘯詠山水的生活；一方面，他又不能實現這個願望，而且還接連遭到貶謫。隨遇而安，就成了自我寬慰的一種方式。貶謫黃州，是他在仕途上遭受的第一次嚴重的打擊，得以保全性命，已屬不易之事。詞的上片敘說了在黃州的生活狀態。神宗元豐七年（一〇八四），蘇軾四十九歲，在黃州已居住了五個年頭，所謂人生過半，嘆老嗟卑，情懷抑鬱。當初得地東坡，築室雪堂，就有終老於此的想法。在與堂兄子安的信中就說：「近於城中得荒地十數畝，躬耕其中，作草屋數間，謂之東坡雪堂，種蔬接菓，聊以忘老。」又在〈書韓魏公黃州詩後〉一文中云：「謫居於黃五年，治東坡，築雪堂，蓋將老焉，則亦黃人也。」不僅如此，自己的孩子也是盡改鄉音為本地方言了，「兒童盡、楚語吳歌」講的就是這種事情。對蘇軾來說，在仕途上，已不作非分之想，甚至可以說萬念俱滅，得過且過了。還好，鄰里父老，時常攜酒肉來訪，蘇軾云：「黃州山水清遠，土風厚善，其民寡求而不爭，其士靜而文，樸而不陋，雖閭巷小民知尊愛賢者。」民風樸實，就此終老，已是他後半生的心願。誰知世事難料，君命難違，又要離開黃州，轉徙他方。詞的下片表達了對黃州的眷戀不捨。「好在堂前細柳」五句，叮囑再三，其深於情者可知，其土可親，其人可親。汝州去黃州不遠，日後還是希望能回到黃州的，畢竟東坡雪堂是他費心打造的，躬耕東坡，泛舟赤壁，這種閒適的生活，是難以忘懷的，也是他所追慕的。

滿庭芳

余謫居黃州五年，將赴臨汝❶，作〈滿庭芳〉一篇別黃人。既至南都❷，蒙恩放歸陽羨❸，復作一篇。

歸去來兮，清溪無底，上有千仞嵯峨❹。畫樓西畔，天遠夕陽多。
老去君恩未報，空回首、彈鋏❺悲歌。船頭轉，長風萬里，歸馬駐平坡。
無何，何處有？銀潢❻盡處，天女❼停梭。問何事人間，久戲風波❽？
顧謂同來稚子，應爛汝、腰下長柯❾。青衫破❿，羣仙笑我，千縷掛煙蓑⓫。

【注釋】❶臨汝　即汝州，今河南臨汝。（案：蘇軾自黃州放還，誥命是以汝州團練副使，常州居住。）❷南都　今河南商丘，宋時為南京應天府。❸陽羨　今江蘇宜興，陽羨宋時屬常州，今屬無錫。❹嵯峨　山勢高峻。

❺彈鋏　《戰國策·齊策》載，馮驩貧不能自存，寄食孟嘗君門下，曾三次彈鋏長歌向孟氏求助。後世遂用彈鋏表示有求於人，此指蘇軾上書乞求退隱常州事。鋏，劍頭。❻銀潢　銀河。❼天女　星名，即織女星。天女停梭，謂與牛郎相會鵲橋。此借指與親人團聚。❽問何事人間二句　謂久在紅塵宦海中奔波，已生厭倦之情。❾顧謂同來稚子二句　梁任昉《述異記》載：晉時有民王質，伐木山中，見童子數人奕棋而歌。質因置斧聽之，童子以一物與質，如棗核，含之不飢。不久催歸，質起，視斧柯爛盡。既歸，離家已數十年，親故多亡。此借指人世變遷，世事難料。柯，斧柄。❿青衫破　形容宦場不得志貌。唐代制度，文官八品九品服以青色，白居易詩〈琵琶行〉云：「座中泣下誰最多，江州司馬青衫濕。」後世用以指官職卑微，此蘇軾自喻。⓫千縷掛煙蓑　指隱者穿的服裝。煙蓑，指身披蓑衣，往來於煙水雲林之中，古代詩文中常用以指隱者。

【語　譯】回去吧！清澈的溪水見不到底，水邊有千仞高峰峻峭。雕飾華美的樓閣西邊，天空闊遠，灑滿夕陽的光輝。年老乞歸，未能報答君王的隆恩。徒有回首，彈著鋏，悲情吟唱。船頭調轉，似乘萬里長風，又如返歸奔騰的馬停留在平展的坡地上。　命中注定沒有，又到何處尋求？銀河的盡頭，織女停止了紡紗。請問為什麼在人世間，如此久地戲弄風波？回頭問一同而來的孩童，腰間的斧子長柄應該是已腐爛。青色的衣衫已破，群仙笑我，千縷懸掛，就像披著的蓑衣。

【賞　析】此詞是追和前一首詞的。致君堯舜，是蘇軾的理想，烏臺詩案的發生，卻使蘇軾對實現這一理想失去了信心。作為一名有「罪」之人，能苟全性命，已是莫大的榮幸，此時此刻，回歸故里，與親人團聚，這是他夢寐以求的。「清溪無底，上有千仞嵯峨」，這是描述故鄉的山水之美，而故鄉的水是隨著長江流出巴蜀，進入中原的，因此見到長江之水，往往會引起對故鄉的眷戀之情，故鄉給他的感覺是如此的貼近，卻又是那樣的遙不可及。不管怎麼說，雖然不能返回故里，皇帝畢竟還是答應了他退居常州的請求，終於可以遠離官場了，還是感到十分愉悅的。「長風萬里，歸馬駐平坡」，寫出了歸心似箭的感受，自由暢快，如逃出網羅的飛鳥。「久戲風波」是對自己前此仕途經歷的總結，似大夢一場，如今回過頭來看，「無何，何處有？」才明白一切都是空無，不過似一場遊戲，一笑了之。「顧謂同來稚子」五句，化實為虛，感嘆世事滄桑，變幻莫測，遠離俗世，追慕高隱，這就是結局，是悲？還是喜？令人玩味。

滿庭芳

香靉❶雕盤，寒生冰筯❷，畫堂別是風光。主人情重，開宴出紅粧❸。膩玉圓搓素頸❹，藕絲嫩、新織仙裳❺。歌聲罷，虛檐轉月，餘韻尚悠颺❻。

人間何處有？司空見慣❼，應謂尋常。坐中有狂客，惱亂愁腸。報道金釵墜也，十指露、春筍❽纖長。親曾見，全勝宋玉❾，想像賦〈高唐〉❿。

【注釋】❶靉　雲氣不明貌，此指燃燒的香煙氣彌漫的樣子。❷冰筯　冰柱。❸紅粧　指歌女。❹膩玉圓搓素頸　形容歌女貌美。膩玉，比喻膚色光潔潤滑如玉。圓搓素頸，指頸部圓潤潔白，像似被揉搓過，非常光滑細膩。❺藕絲嫩新織仙裳　比喻歌女長相鮮美如嫩藕，衣著似天仙。❻悠颺　即悠揚，飛揚飄逸。❼司空見慣　比喻事情屢見不鮮。參見〈殢人嬌〉「滿院桃花」注❻。❽春筍　比喻女子的手指如春筍般細長柔嫩。❾宋玉　戰國時楚國人，屈原弟子，楚襄王時官為大夫。❿賦高唐　宋玉〈高唐賦〉載：楚襄王夢與巫山神女會，後世常用以比喻男女幽合之事。

【語　譯】雕飾的香盤，香煙瀰漫；寒冷的天氣，結出了冰柱；裝飾華美的廳堂，別是一番景象。主人情意深厚，舉行宴會，請出歌女助興。潤滑如玉、潔白細長的頸部，鮮美如嫩藕，新織的衣服如仙女。歌聲已唱完，月光在屋檐邊移動，歌曲的餘聲還在飄逸飛揚。

世間什麼地方能有？原本隨處可見，應該說是很平常的事。坐中有位狂放的客人，卻是心意煩亂。聽說金釵掉了，露出了十指，如春筍般的細長。曾經親自見過，遠比宋玉強，想能寫出〈高唐賦〉。

【賞　析】此詞毛晉刻本題作「佳人」。傳說駙馬王詵在其西園舉行宴會，出歌姬侍宴，其間有名囀春鶯的女子美豔出眾，蘇軾為作此詞。以侍女佐歡助興，這在宴會上是司空見慣的事，至若色藝絕佳的女子，則不易碰見。所謂「狂客」，乃蘇軾自喻，而因此「惱亂愁腸」，或是打趣之言，但歌女之美豔，卻是不可否認的，如「膩玉圓搓素頸」、「十指露、春筍纖長」等，均是讚賞其姿容膚色之美豔；「新織仙裳」，是讚賞其服飾裝扮之美麗；「歌聲罷」、「餘韻尚悠颺」，是讚賞其歌聲技藝之美妙。對此，怎不令人心動？就王詵來說，此等女子為多見不怪者；就東坡而言，則是難得一遇。詞中用司空見慣的典故，暗示王詵能否賜與，未必可當真。東坡與王氏的關係很好，詞當寫於在京城仕宦時。蘇軾言情之詞也寫了不少，但多是針對他人之情而生發，像這樣落筆在自己身上是不多見的。另外，這首詞用語綺媚，著意於女子色相容飾的描寫，這在其同類題材的作品中也是不多見的。

滿庭芳

余年十七，始與劉仲達❶往來於眉山，今年四十九，相逢於泗❷上。淮水❸淺凍，久留郡中，晦日同遊南山，話舊感歎，因作〈滿庭芳〉云。

三十三年，漂流江海，萬里煙浪雲帆。故人驚怪，憔悴老青衫❹。我自疏狂❺異趣❻，君何事、奔走塵凡？流年盡，窮途❼坐守❽，船尾凍相銜。

巉巉❾、淮浦外，層樓翠壁，古寺空巖。步攜手林間，笑挽纖纖❿。莫上孤峰盡處，縈望眼⓫、雲海相攙⓬。家何在？因君問我，歸夢遶松杉⓭。

【注釋】❶劉仲達　眉山（今屬四川）人，事跡不詳。❷泗　水名，參見〈浣溪沙〉「照日深紅暖見魚」注❷。❸淮水　參見〈清平樂〉「清淮濁汴」注❶。❹青衫　參見〈滿庭芳〉「歸去來兮，清溪無底」注❿。❺疏狂　狂放不羈。❻異趣　與眾不同的情趣，指不同流合汙。❼窮途　境遇窘困，此指仕途多舛。❽坐守　固守，死守老一套，不知變通。❾巉巉　高峭險峻。❿纖纖　形容女子的手細長柔嫩。此處指美人。⓫縈望眼　滿眼。⓬雲海相攙　謂登上高山，於峰頂下視，雲氣鋪展如海，形容視野蒼茫空闊。⓭歸夢遶松杉　指對故鄉的思念。

古人常在祖墳旁植松杉。

【語　譯】三十三年來，在江海上漂泊，船行萬里，出沒於煙浪中。故人相逢，見我面容憔悴，官職卑微，既驚奇，又覺得不可思議。我原本就狂放不羈、與世人志趣不同，您又為什麼奔走在俗世中呢？流水易逝的年華所剩無幾，仕途困厄，不通權變。江河結凍，船尾互相銜接。　南山高峭峻險，在淮水邊，古寺層樓，像是懸掛在青翠的巖壁空中。散步在樹林間，笑牽著美女。不要登上孤峰的絕頂，滿眼望去，雲海蒼茫。家在什麼地方？因君問我，常是夢中回到故園。

【賞　析】劉仲達是蘇軾的老鄉，也是他早年的朋友，分別三十餘年後，二人相逢於泗州泗水河上，時值天寒水淺，水面冰凍，船不能進發，因此得以從容遊賞。詞中所述，筆墨並不是放在話舊上，也不是敘寫遊玩南山的景致，而是重在抒寫仕途的艱辛，和疲倦的心理。「憔悴老青衫」不僅令故人驚異，蘇軾自己也是感到悲酸。早年有名京師，志在四海，誰知年近半百，卻成了有「罪」之人。詞寫於剛離開被貶之地黃州後不久，官職的卑微姑且不論，心靈的創傷是難以癒合的，甚至說會留下永久的傷痕。所謂「憔悴」，是身心疲憊的結果，哀莫大於心死，對官場的絕望、對俗世的厭棄，迫切希望歸鄉退隱，這是他被貶後一再表達的心願。若以年歲計算，劉仲達與他至少是相當的，大概也在五十左右，「奔走塵凡」是指希望在仕途上有所得，也就是說劉氏想得到一官半職，像他這種情況，若無權貴舉薦，不啻痴人做夢。遇到蘇軾，劉氏應該是很高興的，畢竟東坡在仕途上已混了三十餘年了，在京城做過官，在地方上也多次任職。總之，在劉氏來看，東坡在仕途上應該是通達的，應該能幫自己一把。而蘇軾的苦衷，劉氏哪裡體會得到呢？因此當聽了東坡的遭際後，劉氏既感到驚詫，又覺得出乎意料。就蘇軾而言，「疏狂異趣」、「窮途坐守」，即行為狂放任性，不能同流合汙，不通權變，這是自己困厄仕途的主要原因，在說自己，也是在提醒劉氏。對劉氏的為人及性格，蘇軾應該是了解的，因此字裡行間，實有勸其打消「奔走塵凡」的念頭。詞的下片寫遊覽南山，攜美人，登高臨遠，以寫無官職羈絆的自在和歡樂。「家何在」三句以嚮往歸田隱居作結，進一步表明自己的心志。蘇軾自黃州放還後，就上表乞居常州，回歸故鄉，看來是夢中的事了，退居賦閒，卻是他真心想要得到的。

八聲甘州

寄參寥子❶

有情風萬里捲潮來，無情送潮歸。問錢塘江❷上，西興❸浦口，幾度斜暉？不用思量今古，俯仰❹昔人非。誰似東坡老，白首忘機❺。

記取西湖西畔，正春山好處，空翠❻煙霏。算詩人相得❼，如我與君稀。約它年、東還海道，願謝公、雅志莫相違。西州路，不應回首，為我沾衣❽。

【詞牌】八聲甘州

《詞譜》卷二十五：《碧雞漫志》：〈甘州〉，仙呂調，有曲破，有八聲，有慢，有令。按：此調前後段八韻，故名八聲，乃慢詞也。與〈甘州徧〉之曲破、〈甘州子〉之令詞不同。《樂章集》亦注：仙呂調。周密詞名〈甘州〉，張炎詞因柳詞有「對蕭蕭暮雨灑江天」句，更名〈蕭蕭雨〉。白樸詞名〈讌瑤池〉。

《填詞名解》卷三：一名〈甘州歌〉。《西域記》云：龜茲國工製曲〈伊州〉、〈甘州〉、〈梁州〉等曲，翻入中國。

【注　釋】❶參寥子　釋道潛，字參寥，俗姓何，於潛（今浙江杭州）人，與蘇軾為方外友。❷錢塘江　水名，浙江的下游稱錢塘江。❸西興　參見〈瑞鷓鴣〉「碧山影裡小紅旗」注❻。❹俯仰　比喻時間短暫。❺忘機　忘記巧詐之心，指甘於平淡，與世無爭。❻空翠　指湖面空闊，群山翠綠。❼相得　謂相互間情投意合。❽約它年五句　參見〈南歌子〉「古岸開青葑」注❷以及〈水調歌頭〉「安石在東海」注❼。數句是說希望自己能如願以償歸田隱居，這樣，參寥子也不會因我不能遂所願而感傷。

【語　譯】有情的風自萬里外捲起潮水奔湧而來，卻又無情地把潮水送了回去。請問錢塘江上，西興水邊的渡口，幾次夕陽晚照？不用思考古今的變化，俯仰之間，覺得昔人是不對的。有誰似東坡老，頭髮花白，與世無爭。　記得西湖西邊，正是春天山色秀美，湖水空闊，山峰碧綠，水氣迷漫如煙。想來詩人，如我和你彼此情投意合的，是不多見的。相約來年，像謝安那樣希望東歸回海濱，不要違背高尚的隱逸志趣。途經西州門，不應回想往事，為我不得志而落淚沾衣。

【賞　析】蘇軾為杭州太守，奉旨回京為翰林學士承旨，這首詞就是即將離開杭州，與參寥話別的作品。傅幹《注坡詞》題云分手之地為巽亭，巽亭在杭州東南的南園中。起筆觸景生情，以風「有情」送潮來，又「無情」送潮回，表達世事變化莫測，就如人在仕途，升遷黜謫，往往在轉眼間。以闊大突兀之筆，寄託其深沉厚重的人生感慨。「問錢塘江上」三句，以錢塘江潮來潮往，西興渡口，夕陽之下，送往迎來，進一步說明聚散離合，是人生常見的事，不必過於計較。「不用思量今古，俯仰昔人非」，意思是不必撫今追昔，俯仰之間，都會成為過去。按理說，蘇軾回京任職，本是件高興的事，但我們看不出這點。眾所周知，蘇軾知杭州前，就在京城為官，因朝廷內黨派鬥爭的問題，蘇軾要求外任的。這次召回京城，同樣是因新舊黨派之爭起了變化的結果。黨派之爭，就他而言，已是飽受其苦，尤其是在京城，身處政治鬥爭的漩渦中，世事無常之感特別明顯。「白首忘機」，表明心志，厭倦了官場的是非，只是人在江湖，身不由己，這是最大的痛苦。因此在詞的上片，以如椽大筆，抒寫了對仕途的厭惡，他寧願待在地方做官，為百姓做些實實在在的事，施惠於民，也總比在京城整日裡勾心鬥角要好得多，如在徐州、杭州等地，率民築堤修壩，興修水利，造福於民等。詞的下片，也是以寫景開始，「記取西湖西畔」三句，以西湖之美景，表達了對杭州的留戀。其下數句則敘寫與參寥志趣相投，表明知我者，唯有君爾。其心願就是退隱賦閒，希望不要像謝安那樣，「雅志困軒冕，遺恨寄滄洲」（〈水調歌頭〉），結尾數句寫得沉痛，全不見歡喜之心，或是已預感到這次回京並不似他人所想的那麼順暢，因為這畢竟是黨爭的結果，這種鬥爭和傾軋還在延續著，此起彼伏，這只是時間的問題，其後的路可能是更具危險性，事實上也就是如此。

醉蓬萊

余謫居黃州，三見重九，每歲與太守徐君猷❶會於棲霞樓❷。今年公將去，乞郡湖南，念此惘然，故作是詞。

笑勞生❸一夢，羇旅❹三年，又還重九。華髮蕭蕭❺，對荒園搔首。賴有多情，好飲無事，似古人賢守。歲歲登高，年年落帽❻，物華❼依舊。

此會應須爛醉，仍把紫菊紅萸❽，細看重嗅。搖落霜風，有手栽雙柳。來歲今朝，為我西顧，酹❾羽觴❿江口。會與州人，飲公遺愛⓫，一江醇酎⓬。

【詞牌】醉蓬萊

《詞譜》卷二十五：《樂章集》注：林鍾商。趙磻老詞有「璧月流光，雪消寒峭」句，名〈雪月交光〉。韓淲詞有「玉作山前，冰為水際，幾多風月」句，名〈冰玉風月〉。

《填詞名解》卷三：李適之有九品酒器，其一蓬萊盞，其五金蕉葉。

【注釋】❶徐君猷　參見〈浣溪沙〉「覆塊青青麥未蘇」注❶。❷棲霞樓　位於黃州儀門西南，在赤壁之上，下臨大江，煙樹微茫，遠山數點，為郡中之絕勝。❸勞生　辛勞的生活。❹羇旅　寄居作客。❺蕭蕭　髮稀短的樣子。❻落帽　參見〈南鄉子〉「霜降水痕收」注❻。❼物華　自然景物。❽紅萸　參見〈西江月〉「點點樓頭細雨」注❽。❾酹　灑酒於地，表示祭奠。❿羽觴　酒器，作雀鳥狀，左右形如兩翼。或云插鳥羽於觴中，促人速飲。⓫遺愛　參見〈滿江紅〉「江漢西來」注❼。⓬醇酎　酒名，重釀的醇酒。

【語　譯】可笑辛勞的生活如一場夢，寄居黃州三年，又到了重九。花白的頭髮變得稀疏，面對荒蕪的田園搔首。幸有富有情味的父母官，喜歡飲酒，不愛多事，就像古代賢明的太守。歲歲重陽登高，年年醉酒落帽，自然風物依然如故。　這次聚會，一定要喝個大醉，還要拿著紫色的菊花和紅色的茱萸，仔細地品賞，多次地嗅聞。霜打風吹，菊花和茱萸都會凋落，還有親手栽種的二棵柳樹。來年的今天，為我向西回顧，在江水的出口處舉杯灑酒祭奠。我會和黃州的百姓，享受您留下來的惠政，就像飲用都變成了美酒的一江水。

【賞　析】蘇軾初到謫居之地黃州，徐君猷為太守。那時，作為一個有「罪」之人，別人避之唯恐不及，即使是親戚朋友也是如此，處境的惡劣，人情的冷漠，心理的孤寂，一言難盡。而徐君猷卻能厚待於他，多少有了些慰藉，因此在許多詞中，都表達了對徐氏的好感。中年遭此不測，事情來得突然，本以為性命不保，卻又萬幸地得以殘存。「對荒園搔首」，寫初到黃州時，生計沒著落，又無良策，悵然失落，溢於言外。「賴有多情」六句，以重九為例，所謂「每逢佳節倍思親」，徐氏的熱情邀請，年年如此，只是風物依然，而人事卻大有不同，何況徐氏就要遠離，來年重九日，就會覺得「遍插茱萸少一人」了。下片重在寫睹物思人，「爛醉」、「細看」、「重嗅」等，表達了珍重和徐氏的情誼，表達了依戀之情。「來歲今朝」六句，謂自己和黃州的百姓會記住徐氏的恩德，「飲公遺愛，一江醇酎」二句是說徐氏遺留給黃州百姓的惠政久長，就如長江之水盡變為醇美的酒水，飲之不盡，取之不竭。歌頌了徐氏的政績，表達了倆人間深厚的情意。

雨中花慢

初至密州，以累年旱蝗，齋素❶累月，方春牡丹盛開，遂不獲一賞。至九月，忽開千葉一朵。雨中特為置酒，遂作。

今歲花時深院，盡日東風，輕颺茶煙❷。但有綠苔芳草，柳絮榆錢❸。聞道城西，長廊古寺，甲第❹名園。有國豔帶酒，天香染袂❺，為我留連。

清明過了，殘紅無處，對此淚灑樽前。秋向晚、一枝何事，向我依然？高會聊追短景❻，清商不假餘妍❼。不如留取，十分春態，付與明年。

【詞牌】雨中花慢

《詞譜》卷二十六：此詞有平韻、仄韻兩體，平韻者始自蘇軾，仄韻者始自秦觀。柳永平韻詞，《樂章集》注：林鍾商。

《填詞名解》卷三於〈聲聲慢〉云：先舒案：詞以「慢」名者，慢曲也。拖音嫋娜，不欲輒盡。今曲子牌名亦多稱「慢」，如〈二郎神慢〉、〈紅林擒慢〉，大率多是慢引子耳。記云：鄭、衛

之音比於慢，慢義本此，偶於〈雨中花慢〉發其慨云。（沈自晉《南詞新譜》亦多引詩餘作曲也）

【注　釋】❶齋素　吃素食。❷輕颸茶煙　指焙茶時輕煙飄逸。❸榆錢　即榆莢，榆樹的果實，形似錢而小，聯綴成串，可食用。❹甲第　豪門權貴的宅院。❺有國豔帶酒二句　唐人李正封有詠牡丹花詩云「天香夜染衣，國色朝酣酒。」形容牡丹花脫俗高貴，天生麗質，令人陶醉。❻高會聊追短景　謂人生苦短，當及時行樂。高會，盛大的宴會。短景，謂人生歲月短暫。❼清商不假餘妍　謂不計較豔歌是否妙麗。清商，古代五音之一，此指音樂歌曲。假，借助。妍，指豔歌。

【語　譯】今年花開時節的深院裡，整日裡吹著東風，煮著茶水，輕煙飄逸。只有綠色的苔蘚和芳草，如絮的柳花和似錢成串的榆莢。聽說城的西部，有長廊古寺，豪宅名園。那裡有天生麗質、高貴脫俗的牡丹，為我而遲遲地開放。　清明節過了，無處不是落花，面對此景，飲酒落淚。已到深秋，一枝牡丹，為什麼向著我依然盛開？盛大的宴會，姑且及時行樂，不在意歌聲是否美妙動聽。不如留著似春日盛開才有的完美的麗姿，一直延續到明年。

【賞　析】牡丹是初夏開放的，賞牡丹為時尚，這在北宋時期已盛行。蘇軾詞中所論的卻是異時盛開的牡丹，也就是非正常時日開放的牡丹，而且是一朵千葉牡丹。在眾芳搖落的秋天裡，牡丹開放了，這是令人驚奇的。在過去，往往會有人認為這是花妖在作怪，而蘇軾卻不是這麼想的。「為我留連」一句，道出了其性格的一面，遇到這種情況，他人或不至於詛咒，至少也是鏟除此花，或是迴避不談，甚至是厭棄。而蘇軾偏偏認為牡丹是獨為他而開放，有些天人感應的味道。表面看似自作多情，好像是在強調自己不是一般的人，是帶有異相的人，自然中的一些反常現象正是應他們這種人而發生的。又云「秋向晚、一枝何事，向我依然？」強調的也是這種想法。在百花盡殘之時，獨此一枝逆時開放，或借此表明自己的那種不同流合汙的志趣。牡丹花的這種叛逆性的特點，很合其口味，至少我們知道蘇軾在文壇上是屬於「離經叛道」的人，詩也罷，文也罷，詞也是如此，如同今天所說的「另類」。詞中所表現的就是其骨子裡的那分傲骨。

三部樂

美人如月。乍見掩暮雲，更增妍絕❶。算應無恨，安用陰晴圓缺❷？嬌甚空只成愁❸，待下牀又懶，未語先咽。數日不來，落盡一庭紅葉。

今朝置酒強起，問為誰減動，一分香雪❹？何事散花卻病，維摩無疾❺？卻低眉慘然不答，唱〈金縷〉一聲怨切。堪折便折，且惜取少年花發❻。

【詞　牌】三部樂

《詞譜》卷二十六：調見東坡詞。按《唐書·禮樂志》：明皇分樂為二部，堂下立奏，調之立部伎；堂上坐奏，調之坐部伎。又酷愛法曲，選坐部伎子弟三百教於梨園，為法曲部，三部之名疑出於此。

《填詞名解》卷三：商調曲。

【注釋】❶妍絕　非常豔麗。❷算應無恨二句　參見〈水調歌頭〉「明月幾時有」注❼、❽。❸嬌甚空只成愁　唐劉禹錫〈三閣辭〉四首之一：「不應有恨事，嬌甚卻成愁。」謂嬌貴難免孤高寡合，易生愁悶。❹香雪　脂粉。❺何事散花卻病二句　參見〈殢人嬌〉「白髮蒼顏」注❶。❻唱金縷一聲怨切三句　唐杜秋娘〈金縷曲〉云：「勸君莫惜金縷衣，勸君惜取少年時。花開堪折直須折，莫待無花空折枝。」詞中化用其意，指美好的青春年華不會再來，當及時行樂。

【語譯】美人就像月亮，剛被傍晚的雲彩遮掩，更增添了她的嫵媚和豔麗。想來應是沒有怨恨，就不會在意月亮的有和無、圓滿和虧缺？非常嬌貴，空閒時只是生愁，待要下床，又懶得起身，話未說出，先自哽咽。數日不出來，庭院落滿了紅葉。　今天早晨安排了酒菜，才勉強起床。請問是為誰，減少了脂粉？為什麼如散花天女的美人卻病了，而似維摩詰的我反倒無疾？卻是低頭不語，神情悽慘，唱了一聲〈金縷曲〉，極其悲怨。花可以折時就去折，而且要愛惜青春年少，就像花兒盛開時。

【賞析】東坡言男女情事的詞不少，寫到自己的卻是屈指可數。就詞意來說，此詞是有明確的針對性。蘇軾在寫友人等男女情事時，多有調侃的口吻，此詞則沒有這樣寫。詞中所云美人，即使不是朝雲，也是與其有密切關係的女性。參照宋人的說法，詞為朝雲所作的可能性大些。時為紹聖年間，蘇軾被貶至廣東惠州。朝雲姓王氏，原為錢塘名妓，比東坡小二十七歲，蘇軾任杭州通判時，納朝雲為妾，時朝雲十二歲。東坡被貶謫廣南，家姬多離散而去，只有朝雲與之同行至惠州，紹聖三年（一〇九六）七月五日卒於惠州，年三十四，葬於棲禪寺松林中直大聖塔。她生有一子，名遁，早夭。傳說朝雲在惠州曾唱東坡詞「枝上柳綿吹又少，天涯何處無芳草」，有感於心，不久即抱疾而亡，與此詞唱〈金縷曲〉意實有相同處。云為朝雲所作，是有一定道理的。詞首先寫朝雲貌美，以暮雲遮蔽月亮反倒增添其嫵媚，比喻朝雲雖是病重，但更加妍麗。「算應無恨，安用陰晴圓缺」二句意指朝雲自嫁了過來，並在東坡貶謫蠻荒時甘願隨其同行，當無怨恨，在困境中能與他相伴不離，這是最大的幸福，因此也就不需計較什麼「陰晴圓缺」，即指分別與相思之苦。既然無離別思聚之苦，何以又會生愁呢？「落盡一庭紅葉」就回答了這一問題，因病而愁，因生命的短促而悲傷。下片又以維摩詰與散花天女作喻，表達了對上蒼不公平的質問。而美人低頭不語，只以唱曲表達對他的寬慰，尤其覺得沉痛無比。下片末二句照應上片末句，說花說葉，亦即說人，於吞吐往返間，令人酸心不已。

念奴嬌

赤壁❶懷古

大江❷東去，浪淘盡、千古風流人物。故壘❸西邊，人道是、三國周郎❹赤壁。亂石崩雲❺，驚濤裂岸❻，捲起千堆雪。江山如畫，一時多少豪傑！

遙想公瑾當年，小喬❼初嫁了，雄姿英發。羽扇綸巾❽，談笑間、強虜❾灰飛煙滅。故國神遊❿，多情應笑我，早生華髮。人生如夢，一尊還酹⑪江月。

【詞牌】念奴嬌

《詞律》卷十六：一百字，又名〈百字令〉、〈百字謠〉、〈酹江月〉、〈大江東去〉、〈大江西上曲〉、〈壺中天〉、〈無俗念〉、〈淮甸春〉、〈湘月〉。

《詞譜》卷二十八：《碧雞漫志》云：大石調，又轉入道調宮，又轉入高宮大石調。姜夔詞注：雙調。元高拭詞注：大石調，又大呂調。蘇軾〈赤壁懷古〉詞有「大江東去，一尊還酹江月」句，因名〈大江東去〉，又名〈酹江月〉，又名〈赤壁詞〉，又名〈酹月〉。曾覿詞名〈壺中天慢〉，戴復古詞有「大江西上」句，名〈大江西上曲〉。姚述堯詞有「太平無事，歡娛時節」句，名〈太平歡〉。韓淲詞有「年年眉壽，坐對南枝」句，名〈壽南枝〉，又名〈古梅曲〉。姜夔詞名〈湘月〉，自注：即〈念奴嬌〉鬲指聲。張輯詞有「柳花淮甸春冷」句，名〈淮甸春〉。米友仁詞名〈白雪詞〉，張翥詞名〈百字令〉，又名〈百字謠〉。丘長春詞名〈無俗念〉，游文仲詞名〈千秋歲〉，《翰墨全書》詞名〈慶長春〉，又名〈杏花天〉。此調有平韻、仄韻二體，凡句讀參差，大同小異者，譜內各以類列。

《填詞名解》卷三：一名〈百字令〉，一名〈湘月〉，（案：姜堯章自度曲，亦名〈湘月〉，與此詞殊）一名〈壺中天〉。念奴，天寶中名倡，善歌，每歲樓下酺宴，萬眾喧溢，嚴安之、韋黃裳辟易不能，禁中樂罷，奏明皇，遣高力士大呼樓上，曰：「欲遣念奴歌，使二十五郎吹小管，逐看能聽否？皆悄然。」奉詔。（案：《樂府雜錄》載許和子事略同）念奴每執板當席，聲出朝霞之上。宋王灼云：今大石調〈念奴嬌〉，世謂天寶間所製曲。先舒案：此調本仄韻，葉少蘊中秋詞獨用平韻，似屬創體，然則平仄故可通押耳。（又案：此調又名〈赤壁詞〉，又名〈大江東去〉，又名〈酹江月〉，俱以東坡詞得名。蓋詞流喜創新名，茲類甚眾，要之，無當典實，故多不具載）

【注　釋】❶赤壁　地名，所指不一，均在湖北省。其一在今蒲圻縣長江南岸，石山高聳如長垣，突入江濱，漢末周瑜在此打敗曹操。其一在今黃岡縣長江邊，又名赤鼻，土石帶赤色，下有赤壁磯。詞中所指即此處，其實不是周瑜破曹兵處。❷大江　即長江。❸故壘　指當年交戰時的軍營牆壁或防禦工事的遺跡。❹周郎　即周瑜（西元一七五～二一〇年），字公瑾，三國時人，少時人呼為周郎。❺崩雲　指雲似被高聳直插的石山瓦解而散亂的樣子。❻裂岸　在怒濤沖擊下，江岸似被撕裂般。❼小喬　三國時喬公有兩個女兒，稱為大、小喬，皆國色，小喬嫁給周瑜為妻。❽羽扇綸巾　形容風雅閒散的樣子。綸巾，絲帶做的頭巾，漢末名士多佩戴。❾強虜　指曹兵。❿神遊　精神或夢魂往遊，此指回想往日的情景。⓫酹　灑酒於地，表示祭奠。

【語　譯】長江之水東流而去，浪濤沖洗盡，千百年來多少英俊的人物。西邊有營壘遺址，人們傳說這是三國時周瑜打敗曹兵的赤壁。雜亂的巖石直插入雲，驚天動地的波濤像在撕裂著江岸，捲起的浪就像是千堆的雪花。江山美如圖畫，一時間湧現出多少英雄豪傑！　追想當年的周瑜，小喬剛嫁給了他，真是意氣昂揚，才華橫溢。手搖著羽毛扇，頭戴著綸巾，談笑之間，強大的曹兵如灰塵飛盡、煙霧消散地潰敗了。回憶起當時的情景，應該笑我太富有情感，早生花白的頭髮。人生就像是夢，拿起杯酒，倒向月光普照的江水中，祭奠亡逝的英靈。

【賞　析】詞作於謫居黃州時，黃州有赤壁磯，在長江邊，當地人傳說這是三國時周瑜打敗曹操的赤壁，「人道是」點明了這是傳聞，不是事實，蘇軾不過是借此抒寫其情志罷了。這次以少勝多的戰役，使得周瑜名揚千古，成為後世有志少年仰慕的楷模。在蘇軾的心目中，占有一席之地的千古風流人物，畢竟是屈指可數的。即以周瑜而言，「羽扇綸巾，談笑間、強虜灰飛煙滅」，溫文儒雅，談笑間，就擊敗了強大的敵人，這是儒將的風格，也是古代很多文人嚮往的一種人生境界，文武雙全，建不世之功，垂千古之名，也是蘇軾奮鬥的目標，詞中所謂的「多情」，便是指此而言的。遺憾的是，烏臺詩案的發生，使他成了文字獄的犧牲品，成了一名對皇帝存有大不敬的「罪人」，死罪雖免，活罪難逃，最終被發配至黃州，戴罪思過。其對人生的看法也就徹底地改變了，昔日追求的變成微不足道了，虛無消極的思想占了上風，對自己「多情」的否認，也就是否認自己前此為之奮鬥的理想，沉痛酸楚，發人深省。在抒寫自己的失意時，又能以情入景，「亂石崩雲」三句，寫長江波濤的凌厲氣勢，寫兩岸巖石的傲然氣骨，其中所體現出來的是桀傲不馴的氣質，也正是蘇軾人格的寫照，不低頭，不屈從，張揚個性。也正是如此，在仕途上背時不濟，白髮早生。時不我待，人生若夢，灑酒於江，祭奠逝去的英雄豪傑，也就在為自己的遠大志向送終。這是蘇詞中很有特色的一首詞，就其風格而論，是屬於豪放。據記載，東坡曾經向幕僚詢問對這首詞的看法，有人以為此詞不適合十七、八歲的女郎手持紅牙拍板輕聲地細唱，而是應該讓關西大漢手持鐵板，高聲齊唱，才有氣勢。蘇軾聽後，也為之大笑。豪放風格的詞在蘇詞中並不多見，試想東坡處在這種消極的心態下，能寫出這種豪邁狂放的作品，也正有賴於其骨子裡的那種永不言敗的個性特點，從而形成豪放中有悲壯，雄闊處見蒼涼。詞的傳統風格是婉約嫵媚，東坡的婉約詞是寫了不少，而且這類詞作中優秀的作品也不止一二，而這首詞至少在風格上可謂是「離經叛道」的，明朝有人就說蘇詞中可以稱得上豪放的就此一首罷了，話有些絕對，但不是沒有道理的。

水龍吟

次韻章質夫❶〈楊花❷詞〉

似花還似非花❸，也無人惜從教墜❹。拋家傍路❺，思量卻是，無情有思❻。縈損柔腸，困酣嬌眼，欲開還閉❼。夢隨風萬里，尋郎去處，又還被、鶯呼起❽。

不恨此花飛盡，恨西園、落紅❾難綴❿。曉來雨過，遺蹤何在？一池萍碎⓫。春色三分，二分塵土，一分流水⓬。細看來，不是楊花點點，是離人淚⓭。

【詞牌】水龍吟

《詞譜》卷三十：姜夔詞注：無射商，俗名越調。曾覿詞結句有「是豐年瑞」句，名〈豐年瑞〉。呂渭老詞名〈鼓笛慢〉，史達祖詞名〈龍吟曲〉。楊樵雲詞因秦觀詞起句，更名〈小樓連苑〉。方味道詞結句有「伴莊椿歲」句，名〈莊椿歲〉。

《填詞名解》卷三：越調曲也。採李白詩「笛奏龍吟水」，一名〈小樓連苑〉，取宋秦觀詞「小樓連苑橫空」之句。

【注　釋】❶章質夫　參見〈水調歌頭〉「昵昵兒女語」注❸。❷楊花　即柳絮。❸似花還似非花　是說柳絮雖然名叫楊花，而實際上它不是花。❹也無人惜從教墜　是說正因為楊花不是花，也就沒有人愛惜它，任隨它零落。從，聽從。教，使。❺拋家傍路　是說楊花離開了生它長它的家（即柳樹）而流落在路邊。傍，依附。❻有思　謂有懷思之情。❼縈損柔腸三句　以擬人手法描繪流落在路邊的楊花的情態，如思婦般愁緒縈繞，柔腸欲碎，難以安眠入睡。按初生柳葉細長，如人眼入睡初展，古人稱作柳眼。❽夢隨風萬里三句　唐金昌緒詩〈春怨〉云：「打起黃鶯兒，莫教枝上啼。啼時驚妾夢，不得到遼西。」詞句化用詩意，承前三句敘寫思婦的美夢被驚醒。❾落紅　指落花。❿綴　拾起。⓫曉來雨過三句　寫清晨再尋找，飄落在路邊的楊花已被夜來的一場雨水沖到池塘裡去了。萍碎，蘇軾自注：「楊花落水為浮萍，驗之信然。」傳說楊花飄落水中，經宿化為浮萍，這種說法是不正確的。⓬春色三分三句　指楊花已凋零，其中三分之二被輾成泥土，三分之一被沖進水池。⓭細看來三句　或斷句作「細看來，不是楊花，點點是離人淚」。

【語　譯】像花不是花，也無人憐惜，任隨它墜落。離家又飄蕩，依附在路旁，思量卻是，看似無情意，又是有情思。愁緒縈繞柔腸，嬌眼困酣，欲開還閉。夢魂隨著風飄泊萬里，尋郎途中，驀地黃鶯啼，美夢被驚醒。　不恨楊花盡飛去，恨西園，落花滿地難拾起。清晨雨已過去，落花的遺跡在何處？化為滿池的浮萍。春色已被三分，二分輾在塵土中，一分飄浮到水池。仔細看來，這不是點點楊花，而是傷離怨別人的滴滴眼淚。

【賞　析】這是一首很有名的詠物詞。友人章質夫寫了首詠楊花的詞〈水龍吟〉，蘇軾依原韻和唱了這首詞。詞作於宋神宗元豐年間，時蘇軾謫居黃州，有書信與章質夫，其中云：「柳花詞妙絕，使來者何以措詞，本不敢繼作，又思公正柳花飛時出巡按，坐想四子閉門愁斷，故寫其意，次韻一首寄去。」章質夫的詞寫得的確優秀，尤其是「傍珠簾散漫，垂垂欲下，依然被、風扶起」數句，傳神寫照，曲盡柳花情態，為當時人所激賞。蘇詞從立意方面來看，與章詞有異曲同工之妙。上片由楊花飄零無依，寫思婦孤寂無聊。下片以思婦惜春傷情，寫楊花淒涼的歸宿。楊花和思婦，一而二，二而一。純以白描之筆寫濃郁之情，委婉蘊藉。詠物詞最忌與所詠之物黏得太近，描摹得過於實在。蘇詞更多的是由虛處入手，明明是詠楊花，而句句是寫思婦惜春傷情，卻又處處使人覺得筆筆都在摹繪楊花，空靈清逸，很有與章詞鬥勝的意味，以致時人有蘇詞雖為唱和之詞，反而覺得為原作之感。蘇軾本是一個富有幽默詼諧氣質的人，從他與章質夫的信中所言，不難體會此詞微含打趣之意。然而此詞的魅力所在，仍是其高妙的構思技巧和純熟的語言功力。

水龍吟

古來雲海茫茫，道山絳闕❶知何處？人間自有，赤城居士❷，龍蟠鳳翥❸。清淨無為，坐忘❹遺照❺，八篇❻奇語。向玉霄❼東望，蓬萊❽晻靄❾，有雲駕、驂風馭❿。

行盡九州四海⓫，笑紛紛、落花飛絮。臨江一見，謫仙⓬風采，無言心許。八表⓭神遊⓮，浩然⓯相對，酒酣箕踞⓰。

待垂天賦⑰就，騎鯨⑱路穩，約相將去。

【注釋】❶道山絳闕　指仙人居住之地。道山，仙山。絳闕，宮殿的門闕。❷赤城居士　指唐司馬承禎（西元六五五～七三五年），洛州人，字子微。曾隱居天台赤城山修道。赤城，山名，在今浙江天台北。又為道教傳說中的山名。❸龍蟠鳳翥　謂隱居待時而動。龍蟠，比喻豪傑之士隱伏以待時。鳳翥，比喻應時而高舉遠行，施展抱負。❹坐忘　道家所追求的物我兩忘、淡泊無慮的精神境界。❺遺照　捨棄眾生相，進入忘我的精神境界。❻八篇　指司馬承禎著的〈坐忘論〉七篇和〈樞〉一篇。❼玉霄　即玉霄峰，在浙江天台山，傳為仙人所居，司馬承禎曾居於此。❽蓬萊　參見〈南歌子〉「海上乘槎侶」注❻。❾晻靄　陰暗貌。❿有雲駕驂風散　謂仙人駕雲馭風而行。⓫九州四海　泛指全國各地。⓬謫仙　謫居世間的仙人，常用來比喻才行高邁的人，非俗世所有。此指唐代大詩人李白。⓭八表　八方之外，指極其遠的地方。⓮神遊　參見〈念奴嬌〉「大江東去」注❿。⓯浩然　狂放豪邁的樣子。⓰箕踞　兩足前伸，雙手據膝而跪，形容傲慢不敬的樣子。⓱垂天賦　指李白所作〈大鵬賦〉，《莊子・逍遙遊》狀大鵬「其翼若垂天之雲」。⓲騎鯨　騎鯨背以游於海上，比喻仙人，或豪客，李白自稱「海上騎鯨客」。也指隱遯。

【語譯】自古以來雲海茫茫，仙人居住的宮闕知道在什麼地方呢？人間本來就有，赤城山的居士，如潛龍蟠居待時而動，如鳳凰待時展翅高飛。清心寡欲，無所作為；物我兩忘，捨棄眾生相；八篇著作，用語奇特。向玉霄峰東望，蓬萊山隱約朦朧，有仙人駕雲馭風往來。　走遍了九州四海，笑落花飛絮紛紛。江邊相逢一見，謫仙風貌神采，相對無言，內心卻是相許。精神隨其遨遊八方之外，相互面對，狂放不羈，飲酒沉酣，箕踞而坐。待〈大鵬賦〉寫成，騎著鯨背，路途平穩，相約攜手而去。

【賞　析】此詞毛晉刻本題云：「昔謝自然欲過海求師蓬萊，至海中，或謂自然：『蓬萊隔弱水三十萬里，不可到。天台有司馬子微，身居赤城，名在絳闕，可往從之。』自然乃還，受道於子微，白日仙去。子微著〈坐忘論〉七篇、〈樞〉一篇，年百餘。將終，謂弟子曰：『吾居玉霄峰，東望蓬萊，嘗有真靈降焉，今為東海青童君所召。』乃蟬脫而去，其後李太白作〈大鵬賦〉云：『嘗見子微於江陵，謂余有仙風道骨，可與神遊八極之表。』元豐七年冬，予過臨淮，而湛然先生梁公在焉，童顏清澈，如二三十許人。然人亦有自少見之者，善吹鐵笛，嘹然有穿雲裂石之聲。乃作〈水龍吟〉一首，記子微、太白之事，倚其聲而歌之。」謝自然為唐太宗貞觀年間果州南充人，自幼為女道士，修道不食，築室於金泉山，至天台山拜司馬承禎為師，得道術，白日升天仙去。詞作於神宗元豐七年（一〇八四）冬經過臨淮（今屬安徽）時，有感於司馬承禎、李白的事而作。蘇軾自貶謫黃州後，思想發生了重大的變化，人生若夢，隱居樂道的念頭常常會冒出來。詞中所述，也說明了這一問題。上片記司馬承禎事，下片記李白事。前者清心寡欲，無所作為，捨棄眾生相，達到物我兩忘的境界；後者以行遍九州四海，神遊八方之外，夢想騎鯨上天，表達了超塵脫俗的心願。一為出世者，一為厭世者，都說明了對俗世的厭棄。蘇軾此時的思想也是如此，政治上的迫害與打擊，仕途上的坎坷與挫折，棄官歸田是他的願望，因此一而再，再而三地上書請求，只是在臨終前才得遂所願，但來之晚矣。夢想成仙，意欲擺脫俗世的煎熬，可以狂放不羈。追求自由是每個人的夢想，對蘇軾而言，能得到自由，實在是不易之事，可以說幾乎為零。大概只有仙人可以做到如此，所以古人遊仙的作品特多，不過是表達了一種精神寄託罷了。

水龍吟

贈趙晦之❶吹笛侍兒

楚山修竹❷如雲，異材❸秀出千林表。龍鬚半剪，鳳膺微漲，玉肌勻繞❹。木落淮南❺，雨晴雲夢❻，月明風嫋。自中郎❼不見，桓伊❽去後，知辜負、秋多少？

聞道嶺南太守❾，後堂深、綠珠❿嬌小。綺窗學弄⓫，〈梁州〉⓬初徧⓭，〈霓裳〉⓮未了。嚼徵含宮，泛商流羽⓯，一聲雲杪⓰。為使君洗盡，蠻風瘴雨⓱，作霜天曉⓲。

【注釋】❶趙晦之　參見〈減字木蘭花〉「賢哉令尹」注❷，趙氏這時為藤州太守。❷修竹　細長的竹子。❸異材　優質的材料。❹龍鬚半剪三句　指製笛所用的竹材，龍鬚、鳳膺、玉肌，均是美稱，龍鬚指取用的竹節，其間留有纖細的枝條，剪裁後將其束之。鳳膺，指竹節下腹部略微鼓脹。玉肌，指取用的竹節表面紋理要勻稱光淨。❺淮南　泛指淮水以南的地區，大致相當於今江蘇、安徽兩省長江以北、淮河以南的地方。❻雲夢　古代湖泊名，在今湖南、湖北長江流域一帶。❼中郎　指東漢的蔡邕，曾為中郎將，史載其精於辨識製笛之竹。❽桓伊　參見〈昭君怨〉「誰作桓伊三弄」注❸。❾嶺南太守　指趙昶，藤州在嶺南。嶺南，參見〈定風波〉「長羨人間琢玉郎」注❽。❿綠珠　西晉時石崇的家妓，善吹笛。⓫弄　奏樂。又樂一曲為一弄。⓬梁州　曲名，也作〈涼州〉。⑬初徧　唐宋大曲的解數稱徧，每套大曲由十數徧組成，〈梁州〉為大曲之一。初徧，指剛開始演奏的曲段。⑭霓裳　即〈霓裳羽衣曲〉，為唐代樂曲。⑮嚼徵含宮二句　指演奏樂曲。徵、宮、商、羽，均為古代五音之一。⑯一聲雲杪　指演奏技藝很高，有聲遏行雲的效果。⑰蠻風瘴雨　指兩廣惡劣的自然環境。參見〈西江月〉「玉骨那愁瘴霧」注❷。⑱霜天曉　一說是指詞曲〈霜天曉角〉，詞中提及五音中徵、宮、商、羽四音，而無角音，所以末句暗示缺角音。

【語譯】楚地的山上有長長的竹子叢生如雲，材質優異秀美，超出其他竹林之上。製作笛子的竹節，剪掉半截如龍鬚似的細枝，留取腹部略微鼓脹的部分，竹皮紋理勻稱光淨。淮南的樹葉已經凋落，雲夢地區雨後放晴，月光明媚，細風吹拂。自從蔡中郎、桓伊過世後，才知道辜負了多少美好的秋景？　聽說嶺南太守，深深的後面堂屋中，有似綠珠般嬌小的美人。倚著精致的紗窗前，試吹著〈梁州〉曲的頭遍，〈霓裳羽衣曲〉尚未吹完。徵、宮、商、羽，四音迭奏，笛聲清亮，天上的雲為之停留。可以為使君你，徹底清洗蠻荒之地的風雨，變作霜寒之天的清曉。

【賞析】此為贈友人侍女的詞作，因其善吹笛，故詞中所言均與笛有關，也就是說，這是首兼詠物的詞。「楚山修竹如雲」兩句謂取材，楚地盛產的修竹出類拔萃，最適宜製作笛子，這是就大的方面而言。「龍鬚半剪」三句是就具體而微的方面來談，涉及到取用竹節的品相、形狀、紋理等方面，是決定笛之音質好壞的關鍵。「嚼徵含宮」三句是敘寫笛的音質清亮，有響遏行雲之妙。「為使君洗盡」三句是談笛曲的功效，「蠻風瘴雨」之地易於使不服水土的他鄉人產生疾病，可以觸發瘟疫，甚至是要人命的，尤其是北方人，到了所謂的南蠻之地，往往是心存恐懼，因水土不服而死於其地的大有人在。東坡在這裡意在說明聽了這種竹笛吹出的曲子，可清除因居住蠻荒之地而產生的精神不振、愁眉不展等不良情緒，使之保有快樂愉悅的心境。「後堂深、綠珠嬌小」言精於吹笛的美人深得寵愛，「綺窗學弄」三句謂美人精擅諸多笛中名曲，「嚼徵含宮」三句是云美人技藝的高超。精製的笛子，配上精湛的技藝，演奏名曲，應該說是「三美」齊全，是賞心悅目的事。傳說趙昶有兩侍女，均善吹笛。趙氏為藤州太守時，贈送丹砂給東坡，東坡就以蘄州（即黃州）竹子製作成的笛子作為回禮，並寫了這首詞，趙氏讀到「為使君洗盡」三句說：「子瞻罵我矣。」這是因為趙氏是南雄州（今屬廣東）人，也就是說趙氏本來就是嶺南人，「蠻風瘴雨」的環境對他來說，應該沒有什麼危害，詞中云「洗盡」，大意是指趙氏出生於落後的蠻荒之地，聽所贈送的笛子吹出的大曲，可以提高其修養，增長其見識。若果真有此意，也不過是蘇軾好調諧打趣的行事風格的表現，可付之一笑。

水龍吟

閭丘大夫孝終公顯❶嘗守黃州，作棲霞樓❷，為郡中勝絕。元豐五年，予謫居黃。正月十七日，夢扁舟渡江，中流回望，樓中歌樂雜作，舟中人言，公顯方會客也。覺而異之，乃作此曲，蓋越調〈鼓笛慢〉。公顯時已致仕，在蘇州。

小舟橫截春江，臥看翠壁紅樓❸起。雲間笑語，使君高會，佳人半醉。危柱❹哀絃，豔歌餘響，遶雲縈水❺。念故人老大，風流未減，空回首、煙波裡。　推枕惘然不見，但空江、月明千里。五湖聞道，扁舟歸去，仍攜西子❻。雲夢南州❼，武昌❽東岸，昔遊應記。料多情夢裡，端來❾見我，也參差❿是。

【注　釋】❶閭丘大夫孝終公顯　閭丘孝終，或作閭丘孝直，字公顯，吳郡人，曾知黃州。❷棲霞樓　參見〈醉蓬萊〉「笑勞生一夢」注❷。❸翠壁紅樓　指建在赤壁上的棲霞樓。❹危柱　指琴。柱，指樂器上的絃枕木。❺豔歌餘響二句　指歌聲絕妙響亮，使天上的雲、地上的水為之遲留。❻五湖聞道三句　范蠡，春秋時人，輔佐越王句踐發奮圖強，用美人西施離間吳國君臣，最終滅掉吳國。以越王可同患難，不可共安樂，攜西施歸隱，泛遊五湖。此借指閭丘孝終致仕後退居故鄉的事。五湖，指今江蘇無錫、蘇州地區內的太湖。扁舟，小船。西子，即西施。❼雲夢南州　指黃州，因在古雲夢澤之南，故云。❽武昌　今湖北鄂城。❾端來　果真。❿參差　依稀；近似。

【語　譯】小舟橫渡春日的江水，臥看紅色的高樓在蒼翠的赤壁上拔地而起。好像聽到白雲間傳來的笑語，使君舉行著盛大的宴會，美人有些醉意。琴中奏出悲傷的曲調，豔情歌曲的餘音，使雲為之停住、使水為之回流。想到故人年歲已高，風雅灑脫不減當年。如今空有回頭看，煙氣籠罩的江水。　推枕醒來，夢境不見，情懷迷惘。只見空闊的江面上，千里月光明媚。聽說歸隱五湖，乘著小船而去，就像當年攜帶西施的范蠡。雲夢澤南邊的黃州，武昌東邊的長江水岸，昔日遊賞的地方，應該記得。料想在夢境裡，富有情感的您會見到我，就如同我在夢中見到了您。

【賞析】蘇軾謫居在黃州，得到幾任太守的善待，如徐君猷、閭丘孝終等，實屬不易。閭丘孝終致仕後，回到了故鄉蘇州，這首詞就是為懷念閭丘孝終而作的。上片寫泛舟長江赤壁磯下，仰見赤壁上的棲霞樓，凌空而起。枕臂而臥，似乎夢見了閭丘孝終在樓中舉行盛大的宴會，管絃齊作，歌聲飄逸，好不熱鬧。棲霞樓是閭丘孝終知黃州時建造的，成為當地的名勝，看見此樓而夢見閭丘使君，也是順理成章的。所謂日有所思，夜有所夢，由過遍知，醒來時已是夜晚了。就蘇軾現存的作品看，在黃州時，夜晚泛舟江上不是偶一為之的行為，大概月夜下泛舟江上，總會有種吸引力。寬闊的江面，金色的月光，飄逸的水氣，會使人有澄懷出塵的感覺，擺脫了紅塵的煩惱和喧囂，體味著人生的意義，在這方面，蘇軾是最有心得的。下片是寫夢醒後的思考，取范蠡功成知退、不辱其身的事典，表面上是用來比喻閭丘孝終能善其終，實質上是嘆息自己不能及早抽身，為功名利祿羈絆，以致誤己害身，其沉痛之意寄寓其中。「料多情夢裡」三句是用了推己及人的寫法，即設想別人與此同時正在做與自己一樣的事。

無愁可解

國工❶花日新❷作越調〈解愁〉，洛陽劉几伯壽❸聞而悅之，戲作俚語之詞，天下傳詠，以謂幾於達者❹。龍丘子❺猶笑之，此雖免乎愁，猶有所解也。若夫遊於自然而託於不得已，人樂亦樂，人愁亦愁，彼且惡乎解哉❻！乃反其詞，作〈無愁可解〉云。

光景❼百年，看便一世，生來不識愁味。問愁何處來，更開解箇甚底？萬事從來風過耳，何用不著心裡❽？你喚做展卻眉頭，便是達者，也則恐未。

此理、本不通言❾，何曾道、歡遊勝如名利。道即渾是錯，不道如何即是？這裡兀無我與你，甚喚做物情之外❿？若須待醉了、方開解時，問無酒、怎生醉？

【詞牌】無愁可解

《詞譜》卷三十五：調見東坡詞，自序云：花日新作越調〈解愁〉，洛陽劉几伯壽聞而悅之，為作俚語詩，天下傳詠，以為幾於達者。龍丘子笑之，此雖免乎愁，猶有所解也者。夫遊於自然，而託於不得已，人樂亦樂，人愁亦愁，彼且烏乎解哉？乃反其詞，作〈無愁可解〉。

《填詞名解》卷三：宋蘇軾作，自序云：國士范日新作越調〈解愁〉，洛陽劉几伯壽聞而悅之，戲作俚語詩，天下傳詠，以為幾于達者。龍丘子猶笑之，此雖免乎愁，猶有所解也者。夫遊於自然，而託於不得已，人樂亦樂，人愁亦愁，彼且惡乎解哉？乃反其詞作〈無愁可解〉。龍丘子，陳慥季常也。

【注釋】❶國工　國中技藝高超的人。此指音樂演奏方面。❷花日新　神宗時人，為教坊副使。❸劉几伯壽　劉几，字伯壽，號玉華庵主，河南洛陽人，官至祕書監。懂音樂，致仕後，凡出入，乘牛吹鐵笛，二妾萱草、芳草吹笛和之，人以為仙。❹達者　達觀之士。❺龍丘子　參見〈臨江仙〉「細馬遠馱雙侍女」注❶。❻若夫遊於自然而託於不得已四句　謂劉几雖遊於自然，然而仍是有愁，通過其他方式如樂曲來開解，不足以稱作達觀之人。只有做到無愁可解，才能稱得上是達觀之人。❼光景　大約；左右。❽萬事從來風過耳二句　謂對事事當如過耳之風，不要耿耿於懷，就無所謂愁。著，放置。❾此理本不通言　謂這個道理不可言傳。❿這裡元無我與你二句　謂只要超越世事人情之外，就不會存在或你或我的利益，也就無所謂愁情了。甚，什麼；怎麼。物情之外，指超脫世事人情之外。

【語　譯】人生大約百年，轉眼間便過了一世，生來就不知道愁的滋味。請問愁是從什麼地方來，又化解它是為了什麼？事事自古以來就像風吹過耳旁，為什麼要把它們放在心裡？你稱為眉頭舒展，就是達觀的人，恐怕未必就是這樣。　這個道理本來就不能用言語傳達，怎麼能說尋歡遊賞勝過追求功名利祿。說出就全是錯的，不說出又是什麼？這裡本來就沒有我和你的事，怎麼會稱作在物事人情之外？如果說要等待醉了，才能化解愁時，請問沒有酒，又怎麼能醉？

【賞　析】這首詞是析理之作，其論點有二：其一，「愁」是先天與生就有的，還是後天人為的。其二，「愁」是否可以化解。以詞中之意來看，人生本無所謂愁，所謂的愁是自找的，「萬事從來風過耳」二句就是說世上的事，你若把它看淡了，不要計較得失利害，就不會生有愁情，因此說有愁，是自己跟自己過意不去。既然是自找的，所謂「解愁」也只是暫時的忘卻，它還會反覆，也就不配稱作達觀之人。何況俗世的「解愁」之法，常見的就是飲酒，李白就曾高唱道「五花馬，千金裘，呼兒將出換美酒，與爾同銷萬古愁」，蘇軾也說過「百年裡，渾教是醉，三萬六千場」（〈滿庭芳〉），問題是醉了以後，人還是要醒的，不可能永久地斷了愁情的，如果能徹底地解愁，醉一次足夠了，又何必要經常醉、甚至是日日醉呢？可見這是自欺欺人罷了。詞作於黃州，黃州是蘇軾思想波動的時期，也是人生觀巨變的時期，消極虛無的思想常常左右著他，「這裡元無我與你，甚喚做物情之外？」即唯一的做法就是不要有情感，這樣也就不會有愁，什麼物外之情，純屬扯談。宋代大詞人辛棄疾〈醜奴兒〉就說道：「少年不識愁滋味，愛上層樓。愛上層樓，為賦新詞強說愁。而今識盡愁滋味，欲說還休。欲說還休，卻道天涼好個秋。」東坡便是「識盡愁滋味」者，若要無愁，只有泯滅情感，冷漠世事，別無他法。味蘇詞之意，本身就含有牢騷，不知他在表達這種虛無的思想時，愁懷是否已經開解？

歸朝歡

和蘇堅❶伯固

我夢扁舟浮震澤❷，雪浪搖空千頃白。覺來滿眼是廬山❸，倚天無數開青壁❹。此生長接淅❺，與君同是江南客。夢中遊，覺來清賞❻，同作飛梭❼擲。

明日西風還掛席❽，唱我新詞淚沾臆❾。靈均去後楚山空，澧陽蘭芷無顏色❿。君才如夢得⓫，武陵⓬更在西南極。〈竹枝⓭詞〉，莫傜⓮新唱，誰謂古今隔？

【詞牌】歸朝歡

《詞律》卷十八：一百四字，又名〈菖蒲綠〉。

《詞譜》卷三十二：《樂章集》注：夾鍾商。辛棄疾詞有「菖蒲自照清溪綠」句，名〈菖蒲綠〉。

【注　釋】❶蘇堅　參見〈生查子〉「三度別君來」注❶。❷震澤　指今江蘇太湖。❸覺來滿眼是廬山　東坡有詩：昔在九江，與蘇伯固唱和，其略曰：「我夢扁舟浮震澤，雪浪橫空千頃白。覺來滿眼是廬山，倚天無數開青壁。」蓋實夢也。昨日又夢伯固手持乳香嬰兒示予，覺而思之，蓋南華賜物也，豈復與伯固相見於此耶？今得來書，知已在南華相待數日矣。感嘆不已，故先寄此詩，知上片前四句原本為詩。廬山，在江西九江，北靠長江，南傍鄱陽湖，是著名的遊覽勝地。❹倚天無數開青壁　謂廬山諸峰青翠峻直，高矗雲霄。無數，謂山峰多，按廬山有九十餘峰。倚天，背靠著天，形容山高。青壁，謂廬山蒼翠高峻，如牆壁一樣矗立。❺此生長接淅　謂此生屢遭貶謫，總是行色匆匆地奔波。接淅，接取已淘的米。語出《孟子・萬章下》：「孔子之去齊，接淅而行。」意思是說米已淘好，但來不及蒸煮就出發了，後世常用以表示行色匆忙。❻清賞　指景致幽雅，也指人物儀容清俊可賞。❼飛梭　飛速運動的梭子，一般比喻時光過得快。❽掛席　猶張帆。❾臆　胸；胸口。❿靈均去後楚山空二句　謂自屈原去後，沒有人再賦辭歌詠楚國的山水花草了。屈原，字靈均，戰國時楚國人，善辭賦，後人稱為楚辭，多稱引香草美人以抒寫其情懷志向。其〈九歌・湘夫人〉云：「沅有茝兮澧有蘭。」茝即白芷。澧陽，今湖南澧縣，湖南古屬楚地。蘭芷，蘭草和白芷，均為香草。⓫夢得　劉禹錫，字夢得，河南洛陽人。唐代著名詩人，曾被貶官至連州、朗州等地，人稱「詩豪」。⓬武陵　今湖南常德，宋時為朗州，朗州在澧陽西南。⓭竹枝　樂府名，本為巴渝（今四川東部）一帶的民歌，劉禹錫據此創作新詞，其形式為七言絕句。⓮莫傜　即今天的傜族。

【語　譯】我夢見小船在震澤上行駛，像雪一樣的浪花搖向空中，千頃的湖面白茫茫的一片。醒來滿眼所見是廬山，諸峰蒼翠峻拔，直插雲霄。此生總是行色匆匆，和你一樣同是羈旅江南的過客。夢中遊覽，醒來見景致幽雅。時光快速，就像飛速運動的梭子。　明天秋風裡，又要張帆啟航，唱起我新創作的詞曲，淚水沾滿了胸襟。自靈均去後，再無人吟詠楚地的山水草木，澧陽的蘭草和白芷也都失去了光彩。您的才華可比劉夢得，武陵更在西南僻遠的地方。當年有劉夢得的〈竹枝詞〉，今天有你用莫傜人曲調填寫的新詞，誰說古今斷了聯繫？

【賞析】蘇軾自烏臺詩案貶謫至黃州後，曾一度在京城內外供職，其後因黨派鬥爭等因素，又貶到廣南蠻荒之地的英州，為知軍州事；不久即責受建昌軍司馬，惠州安置；最後被流放到了海南島的儋州。這首詞作於貶謫惠州途中，在江西九江與蘇堅相逢，時蘇堅將赴湖南的澧陽。詞的上片抒寫了自己的羈旅情懷，才「夢扁舟浮震澤」，醒來已是到了九江，謂一生行色匆匆，出沒於煙波間，沒有喘息的機會似的。所謂喘息主要是指歸田隱居之事，這在其詩詞中常常說起。何況是風燭殘年，遠謫蠻荒之地呢？下片是就蘇堅而潑墨，稱譽其富有才華，湘沅之地自偉大的詩人屈原後，未見有千古絕唱的作品流傳，相信友人能繼屈原之後，寫出佳作美文，可令楚地山水生色，表達了美好的祝願。

永遇樂

孫巨源❶以八月十五日離海州，坐別於景疏樓❷上；既而與余會於潤州，至楚州❸乃別。余以十一月十五日至海州，與太守會於景疏樓上，作此詞以寄巨源。

長憶別時，景疏樓上，明月如水。美酒清歌，留連不住，月隨人千里。別來三度，孤光❹又滿，冷落共誰同醉？捲珠簾、淒然顧影，共伊到明無寐。

今朝有客，來從濉❺上，能道使君深意。憑仗清淮，分明到海，中有相思淚。而今何在？西垣❻清禁❼，夜永露華❽侵被。此時看、回廊曉月，也應暗記。

【詞牌】永遇樂

《詞律》卷十八：一百四字，又名〈消息〉。

《詞譜》卷三十二：周密：天基節樂次，樂奏夾鍾宮，第五盞，觱篥起〈永遇樂慢〉。此調有平韻、仄韻兩體，仄韻者始自北宋。《樂章集》注：林鍾商。晁補之詞名〈消息〉，自注：越調。平韻者始自南宋，陳允平創為之。

《填詞名解》卷十三：歇拍調也。唐杜祕書工小詞，鄰家有小女，名酥香，凡才人歌曲，悉能吟諷。尤喜杜詞，遂成踰牆之好。後為僕所訴，杜竟流河朔，臨行，述〈永遇樂〉詞訣別，女持紙三唱而死。第未知此調創自杜與否？

【注　釋】❶孫巨源　參見〈採桑子〉「多情多感仍多病」注❷。❷景疏樓　參見〈更漏子〉「水涵空」注❹和❻。❸楚州　今江蘇淮安。❹孤光　指月光。❺濉　指濉水，在安徽北部，東南流入洪澤湖。濉，或作「淮」，指淮水，參見〈清平樂〉「清淮濁汴」注❶。❻西垣　指中書省。❼清禁　指皇宮。❽露華　即露水，又指清冷的月光。

【語　譯】總是回憶起分別的時候，在景疏樓上，明亮的月光如水一樣清澈。香美的酒，清亮的歌，不能逗留，明月跟著你遠行千里。三次分別，月亮又圓滿，清冷孤寂，和誰同醉？捲起珠簾，淒涼冷清，回顧月光下孤單的身影。和你相伴明月到天亮，不能安眠。　今天有客人，自濉水而來，能傳達出你的深厚情意。憑藉清澈的淮水，分明流到了大海，其中有相思的淚水。而今在哪裡？西垣清禁，夜已深，清冷的月光照射在被子上。此時在回廊上看清曉的月亮，也應該默默地想起了我。

【賞　析】孫巨源曾知海州（今江蘇東海），蘇軾在其知海州期間以及其前後寫了數首贈送給孫氏的詞作。這首詞寫於到海州時，此時孫氏已經離開了海州，到京城為官去了。全篇是以月亮為經，以思念之情為緯，經緯交錯，描寫彼此間的深情厚意。上片重在寫對友人的思念。首三句寫在海州景疏樓上聚會，時為月十五，因見圓月而思念起孫氏。次三句則是說如今孫氏雖然離開了海州，但「月隨人千里」，寄情於月，表達了團聚的願望。「別來三度」三句是說與故人三度分別，此次又是遠行，各在天一邊，面對清涼的月色，更加覺得孤寂清冷，進一步寫思友之情。「捲珠簾淒然顧影」二句敘寫夜已深，見圓月在移動，我之心也隨之而去。下片重在寫友人對自己的懷思。首三句寫孫氏捎信來，傳達問候思念之情。次三句以孫氏信中自云淚落淮水，流向大海，寄託對東坡深深的思念。「而今何在」三句，是寫孫氏在京城，見圓月而思友，不能安眠。「此時看回廊曉月」二句，寫孫氏徘徊於回廊上，見圓月而思友，直到天明。詞的上下片各寫對彼此的思情，其中以圓月為線，貫穿前後，上下片看似寫法有雷同處，實是地點、環境、思人的主體和客體有不同，表達了「但願人長久，千里共嬋娟」的意思。

永遇樂

彭城❶夜宿燕子樓❷，夢盼盼，因作此詞。一云徐州夜夢覺，此登燕子樓作。

明月如霜，好風如水，清景無限。曲港跳魚，圓荷瀉露，寂寞無人見。紞如❸三鼓，鏗然❹一葉，黯黯❺夢雲❻驚斷。夜茫茫、重尋無處，覺來小園行徧。

天涯倦客，山中歸路，望斷故園心眼。燕子樓空，佳人何在？空鎖樓中燕。古今如夢，何曾夢覺，但有舊歡新怨。異時對、黃樓夜景，為余浩歎❼。

【注釋】❶彭城　即今江蘇徐州。❷燕子樓　唐貞元中，張尚書鎮徐州，築小樓，名燕子樓，使愛妓盼盼居其中。盼盼善歌舞，張死後，盼盼念舊不嫁，居此樓十餘年。張尚書，舊多云是張建封，實為其子張愔。❸紞如　形容擊鼓之聲。❹鏗然　形容葉落的響聲。❺黯黯　沮喪貌。❻夢雲　宋玉〈高唐賦〉載：楚襄王夢與巫山神女會，其中有「旦為朝雲，暮為行雨」句，後世遂以此比喻男女幽合之事。此指詞人夢見盼盼的事。❼異時對黃樓夜景二句　謂日後他人至黃樓憑弔，就像我今日燕子樓追悼盼盼一樣。黃樓，神宗熙寧十年，黃河決口，水至彭城，蘇軾時為太守，使民蓄土積石為備。水退，於城東門築大樓，以黃土粉飾，遂名曰黃樓。浩歎，長嘆，謂感慨深長。

【語　譯】明亮的月光如霜，輕柔的風如流水，處處是清雅的景象。彎曲的河港，魚兒跳躍；圓圓的荷葉，露水流淌。四周寂靜，看不見有人。咚咚咚地敲起了三聲鼓，啷啷啷地落下了樹葉，與佳人相會的夢被驚醒打斷，悵然沮喪。長夜漫漫，重新尋找夢境，無處可尋。醒來起身，走遍了小園。　天涯疲憊的行客，山中返回的路上，極目遠望，思戀故鄉。燕子樓空無一人，美人在何處？緊鎖的樓中只有作巢的燕子。古今萬事若夢，何曾夢醒，只留下了昔人的歡愛和今人的怨恨。待到他日，面對著黃樓的夜景，有人又會為我長嘆。

【賞　析】這是首頗有爭議的小詞，傅幹《注坡詞》和毛晉刻本題云「夜宿燕子樓，夢盼盼，因作此詞」，後人以為蘇軾在燕子樓夜宿是件不可思議的事，於是就有人說是夜裡夢見了盼盼，次日登燕子樓，寫下了此詞；或云是十月十五日登黃樓觀月，夢登燕子樓，次日往尋其地，作此詞。不論何種說法，旨在說明蘇軾夜宿燕子樓夢見盼盼這一事有傷大雅，放在蘇軾身上，總覺得有些彆扭。諸說似乎只是為了要確認蘇軾夜宿的地方不是燕子樓，如此，反倒覺得夢盼盼一事沒了根基，失去了落腳處。所以說還是以詞題所云為是，也可免為尊者諱之嫌。其實也沒有什麼值得隱諱的，這畢竟是夢，現實中不可能的事，夢境中就發生了，不可勝舉。「明月如霜」六句寫夢境，皎潔的月，和煦的風，景物清雅，這是總寫月夜環境的清幽雅致。彎曲的河港，跳躍的魚兒，圓圓的荷葉上露水在流淌，四周寂靜，除了詞人和盼盼外，別無他人。美景中遇美人，這是多麼令人愜意的事。如同所有人一樣，好夢終難成，夢境最佳時被突然的中斷，這是最令人傷情的。「重尋無處，覺來小園行徧」，尋夢，這是痴情與惆悵、失望與執著的複雜心情的表現。下片是以抒情為主，抒寫夢醒後的感慨，從詞意看，似乎針對的是一種男女間的情感，不過這是專指蘇軾自己的情感世界而言？還是泛指因弔古傷今而產生的一種情感？就詞的末二句來看，指前者的可能性大些，只是這位佳人不能確指罷了。黃樓是蘇軾在徐州政績的體現，也是日後遺愛給徐州百姓的見證。黃樓建成後，蘇軾曾請其胞弟蘇轍及其門弟子黃庭堅、秦觀、張耒、晁補之、陳師道等作文記之，可見這一事在蘇軾心中的分量。只是拿黃樓與燕子樓作比，若不在男女情事上，就有不類的感覺。所謂「舊歡新怨」也可說明這一問題，舊歡指張氏與盼盼事，新怨當就東坡而言。只此一「怨」字，就有許多難言之隱。傳說蘇軾此詞剛寫完，次日卻已在城內傳唱，東坡本人也覺得奇怪，詞稿沒人知道，怎麼會有傳唱之事。便詢問，知傳自夜間巡邏的士卒，召而問之，士卒自云粗知音樂，在張氏廟值夜，聞有歌聲，記而傳之。若此，當為女鬼所唱，其事也只有蘇軾本人明白了，所謂天知、地知、我知以外，別人只能是揣測了。

沁園春

赴密州，早行，馬上寄子由

孤館燈青❶，野店雞號，旅枕夢殘。漸月華收練❷，晨霜耿耿❸；雲山摛錦❹，朝露團團❺。世路❻無窮，勞生❼有限，似此區區長鮮❽歡。微吟罷，凭征鞍無語，往事千端。

當時共客長安，似二陸❾初來俱少年。有筆頭千字❿，胸中萬卷⓫；致君堯舜⓬，此事何難？用捨由時，行藏在我⓭，袖手⓮何妨閒處看？身長健，但優游卒歲⓯，且鬭⓰尊前。

【詞　牌】沁園春

《詞譜》卷三十六：金詞注：般涉調。蔣氏十三調注：中呂調。張輯詞結句有「號我東仙」句，名〈東仙〉，李劉詞名〈壽星明〉，秦觀減字詞名〈洞庭春色〉。

《填詞名解》卷三：取漢沁水公主園以名。一名〈洞庭春色〉，一名〈大聖樂〉，一名〈壽星明〉。（先舒案：填詞別有〈大聖樂〉調，比〈沁園春〉少四字，〈壽星明〉比此調亦少二字，疑亦別一調也）

【注　釋】❶燈青　青燈，即油燈，其光青瑩，故名。❷月華收練　指月亮落下。練，比喻月光如白色的絲絹。

❸耿耿　明亮的樣子。❹雲山摛錦　謂雲霧繚繞的群山，就像舒展開的錦緞。摛，舒展；傳布。❺團團　形容露珠圓潤的樣子。❻世路　人世間經歷的事情。即世事。❼勞生　辛勞忙碌的人生。❽鮮　寡；少。❾二陸　指西晉的陸機、陸雲，兄弟二人齊名，以文章議論著稱於世，號二陸。❿筆頭千字　謂落筆成章，行文快捷。⓫胸中萬卷　謂學識淵博。⓬致君堯舜　謂得到君王重用。致君，輔佐國君，使成聖明之主。堯舜，唐堯和虞舜，傳說為上古的部落首領，後人奉為聖明的君主。⓭用捨由時二句　《論語》云：「用之則行，舍之則藏。」是說被任用，就實現其理想抱負；反之，則退隱以待時機。⓮袖手　縮手於袖，表示不參與。⓯優游卒歲　謂日日悠閒自得的樣子。卒歲，終年；全年。⓰鬬　競勝；比賽，此指戲耍之意。

【語　譯】孤寂的旅館，油燈閃著青瑩的光。荒野的旅店，雞在啼鳴。旅途睡醒，夢中的經歷還記得一些。月亮漸漸地落下，清晨的霜閃閃發光；雲氣繚繞的群山如舒展開的錦緞，朝晨的露珠溜圓溼潤。人世間經歷的事是沒有窮盡的，忙碌的一生是有限的，因為這樣，常常是少有歡樂。低聲吟詠，倚在馬背上不說話，回憶往事，思緒萬千。

當時一起客遊京城，就像陸機、陸雲兄弟初到都城，都是氣盛的少年。落筆成文，學識滿腹，輔佐聖明的君王，這種事有什麼難以做到的呢？被任用，被捨棄，這是由時運來決定；施展才能，退隱等待，這在於我自己。袖手旁觀，又有什麼妨礙呢？身體永遠強健，一年到頭，只要悠閒自得，姑且飲酒鬥樂。

【賞　析】這首詞作於神宗熙寧七年（一〇七四）十月，時由海州赴知密州途中。上片敘寫赴任密州途中的情形，「孤館燈青」兩句，極力描摹旅況的淒清孤寂，好夢因晨雞的鳴叫而成殘，情懷惆悵，溢於言表。日有所思，夜有所夢，夢中兄弟相逢，雖然是虛幻，卻是長久積壓於內心中的相思情切的釋放。「漸月華收練」十句則是寫醒後繼續趕路，唐溫庭筠〈商山早行〉詩云：「晨起動征鐸，客行悲故鄉。雞聲茅店月，人迹板橋霜。槲葉落山路，枳花明驛牆。因思杜陵夢，鳧雁滿回塘。」敘寫晨起趕路者的艱辛，尤其是「雞聲茅店月」二句，羈旅孤行、流離辛苦之態見於言外，蘇詞的意境與此相同，「微吟」或就指吟詠的此詩，因此而有同感。下片是以議論為主，表達了入世與出世的矛盾心理。蘇軾、蘇轍兄弟情感非常深厚，兩人同年隨父出蜀至京，同年登科，自走上仕途後，奔波四海，別多會少。蘇轍〈逍遙堂會宿〉二首詩序云：「轍幼從子瞻讀書，未嘗一日相舍。既壯，將遊宦四方。讀韋蘇州詩，至『安知風雨夜，復此對床眠』，惻然感之，乃相約早退為閑居之樂。故子瞻始為鳳翔幕府，留詩為別，曰『夜雨何時聽蕭瑟』。其後子瞻通守餘杭，復移守膠西，而轍滯留於淮陽、濟南，不見者七年。熙寧十年二月始復會於澶濮之間，相從來徐，留百餘日。」可作此詞的注腳。兄弟二人早年都是血氣方剛的少年，有豪言，有壯語，恃才傲物，時人為之傾慕。曾幾何時，有志不得售，雄心不再，遂至嘆老嗟卑，牢騷滿腹。傳說宋神宗聞此詞不樂，於是貶東坡至黃州，並說：「教蘇某閑處袖手，看朕與王安石治天下。」其說不足信，但至少可知此詞所表達的實乃「不合時宜」之話，直露淺率，以致後人有謂此詞有乖義理，非蘇氏作品。

賀新郎

乳燕飛華屋❶。悄無人、桐陰轉午❷，晚涼新浴。手弄生綃❸白團扇，扇手一時似玉❹。漸困倚、孤眠清熟❺。簾外誰來推繡戶，枉教人、夢斷瑤臺曲❻。又卻是，風敲竹。

石榴半吐紅巾蹙❼。待浮花浪蕊❽都盡，伴君幽獨。濃豔一枝細看取，芳心千重似束。又恐被、秋風驚綠❾。若待得君來向此，花前對酒不忍觸。共粉淚，兩簌簌❿。

【詞牌】賀新郎

《詞律》卷二十：一百十六字，「郎」一作「涼」，又名〈乳燕飛〉、〈金縷曲〉、〈貂裘換酒〉。

《詞譜》卷三十六：葉夢得詞有「唱金縷」句，名〈金縷歌〉，又名〈金縷曲〉，又名〈金縷詞〉。蘇軾詞有「乳燕飛華屋」句，名〈乳燕飛〉；有「晚涼新浴」句，名〈賀新涼〉；有「風敲竹」句，名〈風敲竹〉。張輯詞有「把貂裘換酒長安市」句，名〈貂裘換酒〉。

《填詞名解》卷三：宋蘇軾作。軾守錢唐，有官妓秀蘭黠慧，善應對。湖中宴會，群妓畢至，秀蘭至獨晚，軾問，云：「髮結沐浴，便困睡，聞召，理妝，故遲至耳。」府倅嗔恚不已，秀蘭取榴花一枝，藉手請倅，倅愈怒，子瞻為作〈賀新涼〉以解之。詞云：「乳燕飛華屋，悄無人、槐陰轉午，晚涼新浴。」故名〈賀新涼〉，後誤為「郎」。又名〈乳燕飛〉，又名〈金縷曲〉，又名〈金縷歌〉，又作〈金縷衣〉，又名〈風敲竹〉。張宗瑞又名為〈貂裘換酒〉。（蘇本詞云：「又早是，風敲竹。」）

【注　釋】❶乳燕飛華屋　指燕子在雕梁畫棟間築巢。乳燕，雛燕。❷午　指午時。古代用日晷測定時辰，通過測定太陽移動時在地面不同時間內投射的陰影的長短來確定時刻。❸生綃　沒有漂煮過的絲織品。❹扇手一時似玉　指白色的絲扇與潔白的手都似玉一般，一時難以區分。❺清熟　清靜安穩地睡著。❻簾外誰來推繡戶二句　謂正在睡夢中，不意被風吹開門的響聲驚醒。瑤臺，傳說中神仙居住的地方。❼石榴半吐紅巾蹙　指石榴花半開時的情狀。紅巾蹙，比喻石榴的花片像收縮的紅色絲巾一樣緊湊。❽浮花浪蕊　泛指石榴之外已開放完的各種花卉。這裡是說時值夏天，百花已謝，獨有石榴花正在開放。❾秋風驚綠　謂秋天到時，不僅紅花凋零，就連綠葉也要枯萎了。❿共粉淚二句　謂石榴花和美人的眼淚一起落。簌簌，象聲詞，形容花落或落淚聲。

【語　譯】雛燕在華麗的屋子飛著，靜悄悄的，沒有一個人。桐樹的陰影在移動，已到了午時。晚上天涼，剛剛沐浴過。手撫弄著生絲製成的白團扇，手和扇子都似玉，渾然一體。漸漸地有些困乏，就獨自倚床熟睡。簾外是誰把華麗的房門推開，白白地使人幽會的美夢被打斷。卻又是，風兒敲打著竹子咧咧作響。

石榴半開，花瓣像收縮的紅絲巾一樣緊湊。等待百花都凋零，它才開放，與幽靜孤獨的你相伴。手拿著一枝，濃麗鮮豔，仔細地品賞，重重花瓣像似被緊束著。又擔心秋風吹起，紅花零落，綠葉枯萎。若等到君來，面對這種情景，飲著酒，不忍心再觀賞。落花和淚水，一起簌簌地落著。

【賞　析】關於這首詞，宋人有多種說法。一說是杭州有位官妓名叫秀蘭，天性黠慧，善於應對。蘇軾任太守時，在西湖設宴，群妓畢至，只有秀蘭不來，遣人催督，過了好一會才到。詢問其原因，自云髮結沐浴，不覺困乏而睡，不是有意怠慢。有通判（職位僅次於太守）對秀蘭有意，見其晚來，以為有他事，責怨不斷。時榴花盛開，秀蘭取一枝求恕，通判怒氣更甚，秀蘭收淚無言，於是蘇軾作此詞以化解。一說是蘇軾為愛妾朝雲卒後所作，朝雲隨東坡至嶺南，紹聖三年（一〇九六）卒於惠州。蘇軾遠謫惠州，先是寓居僧舍，後雖有遷居，但與「華屋」相去甚遠。一說此詞是贈友人王詵的侍兒。前三說所云被贈者不同，但都與侍妾有關。宋人項安世在《項氏家說》則云此詞乃效《詩經・邶・柏舟》、〈離騷〉比興手法，寓以君臣遇合之難，以達其忠愛之至。詩無達詁，求解真非易事。上片寫女子的嬌媚慵懶之態。「華屋」寫出女子身分的不一般，「扇手一時似玉」極寫其美潔，這是從容貌上著筆。由暑熱新浴，到慵困孤眠，敘寫了其心情的煩悶，一「孤」字，道出了心情不暢的原因，就是為情所苦。「簾外誰來推繡戶」二句，把夢者似醒非醒的情態寫得入木三分，女子的美夢，自然是與情人幽會的事，甜美溫馨，卻被無端驚醒，雖然這僅僅是一個小盹，但對女主人公來說，夢中的經歷是那樣的漫長，只是被風吹打著門的聲音喚醒，一「空」字寫出了女子的失意和不快，其幽怨之情呼之欲出。下片詠人兼詠物，以初開的石榴花的濃麗豔美，比喻女子的美好年華。「待浮花浪蕊都盡，伴君幽獨」，孤寂高潔，這是女主人公的自我寫照，仔細品賞著石榴花，也就是孤芳自賞的意思。「又恐被、秋風驚綠」，則不僅是怨的問題，又平添了幾分恐懼。美好年華，流水落花，這只是個時間問題。其中「君」是雙關語，就字面意來說，是指女主人公；就其所指，又可以是女子苦戀的那人，唐詩云「勸君惜取少年時，莫待無花空折枝」，怨恨深矣。清陳世焜在《雲韶集》評此詞云：「此中大有怨情，但怨而不怒，哀而不傷。詞骨詞品，高絕卓絕。」

哨徧

陶淵明❶賦〈歸去來〉❷，有其詞而無其聲❸。余既治東坡，築雪堂❹於上，人俱笑其陋，獨鄱陽董毅夫❺過而悅之，有卜鄰之意。乃取〈歸去來〉詞，稍加檃括❻，使就聲律，以遺❼毅夫，使家僮歌之，時相從於東坡。釋耒而和之，扣牛角而為之節，不亦樂乎。

為米折腰❽，因酒棄家❾，口體交相累❿。歸去來，誰不遣君歸？覺從前皆非今是。露未晞⓫，征夫指予歸路，門前笑語喧童稚。嗟舊菊都荒⓬，新松暗老⓭，吾年今已如此。但小窗容膝⓮閉柴扉，策杖⓯看孤雲暮鴻飛。雲出無心，鳥倦知還，本非有意。

噫！歸去來兮，我今忘我兼忘世。親戚無浪語⓰，琴書中有真味。步翠麓崎嶇，泛溪窈窕⓱，涓涓⓲暗谷流春水。觀草木欣榮，幽人⓳自感，吾生行且休矣。念寓形宇內⓴復幾時，不自覺皇皇㉑欲何之？委吾心、去留誰計。神仙知在何處？富貴非吾志。但知臨水登山嘯詠㉒，自引壺觴自醉。此生天命更何疑？且乘流、遇坎㉓還止。

【詞 牌】哨徧

《詞譜》卷三十九：蘇軾集注：般涉調，或作〈稍徧〉。

《填詞名解》卷三：本作〈稍徧〉，般涉調。般涉本作般瞻，龜茲語也，猶華言五聲。蓋此調本羽音，羽於宮商次為第五。〈哨徧〉三疊，每疊加促，今詞則祇作雙調耳。

【注 釋】❶陶淵明 參見〈江城子〉「夢中了了醉中醒」注❶。❷歸去來 即〈歸去來辭〉，陶淵明的作品，其詞云：「歸去來兮，田園將蕪胡不歸？既自以心為形役，奚惆悵而獨悲？悟已往之不諫，知來者之可追。實迷途其未遠，覺今是而昨非。舟遙遙以輕颺，風飄飄而吹衣。問征夫以前路，恨晨光之熹微。乃瞻衡宇，載欣載奔。僮僕歡迎，稚子候門。三逕就荒，松菊猶存。攜幼入室，有酒盈罇。引壺觴以自酌，眄庭柯以怡顏。倚南窗以寄傲，審容膝之易安。園日涉以成趣，門雖設而常關。策扶老以流憩，時矯首而遐觀。雲無心而出岫，鳥倦飛而知還。景翳翳以將入，撫孤松而盤桓。歸去來兮，請息交以絕游。世與我而相違，復駕言兮焉求？悅親戚之情話，樂琴書以消憂。農人告余以春及，將有事於西疇。或命巾車，或棹孤舟。既窈窕以尋壑，亦崎嶇而經丘。木欣欣以向榮，泉涓涓而始流。善萬物之得時，感吾生之行休。已矣乎，寓形宇內復幾時，曷不委心任去留？胡為乎遑遑兮欲何之？富貴非吾願，帝鄉不可期。懷良辰以孤往，或植杖而耘耔。登東皋以舒嘯，臨清流而賦詩。聊乘化以歸盡，樂夫天命復奚疑？」東坡詞就是隱栝此文而成。❸聲 指樂譜。❹雪堂 參見〈如夢令〉「為向東坡傳語」注❷。❺董毅夫 名鉞，字毅夫，德興人，進士，任夔州轉運使。❻檃括 即隱括，參見〈定風波〉「與客攜壺上翠微」賞析。❼遺 贈送。❽為米折腰 《晉書・陶淵明傳》云陶氏為彭澤令，郡遣督郵至，人告當束帶迎謁，陶氏曰：「吾不能為五斗米折腰，拳拳事鄉里小兒邪。」於是解印去職，賦〈歸去來〉。後世常用「為米折腰」指為了一點俸祿而委屈當官。折腰，指屈身事人。❾因酒棄家 〈歸去來辭〉自序云：「余家貧，耕植不足以自給。生生所資，未見其術。遂見用於小邑，心憚遠役。彭澤去家百里，公田之利足以為酒，故便求之。」棄家，離開家。⑩口體交相累 〈歸去來辭〉自序云：「飢凍雖切，違己交病。嘗從人事，皆口腹自役。於是悵然慷慨，深媿平生之志。」意思說為了免於飢凍，出去做官，又不善於逢迎，實在有違於自己的心願，因此身心都覺得疲憊。⑪晞 晒乾。⑫荒 指菊園長滿了雜草，無人打理。⑬暗老 在不知不覺中衰敗了。⑭容膝 形容房屋矮小。⑮策杖 扶持著拐杖。⑯浪語 空話；隨便亂說。⑰窈窕 深邃的樣子，指溝壑。⑱涓涓 細水長流的樣子。⑲幽人 指隱士。⑳寓形宇內 指託身於天地間。㉑皇皇 同「遑遑」。匆忙的樣子。㉒嘯詠 長嘯吟詠。㉓坎 地面低陷的地方。

【語譯】為了些許俸祿屈身事奉，因為能有酒飲離家仕宦，身心都覺得疲憊。回家去吧！有誰不使你回去？覺得從前的所作所為都不對，今天的決定才是對的。露水未乾，行人為我指明了回家的路。到了家門，歡聲笑語，兒童們在喧鬧。菊園荒蕪，松樹衰老，見此嗟嘆，我的歲月也是如此。只是坐在僅能容膝的房間裡，緊閉著柵欄的木門。或拄著拐杖，看孤雲飄浮，看日暮鴻雁飛去。雲隨意地出沒於群山間，鳥飛疲倦了知道返回巢穴，這本來就不是有意而為。　啊！回家去吧！如今我是忘掉了自己，也忘記了世事。親戚說話真誠，撫琴看書，其中有真諦。登上崎嶇的青翠山峰，乘著船兒，沿著溪流，進入幽深的壑谷，有涓涓的春水流出。觀賞著欣欣向榮的草木，作為一個歸隱的人，自我覺得難以再有作為。想到寄身天地間還能有多長時間，總是情不自禁忙這忙那，到底想幹什麼？順從我的心願，是離職而去，還是留戀不捨，有誰計較。神仙知它在哪裡？尋求富貴，不是我的志趣。只懂得登山臨水，吟詠長嘯，自己酌酒，自己醉飲。此生聽天由命，又有什麼值得懷疑？況且乘船隨流水，遇有沉陷處就停止前行。

【賞析】蘇軾一生，坎坷不平，詩詞吟詠，多有牢騷之語，讀這首詞，也有這種感受。詞作於神宗元豐五年（一〇八二）貶謫黃州時。他在〈與朱康叔〉中云：「董毅夫相聚多日，甚歡，未嘗一日不談公美也。舊好誦陶潛〈歸去來〉，常患其不入音律，近輒微加增損，作般涉調〈哨徧〉。雖微改其詞，而不改其意。請以《文選》及本傳考之，方知字字皆非創入也。」蘇軾對陶淵明的人品傾慕有加，曾有徧和陶詩之事，不僅僅是唱和，而且是賦予了其新的內涵，融鑄了新的感受。陶氏〈歸去來辭〉以其厭棄仕宦，不為五斗米折腰，心慕歸隱，求得身心的徹底自由解放，而為後來文人士大夫所激賞，尤其宋以來，追慕陶氏的為人，唱和陶氏的詩篇，或隱栝其詩入詞的，大有人在。而開此風氣之先者，就是蘇軾。唱和陶氏詩始自蘇軾知揚州時，後貶謫嶺南，他徧和陶詩，其數達一百二十餘首。不僅如此，受其影響，胞弟蘇轍有追和之作，蘇門弟子中除張耒外，晁補之等人均有和陶之作，黃庭堅未見和作，然其跋文中屢屢提及抄寫蘇軾的和陶之作，並對陶詩表達了讚譽，秦觀有〈和淵明歸去來辭〉。陶之所長，就是士大夫在失志或濁世的情況下如何善處自身的問題。《論語》載：「邦有道，則仕；邦無道，則可卷而懷之」、「用之則行，舍之則藏」，《孟子》：「達則兼濟，窮則獨善。」與此相對的則是屈原，直道而行，以身殉道。陶淵明在這一點上，則是以淑世情懷來對待的，也不有違於儒家的處世哲學，受到後世文人的青睞。即以陶氏〈歸去來辭〉來看，後人或追和，或隱栝，這不是單純的模仿，也不是什麼文字遊戲，而是對其思想情趣的重新詮釋。蘇軾的這首詞也是這樣，儘管自云「微改其詞，而不改其意」，但讀此詞仍覺有牢騷，蓋其歸隱之心早已有之，卻不能遂其所願，來自政治上的迫害和打壓一直就未停止過，儘管能以超脫的態度、曠達的心態直面現實，但畢竟被攪和在政治鬥爭的漩渦中，難以自拔，因此深感苦悶和彷徨。

哨遍

睡起畫堂，銀蒜❶押簾，珠幕❷雲垂地。初雨歇，洗出碧羅天❸，正溶溶❹養花天氣。一霎暖風迴芳草❺，榮光❻浮動，卷皺銀塘水❼。方杏靨勻酥❽，花鬚吐繡❾，園林排比❿紅翠⓫。見乳燕捎⓬蝶過繁枝，忽一線爐香逐遊絲⓭。晝永人閑，獨立斜陽，晚來情味。

便乘興攜將佳麗，深入芳菲裡。撥胡琴⓮語，輕攏慢撚⓯總伶俐⓰。看緊約⓱羅裙，急趣⓲檀板⓳，〈霓裳〉⓴入破㉑驚鴻㉒起。顰月臨眉㉓，醉霞橫臉，歌聲悠颺雲際。任滿頭紅雨㉔落花飛，漸鳷鵲樓㉕西玉蟾㉖低。尚徘徊、未盡歡意。君看今古悠悠，浮宦㉗人間世。這些百歲光陰幾日？三萬六千而已㉘。醉鄉㉙路穩不妨行，但人生、要適情㉚耳。

【注釋】❶銀蒜　即簾押，鎮簾之物，用銀鑄成蒜形，故名。❷珠幕　飾有珠子的幕帳。❸碧羅天　如碧紗一般明淨的天空。❹溶溶　和暖的樣子。❺一霎暖風迴芳草　謂轉眼間和暖的春風吹拂，芳草遍地。迴，返回，這裡指使萬物復蘇的意思。❻榮光　本指彩色的雲氣。此指草木旺盛時期泛出的光澤。❼銀塘水　比喻池塘中的水潔白如銀。❽杏靨勻酥　謂開放的杏花如同美人的酒渦，勻稱酥滑。靨，酒渦。❾花鬚吐繡　謂花心長出的鬚蕊，如錦繡般華美。❿排比　依次排列並比。⓫紅翠　指各種顏色的花卉。⓬捎　拂掠。⓭忽一線爐香逐遊絲　謂爐中香煙飄散如遊走的蛛絲。⓮胡琴　指琵琶。⓯輕攏慢撚　參見〈採桑子〉「多情多感仍多病」注❺。⓰伶俐　聰明；機靈。⓱緊約　束緊。⓲急趣　急速；急促。⓳檀板　檀木拍板，按拍板為一種樂器，用堅木數片，以繩串聯，用以擊節。⓴霓裳　參見〈水龍吟〉「楚山修竹如雲」注⓮。㉑入破　參見〈滿庭芳〉「三十三年，今誰存者」注❻。㉒驚鴻　形容舞姿輕盈，如驚飛的鴻雁。㉓顰月臨眉　謂眉皺如彎月。㉔紅雨　比喻落花如雨。㉕鳷鵲樓　漢甘泉宮有鳷鵲觀，此指樓閣。㉖玉蟾　指月亮，傳說月宮中有蟾蜍。㉗浮宦　謂仕宦如浮游，來往行止難定。㉘這些百歲光陰幾日二句　參見〈滿庭芳〉「蝸角虛名」注❻。㉙醉鄉　醉中的境界。㉚適情　順適性情。

【語　譯】睡醒了，裝飾華美的屋子，銀蒜鎮住了門簾，綴有珠子的幕帳如雲垂地。雨水初停，天空似洗，明淨如碧紗。氣息和暖，正適宜養花。轉眼間，暖風吹拂，芳草復蘇。萬物浮光溢彩，池塘中的水潔白如銀，風捲動著水波。杏花綻放，如同美人的酒渦，勻稱酥滑。花蕊如華美的錦繡，園林中紅花綠葉並比排列。看乳燕拂掠，蝴蝶飛過了繁密的樹枝，忽而又見爐中香煙如一條線，飄散如追逐遊走的蛛絲。白天的時間變長，人清閒無事，獨立在夕陽中，體味著夜晚的情趣。

就乘著興致，攜帶著美人，深入到芳叢中。撥動著胡琴，輕輕地攏，慢慢地撚，她們總是那麼的聰慧。看緊束著的羅裙，伴隨著急促拍打的檀板，隨著〈霓裳羽衣曲〉的入破，美人舞姿如驚飛的鴻雁。雙眉緊皺如彎月，醉臉似紅霞，歌聲清亮悠揚，飛上了雲天。任憑如雨般飛落的紅花落滿頭，月兒漸漸地自樓閣的西部落下，仍然是去意徘徊，覺得未能盡歡。請君試看古往今來，悠悠歲月，仕宦人世間，如浮游一般，來往行止難定。如此人生百年裡，歲月能有多少？不過是三萬六千日而已。醉鄉中路途平穩，不妨礙行走，只要人生順遂性情罷了。

【賞析】這是支春日行樂曲。上片以寫景入情，時值春日，外面的世界是充滿了活力，雨過天晴，碧空如洗，暖風吹拂，芳草遍地，波光粼粼。萬紫千紅，爭奇鬥豔，乳燕拂掠，蝴蝶飛舞；以室外的生機盎然，反襯室內人的孤寂和冷落，「晝永人閑，獨立斜陽」，雖然是身居華美的屋子裡，仍是意緒懶散，沉悶不振。根據下片的意思，這位室中人或是東坡自己。所謂「晚來情味」，意思是說逢此美好的季節，白天尚且如此清冷，到了晚上更不知情味如何？何必與自己過意不去呢？人生如過眼煙雲，當及時行樂，這就是詞的下片要表達出的思想。攜帶美人，深入芳叢，淺酌低唱，聽歌看舞，應當是盡情地歡樂。「君看今古悠悠，浮宦人間世」二句表達了對追求功名利祿的反思，也是厭倦官場的說明，又是對上片中所描摹的那位室內失意苦悶的人的勸慰，人生只要順遂性情，就是最大的快樂，流光溢彩的萬物就說明了這樣的道理：順其時就會昌盛，反之亦然。

戚氏

玉龜山❶，東皇靈姥❷統羣仙。絳闕❸岧嶢❹，翠房❺深迥，倚霏煙❻。

幽閑、志蕭然❼，金城千里❽鎖嬋娟❾。當時穆滿巡狩，翠華曾到海西邊❿。

風露明霽，鯨波⑪極目，勢浮輿蓋方圓⑫。正迢迢⑬麗日⑭，玄圃⑮清寂，瓊草芊緜⑯。

爭解繡勒香韉⑰。鸞輅駐蹕⑱，八馬⑲戲芝田⑳。瑤池㉑近、畫樓隱隱，翠鳥㉒翩翩。肆㉓華筵，間作脆管㉔鳴絃，宛若帝所鈞天㉕。稚顏皓齒，綠髮方瞳㉖，圓極恬淡高妍㉗。

盡倒瓊壺酒，獻金鼎藥，固大椿年㉘。縹緲㉙飛瓊㉚妙舞，命雙成㉛奏曲醉留連。雲璈㉜韻響瀉寒泉。浩歌暢飲，斜月低河漢㉝。漸綺霞，天際紅深淺。動歸思，回首塵寰㉞。爛熳遊㉟，玉輦東還㊱。杏花風㊲，數里響鳴鞭。望長安路，依稀柳色，翠點春妍。

【詞牌】戚氏

《詞譜》卷三十九：柳永《樂章集》注：中呂調，丘處機詞名〈夢遊仙〉。

【注釋】❶玉龜山　相傳龜山有西王母居住的宮闕。❷東皇靈姥　東皇指東王公，主陽和之氣，治理東方。靈姥指西王母，相傳為東皇的妻子，協助東皇治理天地。❸絳闕　指西王母居住的宮闕。❹岧嶢　高聳險峻貌。❺翠房　東方朔〈海內十洲記〉云西王母有「紫翠丹房」，即用紫翠玉石建造煉丹房。❻倚霏煙　此指西王母的宮闕處於雲煙繚繞之中。❼蕭然　瀟灑；悠閒。❽金城千里　傳說西王母所居的地方有「金城千里，玉樓十二」。

❾嬋娟　形態美好，又借指美女，此指西王母。❿當時穆滿巡狩二句　指周穆王周行天下，曾西到崑崙山，見西王母。穆滿，指周穆王，名滿，昭王之子。曾西擊犬戎，東征徐戎，《穆天子傳》載其西巡狩獵、畿田畋遊及其與盛姬等事。翠華，以翠羽裝飾的旗子，此借指周穆王的車隊。海西頭，指西部邊陲。⓫鯨波　鯨魚興起波浪，指江海巨浪。⓬輿蓋方圓　指天地，古人以為天圓地方。⓭迢迢　高貌。⓮麗日　明媚的太陽。⓯玄圃　相傳崑崙仙山有三級，第二級名玄圃。⓰芊緜　草木茂密繁盛。⓱繡勒香韉　繡勒指有雕飾的馬絡頭。香韉指帶有香氣的馬背上的坐墊。⓲鸞輅駐蹕　指周穆王車駕停留之處。鸞輅，鸞鳥駕駛的車子，輅，指天子之車。駐蹕，指帝王出行，中途暫住。此指周穆王在崑崙山做客。蹕，指帝王車駕。⓳八馬　周穆王出行的車駕有八匹駿馬，各有名稱。⓴芝田　仙人種芝草的地方。㉑瑤池　傳說中為西王母居住的仙境。㉒翠鳥　即青鳥，為西王母的使者。㉓肆　陳列。㉔脆管　指管樂器。㉕帝所鈞天　指天帝所居之地。鈞天，謂天之中央。㉖稚顏皓齒二句　指長相各異的仙人，或面如童子，或牙齒潔白，或頭髮墨綠，或瞳孔方大。㉗圓極恬淡高妍　指諸仙的精神風貌，或修行圓滿以至其極，或安逸閒適，或高行妍姿。㉘盡倒瓊壺酒三句　謂諸仙飲美酒，服丹藥，可延年長壽。金鼎藥，謂煉金為丹藥以求長生不老。大椿年，《莊子・逍遙遊》：「上古有大椿者，以八千歲為春，八千歲為秋。」指長壽者。㉙縹緲　參見〈點絳唇〉「莫唱〈陽關〉」注❸。㉚飛瓊　即許飛瓊，為西王母的侍女。㉛雙成　即董雙成，為西王母的侍女。㉜雲璈　古樂器名，即雲鑼。㉝河漢　即銀河。㉞塵寰　謂俗世，人世。㉟爛熳遊　放浪不羈之遊。爛熳，同爛漫。㊱玉輦東還　指在西王母宮殿做客的周穆王思歸東還。㊲杏花風　指清明節前後杏花盛開時節的春風。

【語　譯】在玉龜山上，東皇和西王母統率著群仙。絳紅色的宮殿高聳險峻，翠玉建成的煉丹房深邃，在雲煙繚繞中。幽靜閒逸，志趣瀟灑。用金建築的城寬廣有千里，美麗的西王母住在其間。

當年周穆王姬滿巡遊天下，他的車隊曾經到達了西部邊陲。風清露稀，極目望去，巨浪滔天，氣勢震天動地。明麗的太陽正高高在上，玄圃冷清寂靜，瓊草茂密繁盛。爭相解下雕飾精美的馬絡頭和飄溢香氣的坐墊，穆王的車隊停留，八匹駿馬在長滿靈芝的田地裡戲鬧。靠近瑤池，裝飾華麗的樓閣隱約可見，翠鳥輕盈地飛舞。陳設豐盛的筵席，偶爾吹起簫管，絃樂奏響，好像是在天帝居住的地方。仙人們或面容似孩童，牙齒潔白，頭髮墨綠，瞳孔方大。修行圓滿至其極，安逸閒散，品行高潔，姿態妍雅。

盡倒玉壺酒，呈獻金鼎煉出的丹藥，可延年益壽。許飛瓊舞姿輕妙縹緲，董雙成演奏的樂曲，令人迷醉留連。雲璈樂曲的聲韻逸響就像寒泉一樣清洌悠揚，放情高歌，放懷暢飲，斜月已落在銀河下。美麗的雲霞，漸漸地將天邊染成或深或淺的紅色。回首人世間，觸動了返歸的念頭。放浪不羈的巡遊，穆王的車駕東向返回。杏花風起，響起了數聲鳴鞭。遠望通往京城的路，當日出發時的柳樹，在春風裡，依稀點綴著綠色的嫩芽。

【賞　析】詞作於知定州（今河北定縣）時，在紹聖元年（一〇九四）正月。據李之儀說，東坡知定州日，一次宴請客人，有官妓傾慕東坡，想在他無準備的情況，試其才華，於是向他索取曲詞，蘇軾笑著答應了。當時，他正與客人們論說穆天子的事，以其事頗為虛妄荒誕，於是就取此段故事，令歌者邊唱著樂譜，他隨即依樂譜填詞，待歌妓唱完了曲，蘇軾的詞也就隨即完成了。這是篇詠史之作，關於周穆王西行見西王母事，於正史無考，以其事久遠，又夾雜了不少神話傳說的成分，流傳下來，已屬荒誕不經之言。西王母，當是上古時期位於中國西部的一個部落首領，周穆王巡視天下，得到她的款待。詞分三段，第一段敘寫西王母居住之處為仙境，不是凡夫俗子所能想像的。第二段是敘寫穆王巡遊天下，到了西王母統轄的地方，親臨其境，所見物與人，無非仙境所有。第三段寫穆王得到西王母的熱情招待，縱情享受。然而梁園雖美，不是久留之地，於是穆王思歸東還。詞中所述，實際上取材傳於後世的野史小說《穆天子傳》一書所載，如同隱括體。宋人或以為此詞用語鄙俚猥俗，當是教坊倡優所為，不是東坡筆調。李之儀是蘇軾的門人，蘇軾知定州時，李氏為幕僚，其所言不差。至於詞中用語粗俗，敘事淺陋，不見文彩，缺乏蘊藉，當與其是應歌之作有關，純為文字遊戲，寫於倉促之間，長達百十字，既要隨著歌妓演唱的樂譜填詞，還要一邊應酬著，能完成已非易事，又何必去苛求其完美呢？這是蘇詞中字數最多的一首詞，僅見於此。

國家圖書館出版品預行編目資料

新譯蘇軾詞選／鄧子勉注譯.——二版一刷.——臺北市：三民，2023
面；　公分.——(古籍今注新譯叢書)

ISBN 978-957-14-7637-7（平裝）

852.4516　　112006359

古籍今注新譯叢書

新譯蘇軾詞選

注譯者	鄧子勉
發行人	劉振強
出版者	三民書局股份有限公司
地址	臺北市復興北路 386 號 (復北門市)
	臺北市重慶南路一段 61 號 (重南門市)
電話	(02)25006600
網址	三民網路書店 https://www.sanmin.com.tw
出版日期	初版一刷 2008 年 7 月
	初版六刷 2020 年 1 月
	二版一刷 2023 年 5 月
書籍編號	S033070
ISBN	978-957-14-7637-7

三民書局